RON McLARTY

Una historia en bicicleta

Traducción de María José Delgado

punto de lectura

Título: Una historia en bicicleta
Título original: *The Memory of Running*
© 2004, Ron McLarty; Zaluma, Inc.
Publicado con autorización de Viking Penguin,
    miembro de Penguin Group (USA) Inc.
© Traducción: María José Delgado
© Santillana Ediciones Generales, S.L.
© De esta edición: junio 2006, Punto de Lectura, S.L.
Torrelaguna, 60. 28043 Madrid (España)   www.puntodelectura.com

ISBN: 84-663-1863-1
Depósito legal: B-22.976-2006
Impreso en España – Printed in Spain

Diseño e ilustración de cubierta: © gray318
Diseño de colección: Punto de Lectura

Impreso por Litografía Rosés, S.A.

A la memoria de mi querida Diane Tesitor McLarty, esposa, madre, amiga, artista, que escribió los libros de Zachary, Lucas y Matthew, todos ellos obras maestras.

1

[Handwritten annotations in margins: "on the way", "that stretch", "Habían - they had", "highway", "who used to", "outskirts", "together", "Shore", "would have", "going towards", "then", "↳ returned", "plus", "some", "↳ there are caves"]

La ranchera Ford de mis padres se estrelló contra la mediana de hormigón de la US 95 a las afueras de Biddeford, Maine, en agosto de 1990. Habían circulado por ese tramo de autopista durante unos treinta años, de camino al lago Long. Un tipo que solía jugar al béisbol con papá tenía unas cabañas junto al lago y les había puesto el nombre de sus hijos: Jenny, Craig, Al, Tyler, Bugs, Alice y Sam. Nosotros nos quedábamos siempre en Alice durante dos semanas en agosto, porque Alice era la mejor situada a orillas del lago, con una playa poco profunda de arena, y papá y mamá podían vigilarnos desde sus tumbonas verdes.

Subíamos hasta allí incluso después de que Bethany se hubiera marchado y de que yo me hubiera convertido en un hombre con empleo. Iba y hacía de hijo y luego todos nosotros volvíamos a nuestros lugares y éramos gente normal.

En el lago Long había lubinas y lucios y percas amarillas realmente hermosas. A algunas personas no les convence la perca amarilla porque tiene un labio grueso y duro y son bastas al tacto, pero son peces bonitos, yo creo que los más bonitos, y saben como el pargo rojo. Hay calas poco profundas por todo el lago, donde viven enormes tortugas marinas; y en el extremo pantanoso, con la hierba y los juncos tan altos, la población de pájaros es extraordinaria. Hay dos parejas de somorgujos y una de las parejas siempre parece tener un somorgujito chapoteando detrás de ellos; hay patos también, y gansos del Canadá, y una única garza que se alza sobre una sola pata y deja que la gente se acerque mucho para fotografiarla. El agua es maravillosa para nadar, sobre todo por las mañanas, cuando el lago está como un espejo. Yo solía quitarme toda la ropa y tirarme, pero ahora ya no lo hago.

En 1990 pesaba ciento veintiséis kilos. Papá solía decirme: «¿Cómo va ese peso, hijo?». Y yo decía: «Se mantiene estable, papá». Tenía una cintura de ciento dieciséis centímetros, pero era un poco vanidoso y no me compraba nunca un par de pantalones de más de ciento siete centímetros, así que, por supuesto, tenían una caída maravillosa, apretados como un auténtico globo lleno de agua. Mamá no mencionaba nunca mi peso, porque a ella le gustaba hacer guisos, ya que se podían preparar fácilmente con antelación y eran sustanciosos. Lo que sí le gustaba era preguntarme sobre mis amigos y mis amigas. En 1990, sin ir más lejos, yo era un supervisor de cuarenta y tres años y ciento veintiséis kilos en juguetes Goddard que se pasaba los días enteros vigilando para asegurar que los brazos de los muñecos SEAL Sam estaban montados con las palmas hacia dentro, y las noches en el bar Tick-Tap bebiendo cervezas y viendo los deportes. No tenía amigas, y en realidad supongo que tampoco amigos. Amigos de bar. Bebíamos mucho en un ambiente más o menos amistoso.

Mamá tenía puestas unas fotos encima del piano en la casa de East Providence, Rhode Island. Eran sobre todo mías y de Bethany, aunque el padre de mamá estaba en una de ellas y en otra estaba papá con su uniforme del ejército del aire. Bethany tenía veintidós años en la foto más grande que había de ella. Parecía que estaba posando, con las manos como si rezara. Miraba hacia arriba, a uno de sus increíbles rizos, y sus ojos pálidos parecían brillantes. Yo estaba en mi marco como un palo. Mi uniforme del ejército parecía un saco y era imposible que tuviera más de cincuenta y siete kilos sobre mis huesos. No me gustaba comer entonces. No me gustaba comer en el ejército, tampoco, pero después, cuando vine a casa y Bethany se había ido y me mudé a mi apartamento, cerca de Goddard, no tenía mucho que hacer por la noche, así que comía, y más tarde tomaba cerveza y huevos en vinagre, y, por supuesto, unas galletas saladas bien grandes.

Mis padres acercaron su ranchera delante de la cabaña Alice y yo les ayudé a cargarla. Iban a conducir hasta casa, en East Providence, el último viernes de nuestras dos semanas, y yo me marcharía el sábado. De ese modo podían evitar todo el tráfico del sábado que sube hacia New Hampshire y Maine. Yo podía limpiarlo todo y devolver la barca de pesca alquilada. Lo habíamos decidido así porque era lo más razonable. Incluso mamá, que estaba preocupada por lo que yo podría comer, tuvo que admitir que era un buen plan. Le dije que me aseguraría de comer un buen sándwich y tal vez algo de sopa. Lo que estaba planeando realmente era tomarme dos paquetes de cerveza de seis unidades y una bolsa de galletas saladas crujientes. Tal vez varios tipos de queso diferentes. Y como había estado limitando los cigarrillos a un paquete diario, más o menos, planeaba encender uno tras otro, al menos los suficientes para ahuyentar los mosquitos, y pensar. Los hombres que tienen cierto peso y ciertos hábitos piensan por un momento con una claridad tan intensa como efímera.

Estaba sentado en la tumbona, borracho y hablando conmigo mismo, cuando un agente de la policía estatal aparcó su coche patrulla cerca de mi viejo Buick y fue andando hasta el embarcadero. Un chico negro de unos veintiséis o veintisiete años que llevaba los pantalones grises como los llevan los agentes de policía, ajustados y eso, y me di la vuelta y me puse en pie cuando oí que venía.

—Fantástico, ¿verdad?

—¿Qué? —preguntó él, atronando como un bombo.

Me había echado contra la silla buscando apoyo y tembló bajo mi peso y su voz.

—El lago. El paisaje.

—Estoy buscando a un tal Smithson Ide.

—Ése soy yo —dije, como un borracho tratando de parecer sereno.

—¿Por qué no se sienta un momento, señor Ide?

—No estoy borracho ni nada por el estilo, oficial…, agente…, estoy realmente bien…, no…

—Señor Ide, ha habido un accidente, y sus padres están gravemente heridos. A las afueras de Portland. Al señor Ide le han llevado a la unidad de traumatología del hospital general de Portland y a la señora Ide al hospital de Biddeford.

—¿Mamá? ¿Papá? —pregunté de forma estúpida.

—¿Por qué no viene conmigo y le llevo hasta allí?

—Mi coche…

—Venga conmigo y le traeré de vuelta también. No tiene que preocuparse por su coche.

—No tengo que preocuparme. Vale. Muy bien.

Me puse unos pantalones cortos limpios y una camiseta. El agente de policía hacía un esfuerzo por no mirarme. Yo me alegraba, porque la gente tenía tendencia a formar opiniones rápidas sobre mí cuando me veían ahí, gordo y borracho y con manchas de nicotina, delante de ellos. Incluso las personas razonables tienen una respuesta inmediata. Borracho. Gordo. Una peste a humo de tabaco.

El agente de policía, cuyo nombre era Alvin Anderson, paró para coger dos cafés en la panadería de Bridgton, luego tomó la Ruta 302 hacia Portland. No hablamos mucho.

—Se lo agradezco mucho.

—Sí, señor.

—Parece que va a llover.

—No sé.

A papá le habían ingresado ya cuando Alvin me dejó en urgencias.

—Tome un taxi hasta el hospital de Biddeford cuando haya terminado aquí. Iré para allá más tarde.

Miré cómo se alejaba. Eran alrededor de las cinco y había empezado a llover. Una lluvia fría. Mis sandalias chancletearon en el suelo azul y capté mi grueso reflejo distorsionado contra los pantalones cortos y la camiseta. Tenía la cara morada de la cerveza. La mujer de

11

información me mandó a Admisiones, donde un voluntario bastante mayor me mandó a la unidad de traumatología del segundo piso.

—Le pusieron el nombre por L. L. Bean —dijo—. Era el nombre de ese gilipollas y se lo puso. Eso fue lo que pasó.

Un enfermero del mostrador de recepción de traumatología me hizo algunas preguntas para asegurarse de que este Ide era el mío.

—¿Un hombre, blanco?

—Sí.

—¿Setenta años?

—Yo…

—¿Alrededor de setenta?

—Sí.

—¿Con una válvula artificial?

—Ah, sí…, hace unos diez años, sabe…, le ponía realmente furioso porque…

—Muy bien. Tome este pase y quédese en la línea azul. Allí es donde le atenderá la enfermera que su padre tiene asignada. Hay treinta camas en traumatología, con un panel de cristal en la parte delantera. Normalmente las cortinas están corridas, pero a veces no lo están. Le pedimos que, cuando llegue su enfermera para llevarle dentro, prometa que no mirará ninguna otra unidad que no sea la suya.

—Lo prometo —dije solemnemente.

Me quedé en la línea azul y esperé. Todavía estaba borracho. Me habría gustado haberme puesto un suéter holgado y un pantalón de chándal o algo así, porque los tipos gordos somos conscientes de la forma en que las cosas se nos suben por la entrepierna y tenemos que estar estirando siempre la parte de delante de la camiseta para que los pequeños senos no se noten a través de ella.

La enfermera se llamaba Arleen, y estaba hecha una bola como yo. Llevaba unos pantalones verdes sueltos, de quirófano, y una enorme bata verde con bolsillos por todos lados. Me llevó al cubículo de papá. No miré en ninguno de los otros. Pude oír a un hombre que decía: «Dios mío, Dios mío», una y otra vez, y lloraba, pero en general todo el mundo hablaba en voz muy baja; y cuando las enfermeras y los doctores se apresuraban, sonaban como hojas de otoño sobre el suelo con niños caminando por encima de ellas. Yo estaba muy borracho.

Papá estaba tendido en una cama alta de estructura metálica. Tenía la cabeza, el pecho, la cintura y los tobillos sujetos con unas pesadas correas. Estaba desnudo, sólo cubierto por una sábana doblada de tal modo que le llegaba del ombligo a las rodillas. Cuando la enfermera cerró la puerta y me dejó solo, recuerdo que pensé que ésa era la habitación más silenciosa en la que había estado jamás.

Podía oír los latidos de mi corazón en la cabeza. La cama tenía un motor que la inclinaba muy lentamente. Tan lentamente, de hecho, que aunque papá se movía de lado a lado, no parecía que se moviera en absoluto, aunque lo hacía. Busqué el motor por debajo de la cama, pero no pude verlo.

Papá tenía algunos moratones alrededor de los ojos y el puente de la nariz, y una tirita encima de un pequeño agujero en la frente que la enfermera me dijo que le había sido practicado para liberar algún tipo de presión.

Papá solía alardear de no saber lo que era un dolor de cabeza porque no lo había tenido nunca, así que pensé que era extraño que necesitara ese pequeño agujero.

Puse la mano sobre la de papá. Era un gesto un poco tonto, porque a papá no le gustaba agarrar de la mano. A papá le gustaba dar palmadas en la espalda o dar un apretón de manos. Pero me pareció bien poner la mano sobre la suya y me dio una sensación extraña y agradable. Más tarde, después de un tiempo de pensar en ello, supuse que cuando te pasan este tipo de cosas horribles te sirve de ayuda encontrar un montón de cosas que te hagan sentir bien. No tienen que ser nada del otro mundo, sino algo como lo de la mano o peinar el pelo de mamá, ese tipo de cosas. Te dan resultado.

Estuve a solas con papá durante veinte minutos y entonces vino un doctor. Era más o menos de mi edad, sólo que esbelto y sobrio. Tenía mucho pelo, entre pelirrojo y gris, y no sé por qué utilicé los dedos para peinar mi propia cabeza rala y enmarañada.

—¿El señor Ide?

—Sí, doctor. Gracias.

—Soy el doctor Hoffman.

Nos dimos la mano y él se acercó a la cabeza de papá.

—Le he hecho este agujero aquí para liberar la presión.

—Muchísimas gracias —dije sinceramente.

Le habría dado mi coche a cualquiera, allí mismo, si hubiera podido estar sobrio.

—Se conservaba bastante bien, ¿verdad? —dijo, mientras su pequeña linterna se movía de un ojo a otro.

—Papá caminaba y eso.

Papá oscilaba imperceptiblemente en la cama, hacia la izquierda. El doctor tenía razón. Papá tenía un gran cuerpo y seguía una rutina para mantenerlo de ese modo. Mamá a veces subía de peso y entonces hacía alguna dieta para perderlo, pero papá estaba realmente orgulloso de cómo se mantenía en su antiguo peso de ochenta y dos kilos, el peso de cuando jugaba.

—¿Sabe qué anticoagulantes tomaba para la válvula? —preguntó el doctor Hoffman.

—No. Lo siento. Le reventaba…, la operación de corazón le puso furioso. Hacía ejercicio, y un día el otro doctor dijo: «Tiene que ponerse una válvula nueva en el corazón». Pero ¿sabe?, fue por algo que le ocurrió cuando era un chaval.

—Fiebre reumática.

—Eso es. ¿Está mal? ¿Se ha roto?

¿Era yo un alcohólico perdido tratando de ayudar o qué?

—El corazón está bien, creo que en circunstancias normales su padre no tendría problemas de salud ahora mismo, pero los anticoagulantes que tomaba para asegurar un flujo sin coágulos por las cavidades de su corazón y, por supuesto, por la válvula artificial, le provocaron una violenta hemorragia en el interior de la cabeza cuando se golpeó con el parabrisas.

—Ya veo —asentí de nuevo, de forma estúpida.

—La sangre es uno de los elementos más tóxicos que se conocen. Cuando se sale fuera de las venas, bueno…

—No lo sabía.

—¿Hay alguien más de su familia cercana con quien tenga que hablar?

—Bethany… pero no puede hablar con…, bueno, no…, yo, supongo.

—Bien…

—Realmente parece que está bien. Sólo esos moratones. También hace flexiones. Caminatas y eso.

—Lo que vamos a hacer es lo siguiente. ¿Por qué no vemos lo que ocurre esta noche y le veo a usted mañana y ya veremos?

—Estupendo, doctor. Y gracias. Muchísimas gracias.

Me despedí de papá, bajé al vestíbulo principal del hospital y cogí un taxi al hospital de mamá en Biddeford. Estaba a unos quince minutos. Era un trayecto de cuatro cigarrillos. Para entonces hacía ya bastante frío. Normalmente no me importan las noches frías, pero sí me importó esa noche, y, no sé por qué, me dolía el pelo.

El hospital de Biddeford era nuevo. Estaba ubicado en un pequeño bosque de abetos y tenía buena pinta, no era todo enorme y estresante como en el hospital general de Portland. En Portland le daba a uno la sensación de que iba a pasar algo malo. La forma en que olía, la forma en que uno sonaba en los concurridos corredores y la forma en que toda esa gente susurraba en las hileras de teléfonos. El hospital de Biddeford era diferente. Había plantas en la zona de recepción y los jubilados que trabajaban como voluntarios parecían contentos de verte. Te daba esa sensación tan agradable de que todo va a salir bien.

Mamá estaba en el tercer piso, en la unidad de traumatología. Era pequeña, y, de nuevo, a diferencia de

16

Portland, las paredes estaban pintadas de un color azul cielo esperanzador. Portland era verde. Un verde antiguo. Habían llamado desde recepción para decir que yo iba hacia arriba y me recibió una chica negra preciosa en la puerta de la unidad. Llevaba los típicos pantalones verdes fruncidos en los tobillos y zapatillas de deporte. Su blusa era blanca, estampada con caras felices.

—Hola —exclamó.

—Hola —dije yo.

—¿Es el hijo de Jan?

—Sí. Soy Smithy Ide.

—Yo soy Toni. Soy una de las enfermeras. Vamos.

No me dijo que no mirara en las habitaciones, pero no tenía que hacerlo.

—Jan está en la cinco. Está en una cama de agua que se inclina.

—Mi padre también.

—¿Cómo está?

—Bueno, él toma unos anticoagulantes.

—¿No tiene frío? —me preguntó mientras caminábamos.

—No tenía frío hace un momento.

Mamá parecía increíblemente diminuta en una cama tan grande. Se inclinó hacia el otro lado de donde yo estaba y me acerqué para que pudiera verme. Tenía los ojos medio abiertos.

—Hola, mamá —dije muy bajito—. Estoy aquí, mamá.

—No creemos que Jan pueda oírle. Está con un gota a gota con mucha morfina. Pero no estamos seguros, tal vez le lleguen algunas cosas. Puede seguir hablando si quiere. El doctor Rosa es el médico que está atendiendo a Jan, pero le voy a hacer un resumen y tal vez pueda ponerse en contacto con el doctor más tarde.

—Gracias —dije—. Muchísimas gracias.

Me estiré la camiseta para separarla de mi pecho pegajoso y moví la pierna para aflojar la ropa interior, que se me estaba subiendo. Necesitaba un cigarrillo, así que toqueteé mi paquete de Winston.

—No se puede fumar, por supuesto —dijo la guapa enfermera.

—Ah, ya lo sé. Claro. Es importante. Sólo estaba…

—Al principio íbamos a dejar a sus padres juntos aquí, pero la unidad craneal de Portland es la más avanzada y, francamente, no nos sentíamos cómodos trasladando a Jan. Sus pulmones se han colapsado, que es por lo que los estamos inflando artificialmente. Más tarde la desconectaremos de la máquina. Tiene las dos caderas rotas, un montón de costillas aplastadas, la tráquea magullada y el hombro derecho dislocado. Lo bueno es que no hay daños en la cabeza.

—Eso es estupendo —dije.

—El doctor Rosa es el médico de Jan.

—Estupendo.

—Si me necesita, estaré en el control.

Tan pronto como se marchó de la habitación, me ajusté los pantalones. Me senté durante unos veinte minutos, mientras mamá se inclinaba, luego me levanté.

—Me voy, mamá. Lo que voy a hacer es volver al campamento y recoger los bártulos y volver a subir aquí y coger una habitación o algo. No tardaré mucho. Tú descansa.

Esperé al agente Anderson en el vestíbulo, y después de un rato me imaginé que estaba ocupado, así que cogí un taxi de vuelta a Bridgton. Me costó setenta y cuatro dólares. Mi viejo Buick estaba ya cargado con todos los trastos del verano: las sillas plegables, las neveras, las cajas de los aparejos, etcétera. Limpié la cabaña rápidamente, luego pagué al amigo de papá que era el dueño de las cabañas, le pedí que devolviera por mí la barca alquilada y volví en coche a Portland en la más profunda oscuridad que jamás hubiera habido en Maine.

2

Yo era un pequeño corredor. Eso es lo que nuestra vecina de al lado, Ethel Sunman, me llamaba. Iba de un lado a otro como un pato al que alguien estuviera disparando. Yo iba siempre en línea recta.

En 1958, papá me compró una nueva bicicleta inglesa Raleigh, granate, con tres velocidades, y me convertí en un pequeño corredor sobre ruedas. Pedaleaba todos los días hasta la escuela y los sábados hacía normalmente un largo trayecto de dieciocho kilómetros hasta la fábrica Shad, en Seekonk, Massachusetts, que está un condado más arriba de East Providence, Rhode Island. Incluso en invierno, si las carreteras estaban despejadas, iba en bicicleta a Shad. Nunca venía nadie conmigo. Tampoco iba nunca nadie a la fábrica Shad, por eso es por lo que era mi lugar favorito. No había casas ni nada. El río Palmer, en su trayecto al océano Atlántico, formaba un lago sobre la cascada de Shad. La pesca en la parte de arriba y por debajo de las cascadas era una maravilla. Lubinas y lucios en la parte de arriba; mojarras, percas y barbos en la de abajo, en los agujeros formados por el salto de agua. Parecía perfecto para las truchas, pero había siempre un poco de sal, sólo un poquito, que entraba desde el océano, de modo que sólo los peces más fuertes vivían allí. Cambiaban en el agua salobre. Las mojarras adquirían un aspecto metálico y la tripa de las percas se ponía de un naranja aún más intenso. Yo pescaba fuera cual fuera la época del año, siempre que la superficie no estuviera helada. En invierno tomaba un pequeño sendero a través de la pasarela y hacia la fábrica, que se estaba viniendo abajo. En ella se solían fabricar llantas metálicas para las ruedas de los carros. Encendía una fogata y pasaba un día de acampada.

Cuando Bethany empezó a poner posturas fuera de casa, en las ocasiones en que estaba lejos de nosotros, y pasaban las horas y ella no regresaba a casa de la escuela o de casa de sus amigas cuando había dicho que lo haría, nos desplegábamos en abanico y la buscábamos. Creo que ésa fue la razón por la que papá me compró la Raleigh. Tenía una bicicleta americana bastante buena, pero no era rápida ni ligera y yo normalmente salía corriendo, en busca de ella, y estoy seguro de que papá supuso que montar en una buena bicicleta sería más rápido en la búsqueda de Bethany.

Un montón de búsquedas de Bethany se juntan en mi cabeza, pero algunas de ellas las recuerdo con claridad. Éstas son las veces en las que pienso o sobre las que hablo conmigo mismo. Me hablo a mí mismo después de haber tomado unas copas. Ayuda a ponerlo todo un poco en orden. Durante un rato, al menos. Puedo decir: «Por Dios, Bethany, vamos, estás haciendo enfadar mucho a papá y mamá». Yo siempre decía eso cuando la encontraba. Decía: «Venga, Bethany, no te quedes así parada. Ponte los vaqueros. Venga».

No es que mi hermana fuera una persona sucia, ni lasciva, ni nada de eso, pero había una cosa dentro de ella que le decía que se quitara la ropa, y ella lo hacía, o hablaba a voces, como si estuviera respondiendo a alguien. Era extraño, una locura, realmente. Papá y mamá la llevaron a todos los doctores habidos y por haber, pero, después del hospital Bradley, Bethany dijo que si la llevaban a más sitios se quitaría la vida. Aunque no lo hizo. Papá no era un hombre profundo en su manera de hablar, pero recuerdo una vez, justo después de que Winnie Prisco trajera a Bethany a casa y de que ella hubiera estado diciendo que se iba a matar y eso, recuerdo a papá sentado a la mesa de la cocina con mamá, rodeándola con su brazo y diciendo: «La vida pide mucho más de algunas personas que de otras». Luego agarró a Bethany del brazo, la metió en la ranchera y se la llevó otra vez a Bradley.

Una semana más tarde aproximadamente, la trajimos de vuelta a casa. Necesitábamos tener a Bethany en nuestro pequeño hogar. Siempre hay asuntos pendientes cuando alguien a quien adoras está enfermo. No puedo explicarlo, pero ya se sabe lo que quiero decir. Pasamos cuatro o cinco días estupendos, luego no volvió a casa, otra vez. Mis padres fueron en coche al instituto y empezaron a buscar allí. El plan de papá era ir a la escuela y luego ir en coche para arriba y para abajo por la avenida Pawtucket, que iba desde Riverside Terrace hasta el límite de Seekonk. Mi plan era ir en bicicleta por nuestra zona, gritando: «¡Bethany!». Empecé a buscar hacia las cuatro de la tarde y la oí llorar bajo el depósito de agua de Kent Heights a eso de las siete. Recuerdo que era marzo y que había algo de nieve. Dejé tumbada la Raleigh y corrí hacia donde estaba mi hermana gritando:

—¿Bethany?

—¡Garfio! —gritó, corriendo hacia mí y abrazándome tan fuerte que no podía respirar.

—Vamos, ¿eh? Has hecho enfadar mucho a papá y mamá.

—Ay, Garfio —dijo otra vez.

Me llamaba Garfio porque decía que nunca estaba derecho y que era el ser humano más flacucho que ella había visto jamás. No me gustaba comer y era un corredor. Era cierto.

—Venga.

—Me he quitado toda la ropa. Soy un monstruo —dijo, toda llorosa. Bethany tenía una belleza triste cuando lloraba. Cuando no lloraba era muy guapa.

—No, no lo has hecho, Bethany. Tienes puesta toda la ropa.

A Bethany le encantaban las faldas escocesas. Llevaba puesta una de cuadros negros y verdes. Recuerdo su ropa. Nadie se vestía como ella. Era una chica que tenía que llevar faldas y cuadros escoceses.

—Después de clase iba a ir a casa en coche con Pat Sousa y estaba al lado de su coche. Había un montón de chicos alrededor y todo el mundo estaba siendo muy agradable y Bobby Richardson tenía una nueva Vespa que su padre le había comprado y estaba dando vueltas a la gente y… ay, Garfio…, la voz me dijo que me quitara toda la ropa. Dijo que estaría bien hacerlo.

—¡Odio tu voz! —grité.

—Me quité la ropa. Me quité toda la ropa.

—¿Te ha hecho daño alguien?

—Ay, Garfio.

—Venga, Bethany.

—Pat se marchó. Todo el mundo se reía. Todo el mundo riéndose de mí y pellizcándome…

—Tranquila, Bethany. Venga.

—Todo el mundo riéndose…

Otra cosa que recuerdo sobre el amor. Es bueno y malo, pero a veces, cuando quieres tanto a alguien, no puedes olvidar cómo son cuando están heridos. Cuando Bethany estaba herida, cuando lloraba y se golpeaba a sí misma, la sensación era de totalidad, supongo. Todo su dolor. Cuando me llevaron al hospital en Tailandia, antes de volar a Fitzsimmons, en Denver, vi algunas cosas. Pero nunca vi algo tan completo como la tristeza de Bethany.

—No eres tú, Bethany.

—Pellizcándome y…

—Vamos.

Me agarró de la mano y salimos de debajo del depósito de agua hacia donde había dejado la bicicleta. Había un poco de nieve sobre ella y las luces de la zona de Kent Heights parecían limpias y bonitas.

—Tú puedes ir en la bicicleta, Bethany, yo correré al lado.

—Eres un corredor, Smithy.

—Supongo.

—No dejes nunca de correr.

—No lo haré.

—Lo harás, lo sé.

Ella lo sabía, y yo también.

3

Me quedé en el motel Tidal, prácticamente a medio camino entre el hospital general de Portland y el hospital de Biddeford. En Goddard me habían dado un permiso sin sueldo y habían encargado a otro tipo el control de calidad de los brazos del SEAL Sam. La noche que llegué al Tidal desde Bridgton, llamé a los hospitales y dejé mi teléfono. Eran aproximadamente las dos de la mañana. Me tomé unas cervezas y un poco de vodka, fumé algunos cigarrillos e hice una lista como hacía siempre mamá, porque quería asegurarme de que, de algún modo, las cosas estaban bien.

1. Llamar a Bea Mulvey para que recoja el correo de los viejos (Bea era nuestra vecina de siempre).

2. Llamar al señor Lowrey de Goddard (era mi supervisor).

3. Llamar a tía Paula y tío Conde (la hermana de mamá y su marido).

4. Llamar a la iglesia de la Gracia (la suya). (Es lo que mamá habría hecho.)

Me hice otro vodka con zumo de naranja y me fui a dormir. Soñé que acababa de hacer algo maravilloso, no estaba claro qué, y que una chica que me gustaba en el instituto no dejaba de llamarme por teléfono porque estaba enamorada de mí. Bethany estaba perfecta en mi sueño y decía: «Smithson, creo que Mags está al teléfono». Papá decía: «*Mamma mia*». En mi sueño, no tocaba nunca a Mags, pero dejaba que ella me dijera lo maravilloso que había estado. He tenido ese sueño muchas veces desde entonces.

Los hospitales son duros. Todo es duro, realmente, pero hay algo especialmente rocoso en los hospitales. Nunca me he acostumbrado a los hospitales en los que he estado, ni siquiera después de haber pasado en ellos bastante tiempo. La única forma en la que he podido arreglármelas ha sido simplemente siendo desagradable. Trataba fatal a la gente, especialmente cuando ellos intentaban ser simpáticos y comprensivos. Me sorprendía mi maldad. Al menos el hospital general de Portland y el de Biddeford eran más agradables que los otros, aunque, como he dicho, Portland era como el barro seco.

Papá murió de neumonía diez días después del accidente. Eran alrededor de las diez de la mañana cuando llegué allí y un doctor joven y la enfermera gorda me interceptaron antes de que llegara a su cubículo.

—Bien… —dijo el doctor.

—¿Sí? —pregunté en voz baja. Los hospitales son lugares en los que el instinto le dice a uno que tiene que estar en silencio. Los hospitales del ejército eran bulliciosos, pero aquello era diferente. El hospital de Bethany, Bradley, era horriblemente ruidoso también, pero en realidad Bradley no era un hospital de verdad. Era para un tipo de asunto diferente. El hospital general de Portland decía «silencio» y lo decía de veras.

El joven doctor, no me acuerdo de su nombre, era un tipo rubio y flaco que hablaba con una voz profunda. Era como si quisiera que todo sonara importante y serio, de modo que si le daba a alguien malas noticias, las palabras no saltaran como culebras sobre el pobre paciente. Podía decir «café» con el mismo peso que «cáncer», y «puede que nieve» con la misma importancia que «usted va a morir».

—Soy el doctor Lapham, el neurólogo asignado a su padre.

—Gracias. Muchas gracias.

—¿Está usted familiarizado con el cerebro?

—No, no lo estoy.

—Bueno…, el cerebro es como nuestro centro de mando. ¿Ha visto la película *Juegos de guerra*?

—Ah… no, no la he visto.

—*¿La caza del Octubre Rojo?*

—No.

—*¿La guerra de las galaxias?*

—Sí que he visto *La guerra de las galaxias* —dije, feliz de poder ayudar.

—Me encantó esa película —dijo la enfermera gorda—. Me encantó que siempre quisieras que todo el mundo estuviera bien y que no les matara Darth Vader.

El doctor hizo un gesto con la mano a la enfermera, pero me miró a mí.

—¿Recuerda cómo Darth Vader tenía un lugar en la nave espacial que dirigía todo, que estaba totalmente al mando de todo?

Asentí con la cabeza, pero sólo recordaba cómo yo sabía que no era realmente él el que hablaba directamente. No recordaba el resto de las cosas.

—Bien, verá, el lugar de la nave espacial donde Darth Vader dirigía todo era, para su flota espacial, lo que la mente de su padre es para el resto de su cuerpo: el corazón, los pulmones, el estómago, etcétera.

—Vale.

—Bueno, ¿recuerda esa escena al final de *La guerra de las galaxias*, cuando Luke lanza una bomba de fotones por el vertedero y hay una imagen digital de una señal luminosa corriendo por todas partes hasta que llega a la sala de mandos de Vader?

—Y Han Solo le salva disparando a los guerreros del emperador que estaban escondidos detrás de él —añadió la enfermera gorda con emoción.

—Sí —dijo el doctor—, a Luke Skywalker le salvó Han Solo, pero ¿qué ocurrió con el centro de mando de Vader?

—¿Saltó… por los aires? —pregunté, bastante seguro de estar en lo cierto.

—Exactamente —dijo el doctor con su voz más profunda. Se pasó sus dedos blancos por el pelo corto—. Exactamente —dijo otra vez.

—Darth Vader escapó al deshacerse del guerrero del emperador. Estaba en las otras películas —informó la enfermera.

—Pero ¿de qué servía la flota sin la sala de mandos?

—Él podía algo así como leer las mentes. Tal vez había…

Pude darme cuenta de que el doctor se estaba enfadando con la enfermera.

—Lo que quiero decir es que el puesto de mando es como el cerebro del señor Ide. Una vez que el fotón explota allí, la situación es muy mala.

—¿Papá no está bien?

—La única sección del cerebro que está mostrando algún tipo de actividad eléctrica es el bulbo raquídeo. El bulbo raquídeo realmente tiene un solo propósito, que es regular la respiración. Es algo muy mecánico, la respiración.

—Pero él está respirando.

—Sí, respira. Pero el centro de mandos ha desaparecido.

—¿Desaparecido? —repetí.

—La bomba de fotones —añadió la enfermera mientras me apretaba el brazo.

Papá murió una hora después. La cama había dejado de inclinarse y ya no estaban la mayoría de las máquinas grandes. Papá estaba muy congestionado y su respiración era una lucha. Le sostuve la mano y sus párpados se agitaron, y luego dejó de respirar. Le solté la mano y yo estaba bien, pero entonces dije, tan bajito que apenas pude oírme a mí mismo: «Adiós, papá», y lloré. No permití que me vieran llorar. Esperé hasta que estuve sereno, luego me eché un poco de agua fría en los ojos y fui al puesto de las enfermeras.

Llamé a la casa de pompas fúnebres de East Providence de la que me había hablado la tía Paula. Hablé con una mujer llamada Polly que dijo que quería que supiera que no estaba solo. Eso era parte del servicio que ofrecía esta funeraria. Me dijo que mandaría a un hombre que subiera hasta Maine y recogiera a papá. Pensé que sonaba raro que viniera alguien y agarrara a alguien y le llevara a su funeral. Cuando uno piensa en la muerte, realmente no hay nada igual.

Cargué el Buick con algunos bártulos y le dije al tipo del motel que me quedaba con la habitación, pero que iba a estar fuera un tiempo. Luego fui en coche hasta Biddeford para contarle a mamá mis planes de volver a East Providence unos cuantos días, sin decirle que papá había muerto.

—¿Mamá? —dije, sentándome cerca y tocándole el hombro—. Mamá, soy Smithy, mamá. Todo va bien, y papá está bien, pero tengo que volver a East Providence un par de días. Me llamaron de Goddard y eso. Así puedo regar las plantas y demás. Pero papá está bien. De verdad.

Mamá parecía estar encogiéndose en su enorme cama. Nunca me había dado cuenta de lo diminuta que era. Siempre parecía tan absolutamente poderosa. En realidad hay demasiada historia que contar, de todos nosotros, de las cosas que hacíamos, como las excursiones, y cómo a ella le encantaba que yo corriera tanto. Hay definitivamente demasiado, porque yo estoy tratando de entender el conjunto y no una parte de las cosas. Mamá era maravillosa, y papá era maravilloso, y ya está. Después de que Bethany desapareciera por última vez, de eso hace ahora casi veinte años, se extinguió la actitud de mis padres de no mencionar nunca la muerte. Creo que mamá sabía que esa vez la voz tenía a Bethany, por fin, toda para ella.

Besé la frente de mi madre, que sentí seca en los labios, y salí de su habitación. Creo que ella me oyó. Sus ojos estaban vidriados en una neblina y medio abiertos, pero uno oye con los oídos. Al menos eso es lo que siempre me habían enseñado.

Había llegado a mi coche cuando Toni, de cuidados intensivos, me alcanzó.

—Señor Ide —me llamó—, le necesito, rápido.

Corrimos de vuelta al hospital y subimos corriendo a la habitación de mamá. Sentí un dolor en el pecho, como si un par de pinzas hubieran apresado algo importante, y el sudor me salía a chorros a través de la camisa de tela vaquera. Si me iba a dar un infarto, era probablemente uno de los mejores lugares para que me diera. La verdad es que pensé eso y en realidad casi lo digo en alto. Mi tripa estaba viva, como si fuera otro hombre, con vida propia. Yo la seguía, eso es todo, y mi corazón era el motor que hacía funcionar a ambos.

Un médico indio estaba dentro con mamá.

—Éste es el doctor Deni —dijo Toni.

—Ahhh —dijo él muy sonriente—, el chico.

El doctor Deni era bajo y enjuto, con el pelo blanco y largo. Llevaba un traje bonito, con la chaqueta cruzada, creo, que le sentaba muy bien. Llevaba un estetoscopio alrededor del cuello.

—Soy el doctor Deni —dijo.

Le estreché la mano.

—Gracias. Muchísimas gracias.

Me puso la mano en el brazo y me tocó suavemente con los dedos.

—Ahora la madre se va hacia Dios. En su pequeño y apresurado aliento, puede oír sus plegarias.

31

Yo no oía nada. Su respiración era tan diminuta como ella. ¿De qué estaba hablando? Empecé a hacerle una pregunta, pero el pequeño indio me cortó.

—Esto se llama el síndrome séptico y es un viejo enemigo de los traumatismos. La madre estaba respondiendo, pero ahora aquí le ha llegado la sepsis.

Toni me lo tradujo.

—En una situación de sepsis, el cerebro, o algo en el cerebro, no sabemos qué, ordena al cuerpo que empiece a luchar para mantenerse vivo, pero eso dispara la temperatura, la sube por las nubes y no podemos bajarla.

Aquí viene lo estúpido que yo podía ser. Dije:

—Mamá solía darme un baño tibio. ¿Han probado eso? ¿Han probado con un baño tibio?

—La sepsis se detiene cuando quiere, y no quiere hacerlo.

—Madre está marchándose ahora. Venga y siéntese. ¿Quiere que me quede?

Me senté.

—Ah…, no…, estoy bien. Muchas gracias.

—Estaremos en el puesto de las enfermeras —dijo Toni.

Mamá parecía igual, excepto que, como me había dicho el doctor Deni, podía oír sus pequeñas respiraciones. Resoplidos, realmente. Sus ojos estaban todavía un poco abiertos, pero yo sabía que no podía oírme. Coloqué su fino pelo sobre la almohada con los dedos.

—Así —dije.

Me concentré en la respiración de mamá, y me dije a mí mismo que eran respiraciones pequeñas, pero fuertes. Pequeñas y fuertes, como mamá, y cuando fuera a casa yo le diría a todo el mundo que este doctor indio me dijo que ella iba a morir, pero su respiración se hizo más y más fuerte y todo su cuerpo se enfrió y ella estaba viva.

Pero dejó de respirar. No me he sentido nunca tan estúpido. Mamá. Fui al puesto de las enfermeras.

—Creo que mamá ha dejado de respirar.

Toni y otro enfermero, un hombre mayor, entraron en la habitación y yo les seguí. Cerraron los ojos de mamá, sacaron el suero y se marcharon. Todas las máquinas y los monitores estaban apagados. Me quedé de pie, luego me senté, entonces recordé que papá estaba muerto y que yo le había mentido sobre él. Era razonable mentir, porque mamá era tan diminuta y esa noticia era tan grande…, pero he aprendido que es mejor no mentir a tu madre en el momento de su muerte. Parece que nunca deja de molestar a una persona. Una mentira como ésa es una de las razones principales por las que hablo en alto cuando estoy solo. Digo: «Mamá, papá ha muerto en el hospital general de Portland, pero todo sigue bien».

Uno no se desliga nunca de su familia.

A veces suceden cosas que le hacen a uno sentir que no puede tenerse en pie. Luego son las rodillas, las piernas, el corazón. Puse la cara debajo de la de mamá hasta que pude levantarme.

4

Norma Mulvey, la hija de nuestra vecina Bea, era cuatro años menor que yo, y como no había muchos chicos de su edad en la zona, siempre quería jugar conmigo. Cuando yo tenía once o doce años supongo que no estaba tan mal; pero cuando crecí y ella estaba todo el rato en todos los sitios donde estaba yo, me volvía loco. No es que Norma no fuera simpática cuando era una niña. Norma era muy simpática, y callada y tímida, pero, aun así, los de dieciséis o diecisiete años no deberían tener críos siguiéndoles por todas partes.

Norma también adoraba a Bethany. Ella aparecía de pronto. Normalmente estábamos cenando y papá escuchando a los Red Sox en la radio, y, sin llamar ni nada, allí se presentaba Norma.

—¡Hola, Smithy! —gritaba, y se sentaba a mi lado, mugrienta, con sus coletas y sus nueve años.

—Ah —decía yo.

—Hola, preciosa. Norma Mulvey es mi favorita —solía decir Bethany.

—¿Te apetece un platito de macarrones con queso? —mamá era tan buena realmente.

—Vaya, vaya, vaya —decía Norma—. ¿Cómo van, papá? —Norma llamaba a mamá «mamá» y a papá «papá». No se complicaba.

—Cinco-cuatro, buenos chicos.

—¡Viva!

Todo el mundo se reía, menos yo. Tenía trece años. Me tenía hasta los pelos.

Una vez, lo recuerdo de forma tan clara que se destaca en mi memoria, había una función de títeres que Norma quería hacer. Había visto una en *Capitán Canguro* y no podía hablar de otra cosa, ni cantar otra cosa, ni soñar con otra cosa, así que Bethany consiguió una caja vacía del refrigerador e hizo un agujero de la mitad hacia arriba para hacer un escenario. Bethany entró en la casa y me sacó afuera. Creo que yo tenía catorce años, así que Norma tendría diez. Era el último año que Bethany estaba en la escuela.

—Mira lo que hemos hecho Norma y yo.

—¿Qué es?

—¡Es una función de títeres! —gritó Norma.

—Necesitamos a alguien para que haga de títere masculino —dijo mi hermana con seriedad—. Norma quiere hacer una función sobre una princesa que está en una torre y un caballero que la rescata.

—Eso es una estupidez —dije.

—¡No lo es! —gritó Norma.

—Ten cuidado, Garfio —dijo mi hermana—. Tienes que hacer estas cosas o vas a terminar como un idiota sin amigos.

—Me pido ser Roxanne —dijo Norma, ajena a nosotros. Sostenía una pequeña muñeca de pelo negro y ojos que se cerraban cuando la soltabas y me dio un muñeco. Le había puesto alrededor un pequeño pañuelo a modo de capa.

—No voy a jugar con muñecas.

—No son muñecas, son títeres. Es Rex. Rex salva a Roxanne. ¡Te quiero tanto! —gritó Norma.

—Norma quiere a Smithy —cantó mi hermana.

—Me voy.

—¡Rex no se puede ir! —chilló Norma.

—No te puedes ir. Si te vas, vas a terminar siendo un idiota como el tío Conde, y no vas a tener ningún amigo.

—Ésa es tu estúpida voz.

—No sé de qué estás hablando.

—¡Quiero a Smithy todo esto! —gritaba Norma, manteniendo separados sus flacos brazos.

—Vete a tu casa, imbécil.

—Ten cuidado, Garfio.

—Pequeñaja asquerosa. Deja de seguirme a todas partes.

Norma se quedó allí de pie y empezó a gritar y a llorar a la vez. Bethany la abrazó y me fulminó con la mirada. Yo la miré mal también. Tenía catorce años, en el noveno grado había participado en el equipo de baloncesto, ¿y suponían que iba a jugar con muñecas? Los ojos de Bethany eran verdes lima.

—Vale. Si deja de llorar de forma estúpida.

Norma se restregó los ojos hasta ponérselos rojos y dijo que me quería. Me sentí tan estúpido, de ser Rex, claro, de que me mangoneara mi hermana. Pero rescaté a Roxanne aunque la Roxanne de Norma no dejaba de besar a Rex con unos grandes y estúpidos besos bien sonoros.

5

En 1963, un tipo llamado Wa Ryan compró un Volkswagen usado y lo arregló. Wa casi había terminado el instituto en la clase de Bethany, pero era uno de los chicos más tontos de la escuela. A Wa le apasionaban los coches. Vivía tres calles más abajo con su madre, que tenía enfisema y solía hacer ejercicio caminando increíblemente despacio, casi a cámara lenta, hasta la calle principal, sosteniendo un cigarrillo sin encender. Wa trabajaba siempre en el Volkswagen en la parte delantera de la estrecha entrada de coches de su casa. Todas las entradas de East Providence son estrechas, al igual que todas las casas son pequeñas, de dos, a veces de tres dormitorios pequeños, y patios pequeños que normalmente tienen unas pequeñas huertas. Hay una uniformidad que es agradable, supongo. Es cómodo, supongo, no superarse unos a otros. Pero Wa, como he dicho, extrajo los parachoques, elevó la carrocería con muelles de camión, puso en la parte delantera una parrilla que imitaba a la de los Rolls-Royce y quitó los silenciadores. Luego lo pintó de rojo sangre.

Se podía oír cuándo llegaba Wa. No es que corriera por ahí como un loco ni nada por el estilo, eso no forma parte de la cultura de los Volkswagen arreglados.

Conducía normalmente, pero haciendo mucho ruido y muy complacido con su creación. Le encantaba que la gente admirara su trabajo, sin pararse ni una sola vez a considerar que la mayoría pensaba que era simplemente otro tipo con un coche extravagante.

Fue el primer sábado de abril. Lo recuerdo porque papá y yo no nos perdíamos nunca el primer día que empezaba la temporada de la pesca de la trucha en Rhode Island. Teníamos siempre listas nuestras cosas desde la noche anterior, el coche cargado con sándwiches y refrescos y lombrices de tierra y las cañas de pesca con mosca. El primer día no era un día para llevar moscas, ni siquiera ninfas que botan bajo. Las truchas querían carne, así que nos asegurábamos de llevar un sedal largo muy ligero y un gancho bifurcado para conseguir el cebo allí donde estuviéramos, en las profundas y lentas pozas del río Wood. Nos levantábamos siempre muy temprano, a veces a las cuatro o a las cuatro y media, para poder estar en nuestros sitios antes del amanecer, cuando empezaba oficialmente la temporada.

No tengo muy claro lo que pescamos, pero normalmente nuestro límite estaba en seis cada uno a mediodía, y normalmente papá se caía o ya tenía agua en las botas a las diez. Recuerdo que nos comimos un par de sándwiches de atún que había hecho papá, unos que estaban malísimos, porque no se había entretenido en mezclar bien el atún y la mayonesa. Luego volvimos en coche a East Providence.

Cuando metimos la trucha en la cocina, mamá estaba sentada a la mesa, llorando. Tenía un modo de llorar tan comedido que era realmente espantoso. Papá y yo pensamos lo mismo a la vez.

—¿Dónde está Bethany? —dijo mi padre, sujetando el colgajo de truchas.

Mi madre esperó un momento para serenarse.

—¿Quieres un poco de agua, mamá?

—Bethany está en el hospital.

—Dios mío —dijo mi padre, cerrando los ojos con fuerza.

—Está bien —dijo mamá—, Bethany está bien. Se trata de nuestra pequeña Norma. Iba andando a la panadería Sunshine y la atropelló un coche.

—Dios mío —dijo mi padre otra vez—. ¿Estaba Bethany con ella?

—No, fue al hospital en cuanto nos enteramos. Pobre Bea.

—Dios mío.

Envolví las truchas en papel parafinado y las puse en el frigorífico. Papá y yo nos cambiamos de ropa y luego nos fuimos todos a Providence.

El hospital de Rhode Island está situado sobre una pequeña elevación y domina el poco utilizado puerto de Providence. En 1938, un huracán increíble sopló sobre Block Island, se adentró por la costa de Connecticut-Rhode Island y subió hasta el río Providence. Todavía se ven allí muchos daños. Se podían ver a través de las ventanas de la zona de espera de la sala de urgencias. Preguntamos por Norma y nos enviaron a cuidados intensivos, en la cuarta planta del ala nueva del hospital.

Bethany estaba sentada en la repisa de la ventana de un hueco que se había destinado a una especie de área de descanso. Bethany corrió y nos abrazó a papá y a mamá y a mí.

—¿Dónde está Bea? —preguntó mamá.

—Se la han llevado a la sala de urgencias porque se ha desmayado. Yo le estaba dando la mano y se desmayó. Ay, mamá, es tan horrible. Pobre Norma, pobre Normita —Bethany empezó a llorar y mamá también.

Papá encendió un cigarrillo y movió la cabeza:

—Dios mío.

Bethany se tranquilizó.

—Tiene presión detrás de la oreja. Tiene todos esos huesos rotos y cortes. Cuando el doctor le dijo a Bea que iban a tener que operar para detener la presión, Bea se desmayó.

Eso es en lo que yo estaba pensando, en nuestra familia en el hospital con la pequeña Norma. No sé por qué. Tal vez sea porque nos sentamos todos juntos un rato y nos concentramos exactamente en lo mismo. Puede que sea por eso. Como si todo el mundo se hubiera convertido en una sola persona por un momento y la más mínima cosa afectara a todo el mundo casi exactamente del mismo modo. Una participación bastante cómoda, si no tienes más remedio que participar en la tragedia del Volkswagen trucado de Wa Ryan. Pero ahora se trataba de papá y mamá y de otros hospitales.

Llamé a Polly a la funeraria y le dije que serían dos en el funeral y Polly dijo que por lo menos estaban juntos. Llamé a la tía Paula y al Conde y les dije que papá y mamá habían fallecido, y luego volví al motel, cargué el coche con el resto de mis cosas y me fui a Rhode Island.

Fui directo a casa de mis padres, en vez de ir a mi apartamento cerca de Goddard. El Karmann Ghia de 1971 de mamá, completamente oxidado en el extremo delantero, estaba en el garaje. Estaba oscuro, pero encontré la llave de repuesto de papá en el clavo del garaje. Estaba detrás de una pila de botes de pintura. Me metí en la mosquitera del porche y abrí la puerta trasera. Olía a salsa Worcestershire. Ése era el olor de nuestra cocina. Nos encantaba la salsa Worcestershire. En pasteles de carne y hamburguesas, y ¿saben qué otra cosa coge ese sabor fuerte tan agradable con la salsa Worcestershire? Los pasteles de bacalao. Es una salsa que sirve para todo. Me senté un rato en la cocina sin encender ninguna luz y pensé en carne estofada con nabos y repollo y hasta en carne en conserva con un poco de Worcestershire. Encendí un cigarrillo y saqué dos cervezas del frigorífico. Me las bebí rápidamente y saqué otro par.

Fui a la pila de la cocina y me eché un poco de agua fría en la cara. Había salido la luna y las estrellas, y entró una brisa nocturna húmeda, fresca y agradable cuando abrí la ventana sobre la pila. La casa de los Mulvey era la casa de al lado y no había luces encendidas, pero era muy tarde. Algunas veces me encontraba junto a la ventana de la cocina de mamá, fregando los platos, ya que cuando iba allí desde mi apartamento para cenar ayudaba a recoger, y cuando estaba en la ventana veía a Norma, junto a su ventana, mirándome, creo. Pensaba que la pillaría mirando, pero entonces se daba la vuelta como si no me estuviera mirando.

Después de que resultara tan gravemente herida con el Volkswagen, visitamos el hospital muchas veces, y cuando Bea la trajo a casa en esa silla de ruedas nos acercábamos allí, pero Norma estaba tan triste y lloraba tanto y Bethany había empezado a hacerse daño a sí misma con los puños y con las uñas que, de algún modo, dejamos de acercarnos por allí. Algunas veces la veía entrar en la furgoneta especial que el estado utilizaba para recoger a esos chicos, a esos chicos heridos para ir a la escuela de Pawtucket que era, supongo, para discapacitados. Después, con Bethany y todo eso, era como si la pequeña Norma y su pequeña silla de ruedas no estuvieran nunca allí en realidad. Bueno, al menos para nosotros, la familia de Bethany. Se hace tan difícil acercarse, y cuanto más te dices a ti mismo que te vas a acercar y luego no lo haces, se convierte realmente en algo tan difícil que parece imposible. Así que a excepción de esas miradas en la pila, y esa especie de asomarse por detrás de las cortinas de Bea, supongo que no había visto a Norma, realmente, durante treinta años. Me preguntaba si ella me veía, si me veía todo, el peso, los cigarrillos, las cajas de cerveza y si sabía que ya no era un corredor. Se piensan cosas extrañas cuando uno está en la casa de sus padres.

Abrí otras dos cervezas y caminé por la casa a oscuras, hasta el salón. Sentado allí, en el sofá verde de mamá, traté de concentrarme en las responsabilidades que tenía en los dos días siguientes, intenté ordenar con exactitud lo que debía hacer. Me fumé un par de cigarrillos más, terminé las cervezas y me dormí en el sofá. Demasiado frío para estar cómodo, demasiado borracho para ir por una manta.

6

Hay que aprender a mirar a alguien a quien verdaderamente adoras a través de unos ojos que no son en realidad los tuyos. Es como si uno tuviera que convertirse
totalmente en otra persona para ser capaz de mirar con
detenimiento. Las personas buenas protegen a sus seres
queridos, aunque eso signifique fingir que todo va bien.
Cuando las poses y las desapariciones se convirtieron en
un modo de vida para Bethany, adoptamos la actitud de
tomárnoslo casi con tranquilidad en nuestras búsquedas.
Como si estuviéramos tratando de convencernos a nosotros mismos de que no sucedía nada malo. Hasta lo de
golpearse contra las paredes quedaba involuntariamente
velado una vez que pasaba el filtro de las conversaciones
de mis padres. Pero después de que Bethany se graduara
en el instituto, su voz comenzó a lanzar por el aire todos
los signos sutiles de la autodestrucción.

Mi hermana se quedó viviendo en casa al terminar
el instituto. La habían aceptado en un colegio universitario católico para chicas, el St. Regina Teachers College, en Bristol, Rhode Island, y durante un tiempo mis
padres pensaron que para ella sería una situación perfecta vivir en casa y viajar todos los días los cuarenta kilómetros que había a Bristol. De ese modo, ella podía ser

en cierta medida independiente, pero papá y mamá podrían vigilarla. Papá le compró un pequeño Renault Dauphine azul de segunda mano formidable. Todos teníamos una sensación maravillosa acerca de nuestros planes universitarios. Yo estaba eufórico, y esa luminosidad caía sobre mis padres, y supongo que sobre mí también, como si hubiera salido el sol o algo por el estilo.

Bethany había pasado todo el verano trabajando en la droguería Peoples. Su trabajo fue todo un éxito en casa de los Ide, y papá y mamá no dejaban de felicitarla por lo bien que trataba a los clientes y por lo mucho que trabajaba. Yo me dedicaba a cortar el césped cuando podía encontrar ese tipo de trabajo, pero la mayoría del tiempo cogía mi aparejo de pesca y me iba con la Raleigh hasta la fábrica Shad. Iba a cumplir dieciséis años ese otoño y ya tenía el permiso de conducir, pero conducir no era algo que me pareciera tan fabuloso, mientras tuviera mi bicicleta.

En verano, especialmente en agosto, el agua de los lagos se evaporaba bastante. Los riachuelos que alimentaban o que se alimentaban de los lagos se secaban también. Shad se quedó especialmente bajo el verano del último año de instituto de Bethany, pero tenía cierto tipo de belleza con su agua negra y la forma en que contrastaba con el campo, que se volvía marrón como las ramas.

A un pescador no le hacía falta ser un experto para saber que para pescar peces buenos había que poner el cebo bajo. Yo utilizaba gusanos peludos con lastre de color negro y naranja que papá y yo solíamos atar. Son bastante buenos para la trucha de primavera, que era lo que papá pescaba, y absolutamente mortales para los lucios, las mojarras y las percas gordas que se colocan en los agujeros por debajo de la fábrica Shad. Los arbustos de la orilla eran gruesos y estaban secos, e incluso cuando me quitaba las zapatillas para meterme en el agua, era imposible hacer un lanzamiento utilizando la pesada y vieja caña de pesca con mosca de fibra de vidrio de dos con siete metros que yo tenía. Había que tirar el gusano de lana o la ninfa allá arriba, en las cascadas, y dejar que la corriente lo hiciera rebotar dentro y alrededor de los agujeros y los bordes de los peñascos. Ésta es la única manera de pescar debajo de las cascadas. Ya no tengo equipo de pesca. No creo que pudiera recordar cómo atar esos fantásticos gusanos peludos, pero seguro que sí recordaría lo suficiente, si alguna vez me encontrara en una cascada sin otra cosa que una caña de pesca con mosca, como para saber que hay que lanzar la mosca justo desde arriba a las agitadas aguas.

Fue hacia mediados de agosto. Me había levantado temprano como hacía normalmente, porque un corredor no duerme casi nunca y, en cualquier caso, porque quería cortar el césped de la señora Lopes y tener todavía el día entero para pasarlo en Shad. Cuando llegué allí, entre el trabajo del jardín y el paseo en bicicleta, sudaba como un pollo, así que me quité la ropa y nadé un poco en el lago. Luego caminé por el agua hasta el arroyo de abajo, lanzando mis gusanos peludos según iba pasando. El lance tiene un efecto hipnotizador. El lance rodado, el que yo usaba para las moscas, sale perfecto sólo una vez aproximadamente de cada cincuenta lanzamientos, pero cuando por fin consigues ese primer lance rodado perfecto no queda ni un pensamiento en tu mente, así que no notas esa gran curva de desplazamiento.

Pesqué unas cuantas preciosidades, firmes y llenas de colores, y, por supuesto, gordas, debido a los insectos y a los pececillos que rodaban por las cascadas hacia el interior de sus bocas. Las que más me gustan son las percas, así que me quedé con unas cuantas, las limpié bien y dejé escapar los lucios y las mojarras. Siempre me sentía satisfecho con una nasa de percas. A papá le gustaba decir que yo no sólo era un pescador experto, sino que además nadie sabía freír una perca mejor que yo. Tenía razón. Sabía pescarlas y cocinarlas en su punto. El secreto, recuerdo, era que en vez de pan rallado utilizaba copos de maíz triturados.

El mejor camino para volver en bicicleta a casa desde la fábrica Shad era por las granjas de pavos de Rehoboth. Se añadían unos cuantos kilómetros al viaje, pero no había muchos coches en esas viejas carreteras, y los olores de los pavos, que la gente encuentra tan asquerosos, a mí me parecían en cierto modo agradables. Es difícil pensar que su mierda huela bien, pero lo que quiero decir es que los propios pavos son tan interesantes, y hasta se puede decir tan bonitos, a su manera, que tienes que pasar de los olores. Bueno, el caso es que era un camino de vuelta a casa placentero. Al caer la tarde, las brisas que soplaban sobre los pequeños estanques de las granjas lo refrescaban todo, y cuando conseguía un ritmo de pedaleo cómodo era como el lance rodado: hipnotizador.

La avenida Taunton separaba extraoficialmente Rhode Island de Massachusetts. No era una frontera

46

propiamente dicha, y en algunos lugares ni siquiera algo parecido a una frontera, pero la vieja carretera Taunton-Twin Pike tenía una majestuosidad que para entenderla era preciso vivir en sus alrededores. Me la imagino como una especie de río de asfalto. Yo giraba para coger la avenida Taunton justo después de la última granja de pavos, Amaral Turkey Land, y me dirigía hacia East Providence. A veces paraba en Seekonk, el límite de Rhode Island, para comprar un refresco en el minigolf Chip'n'-Putt, y si no era demasiado tarde jugaba una partida yo solo. No hay otra forma de hacerlo en el Chip'n'Putt. Me gustaba eso de jugar contra mí mismo. Pero ese día estaba anocheciendo, así que me salté el refresco y el juego. Pasé con la bicicleta por delante de la nueva bolera con bolos automáticos, el autocine Bay View, desde donde no había vistas de la bahía, y la gran colina donde tuvo lugar el famoso accidente de coche de los Rendini en 1951, cuando once miembros de la familia Rendini de North Providence se chocaron contra un camión de petróleo de Pensilvania. Papá jugaba al béisbol con dos de los chicos de los Rendini. Decía que tenían buenos brazos y eran rápidos hasta la base. Todos muertos en 1951.

Después del Luck Is All Trailer Park, en lo alto de la colina, había sólo unos diez minutos hasta casa. En vez de girar por la avenida Pawtucket arriba hasta nuestra casa, continué pedaleando en Taunton hasta el pequeño centro comercial, donde Bethany trabajaba en la farmacia y droguería Peoples.

Había dos coches patrulla de la policía, con las puertas abiertas y los motores en marcha, aparcados a la puerta de Peoples. Desde la bicicleta pude ver una multitud en la esquina derecha trasera de la tienda, donde el señor Allenizio, que era el gerente de la tienda, tenía un pequeño mostrador con refrescos y tentempiés y un estante con revistas. Se me hizo un nudo en el estómago y me di cuenta de que el día se había puesto gris oscuro. Olía a otoño, aunque se levantaba polvo en el aparcamiento. Bajé el pie de apoyo, dejé la nasa sobre el manillar y me dirigí al interior.

El señor Allenizio había almacenado una enorme cantidad de productos de verano y, como ya estábamos en agosto y gran parte de ellos no se habían vendido, los había trasladado a la parte delantera, colocados en dos pasillos. Era una buena idea, pero le daba un aspecto de tienda de tres al cuarto, con flotadores de plástico y gafas de sol baratas y esas cosas. Pero no era una tienda de mala calidad. En realidad era una tienda con estilo y supongo que sofisticada en cuanto al sistema de archivo para las prescripciones y el sistema de crédito para la facturación del señor Allenizio. Por lo menos Bethany decía que era sofisticada, y ella, cuando estaba en un buen momento, tenía una gran intuición para ese tipo de cosas. Ahora la tenían inmovilizada en el suelo, entre Bill Poland, de la policía de East Providence, y otro agente.

—¡Déjennos espacio! —gritó Bill. Era un hombre grandón, con una enorme barriga.

Había tres o cuatro clientes en el sitio y se fueron marchando poco a poco de la tienda. El señor Allenizio se quedó junto a Bethany y los dos polis que la sujetaban y se abrazó a sí mismo.

Las piernas me pesaban, pero las moví en silencio pasando por delante de la laca y los cosméticos hasta donde estaba tumbada mi hermana. Bill Poland miraba a su alrededor como si las paredes tuvieran una respuesta.

—Llama a sus padres —le dijo al otro policía.

—Tal vez sea mejor que llamemos sólo a una ambulancia.

—Llama a sus padres —dijo Bill de nuevo—. Ide, en la avenida Brightridge.

El policía fue hasta el teléfono pasando por la caja registradora. No podía ver a Bethany de cintura para arriba, tapada como estaba por la gran barriga de Bill.

—¿Bethany? —la llamé bajito.

Bill retiró la vista de ella y me vio. Había jugado al béisbol con papá durante años y algunas veces incluso nos había llevado a casa al terminar el partido en el coche patrulla azul.

—Por Dios —se dijo casi a sí mismo—. ¿Por qué no te quedas ahí? Estará bien.

—¿Qué…?

—Le dio un mareo. Creo que fue un mareo —dijo el señor Allenizio sin que le preguntaran.

—Estaba enseñándole una nueva crema facial a una señora y de repente se puso a hablar en una lengua rara. Empezó a gritar cosas, empezó a decir «chay» y «chi» y «sordinas» y corrió hasta el fondo de la tienda y se subió al mostrador y con las uñas…

—No te preocupes, chaval —dijo Bill—. No te preocupes. Es una buena chica. Estamos llamando a tu padre.

—¿Ide? —gritó el policía que estaba al teléfono.

—¡Ide! ¡En la avenida Brightridge! —gritó Bill como respuesta.

Bethany había estado callada, pero ahora murmuraba mi nombre.

—Garfio. Ay, Garfio —dijo en voz baja, entre sollozos, tratando de aguantar la respiración.

—Estoy aquí, Bethany —dije, moviéndome hacia ella.

—Chico, por favor —dijo Bill, subiendo la mano.

—Estoy bien —dije.

Bill fue soltando a Bethany despacio, luego se levantó.

—Garfio —volvió a sollozar.

—Estoy a tu lado, Bethany —dije, moviéndome para tomar el sitio de Bill.

Me quedé junto a mi hermana y me tambaleé. Cerré los ojos con fuerza, luego los abrí otra vez y sentí que la cabeza se me nublaba. Me arrodillé junto a ella y le aparté su pelo negro de la cara, hacia el suelo. Abrió los ojos y me miró. Hasta me dedicó una pequeña sonrisa.

—Garfio —dijo.

Respondí con una sonrisa a mi hermana y su hermosa y dulce cara destrozada por las sanguinarias uñas de su voz. Las irregulares marcas se hundían hasta el hueso. Es asombrosa la cantidad de sangre que pueden llevar unas venas tan pequeñas.

—Estoy aquí, Bethany —dije—, Garfio está aquí.

7

Polly Sutter era una mujer pequeña de pelo castaño, de unos cuarenta años, con dos lunares negros en la
sien del tamaño de una moneda de veinte céntimos. Llevaba una chaqueta negra larga que le llegaba casi tan bajo como su falda negra plisada. Olía exactamente a los cigarrillos Camel.

—¿Cómo va eso? —dijo, haciendo un gesto de pé-
same como si supiera lo que yo iba a decir.

—Bien.

—¿Mucha gente anoche? ¿Estuvo bien?

Ésta era la segunda y última noche de velatorio de
papá y mamá en la funeraria de Polly y Dick Sutter. Eran
hermanos, hijos del último Richard Sutter, el dueño original de Sutter Rest y nietos de Bob Sutter, que escribió
un libro sobre el jamón de Virginia titulado *La sal: cómo
mantener la carne fresca sin hielo*. Polly tenía una cita la
primera noche de velatorio y estaba sedienta de noticias.

—Estuvo bien —dije.

—¿Y esta noche? ¿Mucha gente?

—No lo sé.

—La vida —dijo, encendiendo un cigarrillo con la
colilla del anterior—, la vida tiene gracia. Pasamos por
muchos altibajos, inviernos y veranos, pero en algún

lugar, algunas veces, es buena. Quiero que piense en todos esos buenos momentos.

Polly tosió y sonó un ruido de flemas en lo más profundo.

—Ay, por Dios —tosió—, tengo que dejarlo.

Miré a Polly y me pregunté si Dick amortajaría a su hermana cuando le llegara la hora. Me pregunté si Dick y Polly habían amortajado a su padre.

La tía Paula y el Conde se quedaron junto a mí a los pies de papá y mamá y estrechamos la mano de la gente que pasaba en fila. La mayoría eran amigos de la escuela o masones o amigos de la iglesia o del béisbol, pero hubo algunos enemigos también, como el señor Mayeo, que tenía un criadero de chuchos ladradores, y el señor Viera con su acordeón, y hasta la horrible Liz Fox, que echó a mamá de la Agrupación del Altar para la Distribución del Cantoral. Vino todo el mundo. Todo el mundo viene cuando mueres. Vino el viejo Jimmy Boylston.

Jimmy había jugado con papá en los primeros tiempos. Era mucho mayor que sus compañeros de equipo, pero tenía agallas, decía papá. Se merecía «un respeto». Jimmy vivía ahora con la familia de su hijo y era una carga tremenda. Llevaba un traje de béisbol todo el día, incluido el calzado con tacos, y en muchas ocasiones, cuando le parecía que había tomado la suficiente delantera y el lanzador había perdido concentración, Jimmy Boylston se tiraba en la cocina como si estuviera jugando al béisbol y robando base. Para el hijo de Jimmy, Jimmy Jr., o la esposa de su hijo, las carreras y los deslizamientos no eran algo divertido. El béisbol era la vida y la muerte para Jimmy Boylston. Lo era todo.

La situación típica era que Jimmy estuviera en el cuarto de la tele, viendo sus culebrones, cuando algo le provocaba. Se levantaba lentamente y empezaba el movimiento hacia otra base, poniéndose en cuclillas. Bueno, si se le pillaba en cuclillas, en «preparados», se le podía convencer para que volviera a su sillón reclinable delante de la tele. Pero si había tenido tiempo de ponerse en posición de «listos», estabas jodido. Cuando solía robar base para los viejos Steamrollers de Providence e incluso más tarde con el club Socony de papá, se estaba quieto como un ratón hasta que se disparaba hacia la segunda base. Soltaba un feroz «yaaaaa» que duraba quince o veinte metros. La edad le robó a Jimmy su velocidad, vaciando primero esa cabeza corajuda, despojándolo de golpe de su arsenal, pero el tiempo no había erosionado el eléctrico «yaaaaa». Desde el cuarto de la tele, pasando por el salón y hasta las baldosas color hueso del centro de la cocina, el tiempo volvía sobre sí mismo.

—Ah, joder. Maldita sea. Mierda —tartamudeó Jimmy, estrujándome la mano con las dos suyas. Su traje de béisbol gris tenía unas rayas rojas finas. Le quedaba ancho y estaba desgastado, pero lo tenía recién lavado y planchado. Llevaba los pantalones subidos y las medias rojas subidas también. Su cabeza parecía nadar en la gorra azul de los Steamrollers—. Maldita sea esta mierda. Joder —explicó bajito.

—Gracias por venir, Jimmy. Ésta es mi tía Paula y el tío Conde.

—Por Dios. Mierda, mierda, mierda —asintió él, a modo de consuelo.

Jimmy se restregó en la alfombra con los tacos.

—Papá no podía faltar —dijo Jimmy hijo por detrás de él—. Sentimos mucho lo de tus padres.

—Joder, mierda. Joder —asintió Jimmy solemnemente.

—Vamos, papá.

—Al menos —dijo Jimmy—, al menos, al menos, al menos. Hay una cosa buena. Hay una cosa buena.

Los ojos de Jimmy se le llenaron de lágrimas y apretó las mandíbulas.

—Por lo menos esos gilipollas de los Boston Red Sox no le romperán ya más el corazón a tu padre.

—Tiene razón, Jimmy.

—Bueno —hizo una pausa y respiró hondo, produciendo un silbido—. Joder.

Jimmy y Jimmy hijo continuaron, pasando por delante de papá y mamá. Tenía una pinta estupenda con su traje gris de jugar en casa. No se quitó el sombrero, pero no tenía importancia. Tenía permiso. El gran momento iba a llegar pronto y él lo sabía hasta la punta de los tacos de sus zapatillas. Se encontraría con La Dama de la Guadaña con los pies por delante, yendo a una velocidad endiablada desde la primera base, con esos tacos afilados a la altura del pecho del contrario. Como decía papá: «Se merecía un respeto».

Después de una hora y media aproximadamente, me tomé un descanso. Tío Conde había empezado a contar chistes a sus amigos y, mientras que tía Paula y yo hacíamos pasar rápidamente a la gente por la fila, intercambiando simplemente un par de palabras, el tío Conde estaba allí de pie como un Buda, sujetándoles las manos y no dejándoles marchar hasta que él hubiera terminado. Se echaba hacia delante, haciendo como que miraba a su alrededor para asegurarse de que nadie le estaba observando, y salía con una de las suyas:

«Iban dos maricones…»

«Unos maricones se meten en un taxi…»

«Esto es un cura maricón…»

«Dos maricones estaban en un bar…»

«Cuatro maricones estaban en un barco…»

«Esto es un tren lleno de maricones que van a un congreso…»

El tío Conde acarreaba algo así como unos ciento treinta y seis kilos en su cuerpo de un metro setenta y dos. Yo soy un dejado, vale, ciento veintiséis kilos, un metro setenta y nueve, no puedo respirar la mitad del tiempo, una barriga con vida propia y demás, pero al lado del tío Conde estaba delgado. Bueno, no delgado, pero sólo un tío gordo más. El tío Conde pertenecía a un orden superior de foca. Había pasado el límite que dice que te dejes de meter la barriga, que te dejes de comprar ropa pequeña, que te dejes de cualquier cosa, chico, y te sientas orgulloso. El tío Conde ponía esos dos piececillos en el suelo y uno sabía que no iba a ninguna parte. Papá se reía siempre y le decía a mamá que el tío Conde le sobreviviría. Sin embargo, nunca lo creyó, nunca. Y ahora el tío Conde tenía setenta y un años, pesaba ciento treinta y seis kilos, su sangre era pura tarta de queso al estilo de Nueva York, y estaba mirando a papá y contando chistes.

«¿Me estoy corriendo? ¡Y yo que creía que me estaba parando!», ja, ja, ja.

«¡Creía que el polvo se echaba en la bebida!», ja, ja, ja.

«¿Nosotros? ¡Nos vinimos corriendo en el tren!», ja, ja, ja.

Pasé por delante de Polly Sutter al salir por una puerta lateral hacia el aparcamiento. La atmósfera de East Providence estaba húmeda, pero fresca, con un ligero toque de los efluvios de la fábrica de productos químicos Rumford, un pueblo más allá. Encendí un cigarrillo, abrí la puerta del Buick y saqué una cerveza Narragansett de la pequeña nevera que llevaba. Estaba muy fría y me la bebí directamente de la botella. La terminé rápidamente, desenrosqué otra y encendí otro cigarrillo. Tomé otro trago largo de la excelente cerveza de Rhode Island y me volví a sentar. A veces es difícil pensar. El cigarrillo es simplemente algo relajante ahora. Papá decía que él fumaba por el sabor. Para mí hay una sensación de bienestar, luego un pequeño escozor, pero en realidad no hay ningún sabor. Me gusta tomar un montón de cerveza. Y si no es un montón de cerveza, entonces cerveza y a lo mejor un poco de bourbon. Tenía algunas botellitas pequeñas, de ésas de los aviones, de Ten High, que había comprado de oferta en la tienda de vinos y licores de Rose. Las tenía debajo del asiento del Buick. No creo que una persona deba beber y conducir, y, por supuesto, nada de drogas. Abrí una de las botellitas de los aviones y me la bebí. En realidad me la bebí a sorbos, yo bebo a sorbos el bourbon. La cerveza se bebe más o menos a tragos, el bourbon se bebe a sorbos. La sorbí hasta el final, luego me tomé a sorbos otro par más de ellas.

¿Saben cómo se queda todo en silencio en los momentos extraños? Ésa era la sensación que tenía en el aparcamiento. Era un silencio que tenía vida propia. Recuerdo la noche que resulté herido en el ejército. Estábamos un chico puertorriqueño y yo sentados sobre el tronco de un árbol cortado, al borde de una zona pantanosa donde el comandante de la compañía había insistido en que acampara nuestro pelotón para pasar la noche. Había mucho ruido, como si los insectos tuvieran tambores y trompetas. El ruido era tan alto que incluso si uno hubiera podido dormirse —y no dormíamos nunca por ahí fuera por la noche—, aunque hubiéramos podido, no habría sido posible. Así que yo tenía que hacer pis y empecé a hacerlo de forma que se fuera hacia el agua cenagosa y, esto es cierto, los insectos y los bichos que se arrastraban por toda la ciénaga, no sólo por donde estábamos nosotros, se quedaron en silencio. Exactamente ese mismo silencio que era, como ya he dicho, algo sólido.

El chico puertorriqueño se llamaba Orlando Cepeda, igual que el jugador de béisbol. Le alcanzó un disparo y murió en el acto, no le dio tiempo a gritar, ni a nada. Lo que pasó es que me oyeron hacer pis. Lo captaron y empezaron todos ellos a disparar a todo lo que había en dirección a mi meada. Había siete tipos de balas diferentes de las dieciséis que el doctor me sacó del muslo, del trasero y del pecho. Me pongo nervioso cuando se queda todo muy en silencio. Es difícil de explicar, pero si tuviera que resumirlo diría que, cuando está todo muy callado, me siento siempre como si hubiera hecho algo malo.

Apagué el cigarrillo y enrosqué el tapón de la Narragansett. Tendría que hacer pis pronto, pero sabía que podía utilizar el váter de Polly y su hermano. Aquel silencio continuó llegando como una ola. Me alejé del Buick y miré a la tía Paula y al tío Conde a través de la ventana. Seguía llegando gente. Seguía habiendo gente en la fila del funeral. Me apretaba el cuello, no tenía la mente clara y la boca se me había quedado seca. A veces se me pone la boca muy seca.

—Smithy —gritó ella y me asustó. Me di la vuelta lentamente hacia donde Bethany se mantenía en una pose, en el rincón más alejado del aparcamiento. Su pelo negro se agitaba suavemente con el aire de la noche. Tenía los brazos estirados por encima de la cabeza y los dedos abiertos apuntando hacia las primeras estrellas.

—Smithy —volvió a llamar.

—Estoy aquí. Garfio está aquí.

—Estoy detrás de ti.

Empecé a girarme y luego me volví otra vez hacia Bethany. Pero Bethany se había convertido en un pequeño arce en el rincón más alejado y el pelo negro que revoloteaba eran sólo unas hojas en la noche. Es cierto, sucede, la he seguido a lo largo de los ríos y la he visto en los techos de los hospitales. Es su nitidez lo que me inquieta, y a la vez es su nitidez lo que no lo hace. La veo a ella. Veo sus brazos y sus dedos y su abundante mata de pelo, pero es un fantasma que es joven y auténtico. A veces me veo a mí mismo yendo en bicicleta hacia ella. A veces veo mis propias lágrimas en la oscuridad.

—¿Smithy?

Me di la vuelta. La silla de ruedas brillaba bajo la luz de la funeraria. Norma Mulvey estaba sentada con un aire desafiante. Había crecido en torno a sus ojos, que eran todavía de un verde pálido, pero que ya no dominaban su cara, un poco pecosa. Llevaba el pelo, pelirrojo, corto y pegado a la cabeza. Norma parecía joven. ¿Alguna vez han visto a una persona joven y han querido meter la tripa? Yo la metí, pero mi tripa tenía que vivir su propia vida y la vivía.

—Soy Norma Mulvey —dijo, con ambas manos sobre las ruedas grandes traseras.

—Lo sé.

—Lo siento, Smithy.

—Ya lo sé.

—Bea está ahí dentro —dijo Norma, haciendo un gesto hacia la funeraria. Siempre llamaba «Bea» a Bea, incluso cuando era una niña. Me acuerdo de eso—. Bea está presentando sus respetos, pero yo no quería ver a mamá y a papá en el ataúd. ¿No te importa?

—No, claro, voy a encender un cigarrillo, ¿te importa?

—No voy a explotar —se rió.

—Lo que quiero decir, en fin, la gente con lo de fumar, a veces…

—Era una broma.

—Ya lo sé.

Norma se acercó haciendo rodar la silla hasta una furgoneta azul aparcada de lado, atravesada entre dos espacios del aparcamiento.

—Es mía —dijo dando golpecitos en el lado de la puerta del conductor—. Esta pequeña palanca abre la puerta, otra palanca baja un aparatito elevador y me coloca para conducir. El acelerador y los frenos funcionan manualmente. Manualmente estoy en buena forma. Levanto pesas, tengo un buen sistema cardiovascular. De veras.

—Eso es estupendo —dije, del mismo modo que lo digo casi todo, de forma estúpida.

—Sólo quería que lo supieras.

Norma estaba muy guapa mientras hablaba. Cuando hablaba no parecía desafiante. Supongo que las personas que están en una silla de ruedas se ponen arrogantes, y esa arrogancia es un acto de rebeldía.

—Hago bocetos como *freelance* —dijo, mirando su furgoneta—. Tengo un fax, conexiones para el ordenador, una mesa de dibujo…, tengo de todo. Hago maquetas de revistas, alguna cosa para el *Providence Journal*, pero sobre todo, debido a que pueden fiarse de la firmeza de mi pulso, trabajo haciendo planos de arquitectura. Es una habilidad, ¿sabes? Soy muy, muy buena.

—Yo…

—Y como nunca te veo, sólo quería que supieras cómo me va. No quiero que pienses que ando dando vueltas por la casa de Bea sin hacer nada. Mis días consisten sobre todo en trabajar. Soy yo la que pago todas las cuentas y cuido a mi madre y no al revés. Tengo montado un sistema nórdico para hacer gimnasia, así que puedo hacer una buena tanda de ejercicios cardiovasculares.

Norma no me había mirado aún. Sus brazos y hombros parecían fuertes y estaba sentada, es cierto, muy erguida en la silla. Tenía una voz profunda que sonaba redonda y dura. Podía sentir el bourbon que me iba calentando. Empecé a sudar y necesitaba hacer pis.

—¿Tienes mis cartas?

—¿Cartas? —pregunté estúpidamente.

—Te escribí al hospital.

Lo del hospital fue hace veinticuatro años.

—Te escribí todos los días. Te enviaba buenos deseos.

—Me acuerdo.

—Entonces ¿cómo es que no viniste nunca a verme? ¿Por qué? Qué pregunta más tonta, no te preocupes. Lo siento. Siento tanto lo de papá y mamá. Eran tan buenos. Solían ir agarrados de la mano. Yo miraba por la ventana y ellos iban de la mano. Era muy bonito. Y no fue fácil para ellos. Bethany era tan guapa y tan simpática. Pero fue duro para ellos. ¿Sabes dónde está ella ahora?

—No sabemos. Quiero decir, no sé.

—Desaparecida —dijo Norma—. Daba unos golpecitos en mi ventana y cuando yo la abría me tiraba besos, o ponía una postura. Algunas veces se quedaba en la postura demasiado tiempo, ¿te acuerdas?

—Me acuerdo —dije, no tan estúpidamente.

—Era tan guapa, pero fue muy duro para papá y mamá. ¿Cómo sabe uno qué hacer cuando alguien a quien quieres se hace daño a sí mismo? Y soy limpia también. No sé, no sé si has conocido a gente que no puede moverse con las piernas. A veces se puede pensar que no pueden mantenerse limpios. Yo tengo sistemas para todo. Limpia. Y muy, muy móvil. Yo cuido a Bea, ¿sabes? En realidad, no hay nada que no pueda hacer. Tú no has cambiado.

Me puse una mano en el pecho. Se deslizó inconscientemente hacia la protuberancia de mi barriga. Allí abajo, la enorme avalancha de tripas suspendidas sobre el tenso cinturón desafiaba la ley de la gravedad y otras leyes. La mano que tenía libre pasó sin obstáculos por las varias hebras de pelo castaño canoso de mi cabeza. Estaba borracho, pero estaba acostumbrado a ello.

—Lo que quiero decir —dijo como si se corrigiera a sí misma— es que tienes muy buen aspecto.

—Tengo…, tengo que volver adentro ahora, Norma. Mis tíos…

—Ah, sí, sí, sí, claro. Lo siento muchísimo. Eran realmente gente maravillosa, maravillosa.

Volví a entrar en la funeraria. Estaba entumecido por el bourbon y la cerveza y seguía sintiendo en el corazón una aceleración y un dolorcillo que me distraían, pero aun así podía sentirla, de veras, sentir que me miraba cuando yo iba andando, como si estuviera detrás de esas persianas en la oscuridad.

8

Los mejores momentos de papá y mamá eran cuando todo estaba peor. Se apoderaba de la casa una especie de calma. Llevábamos esperando tanto tiempo lo malo que cuando llegaba era casi como un alivio. No teníamos que esperar en esa zona tensa, con los nervios de punta, porque lo que estábamos esperando había llegado, y por un tiempo estábamos a salvo de ello. De la espera, quiero decir.

Yo tenía dieciséis años cuando Bethany se tiró desde el puente rojo. Fue dos días después de Navidad y ella había estado estupendamente. De veras. La iglesia era una maravilla y Bethany había ayudado a planificar una cosa de villancicos con algunos de los otros miembros del coro. Yo no fui porque me marché a la colina Diamond, en Cumberland, Rhode Island. Algunos chicos que yo conocía iban a ir a esquiar a la pequeña colina. Yo no esquiaba, pero iba Linda Overson, y tenía que ir porque era muy guapa, y quería gustarle, cosa que nunca ocurrió. Bethany se subió a lo más alto del puente que une East Providence con Providence, contiguo al cementerio Swan Point, donde van los Ide cuando mueren. Lo que sé sobre ello procede en su mayoría de los periódicos de Providence, pero también me dio un poco de información papá, que no lo vio, pero se lo contaron algunos de los chicos del equipo de Brown, que estaban remando bajo el puente en ese momento.

Estaba nevando y hacía frío, pero mientras el río Providence, manchado de aceite, estuviera abierto, el equipo de Brown remaba. Se toman muy en serio lo del remar, lo que fue muy oportuno en el momento del salto de Bethany, pero creo que es una estupidez. Aunque yo qué sé de eso, no he ido nunca a la universidad.

Así que nevaba y estaba bastante nublado. Para que se hiele el río Providence hace falta un periodo de frío tremendo, debido al aceite, a los líquidos de la limpieza en seco y a la porquería que se ha ido vertiendo en él más o menos sin cesar durante doscientos o trescientos años. Ese día, aunque hacía frío y estaba nevando, no era parte de un frío prolongado y los equipos estaban dale que te pego con sus sesiones de ejercicios, empezando con una carrera de tres kilómetros desde el campus del East Side hasta el cobertizo para las barcas a un kilómetro escaso del puente rojo.

Bethany tenía un empleo de media jornada en la iglesia de la Gracia, en la tienda de beneficencia. Las señoras mayores que trabajaban allí eran miembros de nuestra iglesia, y el trabajo era bastante fácil, así que mis padres pensaron que podría ser un buen periodo de transición para Bethany, o bien para un empleo más serio después, o quizá incluso para intentar ir a la universidad. También iba a una clase de baile en la YMCA, y yo creo que después el trabajo que hacía en esa clase se iba mostrando en la complejidad cada vez mayor de sus poses. Llegaron a ser asombrosas, no sólo por la absoluta falta de movimiento en que se quedaba, sino también por los increíbles giros y saltos. Una locura casi perdonable.

Mi hermana salió en su pequeño Renault Dauphine fuera del aparcamiento de la iglesia, a través de Weybosset Square, y se dirigía a casa por el puente de Washington. No podremos saber nunca con seguridad lo que ocurrió exactamente, pero parece bastante probable que, en algún lugar entre la plaza y el puente, la voz de Bethany se apoderó del coche y la alejó del viejo puente de Washington hacia el puente rojo. Aparcó en el arcén de la carretera. La puerta del pasajero estaba abierta sin motivo aparente, y Bethany tampoco nos dio ninguna razón al respecto. El maletero también estaba abierto. Era un maletero delantero, ya que el motor estaba en la parte trasera del coche, y Bethany se había quitado toda la ropa y la había doblado cuidadosamente sobre la rueda de repuesto, como si parte del plan fuera volver a cogerla.

La timonel del equipo de Brown que se dirigía hacia el puente se llamaba Sheila Rothenberg. He averiguado que el timonel es el encargado de guiar la embarcación y de mantener un único ritmo constante utilizando un pequeño megáfono. Las barcas de regatas no están montadas para que los remeros se vuelvan y miren en qué dirección están yendo. El propósito de los remeros es remar estirándose al máximo y luego tirar con fuerza y simplemente no hay tiempo para preocuparse de hacia dónde se dirige la embarcación. Ésa era la función de Sheila Rothenberg. Era una estudiante de tercer año en Pembroke, que en realidad era Brown, pero en aquella época se consideraba elegante que hubiera una sección de la universidad sólo para mujeres. Por lo menos eso es lo que me dijo Sheila Rothenberg. Nuestra familia la vio quizá unas seis veces, porque papá y mamá estaban tratando de averiguar lo que ocurrió. Yo pensaba que ya era bastante con que hubiera pasado y que deberían dejarlo, pero por supuesto que me gustaba la tal Sheila Rothenberg, que tenía los pechos más bonitos que había visto en mi vida, y no llevaba nunca sujetador.

Aquí va. El equipo había pasado por debajo del puente de Washington, donde hicieron un amplio giro antes de salir disparados desde el puerto de Providence hacia la línea limítrofe de Pawtucket. Esas barcas vuelan, y el entrenamiento para las regatas, que es lo que estaban haciendo, consistía en remar a tope, a toda máquina, hasta que la tripulación estaba medio muerta. Había equipos de una sola persona, equipos de dos, equipos de cuatro y equipos de ocho personas. El equipo de Sheila Rothenberg era de ocho personas, y, como he dicho, iban volando río arriba. Sheila estaba concentrada en enderezar la dirección ordenando que tiraran con más fuerza los remeros de la izquierda cuando miró hacia arriba y vio a Bethany. Al principio pensó que era una estatua porque estaba a unos doscientos metros del puente y Bethany se había colocado en una pose. Debió de ser una de las buenas porque Sheila no podía ver ningún movimiento en absoluto, excepto el ondular de su pelo. Mi hermana intentó explicarme una vez sus poses. Decía que ella siempre trataba de estar completamente quieta. Más que completamente, en realidad. Bethany me dijo que si pudiera quedarse de tal forma que hasta

66

el corazón no le latiera en el pecho, estaría todo bien, en todas partes. Pero, Dios santo, cómo odiaba yo sus poses. Las odiaba.

Cuando Sheila estuvo a unos setenta metros, pudo ver que no se trataba de una estatua, sino de mi hermana desnuda, y antes de que pudiera gritar «dejad de remar», Bethany se lanzó desde la viga de metal en lo alto del puente y se dejó caer de espaldas en el horrible río Providence, que estaba helado, lleno de aceite y contaminado.

El recorte de prensa del *Providence Journal*, del 28 de diciembre de 1962, decía lo siguiente:

JOVEN DE VEINTE AÑOS SALVADA POR EL EQUIPO DE
REMO DE LA UNIVERSIDAD DE BROWN TRAS SALTO
MORTAL

Una mujer de veinte años de East Providence intentó quitarse la vida ayer por la tarde saltando al río Providence. Parece ser que la joven, que se había quitado la ropa, subió a la parte superior del viejo puente rojo y se arrojó al agua helada. Afortunadamente, una sección del equipo de remo de la Universidad de Brown sacó a la mujer, poniéndola a salvo.

Luego el periódico citaba a un par de tipos y los hacía sonar como héroes. Sin embargo, la verdad es que ellos le hicieron más daño que la caída. Sheila tuvo problemas en dar la orden de detención, y cuando Bethany asomó en la superficie, la barca le golpeó en la cabeza. Le abrió una enorme brecha por encima del ojo derecho y le rompió la nariz. No estoy diciendo que fuera culpa suya, porque fueron ellos los que la rescataron, más o menos, pero se convirtieron en otro eslabón en la cadena de gente amable que, tratando de ayudar, cambió la cara de mi hermana.

Papá quería todos los datos. Se convirtió en una especie de detective. Tenía que saber cuándo, cuándo salió de la tienda benéfica de segunda mano de la iglesia de la Gracia. Tenía que saber por qué, por qué hizo ese giro, saliéndose de Weybosset y yendo hacia el puente rojo. Saberlo todo. Todas las noches papá volvía a casa desde los buques petroleros, llevaba a mamá al hospital Bradley, donde Bethany tuvo que ir otra vez, y desde allí empezaba sus rondas de investigación. Habló con cada uno de los miembros de la tripulación, con los policías que estuvieron en el lugar de los hechos, conducía por la ruta hacia el puente rojo, aparcaba el coche y caminaba hasta el lugar desde donde Bethany había empezado a trepar. Decir que su encantadora hija estaba loca no era suficiente. Tenía que haber más. Tenía que haber una respuesta entre los universitarios avergonzados y la policía que se ceñía a los hechos.

Le acompañé la mayoría de las veces. Supongo que estaba preocupado por él, aunque no tenía por qué estarlo. Hacer de detective le hacía ponerse en movimiento y le llenaba de energía. En general, era realmente agradable ver a papá así. Era un tipo que no necesitaba apenas nada, el béisbol, unas cuantas cervezas, y a quien le era difícil emocionarse, como es difícil para mí, pero yo creo que el hecho de incluirme en la investigación era su forma de decirme que me quería y eso.

La última vez que hablamos con Sheila Rothenberg fue en una cafetería en la calle Thayer, en Providence. Thayer corta el campus de Brown por la mitad, así que está siempre atestada de chicos inteligentes que andan por ahí. Sheila fue muy amable con papá. Sonrió y le dijo que realmente no había nada que añadir y que desde luego esperaba que Bethany estuviera bien. Sheila tenía puesta una camiseta gris que decía BRUINS. Sus pezones, recuerdo, estaban como apuntando hacia arriba, y llevaba el pelo recogido hacia atrás, en una coleta. En 1962 todas las chicas listas del instituto llevaban coleta, y era maravilloso que esta guapa universitaria llevara coleta. Se estaba fumando un Marlboro y tenía el filtro lleno de carmín. Yo no fumaba, pero cuando papá se fue al baño le pregunté si me podía dar uno. Me lo puse detrás de la oreja, en el lado que papá no podía ver; me daba un aspecto delgado y de estar en la onda. Me dijo que entendía lo preocupado que estaba papá, pero que le había dicho absolutamente todo lo que sabía, y seis veces, que ya no le sería posible volver a quedar con él y que si yo podría decírselo más tarde. Yo dije que por supuesto que sí. Entonces, le pregunté si saldría conmigo. Sheila Rothenberg se rió tanto que el café se le salió por la nariz.

9

Papá y mamá fueron enterrados en una sepultura en Swan Point. Papá ya tenía puestos los nombres en la gran lápida de mármol de sus padres, así que todo lo que tuve que hacer fue encargar las fechas. Tío Conde siguió dando la lata con lo económico que era siempre papá, y lo razonable que era utilizar una sepultura, y el emplazamiento tan estupendo que tenía mi familia. Yo seguía pensando en lo raro que era ver esos ciento cuarenta kilos puestos sobre papá.

El funeral en la iglesia de la Gracia fue a las 9.30 ese jueves por la mañana. Luego proseguimos hasta Swan Point para el entierro y después todo el mundo vino a casa de papá y mamá para una especie de reunión informal con comida y chistes. Tía Paula había venido a casa y me había despertado alrededor de las cinco, para poder prepararse. Yo me había emborrachado mucho después de ver por última vez a papá y mamá, así que no podía ser de gran ayuda, pero tía Paula no necesitaba muchas cosas en realidad. Había traído jamón y ternera asada cortados en lonchas, y una gran fuente de ensalada de patata, y huevos rellenos, y ensalada de champiñones, y ensalada de macarrones, y albóndigas suecas, y ensalada de pasta, y pan de centeno, y gelatina con plátanos y sus famosos *brownies* de caramelo, de color marrón claro, que llevaban almendras en vez de nueces. Me bebí algunas cervezas para poder estar con la mente clara en el funeral.

El Conde fue el maestro de ceremonias. Le había dicho a todo el mundo en la iglesia y en el cementerio que, después de que se recitaran las oraciones en la tumba, iba a haber una reunión en la casa. Se presentaron unos sesenta o setenta. Tío Conde no cabía en sí.

—Muchísimos asistentes —me susurró—. Déjame hacer un recuento. Es estupendo.

Vinieron algunos miembros del club de béisbol local Socony. El receptor Billy Pierce y Junior Bobian, que era probablemente el jugador del cuadro más famoso de la historia de Rhode Island. Una división de la liga infantil de East Providence llevaba su nombre: la División Junior Bobian. Armando Fecabini vino también. Era muy amigo de papá, y me es hasta difícil pensar en él, porque en Nueva Inglaterra y en nuestra casa era bueno, muy bueno, mantener las cosas por dentro. Tus emociones tenían que estar contenidas, ésa era la razón por la que Dios nos había dado piel.

Pero las emociones de Armando Fecabini eran incontenibles. Estaba desconsolado. Parece que le estoy viendo delante del pequeño televisor de papá, en la cocina, mirando los viejos programas de Bilko y llorando, mientras toda la gente a su alrededor escuchaba alegremente la ristra inacabable de chistes del Conde sobre irlandeses, portugueses, italianos, negros, puertorriqueños, chinos, mujeres con pechos enormes, hombres con pichas retorcidas y chicas que podían aspirar bolas de jugar a los bolos con mangueras de jardín.

—¿Puedes llevarte a ese tipo afuera? —me preguntó el Conde en voz baja.

—Está llorando su muerte.

—Ya sé que está llorando su muerte. Yo estoy llorando también. Sólo que estoy llorando silenciosamente y no estropeándoselo a los demás. Está enfadando a tu tía.

Yo sabía que Armando Fecabini y sus sollozos no estaban haciendo enfadar a la tía Paula. Si el Conde no la irritaba, no había nada que pudiera hacerlo. Tío Conde me miraba a mí y luego señalaba a Armando.

—Se está pasando —dijo casi sin aliento. Luego se dio la vuelta hacia el señor Almatian, el hombre del seguro de mi padre.

—Así que le ponen una verga de burro a un viejo de Miami...

Me llevé a Armando fuera, al porche con las mosquiteras.

—¿Qué tal lo estás llevando? —me preguntó.

Me quedé allí de pie, ciento veintiséis kilos, y cuando ya llevaba tres paquetes de seis unidades de cerveza en la fiesta, con ese jodido pinchazo en medio del pecho. Encendí un pitillo.

—Estoy muy, muy bien.

—Los voy a echar de menos.

—Ya.

—Tu padre era el mejor. El mejor. No sé.

Nos quedamos de pie en el porche, como hacen los hombres cuando hablan entre ellos, mirando a lo lejos a algún horizonte imaginario. Me preguntaba dónde estarían Bea y Norma.

—¿Qué sabes de tu hermana?

—No sé nada de mi hermana.

Cuando volví a la fiesta, Bea había llegado sola y aún tenía los ojos rojos como un tomate. Me fui abajo, a la parte nueva del sótano de papá, donde él había puesto losetas de linóleo y paredes de pino nudoso, y eché un poco de vodka en el vaso de cerveza, porque la cerveza me estaba dejando un poco amodorrado. Me senté en el viejo sofá rosa, estiré las piernas y me tomé la bebida. Fumé un poco, y luego supongo que me quedé dormido, porque cuando me puse finalmente en pie y subí las escaleras la mayoría de los invitados se habían ido, excepto Bea, Armando, el padre Fred de la iglesia Episcopal de la Gracia y el legendario Junior Bobian. Eran casi las seis cuando se fue el último. Ayudé a limpiar, mirando hacia fuera desde la ventana de la pila, en busca de alguna señal de Norma. Luego la tía Paula y yo cargamos su ranchera con los cuencos y las sobras y el Conde se metió en ella para iniciar la vuelta a casa.

—El armatoste ese, la consola de color, ¿la necesitas para algo? —gruñó el tío Conde, poniéndose cómodo al volante.

—No sé. Supongo que no la necesito para nada.

—Bueno, si tú no la quieres, me la llevo.

A la tía Paula se le saltaron un poco las lágrimas y luego se marcharon. Y los otros se marcharon también. Armando Fecabini fue el último en irse y le acompañé hasta su coche.

—Tu padre y yo nos sentábamos en la gran roca que había donde está ahora la residencia de ancianos Riverside. Entonces no había nada, sólo que estaba alto y se podía ver el comienzo de la bahía, y tu padre y yo nos sentábamos en la roca y vimos el gran huracán venir hacia East Providence. Primero Riverside. Nuestras madres solían empujar los cochecitos codo con codo. Recuerdo que robábamos cigarrillos, tu padre y yo, del bolsillo de la camisa de tu abuelo.

Se sentó en su viejo coche, tan grande que parecía un barco, y se frotó los ojos.

—Bueno… —dijo.

—Es mejor que se abroche el cinturón de seguridad.

—Sí. Nunca voy a ningún sitio sin el cinturón abrochado.

Fui andando por la entrada asfaltada hasta el porche trasero. «Smithy», llamó Norma, yendo de la entrada de su casa a la calle y a la entrada de la mía.

—Hola, Norma.

—¿Se han ido todos?

—Sí.

—He esperado a que se fuera todo el mundo. ¿Te parece bien?

—Claro.

—He traído el correo —dijo, señalando con la cabeza su regazo y la correspondencia de dos semanas de papá y mamá.

—Gracias. ¿Quieres… comer algo?

—Comer ¿qué?

—Ha sobrado un montón. Ensaladas, carne y esas cosas.

Todavía estaba un poco borracho y me preocupaba que el aliento me oliera mal, así que trataba de taparme la boca. Norma miró los escalones del porche.

—No dejo que nadie me suba a mí y a mi silla. He arreglado mi casa de forma que no necesito ninguna ayuda.

—Yo no…

—Rampas y poleas. Lo hago yo sola.

—Podría… sacar algo afuera. Podría…

—Dejaré que me subas al porche, Smithy.

Supongo que podría haberla subido por las escaleras, pero estaba borracho y me agaché tontamente y la levanté, con silla y todo, en una especie de abrazo de aluminio. Empujé la puerta de la mosquitera con el culo e hice entrar a Norma Mulvey en el porche. Estaba lleno de sillas y todas las plantas de mamá estaban puestas en un rincón al fondo, donde la tía Paula creía que tendrían sol y sería más fácil para mí cuidarlas.

Me quedé parado un momento, quizá más que un momento, con los brazos llenos de Norma y su silla. En algún lugar, por los jardines traseros de la calle lateral, ladró un perro. Recuerdo el abrazo. Me di cuenta de que Norma estaba mirándome directamente a la cara y pensé en mi aliento y la bajé rápidamente.

—El porche —suspiró ella—. Recuerdo que ayudé a papá a colocar el porche. Me dio un lápiz para que me lo pusiera detrás de la oreja para medir y un pedazo de madera, un martillo y clavos y dijo: «Clávalos, Norma». Y cuando terminé me dio otro pedazo de madera y más clavos.

—Me acuerdo de eso —mentí.

—Tu madre echaba cubitos de hielo en la ensalada y a veces nos sentábamos aquí y comíamos perritos calientes y judías y ensalada, y escuchábamos a los Red Sox.

Tenía que cepillarme los dientes. Mi aliento rancio me estaba impacientando.

—A lo mejor están jugando ahora —dije.

—¿Tú crees?

Entré en la casa. Cuando doblé la esquina y estaba fuera de la vista de Norma fui corriendo arriba y me cepillé. Volví a bajar corriendo, agarré la radio de papá de la mesa de la cocina y la enchufé en la toma de corriente del porche.

—Soy de los Sox —dijo Norma, acercándose a donde estaba yo tocando el dial—. No sé si los retransmiten esta noche. Prueba el 620.

Apenas podía oírla porque el corazón me latía muy fuerte por correr escaleras arriba, pero encontré el 620 y estaban dando el partido. Norma sonrió y se echó un poco hacia atrás, como si eso le permitiera escuchar mejor. Era lo mejor de la octava entrada, un partido que empezó por la tarde y duró hasta por la noche. Los partidos de los Sox que empezaban por la tarde duraban a menudo hasta por la noche. No es una ofensa decir que nuestros Sox llevan estancados, más o menos, desde 1919.

—Romero se eterniza en el montículo —dijo Norma entre los lanzamientos—. Alarga un partido cuarenta minutos. Clemens simplemente lanza. Uno, dos, tres, me encanta Clemens.

Escuchamos un rato. Yo no era el aficionado que debería haber sido. Sabía suficiente para hablar de los Sox con papá, pero después de unas cuantas cervezas, es todo igual. También jugué, por papá, supongo, pero más que nada como una distracción, y era bastante bueno para ser un larguirucho de instituto. Tenía un lanzamiento realmente engañoso desde la tercera base, que era mi posición. Mi aspecto era el de un chico que no llegaría a la primera base, pero golpeaba la bola con verdadera fuerza.

—Una de las cosas que me gustaría hacer es ir a Fenway y ver un partido en directo. Tuve la oportunidad de ir el año pasado, con la empresa de arquitectura para la que estaba haciendo unos planos, pero…, no sé…, pensé que sería una gran complicación para ellos y que les estropearía el domingo.

—Deberías haber ido, Norma.

—¿Sí?

—Claro. No te habrían invitado si no hubieran querido que fueras.

—No sé.

Nos sentamos callados durante un rato y escuchamos jugada a jugada con el murmullo del gentío al fondo.

—Después de un tiempo no venía nadie, Smithy.

Miré a Norma sentada en su silla junto a mí, mirando directamente la radio. Ellis Burks lanzó a la tercera base.

—Algunas veces miraba por aquella ventana, la que se puede ver desde el porche, con las persianas, y veía a papá aquí sentado, escuchando, y deseaba que él hubiera venido a buscarme.

Así que Boggs estaba aún con ellos. Todos le querían y todos le odiaban. El comentarista describió su turno al bate. Yo no podía dejar de mirar a Norma. Llevaba puesto un chándal, con una sudadera enorme y una capucha que le colgaba por el cuello hasta el respaldo de la silla. Sus labios estaban entreabiertos y podía verle los dientes.

—Tú…, si se lo hubieras dicho, Norma, estoy…

Norma sacó la mano y agarró mi manaza izquierda, gorda y sudorosa, tan fuerte que hacía daño. La sostuvo y siguió mirando la radio. No me moví, aunque estaba asombrado de lo fuerte que estaba. Miré la radio, y cuando volví a mirarla le asomaba una lágrima en el ojo. Me soltó la mano y se restregó los ojos.

—Tengo que irme ahora, Smithy.

No dije nada, ni estúpido ni de ningún tipo, y la levanté, poniéndola de nuevo en la entrada. Tan pronto como estuvo en el suelo empezó a alejarse rápidamente.

—Lo siento —dijo.

—No, yo…, yo no…

—El correo está sobre la mesa —y se fue.

Era una noche cálida, nada fuera de lo corriente a finales de agosto, y cuando volví dentro y apagué la radio de papá, los grillos estaban ya sonando. Encendí un pitillo, saqué unas cervezas del frigorífico y me las bebí. Una hora después estaba bastante tembloroso, pero me las arreglé para bajar al sótano y llevarme el vodka arriba, a la mesa de la cocina, donde me preparé un gran vodka con naranja. Luego me acordé del correo.

De adulto no me gusta leer. No sé qué me da. En esta casa leía hasta que me quedaba dormido casi todas las noches, y leía rápido, además, libros buenos que a menudo odiaba terminar. Entonces pensaba en lo que leía, pero ahora leo la misma página una y otra vez y, por supuesto, están las cervezas. A veces echo de menos leer, pero aun así no lo hago desde que soy un adulto.

Así que a mí no me llegan revistas ni esas cosas en el correo. Sólo algunas facturas y ya está. Pero a papá y mamá les encantaban las revistas. Estaban suscritos a *Time*, *U.S. News & World Report*, *Sports Illustrated*, *Field & Stream*, *National Geographic*, el *Sporting News* y el *Red Sox Quarterly*, que traía no sólo los perfiles de los jugadores de béisbol sino que incluía recetas favoritas y poesía original. Había dos revistas en la pila de correo que había dejado Norma. Las aparté y las coloqué con cuidado en una parte de la mesa de la cocina. Luego puse las facturas en un montón separado y las cartas que parecían personales en otro montón. La mayoría del correo era publicidad, así que lo tiré.

¿No se podría pensar que cuando una persona muere hay una especie de «se acabó»? Eso creo yo. Pienso que cuando alguien muere debería haber un proceso en el que se parara todo lo concerniente a ellos, como cuentas e impuestos. Ni siquiera disminuye el ritmo. De hecho parecen venir más rápido y con más ganas. En la pila de facturas de mis padres había una de American Express, dos recibos separados del teléfono, el gas Mobil, el combustible de la calefacción de Wood, la Visa, una prima de un seguro de viajes y una tarjeta pidiendo un donativo para la brigada de rescate de East Providence. Las cuentas no paran cuando uno muere.

La tía Paula había fijado una cita con un abogado que ella conocía que iba a ayudarme a poner en orden «la hacienda» de mis padres. Me encanta que lo que ellos tenían se llame «la hacienda». A mamá en concreto le hubiera gustado mucho. El abogado iba a decirme cómo hacer que las cuentas y cosas de ese tipo se detuvieran, porque papá y mamá se habían detenido, así que puse una goma alrededor de las cuentas y decidí entregárselas simplemente a quienquiera que fuera el abogado cuando me reuniera con él el martes después del trabajo. Sólo quedaban las cartas que parecían personales. Había dos de unos amigos de mamá, que estaban visitando Inglaterra con un viaje de la iglesia, una del presidente de la federación de béisbol de fantasía* de papá, y una del Departamento de Salud de la ciudad de Los Ángeles. Ésta fue la única que abrí. Sabía que la de la liga de fantasía tenía que ver con sus esfuerzos para conseguir que Roger Clemens estuviera en su equipo imaginario, y no quería leer las cartas de mamá. Abrí la que tenía aspecto oficial de Los Ángeles. Estaba dirigida a papá:

> *En respuesta a su carta del 26 de julio, lamentamos tener que comunicarle que Bethany Ide, de cincuenta y un años, murió por complicaciones debidas al frío. Su muerte tuvo lugar el 4 de junio y desde esa fecha se encuentra en el depósito de cadáveres oeste de Los Ángeles. La inclusión de la ficha dental de la señorita Ide junto con su solicitud ha sido de una enorme ayuda en el procedimiento de identificación.*

Durante un segundo sentí que me faltaba la respiración, y me embargó una extraña sensación de pánico que se extendía desde mi pecho y me cubría. Me levanté de la mesa de la cocina y salí al porche. Encontré algo de aire y respiré, luego volví a la cocina y a la carta de Los Ángeles. Leí otra vez la primera parte, pero estaba demasiado

---

* Las ligas de fantasía son campeonatos ficticios en los que cada participante puede crear su propio equipo imaginario. (N. de la T.)

borracho para terminarla, así que doblé la carta, me la metí en el bolsillo de los pantalones y caminé de nuevo al porche. Ahí es cuando la vi otra vez. Estaba en el garaje, delante del Karmann Ghia de mamá, y estaba poniendo una postura. Tenía el pelo más largo que antes y su piel suave captaba el último sol. Mi encantadora hermana Bethany. Perfectamente quieta. Abrí la mosquitera del porche y fui al garaje.

«Bethany. Papá y mamá. Se han ido, Bethany. Tú te has ido. ¿Qué voy a hacer yo?»

Estoy cansado. Estoy borracho. La veo. Claramente. Sus ojos verdes. Soy un idiota.

Entré en el garaje de papá y apoyé mi enorme trasero contra el pequeño coche azul de mamá.

—Bethany —volví a decir, casi como una oración. Encendí un cigarrillo y fumé durante un rato.

El garaje de papá se caracterizaba por su olor. Al igual que la cocina de mamá era la salsa Worcestershire, el garaje era aceite 3 en 1, velas con aroma de citronela, queroseno y pintura de látex. Buenos olores. Olores que duran.

Miré a mi alrededor y aprecié el orden de papá. Yo soy desordenado. Papá tenía un lugar para cada cosa. Los estantes para la pintura. Los ganchos para la ropa y la manguera del jardín. Los clavos para los rastrillos y las palas. Sobre la ventana pequeña del fondo, colgando sobre el largo banco de carpintero de papá estaba mi Raleigh. Mi Raleigh. No la había visto nunca allí.

Estaba borracho, pero ésa era mi Raleigh. Me subí al capó azul de mamá y la descolgué de los ganchos.

Nos estrellamos los dos sobre el techo del coche, mi Raleigh y yo. La bicicleta cayó de nuevo por encima de mí y salió por la puerta del garaje. Me tumbé en la abolladura del coche durante unos cuantos minutos y luego me bajé rodando y fui hasta la bici.

Mi Raleigh. Mi granate de tres velocidades. La coloqué sobre sus ruedas y saqué el pie de apoyo. Todavía tenía el faro en la parte delantera, pero no había pilas dentro. Aún tenía mi pequeña mochila de cuero enganchada en la parte de atrás del sillín. Abrí la cremallera.

—La cremallera funciona bien —dije en voz alta.

Eché una pierna por encima y la barra me quedaba muy por debajo de la entrepierna. ¿Había crecido yo tanto? Me senté en el sillín manteniendo el equilibrio con el pie izquierdo. Me quedaba muy justa, como el traje azul que llevaba puesto, que cuando me sentaba no podía dejármelo abrochado. Los neumáticos no tenían aire, así que crujieron debajo de la cerveza y de los huevos en vinagre, y los aros de las ruedas chirriaron sobre el pavimento. Encendí un cigarrillo y me senté en la bicicleta.

Me senté a fumar hasta que se acabó el cigarrillo. Luego levanté el pie de apoyo con el talón y caminé con la bicicleta entre las piernas hasta el final de la entrada. Debían de ser alrededor de las ocho, porque recuerdo una luna llena.

Ahora no entiendo esto, excepto que sabía que había una gasolinera de Sunoco al final de nuestra calle, y probablemente tenía una bomba de aire, pero, como he dicho, ésta es una zona poco definida porque, de repente, le di a la Raleigh unos cuantos pedales, sentado ridículamente en el sillín, y empecé a deslizarme sobre los aros de las ruedas desinfladas de mi bici, bajando por nuestra pequeña cuesta.

10

Después del salto desde el puente rojo, Bethany entró en lo que papá llamaba «un periodo de calma». Los doctores de Bradley le dieron un tranquilizante que la calmaba de lo lindo. La promesa de estos medicamentos es casi siempre que son «calmantes». Bethany se calmó. De hecho mi hermana se pasó durmiendo la mayor parte del tiempo de mi tercer año de instituto. No podía levantarse por la mañana y cuando lo hacía no podía mantenerse despierta. Papá se lo tomó de forma casi mística. Creía sinceramente que durante este largo periodo de descanso su cuerpo y su alma se estaban sanando.

Un día, más o menos a principios de mayo, me di cuenta de que Bethany había estado reduciendo su dosis. Por la noche, cuando fingía que estaba haciendo los deberes, podía sentir que me miraba. Pero cuando levantaba la vista tenía los ojos cerrados. En aquellas ocasiones yo le hablaba, pero ella fingía estar dormida. A mí me daba la malísima sensación de que estaba planeando algo, o al menos lo estaba haciendo su maldita voz, y eso me puso nervioso. Era una de esas cosas que se te meten en la cabeza y no se te quitan. A partir de mayo, tuve una temporada de béisbol espantosa. Cuando el entrenador me mandó por fin al banquillo, me dijo que no servía ni con el guante ni con el bate. Así es el béisbol si eres un jugador de mierda. Pero ¿cómo te puede salir la doble jugada cuando estás nervioso por la maldita voz de tu hermana?

Sin embargo, sí que conseguí una acompañante para el baile de gala de mi tercer año. Iba a ser en Rhodes on the Pawtuxet, un bonito y antiguo lugar de baile. Mamá me dijo que había un quiosco de música en el centro y que todo el mundo bailaba a su alrededor. Allí es donde había sido su baile de gala. Yo estaba bastante entusiasmado. Hasta entonces jamás había tenido una cita y realmente no creía que fuera a ser capaz de lograr ninguna, pues no conocía a nadie y no tenía demasiados amigos. Pero, como la mayoría de las cosas que me suceden, simplemente me sucedió.

Iba andando al entrenamiento de béisbol y el único camino por el que te permitían ir si llevabas puestas las zapatillas con los tacos era por el pasillo del sótano, pasando por delante del aula de música. No se podía ir por el camino directo, por los laboratorios de ciencias del primer piso, porque el pasillo tenía un linóleo verde y con los tacos se podía levantar. Así que voy caminando y sintiéndome como una mierda porque no consigo jugar mucho por ser tan negado, cuando oigo un gemido. Como un grito, sólo que un poco menos, y luego un llanto muy fuerte, como si estuvieran hiriendo a alguien. Miro dentro del aula de música, que está normalmente vacía porque es después de las clases, y allí están Jill Fisher y Billy Carrara.

—Lo siento —dice Billy.

—Dios mío. No, no, no, no —dice Jill entre sollozos.

—Mira, lo siento.

—No, no, ay, Dios mío.

—Lo siento muchísimo. Escucha, ¿me puedes devolver el anillo?

De repente, Jill deja de llorar y mira a Billy como si él acabara de matar a su perrito. Sus ojos están totalmente empapados y tiene los dientes un poco rosas por la parte donde se ha mordido el pintalabios.

—¿Quieres tu anillo? ¿Quieres tu anillo? ¿Quieres tu maldito anillo? —gritó.

—Sí —dijo él, y el pobre tipo estaba ya acobardándose.

Ella se arrancó el anillo del dedo y gruñó al pobre Billy Carrara:

—Aquí tienes tu anillo.

Jill Fisher lanzó con todas sus fuerzas el pequeño anillo de oro con un rubí falso y el lema de la ciudad de East Providence, VICTORIA SIN CLEMENCIA, escrito en griego, al otro extremo de la larga sala.

—¡Ajjjj! —gritó mientras lo soltaba. El anillo voló todo el trecho hasta la zona de percusión, rebotó en la pared, sonó contra un timbal de latón, volvió rodando por la habitación y se paró al final en el pie izquierdo de Billy. Él se agachó y lo cogió.

—Gracias, Jill —dijo con sinceridad.

Se lo puso en el dedo y sacó un papel de seda con el que había estado haciendo una bola apretada y se lo dio a ella. Luego, Billy se marchó de la habitación.

Yo miraba a Jill Fisher desde la puerta. Desenrolló el papel y me di cuenta de que era papel higiénico. Allí estaba su anillo y se quedó mirándolo. Yo miraba los grandes pechos de Jill. No me había dado cuenta antes y era raro en mí, porque los pechos grandes era en lo que yo estaba interesado en aquella época. Supongo que sabía que estaba saliendo con Billy, o a lo mejor era porque ella estaba en un grupo que pensaba que yo era una mierda, pero, fuera por la razón que fuera, ese día en el aula de música fue la primera vez que me di cuenta.

De repente tiró su propio anillo y se deshizo en lágrimas. No se podía hacer otra cosa que coger el anillo. Lo recogí y me acerqué a Jill.

—Toma —dije.

—Gracias —dijo ella.

—Voy a ir al baile de gala de tercero.

—¿Eres de tercero?

—Sí.

Me sentía relajado y seguro. Jill se levantó del suelo y se sentó en una silla metálica plegable. Tenía que respirar hondo, porque estaba exhausta de llorar, y al hacerlo su pecho se expandía y la blusa roja se ceñía contra él.

—Tu anillo tiene buena pinta.

—Gracias.

—No es uno de esos anillos baratos. Es un buen anillo.

Medía unos dos centímetros y medio más con los tacos, pero mi traje de entrenamiento era muy suelto. Trataba de sacar pecho y estómago, pero no tenía ni lo uno ni lo otro.

—Juego en la tercera base.

—¿Estás en el equipo de béisbol?

—Tercera base. Por eso llevo tacos.

—Gracias por recoger el anillo.

—Lo tiraste…

—Gracias.

—Yo sólo… lo he recogido.

Vi la cara de Jill y me di cuenta de que era guapa. Era una cara redonda y tenía los ojos negros, o por lo menos parecían negros a través de las lágrimas. También tenía el pelo negro, liso y largo. Supongo que los hombres que se fijan en el pecho no notan los detalles. Ese día, por primera vez, me di cuenta de algunos detalles.

—Tengo que irme. Tengo que ir andando a casa. Se suponía que Billy me iba a llevar a casa, pero ahora se…

Echó la cabeza para atrás y soltó un último gemido o sollozo. Me olvidé de su cara. Creí que iba a romper aquella blusa roja en pedazos. No lo hizo.

Fuimos hacia la puerta del aula de música que daba al pasillo.

—Escucha, yo voy a ir al baile de gala de tercero.

—Ya lo sé.

—Voy solo. Yo solo.

—¿Por qué?

—Porque quiero.

—Ah…, vale.

La cosa no iba bien y yo era un estúpido. Fuimos hasta la puerta de la cancha. Yo iba a salir y Jill Fisher agitaba el pecho escaleras arriba.

—No creo que quieras ir. Probablemente no te gustaría. Lo más seguro es que te horrorice ir.

—¿Dónde?

—A mi baile de gala.

—Yo soy de segundo.

—Por eso lo digo.

—Tendría que ir con uno de tercero, o si no no podría ir.

—Exacto. Tendría que pedírtelo alguien de tercero y probablemente le dirías que no.

—Supongo.

—Por ejemplo, si yo te dijera: «¿Quieres venir a mi baile de gala?», ¿qué dirías?

—¿Que qué diría?

—Exacto.

—Vale.

—¿Qué?

—Que voy.

Y me pasó en el aula de música, como solía pasarme casi siempre. Simplemente me sucedía. En serio, era una bola de billar que rebotaba en todos y en todo. Así que aunque mi vida de muchacho no incluía un plan específico ni ningún curso de acción lógica, era mi forma particular de estar en el mundo, de ser parte del todo. Pero ya no sucede nada. Ya no estoy en la mesa de billar. No fue porque me hirieran, ni por Bethany, ni por nada en realidad. Simplemente la tele me pareció más fácil, la cerveza, las galletas saladas. Enciendes la tele, te bebes una refrescante cerveza, te acomodas para fumar a gusto, ¿quién quiere ponerse a reflexionar?

No hablé con Jill durante un par de semanas, entonces un día una chica me pasó una nota en la clase de inglés con el número de teléfono de Jill y me dijo que la llamara. Esa noche hablé por teléfono con una chica por primera vez.

—¿Estás de mal humor o algo por el estilo? —me preguntó, como enfadada.

—No.

—Entonces ¿qué pasa? ¿Vamos a ir al baile?

—Claro.

—Es dentro de dos semanas.

—Ya lo sé.

—Pero, bueno, ¿de qué color va a ser tu fajín?

—¿De qué color qué…?

—¡Dios santo!

—Quiero decir…

—Mira, el fajín es el cinturón ancho que se lleva con el esmoquin. Los hay de varios colores. Normalmente el fajín y la pajarita son del mismo color. Quiero que compres uno morado.

—Vale.

—Y… ¿tienes papel?

—Ah…, sí.

—Vale, escribe. Un ramillete amarillo que lleve algún lirio. ¿No te suena perfecto? Estoy tan entusiasmada. ¿Cómo te llamas?

—Smithy Ide.

—Smithy. Muy bien. ¿Sabes conducir?

—Tengo el carné.

—Vale. Llámame mañana por la noche, a la misma hora.

—Vale.

—Adiós.

—Adiós.

No parecía gran cosa, pero fue una fantástica primera llamada por teléfono a una chica. Me sentía bien. Bajé a la cocina y pensé en un cuenco de cereales, pero nunca tenía hambre y esa noche tampoco. Bethany entró en la cocina en bata y zapatillas y se preparó un sándwich de mortadela ahumada con queso y un café con leche.

—¿Quieres uno, Garfio? —bostezó.

—No, gracias.

Se hizo el sándwich, puso la mayonesa, el queso y la mortadela ahumada en el frigorífico y se sentó a la mesa conmigo. Parecía un poco hecha polvo.

—Me siento pringosa —me dijo mientras masticaba—. He dejado de tomar esas pastillas y me siento pegajosa.

—Tú no tienes que dejar de tomar esas pastillas. Vamos, Bethany, te sientan bien.

Me miró y dio otro mordisco al sándwich sin apartar la vista.

—Vamos —dije otra vez.

—Un montón de veces, Garfio, no todo el tiempo, pero sí un montón de veces, puedes ser un verdadero cabrón.

Odiaba que hablara así. Algunas veces podía utilizar palabras que realmente me hacían vomitar. Aparté la vista de ella y miré por la ventana poniendo cara de estar herido. La oí dar otro mordisco al sándwich, pero, cuando miré para atrás, todavía me estaba observando.

—Gilipollas —dijo, con la boca llena de mortadela ahumada y queso.

Me levanté para salir de la cocina, pero Bethany me agarró del brazo.

—Lo siento, lo siento —se rió.

—¿Por qué haces eso?

—Si no te quisiera no te llamaría esas cosas. He oído que vas a ir al baile de gala. ¿Es guapa?

Me senté otra vez.

—Jill Fisher.

—No la conozco.

—Es guapa.

—Yo fui con Bobby Myers al baile de gala de mi tercer año.

El baile de gala de su tercer año. El gimnasio del instituto. Las barras paralelas. La policía. Bobby Myers en aquel hospital de Boston.

—Bobby y todos sus amigos llevaban fajines de cuadros escoceses y pajaritas de cuadros escoceses. Parecían tan tontos…

El coche robado, la primera desaparición.

—Yo la voy a llevar morada. Y le voy a comprar a Jill un ramillete amarillo que lleve algún lirio.

—¿Morado y amarillo? Muy bien. Eso suena bastante bien.

La miré mientras terminaba el sándwich, luego enjuagó el plato y lo puso en el fregadero. Sí, estaba nervioso porque había dejado de tomar las pastillas por su cuenta, y sí, todavía tenía esa horrible sensación de que iba a pasar algo malo, pero, sí, era más mi hermana, aunque tuviera un aspecto pegajoso, que la sonámbula que la había suplantado durante tres meses. Se fue hacia la puerta que llevaba a la salida de la cocina.

—Te quiero, Garfio.

—Yo también te quiero.

—¿Estás avergonzado de mí? ¿Me odias?

—Te quiero.

—Lo sé.

—No me avergüenzo de ti. Nunca te odio.

—Estupendo.

Bethany salió de la cocina con bastante energía. No le dije nunca a papá lo de las pastillas.

11

La fina niebla se transformó en llovizna y me desperté. Estaba tumbado boca arriba y podía sentir matas de hierba irregulares por debajo del culo. Mi traje azul de luto estaba completamente empapado. Se oía el graznido de unos patos por encima de mí y el sonido del agua cayendo sobre las rocas. Durante un segundo o un minuto, o quizá cinco minutos, estuve tumbado sin moverme y no pude pensar en nada en absoluto, sólo sentir la lluvia que me lavaba, como un muerto o alguien con un derrame cerebral.

Intenté ponerme de pie, pero una rigidez que crujía y el dolor no me dejaban levantar la cabeza, apretar el puño o siquiera doblar el brazo. Me tumbé quieto otra vez y escuché. El agua que caía estaba cerca, muy cerca. Notaba que tenía frío, sólo que no estaba seguro de si era por estar mojado o en el suelo o por qué. Cerré los ojos y los abrí y traté de pensar. Tenía el agua sobre las rocas demasiado metida en la mente y la densa cerveza y el vodka corrían por todo mi cuerpo. Podía sentir el corazón bombeando. No podía pensar en absoluto y no había nada que hacer bajo la lluvia. Cerré los ojos y dormí.

Fue como un abrir y cerrar de ojos, sólo que, cuando los abrí otra vez, había dejado de llover y el sol estaba entrando y saliendo entre las nubes. Me sentía bien en mi cuerpo mojado, las partes que podía sentir. Intenté levantar el brazo, y esta vez pude, aunque me hacía crujir ese dolor seco y profundo. Lo levanté unas diez veces, bajándolo cada vez suavemente sobre la hierba, hasta que sentí el hombro, el codo y los dedos como parte de mí; luego lo hice con el otro brazo. Me di un impulso para sentarme, pero la intensidad del dolor, los tirones y la rigidez eran increíbles. Me tumbé otra vez y rodé hacia un lado y mis gordas piernas se desplomaron como dos medias reses. Me di un impulso para ponerme de rodillas e intenté levantarme. Es muy duro no ser capaz de levantarse. Te da una sensación de desamparo, de desesperación. No podía pensar y ahora no podía ponerme en pie.

Me dejé caer hacia delante y aterricé con un golpazo en la tripa. Me quedé allí tendido un momento, hasta que el corazón dejó de ir a la carrera, y por fin pude formar un pensamiento. Le había hecho algo a mi cuerpo, pensé. Había hecho algo en exceso, como el primer día de instrucción militar, cuando corrimos y escalamos por la cuerda y por la mañana teníamos ampollas en los dedos y nos dolían los hombros y los brazos. En este dolor había retazos de aquel dolor. Levanté las piernas y las bajé lentamente hasta la hierba, sintiendo las extremidades cada vez un poco más. Me di un impulso hasta ponerme de rodillas y me levanté lentamente. Estaba de pie. Abrí y cerré los dedos y di un paso y otro y otro. Un hombre de hojalata agarrotado bajo la lluvia.

La Raleigh estaba a unos tres metros de donde yo había dormido, y cuando la alcanzó el sol saltaban destellos del faro de acero inoxidable. La levanté y bajé el pie de apoyo. Las ruedas habían perdido un poco de aire por una fuga lenta, pero la mayoría del maravilloso aire de Sunoco estaba todavía en su sitio. ¿Qué diablos había hecho? Rodé cuesta abajo hasta la gasolinera e inflé las ruedas, y luego ¿qué? Y ¿qué lugar era éste? Volví la mirada hacia el montículo cubierto de tierra sobre el que había dormido. Me resultaba familiar, y la construcción de bloques de hormigón cuadrada y blanca que había junto a él me resultaba familiar también.

—La estación de bombeo —dije—: Fábrica Shad.

Caminé en dirección a la caída de agua y vi las ruinas de la fábrica cubiertas de hiedra antes de ver la cascada. Parecían más pequeñas y misteriosas en el sol turbio del amanecer. Me paré sobre el borde plano de cemento del embalse y miré el agua deslizarse apenas por los seis metros que había aproximadamente hasta el río que pasaba por abajo. Era pleno verano y la estación de bombeo se había ajustado para dejar un caudal mínimo sobre el embalse, pero se veían las mismas pozas por debajo de mí. Un hombre y un chico estaban pescando en el río. El chaval tenía uno de esos equipos de carrete de lanzar y pude ver una lombriz de tierra colgando de su anzuelo. Lo lanzaba río abajo mientras el hombre, que pescaba con mosca con cierta dificultad, dando un golpe en el agua con la mosca, la lanzaba al otro lado del riachuelo. Miré un rato y pensé en mis pozas.

—Eh.

El chico levantó la vista hacia mí. Tendría diez o doce años.

—Lánzalo por encima de las cascadas.

—¿Qué?

95

—Lanza el gusano desde arriba, a las cascadas. Los remolinos de las cascadas. Se meterá en las pozas.

—¿Qué pozas?

—Hay agujeros profundos arriba, junto a las cascadas.

El hombre siguió lanzando de forma violenta, como si estuviera pegando una paliza; tiraba un insecto grande en el agua, lo dejaba ir unos nueve metros hacia abajo y luego lo recuperaba con tanta rapidez que hacía un sonido zzzzz que daba miedo. El chico llegó a las cascadas y lanzó el gusano.

—¿Aquí?

Una larga sombra mostró su vientre blanco y se abalanzó como un asesino. Al principio, el chico pensó que se había metido debajo de una roca, hasta que el lucio salió disparado de su poza a otra, como un misil.

—¡Papá! —gritó—, ¡papi!

—Agótalo, George —dijo el hombre con un poco de aspereza.

La caña del chico se dobló, se enderezó y se dobló otra vez.

—¿Qué hago, papá?

—Agótalo. Agótalo.

El chico enrolló el sedal frenéticamente y el largo pez se levantó desde las pozas hacia él.

—Lo tengo.

—Agótalo.

—Lo estoy agotando.

Tan de repente como el pez había mordido el anzuelo, así desapareció. El chico retrocedió un poco al chasquido del sedal.

—Lo perdí —dijo el chico con rabia.

—No lo agotaste.

—Sí lo agoté.

—No lo agotaste bien.

—Eh —grité desde arriba—. Hay un montón más allí arriba. Y las percas están ahí también.

—¿Qué era?

—Era un lucio.

El propio lago no había cambiado, pero la orilla que había estado cubierta de maleza y de árboles pequeños daba paso ahora a césped y casas. La última vez que había estado aquí fue un par de días antes de la instrucción militar. Tenía diecinueve años y estaba trabajando en la lonja de Horton. Como ya he dicho, no fui nunca a la universidad, así que me llevaron al ejército, pero un par de días antes de ir a Fort Dix me vine aquí montando en la Raleigh. Podría haber cogido el coche de papá, pero entonces era aún un corredor, y agarré el aparejo de pesca y las ninfas con lastre que había atado en el invierno, y subí pedaleando. Era noviembre. Hacía bastante frío, pero los peces se ponen más duros, más fuertes en el agua fría. Recuerdo que aquí no había nada, ni una casa.

Ahora había casas por todas partes. Y algunas de ellas tenían caravanas en los jardines y otras tenían barcas sobre remolques, antenas parabólicas apuntando a las estrellas, perros, de todo.

Rebusqué mis cigarrillos, pero no estaban en los bolsillos del traje, así que volví andando hasta la Raleigh para ver si se me habían caído al suelo. Miré incluso en el morral del sillín, pero no pude encontrarlos. Recordé una tienda pequeña en lo alto del lago, donde solía parar a comprar alguna golosina. A lo mejor todavía estaba allí. Levanté bruscamente el pie de apoyo y me senté en la bicicleta. El dolor se disparaba desde el culo como una bala, y conozco el dolor de las balas. No me daba cuenta de lo hinchado y magullado que estaba mi pobre culo gordo. Dios mío, pensé. Debo de haber inflado las ruedas y de haber hecho en bicicleta todo el camino hasta Shad en plena noche. Y no recordaba nada al respecto. Tenía la memoria almacenada en el culo, y en las piernas, y en los brazos blandos y doloridos.

Caminé con la bicicleta hacia abajo por el camino de la estación de bombeo hasta la pasarela y salí a la carretera. Fui en dirección contraria a las casas para poder llegar por detrás de aquella pequeña tienda, si es que aún estaba allí. Después de media hora me tuve que quitar la chaqueta del traje, porque el sol había hecho desaparecer las nubes. La coloqué sobre el sillín y seguí andando.

Recordaba que en Rehoboth había maizales en el verano, y muchas veces, volviendo a casa, robaba unas cuantas mazorcas, de esas blancas y dulces, para nosotros. Este agosto aún había maíz y estaba alto y hermoso, y olía a ese olor que el estiércol le da a los campos. Era maravilloso y anduve a paso lento, que era de la única forma en que podía andar, siendo como era una foca empujando una bicicleta, pero, aunque hubiera podido ir más rápido, creo que no lo habría hecho.

Después de otra media hora, allí estaba la tienda. Aún. Así que aunque había casas en vez de bosques oscuros, en algunos sitios había maizales y tiendas de comestibles. Dejé apoyada la bicicleta en la sombra y me fijé en una bomba de aire que estaba en la esquina de la tienda.

Inflé las ruedas otra vez, llevé de nuevo la bici a la sombra y entré.

La tienda olía bien, a lechuga y café, y a mí me estaba entrando hambre. Me preguntaba si tendrían esos hojaldres grandes rellenos de manzana con azúcar por arriba. Podía tomarme unos cuantos de ésos y un poco de refresco. Estaba seco.

—Cigarrillos también —dije en voz alta.

—¿Sí? —dijo la mujer joven que estaba en la caja.

—Sólo estaba…, eh…, creo que necesito… ¿Tienen unos hojaldres grandes rellenos de manzana, que vienen dos en un paquete y están cubiertos de azúcar?

—No estoy segura.

—Voy a echar un vistazo.

Las verduras tenían buena pinta. Yo nunca miraba las verduras porque ya no las comía a no ser que fueran patatas. O maíz, sí que comía maíz. Me acerqué a la sección de galletas y enseguida encontré los hojaldres de manzana. Cogí cuatro paquetes. Luego cogí un litro de refresco. Tenía mucha hambre y me di cuenta de que no había comido nada en un buen rato. Desde la noche anterior, en cualquier caso. Coloqué otra vez en su sitio el refresco y cogí un litro de cerveza Narragansett. Había leído que la cerveza tiene un montón de nutrientes y todo eso. Puse los hojaldres de manzana y la cerveza sobre el mostrador.

—Dos paquetes de Winston, también.

La chica estiró la mano para coger los cigarrillos y yo para buscar el dinero.

—Espera un momento —dije—, creo que me he dejado el dinero…, la madre que lo trajo…, me he dejado el dinero. Un momentito.

Salí hasta la bicicleta y busqué en la chaqueta del traje. Encontré cuatro monedas de veinticinco céntimos.

—Por Dios.

Entré otra vez.

—Tengo que devolver las cosas. Sólo he encontrado un dólar.

Puso los paquetes de Winston de vuelta en el estante de los cigarrillos y yo puse la cerveza y los hojaldres de manzana en su sitio.

—Los plátanos están a seis por un dólar —dijo—. No le cargaré ningún impuesto.

No me había comido un plátano desde hacía años y años.

—¿Seis por un dólar?

Olían todos bien y escogí los que tenían menos manchas marrones. Le di las cuatro monedas, tomé un buen trago de agua en la fuente que estaba junto a la puerta y luego me comí tres plátanos fuera, junto a la Raleigh. Los plátanos son fáciles de masticar y te llenan. El aire se estaba poniendo más pesado a medida que la lluvia nocturna se evaporaba, pero tenía ese aroma dulce del verano y la humedad hacía subir el olor a heno y a estiércol y a otras cosas que había olvidado. Una camioneta salió de una carretera lateral, atravesó por el maizal y giró hasta el pavimento. Cuando pasó pude ver a Bethany con claridad, en la parte trasera de la plataforma de la camioneta, manteniendo perfectamente el equilibrio en su pose; la brisa le levantaba el pelo, su piel de veinte años brillaba en el sol. Y desapareció. No me alarmaba nunca al ver a Bethany, pero no estaba pensando en ella. Por lo menos no creo que estuviera haciéndolo.

Busqué en el bolsillo y saqué la carta de papá de Los Ángeles. Releí la primera parte otra vez. Que había muerto. Que tenía cincuenta y un años. Que había sido de frío y que estaba en Los Ángeles. Supuse que papá había enviado fichas dentales y había pedido información por todas partes a lo largo de los veintisiete años que ella había estado desaparecida. Papá estaba lleno de energía. Leí un poco más.

La Ley Cohen/Hughes de 1931, aprobada por la asamblea legislativa de California, asigna fondos para la conservación del cadáver hasta recibir órdenes explícitas de los familiares más allegados en caso de que existan. Le rogamos que nos notifique los detalles del sepelio tan pronto como sea posible.

Una vez más, el condado de Los Ángeles les expresa sus condolencias a usted y a su familia.

Doblé la carta y me la metí otra vez en el bolsillo. Bebí otro trago de agua, puse los plátanos en el bolsillo de la chaqueta del traje y me marché con la Raleigh. Me preguntaba si el gran club de campo estaría todavía allí, y la cabaña de troncos y el vivero de rosas y el criadero de pavos. Cuando llegué a la cima de la colina, me mordí la lengua para aguantar el dolor de mi culo dolorido y me deslicé hacia la carretera de Taunton.

12

En 1961, Bethany había empezado ya a ir a sitios sin que nosotros supiéramos que había ido. Técnicamente, no se trataba de desapariciones. La mayoría de las veces duraban de dos horas a un día y una noche, y aunque la familia Ide estaba desesperada, no nos dejábamos llevar por el pánico y no utilizábamos jamás la palabra «desaparición». Papá salía a buscarla en el coche, yo en la bicicleta y mamá llamaba a los vecinos y amigos y, finalmente, a la policía. Debido al episodio del puente rojo, que fue la primera vez que la voz trató de matarla, la familia Ide estaba menos preocupada por lo que la gente pudiera pensar de Bethany. Cuando se había marchado, sólo queríamos que volviera. Así que salíamos en coche y en bicicleta y llamábamos por teléfono.

Bueno, esto va sobre su baile de gala de tercer curso, así que tengo que añadir un par de cosas que puede que lo aclaren un poco o puede que no. Primero está Bobby Myers, que era su acompañante. Bobby había salido con Joanie Caveletti, que era para el instituto de East Providence lo que Brigitte Bardot era para Francia. Era muy sexy y estaba en la onda. Yo estaba todavía en el colegio, pero ella era una leyenda. Un pecho enorme. Ahí estaba. Eso lo decía todo.

Bobby no era uno de los chicos más amables del instituto. Tenía el pelo rubio, se peinaba hacia atrás los largos mechones laterales, y por arriba su pelo se levantaba unos dos centímetros y medio y estaba de punta, por el corte a cepillo del pelo y la gran cantidad de gomina. Así que la primera impresión que daba, incluso a los que éramos pequeños, es que era un gamberro. También llevaba una chaqueta de cuero, pero el problema es que tenía además una de sus letras de East Providence cosida a ella, en la espalda, colocada contra la piel negra brillante. Todos nosotros veíamos que las chicas no se le podían resistir, porque, aunque Bobby Myers y sus colegas de la zona del Riverside se vestían y se comportaban como gamberros macarras, eran el soporte principal del poderoso equipo de fútbol local, y eran también estrellas de béisbol. La combinación era mortífera y Bobby se aprovechaba totalmente. Así es como la encantadora y corpulenta Joanie Caveletti se convirtió en su novia. Salieron juntos desde el mes de septiembre del tercer año de Bobby hasta justo antes de abril, cuando parece ser que Joanie descubrió que Bobby Myers era una polla con ojos y le dejó plantado. Bobby estaba destrozado por el hecho de que una chica le maltratara de esa manera, y se recuperó pidiéndole a Bethany que le acompañara al baile de gala del tercer curso. Bethany se le había quedado a Bobby en la cabeza desde la vez que ella se había desnudado en el aparcamiento. No había estado nunca con una chiflada y recordaba sus hermosos pechos pequeños y otras cosas.

Bethany no había tenido nunca novio hasta entonces y no sabía cómo se suponía que tenían que comportarse los que eran novios.

—Quedamos en mi taquilla —decía Bobby.

—Vale.

Así. Era sencillo. Y Bobby la llevaba a casa en coche y la llamaba. Estaba resultando un buen año para Bethany. Había un par de chicas en el instituto que le caían bien, y ahora Bobby Myers, que, por cierto, era de los que se echaban Old Spice, era su novio.

Cuando Bethany llegaba a casa un sábado después de una cita, normalmente una película y una hamburguesa, mamá le preguntaba, como si no le diera importancia, qué tal había ido la cita.

—Genial.

—¿Qué habéis hecho?

—Una peli, ya sabes.

—¿Es buen chico, Bobby?

—Es un macarra —decía yo.

—No lo es. Es muy simpático.

Y estaba siendo amable. Le abría siempre la puerta del coche y parecía estar siempre prestando mucha atención a las cosas que ella decía, pero yo tenía la sospecha, en la zona turbia de mi mente dolorida, de que el bueno de Bobby Myers estaba planeando algo, aguardando el momento oportuno, esperando. Le odiaba. Le odiaba, pero a la vez estaba preocupado por él, porque era obvio para los Ide que el atractivo Bobby Myers no conocía a la voz todavía.

East Providence contaba con un equipo de béisbol excelente ese año, y Bobby Myers sin duda iba camino de ser elegido por segunda vez como tercera base a nivel estatal. Tenía un buen tiro, un buen brazo, rapidez para realizar una doble jugada y, por mucho que yo odiara admitirlo, un estupendo *swing* natural que no se aprende. Simplemente desafiaba al lanzador a que concentrara sus fuerzas en la zona de *strike*. Bethany fue a casi todos los partidos que se jugaron en casa y algunas veces llevaba incluso una camiseta con el número de Bobby. Era un momento impactante en la vida de un jugador de béisbol del instituto. Y mientras él se regodeaba en la gloria, mi equipo de tercero había perdido dieciséis partidos seguidos y yo no había podido batear en los últimos trece. Pero no quiero detenerme demasiado en ello, no.

Lo de ser un caballero era un esfuerzo excesivo para los gamberros macarras de la zona del Riverside. Algunas veces perdía los nervios y daba un puñetazo a alguno de sus amigos, que es lo que siempre se estaban haciendo entre ellos. Aun así, cualquiera podía ver que estaba decidido a ser un buen chico con mi hermana, hasta que hizo su jugada. Eso es lo que hacen esa clase de tipos. Esperan, tienen paciencia, en muchos sentidos son como los buenos actores. Creo que ésa es la razón por la que, a medida que fueron pasando los años y fui madurando, no me sentía mal del todo por Bobby Myers. Había preparado un plan ingenioso, pero no tuvo nunca en cuenta que también hay otras cosas que están ahí fuera, al acecho.

El baile de gala de Bethany fue el 11 de mayo. Es una fecha que recuerdo. Como el primero de abril o el 25 de diciembre o el 22 de noviembre. Es una fecha viva y ya sé que está mal que lo diga un hermano, pero en ese baile no ha habido nunca una chica más bonita y más increíble en todo el país. Su vestido era negro y brillante. Y se puso unos tacones azules que resonaban en el suelo de la cocina de un modo especial. Llevaba medias de seda que reflejaban un poco la luz y la lanzaban en destellos, y su pelo largo estaba rizado y tenía mucho cuerpo. Bethany se maquilló también los ojos. No la había visto nunca con los ojos pintados, y parecían enormes y llenos de esperanza. Llevaba las sobrias perlas de mamá y pendientes de camafeo. Era como si no se pudiera respirar alrededor de ella, pues absorbía el oxígeno del aire.

Papá le dio un fuerte y alegre abrazo y le dijo que estaba muy guapa. Tuvo cuidado de sujetar el Camel que tenía encendido lejos de su pelo. Mamá lloró.

—¿Qué te parece, Garfio?

—Creo que estás fantástica.

—¿Crees que le gustará a Bobby?

Bobby Myers era una porquería. Bobby Myers era una mierdecilla grasienta.

—Sí, le va a gustar.

Sonó el timbre de la puerta y era Bobby. Pantalones de esmoquin negros, chaqueta de esmoquin blanca, pajarita y fajín rojos, y unos enormes pegotes de gomina. Se ajustó la entrepierna y entró. Los viejos tomaron fotos y luego ellos se fueron. Los vimos meterse en el Chevy Impala del padre de Bobby y se marcharon.

Nos quedamos de pie en el césped de la parte delantera en silencio y se acercaron las nubes. Papá encendió otro Camel.

—Desde luego, estaba preciosa —dijo papá.

—Preciosa, preciosa, preciosa —dijo mamá.

—Ajá —asentí yo.

El sol estaba jugando a esconderse entre las nubes de media tarde, y de repente hizo frío. Papá buscó la mano de mamá, se la cogió y la apretó. Yo sabía que Norma Mulvey estaría observando y miré hacia la casa de Bea. Quería saludar con la mano, pero ya era demasiado tarde, así que aparté la vista y miré en dirección a Bobby y todos sus planes secretos.

13

Después de un par de horas, tenía el culo entumecido y se me había ido ese dolor tan atroz. Tenía las piernas todavía rígidas, pero, cuanto más le daba a los pedales de la Raleigh y sudaba, en realidad me sentía más aliviado. No estaba dispuesto a parar cuando la autopista me condujo a East Providence, así que atajé por el instituto, a través de Six Corners, y crucé el viejo puente de George Washington hasta Providence. Salí de la 95 al otro lado del puente y seguí la ruta del lado este hasta la avenida Elmwood. Luego, sintiéndome aturdido y exaltado, me deslicé cuesta abajo la mayor parte del tiempo hasta Cranston. Cranston es un sitio interesante. Está plagado de italianos. Te entran ganas de ser italiano. En Cranston un chico probablemente podría sentirse avergonzado de no ser italiano. Está muy bien, y me detuve junto a un campo de béisbol y me comí otro plátano y vi a algunas chicas jugar al *softball**. Chicas grandotas, que lanzaban haciendo curvas rápidas que se desdibujaban sin levantar el brazo por encima del hombro. Me comí otro plátano.

* *Softball*: juego similar al béisbol sobre un terreno más pequeño, con una pelota grande y blanda. *(N. de la T.)*

Pasé por Warwick hacia las primeras horas de la tarde. No tenía reloj y no lo echaba de menos, pero hay algo acerca de la hora y la responsabilidad. No sé, algo. La autopista quedaba siempre a mi derecha y la mayoría de las carreteras que elegí estaban en mal estado y escasamente transitadas.

—Una buena carretera desperdiciada —dije en alto. Pero una carretera por donde no viaja nadie te da la maravillosa sensación de no ser juzgado. No sé si lo que digo tiene algún sentido. Cuando pesas ciento veintiséis kilos y llevas puesto un traje azul ajustado y sabes que si viniera alguien por detrás de tu bicicleta no podría ver el sillín, entonces piensas en eso. Se convierte en una obsesión. Sudas aún más. Tu propio dolor se pone aún peor. Es otra derrota.

Recuerdo bastantes cosas de esta parte. La parte de ir en bicicleta. La gente con la que hablé y que fue agradable en su mayoría, y el campo. Me sorprende cómo funciona la memoria. Hay años enteros que no puedo recordar, pero esta parte, bueno, me sorprende.

Subí andando con la bicicleta a la gran colina de Exeter y me colé en la Ruta 95 para bajar sin pedalear hacia Hope Valley. El río Wood está en Hope Valley, y también Yawgoog. Éste es el campamento de boy scouts al que fui. El gran descenso me asustaba. Iba soñando despierto y, cuando quise darme cuenta, el aire me daba tan fuerte que no podía respirar, estaba yendo casi tan rápido como los coches. Como un idiota, no había revisado las ruedas, y estaban otra vez casi en el aro y chirriaban bien alto contra el arcén de la carretera. Intenté bombear suavemente los frenos de mano, pero las ruedas echaban humo. Contuve la respiración. Me dolía el pecho y mi voluminoso corazón brincaba por ahí como un saltamontes.

Parecía no haber fondo en la gran colina, aunque yo lo recordaba. Me deslicé sin pedalear, alcanzando cada vez más velocidad, a pesar de que apretaba los frenos con todas mis fuerzas. El humo cambió de blanco a negro. Olía a quemado.

Era en momentos como éste, en los momentos fundamentales, cuando yo siempre había fracasado. A veces hay momentos en que uno tiene que tomar una decisión, en vez de dejar que las cosas pasen simplemente. Entonces uno tiene que tomar las riendas. Yo nunca lo había hecho. La vida me venía de rebote y me hacía rebotar, y ahora me iba a hacer rebotar hasta morir. Mi culo gordo, mi traje azul. Así que hice girar mi Raleigh a punto de arder, desde la colina de la 95 hasta la vía de salida de Hope Valley, a unos cien kilómetros por hora aproximadamente.

Los cuatro pelos que tenía iban echados hacia atrás y mi bici se metió a toda velocidad en el tráfico. Me dirigí a la línea divisoria amarilla, que se me echó encima como un baño de color. Había algunas gasolineras y un hotel Howard Johnson en esta carretera hacia el campamento de los boy scouts, pero a la velocidad que iba simplemente no podía distinguir señales ni mojones. Pasé zumbando y, según volaba a través de los cruces principales de Hope Valley, noté que no sólo no estaba disminuyendo la velocidad, sino que me estaba aproximando a otra colina. Así es como sigue y sigue la suerte. Mi enloquecida suerte. Mi suerte ciegamente descontrolada. Pero al menos esta vez decidiría yo, igual que había decidido salir hacia

Hope Valley a una velocidad milagrosa. ¿Qué era lo que podría pasarle a una carga sobre una Raleigh que echaba chispas? Por primera vez desde hacía mucho tiempo, la vida no venía simplemente a mí, yo iba a la vida. Pensé en esto cuando giré la bicicleta hacia una pequeña carretera de tierra y, al pasarme silbando las apretadas hileras de robles y arces y abetos, pensé en lo raro que era pensar en estas cosas sobre la vida. Cavilar a la velocidad de la luz.

La carretera de tierra terminaba en un campo cubierto de hierba. Estaba teniendo lugar una liga juvenil de béisbol y había chicos con camisetas rojas bateando y camisetas azules en el terreno. Salí disparado al campo entre la primera base y el exterior derecho. En una fracción de segundo crucé entre el fildeador izquierdo y el central y me abalancé hacia una borrosa parcela de bosques.

—Árboles —dije en alto.

Ni siquiera el golpeteo de las ramas de los abedules y de los diminutos arces me hicieron aflojar mucho la marcha, así que cuando empecé a deslizarme cuesta abajo por el profundo barranco hasta donde el río Wood atraviesa mansamente Hope Valley, la caída no me pareció casi nada. Y el agua, que el verano había calentado, me refrescó, aunque parezca mentira, un instante antes de que perdiera el conocimiento.

Por encima de mí, aunque en ese momento yo no lo supiera, los equipos y los padres del Espíritu Santo Redentor y de los Bautistas de la Tercera Reforma corrieron por el campo y bajaron la peliaguda cuesta para ayudarme. Mi suerte estaba cambiando.

Al parecer la corriente me había dado la vuelta y me había echado sobre la espalda y, aunque sí que había tragado

111

algo de agua, también tragué algo del aire fresco y puro de Hope Valley. Un cura católico, el padre Benny Gallo, que todavía llevaba puesta la gorra de árbitro, hizo que dos fornidos baptistas se metieran hasta la cintura en el río. Trataron de agarrarme, pero como había cogido velocidad en un rápido del río me perdieron, justo antes de que rodara por los casi tres metros de las cascadas Anthony.

Papá y yo, los días que comenzaba la temporada de la trucha, y después, algunas veces, pescábamos normalmente unos cuantos kilómetros por encima de Hope Valley, donde se extendían las pozas y eran un poco más profundas, pero a veces pescábamos en este tramo. Estaba a unos cuarenta kilómetros o más de East Providence, y aunque pasaba justo a través de este pueblecito, no se notaba. A mí me gustaba lanzar una mosca seca en las pequeñas grietas, pero a papá le encantaba coger un gusano peludo con lastre y hacerlo saltar a las burbujas blancas de las cascadas Anthony. Podía pescar allí todo el día y siempre lo hacía bien. Ahora este chico gordo estaba allí y las diminutas burbujas que se formaban corrían por encima de él y le besaban y las truchas se habían tirado todas corriente abajo.

De alguna manera el golpazo de las cascadas me despertó de una sacudida, o yo creo que estaba despierto. Recuerdo que estaba en un canal de agua estrecho y que oía voces alrededor del ruido de la cascada. Me estaba moviendo otra vez y traté de levantar las piernas, pero eran como las piernas de los sueños, que no son realmente tuyas. Creo que divisé en la orilla a un hombre de negro que debía de ser el cura árbitro, pero no puedo estar seguro porque, justo cuando estaba pensando en levantar los brazos para pedir auxilio, rodé sobre las cascadas Jenner y parece ser que perdí el conocimiento otra vez.

Da miedo despertarse con una máscara de oxígeno puesta. En muchos sentidos es claustrofóbico. Te aprisiona. Cuando me hirieron tan gravemente en el ejército, no sentí que diera tanto miedo. Otro de los soldados, Bill Butler, un tipo negro de St. Louis, me apoyó contra un árbol, sacó la bolsita con morfina que llevábamos todos, me clavó la aguja en la tripa y me lo metió todo. No podía moverme, pero, ¿saben qué?, no podía sentir tampoco ninguno de aquellos veintiún agujeros. Dolía más ser este imbécil gordo que lo que me dolió entonces.

—¿Hola? ¿Hola? —gritó el árbitro este, arrodillándose junto a mí mientras yo estaba tendido allí sobre las plantas de dragón fétido, a la orilla del río Wood.

Otras caras se asomaron por encima de mí. Dos equipos de liga juveniles, mamás y papás, hermanas, algunos abuelos, gente del equipo de salvamento de Hope Valley. Me habían cortado la camisa y los pantalones, y quise fingir que estaba muerto antes que desplegar esta grasa delante de ellos.

—Gracias —dije en voz baja al cura, con las palabras apagadas por la máscara de oxígeno. Un enorme clamor salió de la multitud. Uno del equipo de salvamento hizo el signo de la victoria y la multitud empezó a aplaudir.

Me subieron por la cuesta detrás de una escuela primaria donde había terminado mi vagar, y me cargaron en la furgoneta de rescate. Subieron dos médicos, el árbitro y los dos capitanes de la liga juvenil de béisbol, y vinieron conmigo al hospital público.

Mi ropa estaba mojada y cortada, así que el hospital me dio un pijama que parecía de papel para que me lo pusiera. Tenía la nariz rota y un pequeño hematoma por encima del ojo derecho. También tenía graves contusiones en los huesos de las caderas y un riñón magullado. El cura se quedó conmigo. Me daba apuro causar tantos problemas, pero estaba agradecido de que estuviera allí. Le di mi nombre a una de las enfermeras y le dije que tenía seguro médico, pero que no estaba seguro de cuál era, pues hasta entonces no lo había necesitado nunca. Ella se quedó mirando al padre Benny como si no me creyera.

Después de unas dos horas, una joven doctora con una especie de risa burlona permanente me dio dos recetas y una hoja de instrucciones sobre los riñones. Me dijo que bebiera muchísima agua y que no me tumbara sobre el riñón durante un tiempo. Luego me dieron de alta en la sala de urgencias. Fui andando con el padre Benny, todavía con mi pijama de papel, hasta la entrada del hospital y cogimos un taxi a la iglesia católica del Espíritu Santo. Estaba situada por detrás de la calle principal de Hope Valley, y bajamos por una estrecha carretera pavimentada hasta la iglesia blanca de madera.

Para entonces estaba anocheciendo. Serían las seis o las siete cuando fuimos dando la vuelta por la parte trasera de la iglesia hasta una casita blanca aún más pequeña. Seguí al cura al interior de la casa y luego a la cocina. Sacó una silla de cocina azul para mí y me senté a la mesa.

—¿Puedo ofrecerle un sándwich o alguna otra cosa? —preguntó el padre Benny Gallo.

—Un sándwich estaría bien.

—De atún —dijo—, le va a encantar.

Me quedé sentado en su diminuta cocina mientras él preparaba el sándwich con rapidez y pericia. También tomé agua fría.

—¿Está bueno?

—Muy bueno. Gracias.

Masticaba lentamente. La ensalada de atún del padre Benny superaba a la de papá con creces. De hecho, desde los horribles sándwiches que preparaba papá cuando íbamos de pesca, demasiado sólidos y con demasiada mayonesa, no recordaba la última vez que había comido atún.

El cura se entretenía haciendo pequeñas tareas por la cocina para no quedarse mirando mientras yo comía. Se lo agradecí. No podía soportar que me miraran mientras comía. Sentía que debía disculparme por alimentar mi montaña de carne.

—Está usted en el camino —dijo por encima del hombro—. Está en el camino como en los años cincuenta. Tiempos difíciles. Malos tiempos, en realidad. Pero seguimos adelante, ¿no es cierto? El espíritu humano. Seguimos adelante.

No le entendía, pero le hice un gesto de asentimiento con la cabeza, aunque él estaba en la pila y vuelto de espaldas.

—La doctora de la sala de urgencias me dijo que esas heridas eran de bala…, bueno, lo siento, olvídelo, me prometí a mí mismo que no le preguntaría.

—Vietnam —dije, con la boca llena de su maravilloso sándwich.

—Horrible. Espantoso.

—No, no, de veras. Éste es el mejor sándwich de atún que me he comido jamás.

—¿De verdad?

—El mejor.

—Exprimo un poquito de limón. No mucha mayonesa. Apio. Muy saludable.

—Muy rico, además.

—La doctora dijo que había catorce heridas…, agujeros.

—Veintiuno. Estoy bien.

—Horrible.

—No, de verdad.

—Horrible, horrible.

Terminé el sándwich y el agua.

—¿Otro?

Aunque parezca mentira, estaba lleno. El padre Benny se secó las manos y se sentó enfrente de mí en la pequeña mesa de la cocina.

—El resentimiento sobre una guerra tan antigua no es bueno, amigo mío. Es hora de dejarla atrás.

—No estoy resentido en absoluto. No pienso en ello.

El cura me miró con comprensión y sonrió con tristeza.

—Bueno, si veintiuna balas no le llevaron al resentimiento, entonces sea lo que sea lo que le llevó debe de haber sido horrible.

—No estoy resentido.

—Mire…

—Smithy —dije, estrechándole la mano—, Smithy Ide.

—Padre Benny Gallo.

—Lo sé.

—Mire, Smithy. Yo soy un poco más joven que usted. Usted tiene ¿cuántos años? ¿Cincuenta? ¿Cincuenta y cinco?

Tenía cuarenta y tres. Me llevé la mano a la boca.

—Sé que puede parecer fuera de lugar, pero tendría la sensación de no estar cumpliendo con mi obligación si no le hiciera darse cuenta de que el estar sin techo no es algo que pasa simplemente. Es el resultado de un gran número de factores y hay mucha gente y muchos organismos que lo comprenden y quieren ayudar. Probablemente podría nombrarle veinte grupos activos diferentes sólo en la zona metropolitana de Providence.

—Muchas personas son amables —dije.

—Lo son. Son amables. Así que antes de lanzar las manos hacia arriba y estar en la carretera, deberíamos ponernos en contacto con ellos.

El padre Benny Gallo estrechó mis manos entre las suyas. Eran las manos que uno esperaría del tipo de cura al que le gusta la vida al aire libre, que arbitra en ligas juveniles.

—No se dé por vencido, Smithy Ide. Luche. Luche. Yo también tengo que luchar conmigo mismo. Todos los días. Deseo levantarme y decir: «Estoy hasta las narices». Pero no lo hago. Continúo. Sigo adelante, ¿ve usted? Sigo. Una iglesia arcaica, una pequeña población que no sabe apreciar lo que se le ofrece, una casa del párroco vacía. No sé. Me había imaginado una especie de situación de un pastor y su rebaño, algo a lo Bing Crosby. Unos feligreses llenos de asombro, pero, en fin, yo no sé. ¿Es usted católico?

117

—Claro —dije. En realidad no, pero en la iglesia episcopal utilizan la palabra «católico» todo el tiempo.

—Tres —dijo, levantando tres dedos con un cierto tono en la voz—, cuéntelos, a tres tipos les han hecho monseñor este año, y todos ellos se graduaron en el seminario conmigo e hicieron los votos con el obispo Fuget conmigo y ahora son monseñores. Yo he estado en el Espíritu Santo, en Hope Valley, durante once años y todavía no soy más que un ayudante de pastor, aunque aquí no hay ningún maldito pastor que valga. ¿Ve? Lo que…, lo que estoy tratando de decir con esto es que no puede rendirse.

—Muy bien.

—La pobreza, la falta de vivienda, una bicicleta sencilla…

—Mi bici —dije—. ¿Está…?

—Uno de los chicos dijo que su padre y él se la llevarían a casa y mirarían a ver si podían arreglarla. El lanzador, creo. Baptista. Y por cierto, no es que yo tenga ningún resentimiento en absoluto hacia el buen obispo, pero tendría que preguntarse uno sobre el descarado afeminamiento que comparten los tres flamantes monseñores y la loca Fuget. Ve usted de qué se trata, se trata de la absoluta incapacidad de la diócesis para perdonar y olvidar.

El padre Benny hizo una pausa y se frotó la frente con el dorso de la mano. De repente me sentí tan cansado como no lo había estado jamás. Podía sentir el corazón más lento.

—Mil novecientos ochenta y seis. Mil novecientos ochenta y seis. Las cosas me estaban yendo bien, muy bien. Trabajaba diciendo misa y confesando en el campamento de los scouts que queda un poco más allá, siguiendo la carretera, me ocupaba de la iglesia del Espíritu Santo aquí, de un colegio religioso, era presidente de la federación de *softball* de las chicas, etcétera, etcétera, etcétera. Entonces, bueno…, no sé. Bueno, para ser sinceros, Jeneen Dovrance. Jeneen Dovrance. ¡Dios! —el padre Benny se puso de pie y se dio golpes en el pecho—. Era una mujer, no, no, no una mujer casada, no, sólo la madre de uno de los scouts y me abordó después de misa en el campamento para preguntarme sobre el premio Nación de Dios de su hijo. Jeneen era una madre divorciada con dos hijos y un lunar pequeño aquí, en la mejilla, y los ojos violetas. Lo juro por Dios. Violetas. Las pestañas así de largas. Ya sabe, los curas nos entrenamos a nosotros mismos para mirar a otro lado. No muy diferente de los hombres casados, mirar a otro lado. Y miré a otro lado, aunque, como he dicho, sus ojos me parecían casi una aberración de belleza. Violetas.

»Esa noche, más tarde… me llamó otra vez. Providence. East Providence. Familia de dinero y todo eso. Dijo que necesitaba hacerme un par de preguntas sobre el Nación de Dios. El premio católico se llamaba Al Altar de Dios. Le expliqué que, aunque se daba en conjunción con los scouts, no era realmente un premio de los scouts. Lo otorgaba un líder religioso. Implicaba haber hecho méritos especiales y demás. Ella estaba sumamente entusiasmada con la idea de que su scout ganara el premio y me preguntó si yo creía que su cura, el tipo que estaba en la Inmaculada Concepción, estaría dispuesto a ayudar a su hijo a ganar el premio —dio unos pasos nerviosos. Yo me sentía cansado, soñoliento—. No sé por qué, pero le dije que me acercaría y que

119

quizá pudiéramos establecer un curso de estudio independiente y que él podría, en lo esencial, ganar el premio por su cuenta. Pues bien, era una de esas casas espléndidas. La calle Thayer. Vidrieras auténticas de Tiffany en el cristal de encima de la puerta principal. Elegante. Era sábado por la tarde, abril. Había una llovizna fina y el maldito Volkswagen tan viejo que tengo con las ruedas gastadas…, vamos, que… se resbalaba por todas partes, pero al final conseguí llegar. Me recibió en la puerta principal en un, ah, sencillo pero elegante pantalón de lino amarillo con una blusa de color rosa. Su pelo, su fino pelo castaño, estaba recogido en alto y unos cuantos mechones ondeaban de manera desenfadada en la brisa de su caminar cuando me llevó hasta el salón. Había una chimenea que quitaba por completo el frío de la habitación.

Hizo una pausa por un momento para recordar. Yo me esforzaba por mantener los ojos abiertos. Bethany estaba de pie junto a la máquina del agua.

—Su hijo había salido —prosiguió—, pero me senté en un sofá de cuero y era estupendo y ella se sentó junto a mí. Olía a limones y a lilas. Realmente esto no tiene nada que ver con nada, pero más tarde, esa noche, en mi pequeño salón de aquí arriba, escribí un poema titulado "Limones y lilas":

Una mujer resplandeciente
de un olor que te arrepiente
para correr del tormento
con las piernas de cemento

»Puedo oler los limones, las lilas, cada vez que recito eso. Es una oración. Es un mantra. Jeneen Dovrance tenía una piel joven, rosada como la de una colegiala, aunque tenía alrededor de treinta y cinco años y sus hermosos pechos llenos se apretaban contra la blusa rosa.

Se detuvo y se mordió el labio inferior y le tembló un poco la boca. Yo me desperté. Bethany desapareció.

—¿Se apretaban contra la blusa? —pregunté, por decir algo.

—Como si estuvieran, de algún modo, cautivos. Estaban ansiosos, en realidad. Le di el paquete para el Al Altar de Dios y anoté junto a cada uno de los requisitos cómo los habían cumplido otros chicos, y al final del mazo de papeles incluí mi nombre y dirección. Jeneen me puso la mano, su mano rosa, casi traslúcida, sobre la rodilla, y me agradeció, una y otra vez, que hubiera ido hasta allí y que fuera tan atento. Me levanté, pero al hacerlo mi propia mano tocó la suya del modo más tranquilizador. Fue un momento breve, pero de tal intensidad que no puedo ni expresarlo. Bueno, el caso es que yo… la llamé al día siguiente con el pretexto de estar preocupado por el tema de los scouts, pero, lo voy a decir claro, tenía que oír su voz e imaginarme el conjunto. ¿Es que es algo tan malo?

Me miró y parecía enfadado.

—No —dije.

—No es un voto humano. Históricamente no tiene ninguna base. Propiedad, dinero, no sé, pero no creo que la Iglesia pueda justificarlo —miró a la oscuridad desde la ventana—. Yo había tenido relaciones sexuales unas cuantas veces en el instituto —dijo casi entre dientes.

Yo había estado con tres mujeres. Había estado en la cama con ellas, en relaciones sexuales, quiero decir. Todas ellas fueron en Vietnam y eran prostitutas. Les pagué diez dólares americanos y se pusieron muy contentas, aunque podía sentir cuánto me odiaban, meses después. Como si me hubieran echado una maldición para que pudiera recordar cómo se sintieron ellas. Era la bestia que Bethany solía decir que sería. El imbécil de mí, un inútil. Incluso cuando sonreía a una mujer, sentía que estaba imponiendo mi presencia en su agradable vida. Sexo.

—Eran chicas jovencitas y adorables, pero esta mujer se me metió en el subconsciente. La llamé otra vez. Y otra. Y cada vez ella se reía y charlaba jadeando, de esa forma suya tan seductora —respiró profundamente y cerró los ojos—. Palabras —dijo—. No sé qué pasa con ellas. Estábamos al teléfono y yo estaba arriba, en mi pequeño dormitorio, y le pregunté por su hijo y los progresos que iba haciendo con el Al Altar de Dios, etcétera, y ella dijo…, dijo: «Hace mucho calor, voy a quitarme esto, espere un momento». Bueno, yo estaba al otro extremo pensando, Dios mío, ¿qué?, ¿qué es lo que se ha quitado? Así que le pregunté como sin darle importancia. Digo: «Bueno… ¿qué es lo que tenía que quitarse?». Y dice ella: «Ah, mi jersey». Y digo yo: «¿Está más fresca ahora?». Y dice: «En realidad no, todavía tengo mucho calor». Y hubo una pausa y por fin le digo, digo: «¿Por qué no, por qué no se quita el resto de la ropa para que sus pechos turgentes puedan refrescarse?».

Me miró como si yo tuviera que decir algo. Pero yo no sé de esas cosas. Siempre he pensado que tienen que ponerse calientes, pero no lo sé. Sonreí como un tonto.

—Jeneen Dovrance dijo: «¿Qué?». Y dije como un corderito que va al matadero, como una vaca de los corrales de Chicago, dije: «¿Por qué no se queda sin ropa para que yo pueda imaginarla ahí, desnuda, con sus preciosos pechos y su dulce cajita de amor llena y jugosa?». Ella —le salió el tiro por la culata al pobre célibe Benny Gallo—, ella colgó. ¿Sabe cómo puedo recordar lo que dije palabra por palabra? Porque Jeneen Dovrance pulsó el botón de grabar de su contestador automático cuando dije la palabra «pechos» por primera vez, y el obispo Fuget y sus malditos lameculos me lo pusieron, una vez y otra y otra, durante el interrogatorio. Ella había pasado esa conversación sumamente privada a una jerarquía de maricones. ¿Sabe lo que me llamaban a mis espaldas? ¿Se lo digo? Me llamaban «el lleno y jugoso». Lleno y jugoso, ja, ja. Muy gracioso. Ayudante de pastor. Virgen santísima.

Se tapó la cara con las manos, luego fue a la pila y se echó un poco de agua fría en los ojos.

—Así que ¿ve cómo podemos seguir adelante? ¿Ve cómo no hay que rendirse?

Lo veía. Dormí en un sofá de la casa del párroco y soñé que Bethany estaba corriendo por ahí en nuestro jardín trasero y Norma la perseguía. Reírse hace tener sueños agradables.

14

Tan pronto como estuvo fuera de la vista de papá y mamá, Bobby Myers encendió un Marlboro.

—Abre la guantera —le dijo a Bethany.

Dentro había una botella de litro de Four Roses, el whisky canadiense, que era el favorito de los macarras del Riverside.

—Ésta es de las buenas. Se la he robado a mi viejo. Nos vamos a divertir un poco esta noche.

Bethany pensó que Bobby Myers tenía buena pinta y estaba atractivo con el Marlboro en la boca.

—¿Te acordaste del ramillete?

—Ay, mierda, me alegro de que me lo recuerdes. Está en el maletero. Lo cojo cuando recojamos a Sal.

Sal Ruggeri —o Sal el Italiano de Mierda, como le llamaban muchas veces a sus espaldas, muy a sus espaldas— era el chico del instituto de East Providence que, con su comportamiento, era el líder de los macarras del Riverside. Sin Sal, probablemente no hubiéramos tenido nunca registros de taquilla sorpresa, por ejemplo. Y ciertamente no hubiéramos tenido nunca el Andar de Sal, que era un requisito para todos los macarras. Las manos en los bolsillos, tan cerca de los huevos como fuera posible, los hombros encorvados para que la chaqueta de cuero se subiera alrededor del cuello, y una especie de paso deslizante con las botas de tachuelas. Y, por supuesto, había que mascar Dubble Bubble. Era su aroma. Maleantes de olor agradable.

La madre y el padre de Sal eran gente encantadora que trabajaban los dos en construcciones Campenella & Cardi. Él manejaba las excavadoras y ella hacía las nóminas. Iban a misa los miércoles y domingos y participaban en la mayoría de las actividades de St. Martha. Eran bastante representativos de la gente de clase media baja de East Providence. Ahorraban para todas las cosas que querían. Trabajaban mucho. Eran unos vecinos magníficos. Y adoraban a su único hijo, Sal el Italiano de Mierda, el que estaba lleno de maldad, el de la jeta llena de granos.

Bobby y Sal eran muy amigos al estilo en que los macarras eran muy amigos. Se daban puñetazos uno a otro en los brazos y trataban de quedar por encima del otro. Amigos a su modo, al modo de los macarras. Sal iba a llevar a Debbie Gomes. No eran novios ni nada por el estilo, pero ella era una chica curtida y le hacía pajas. Al menos eso es lo que decía en la pared por encima del urinario del servicio de los chicos del primer piso.

Sal salió de la casa al primer bocinazo del Impala. Llevaba los pantalones del esmoquin pegados como la piel y, en vez de pajarita, llevaba la camisa abierta para que su pecho peludo pudiera respirar.

—Hey, tío —dijo Bobby con aire desenfadado. Sal saltó al asiento trasero.

—Hey, tío —dijo Sal.

Bethany se sintió un poco incómoda de tener a Sal cerca. Le pasaba a todo el mundo. Le producía a uno una

125

sensación de atracción y de repulsión al mismo tiempo, de desconcierto. Pero Bethany se sentía también bastante entusiasmada y contenta. Bobby era muy atractivo y ella estaba fantástica. Sabía que lo estaba. Le parecía que todas las cosas que había elegido eran la opción perfecta, desde los rizos apretados, que se habían aflojado lo suficiente como para estar llenos de vida, hasta los tacones azules, tan sexys. Había andado con ellos para practicar durante semanas y había perfeccionado un paso muy fluido que parecía natural. Su imagen era estupenda y ella lo sabía.

Bueno, yo no estoy seguro de nada, como ya he dicho, pero creo que en general las chicas jóvenes tienen un ritmo que les sale sin pensar. No es realmente espontáneo, tampoco, porque está siempre ahí. Son los grandes acontecimientos con trajes de fiesta y esmoquin y tacones los que lo ponen de manifiesto. Las chicas, de algún modo, oyen este compás, este ritmo, y eso es lo que marca la noche. Los chicos no tienen este ritmo, por lo menos no lo tienen toda la noche, y por eso el alcohol se mete en las guanteras.

Bobby conducía el gran Impala con una mano y alargó la otra para agarrar el Four Roses. Se lo pasó a Sal hacia atrás.

—Aquí está lo bueno. Hay vasos y refresco de naranja para mezclarlo. Debajo del asiento.

Sal llenó los vasos de whisky hasta la mitad, más o menos, luego los rebajó con el refresco de naranja. Le pasó uno a Bobby, luego a Bethany.

—Está de puta madre —dijo Sal. Encendió un Marlboro. Bobby dio un gran trago y observó a Bethany que tomaba un sorbito.

—¿Bueno? —preguntó Bobby.

—Buenísimo —dijo Bethany.

—Hey —dijo Sal—, no tenemos que recoger a Debbie ni nada. Vive cerca de un sitio de coches que hay al otro lado del instituto. Le dije que fuera andando.

Era una noche templada, más templada de lo normal para Rhode Island. Bobby se detuvo en el aparcamiento, que estaba medio lleno. Sal saltó sobre el maletero y se acercó a los macarras que estaban en el césped junto al gimnasio del instituto. Sus acompañantes estaban dentro.

—Por qué no te vas dentro, anda. Tengo que ver a estos tipos —dijo Bobby.

Los macarras se rieron de que Debbie estuviera dentro esperando para hacerle una paja a Sal. Sal sonrió, se agarró la entrepierna y entró en el gimnasio. Bobby le siguió. El Gran Hermano Jackson Dees pinchaba discos para la emisora WICE de Providence y entre medias salpicaba el espacio con alusiones al Instituto de East Providence. Ponía mucho a los Drifters, Elvis, Dion and the Belmonts y el fabuloso Fabian. Las chicas iban y venían al servicio de las chicas. Los chicos fumaban cigarrillos justo a la puerta del gimnasio. Era, en general, una fiesta muy agradable. A las doce menos cuarto, el señor Burke, el director, le dio al interruptor del gimnasio, encendiendo y apagando las luces para indicar que era el último baile, y la parte formal de la velada llegó a su fin.

Cuando Bobby y Bethany llegaron al coche, Debbie se estaba limpiando las manos con un kleenex, y Sal se estaba relajando con un buen vaso de naranja y Four Roses.

—¿No eran geniales los adornos? —suspiró Bethany, colocándose en el asiento delantero.

—Eran formidables —bostezó Debbie.

—Sí, formidables de verdad —añadió Sal.

—La idea de que el tema fuera la época colonial fue de Sharon Davis. Creo que Sharon ha hecho un trabajo genial, genial de verdad.

—¿Qué tal unas copitas por aquí? —dijo Bobby. Se acabó la suya antes de arrancar el coche.

—Vamos a la playa —dijo Sal en ese momento.

—Hey, qué idea tan estupenda —dijo Debbie.

—¿La playa? Hey, eso sí que suena bien.

—Pero ya son más de las doce. Yo tendría que estar en casa —dijo Bethany. Mi hermana se sentía torpe y pueril, pero quería ser responsable ante papá y mamá, y quizá incluso conmigo.

—Sólo iremos a Barrington. Quince, veinte minutos.

El enorme coche salió disparado del aparcamiento, avenida Pawtucket arriba, a través de Riverside y hasta Barrington. Bethany no dijo nada. Debbie y Sal el Italiano de Mierda habían desaparecido en el asiento trasero. Llegaban sonidos de besos húmedos y de vez en cuando gemidos hasta el asiento delantero. Bobby terminó la bebida de Bethany cuando se detuvieron en la cuesta cerca de la playa de Barrington. Paró el motor y se sentaron los dos mirando hacia la bahía. Chirriaban los grillos. Las olas más diminutas llegaban por debajo de ellos. Debbie hizo un gruñido en voz baja, oculta en la oscuridad de la parte trasera. Bobby echó el brazo por encima de Bethany con delicadeza.

—¿Te he dicho lo guapa que estás esta noche? —ella sonrió, pero sintió que su cuerpo empezaba a ponerse rígido—. Creo que eras la chica más guapa que había allí.

Bobby se echó sobre ella y la besó en la mejilla, luego siguió besándola por la mandíbula hasta bajar a los labios. Ya la había besado antes, y en los labios también, pero no estando Sal y Debbie en la parte trasera del coche, y no de esa forma tan diferente. Sintió que la lengua de él empujaba metiéndose entre sus labios apretados y le lamía los dientes. En el asiento trasero, el rechupeteo de las lenguas dominaba el rugido de las olas. Bethany retiró la cabeza.

—No sé… —dijo.

—Es que me gustas tanto —susurró él—, me gustas tanto —Bobby le lamió las orejas—. ¿Recuerdas cuando te quitaste la ropa en el aparcamiento del instituto? ¿Toda la ropa? Te vi las tetas. Me encantan. Me gusta la forma en que te quitaste toda la ropa.

Bethany sintió en el cuello los labios húmedos de él. Se acordó del aparcamiento. Se acordó de cómo las otras chicas dejaron de hablar con ella y cómo su piel se sintió toda helada y luego como los estropajos enjabonados Brillo, y cuando Smithy la encontró debajo del depósito de agua en la nieve. También de cómo su voz había mentido entonces, a pesar de lo que dijera ahora, de lo que tratara de decir. Cómo había mentido, detrás de las paredes, en el aire por encima de su cabeza.

Bobby Myers la hizo girar hacia él y su lengua saltó a la boca de ella como una lagartija. Frotó su pecho con la mano izquierda y apretó con el dedo en el lugar donde se encontraban sus pezones.

—Me gustó cómo te quitaste toda la ropa. Me gustó cómo eran tus tetas, preciosas, excitantes.

—Oh, Dios —gritó Debbie, todavía oculta.

—Nena, nena —se deshizo Sal.

—Tetas, tetas, tetas —carraspeó Bobby—. Quítatela. Quítate toda la ropa. Por favor. Por favor. Por favor —Bobby cogió la mano derecha de ella y se la llevó a la entrepierna, apoyándola sobre él—. ¿Ves lo que me haces? ¿Ves lo que me excitas, cómo me estás poniendo?

—No te limpies en mi esmoquin —dijo Sal por detrás de ellos—. Tengo que devolver esta mierda a la tienda.

—¿Y qué se supone que puedo hacer con ello?

—Restriégalo en la alfombrilla.

—Por favor —insistía Bobby—. Quítatela. Quítatela para que pueda ver. Por favor.

—Tengo todo el vestido manchado de esta cosa —se quejó Debbie. Sal y ella se sentaron en el asiento trasero.

—Pasa los vasos aquí atrás —dijo Sal.

Bobby dejó de succionar el cuello de Bethany.

—Chicos, ¿por qué no vais a dar una vuelta a la playa o qué sé yo?

—Cerraremos los ojos —se burló Sal.

—No vamos a mirar —se rió Debbie.

—Anda —suplicó Bobby.

—Mierda —dijo Sal. Se encaramó al capó. Debbie le siguió.

—¡Gracias! —gritó Bobby tras ellos. Bethany se sentía pesada y soñolienta, y tenía un poco de frío. Vio a Sal y Debbie caminar hacia el agua. Se sentía distanciada de ese lugar, y de la playa, e incluso del agua. Algunas

veces parecía que la única conexión en un mundo de desco-
nexiones era la llamada constante de esa voz profunda que
había en lo que quiera que ella fuera. No hablaba ya nunca
de la voz, de las palabras, nunca más, y se arrepentía de haberlo hecho alguna vez, porque nadie podía ofrecerle la
comprensión, la compasión que requería su voz íntima. De
hecho, parecía poner cada vez más furiosa a la gente que la
quería, hasta que, fueran cuales fueran los problemas que
surgían, suponían que la voz estaba siempre en el centro.

Bethany miró hacia abajo y Bobby le estaba quitando las bragas. Las sacó por los tacones azules. Vio que las
manos de él le subían por el muslo y que los dedos se
hundían en su vello púbico. Él la besó en los labios. Ella
se observaba a sí misma como en un espejo.

—Tócame —musitó él—. Tócame ahora.

Ella apartó la vista de sí misma y vio que Bobby se
había desabrochado los pantalones del esmoquin y se había sacado el pene. Movió la mano de ella hacia él.

—Mi polla —musitó románticamente—. Mi polla,
mi polla, mi polla.

Bethany sujetó con curiosidad el objeto que tanta
emoción le provocaba a él. Lo movió de izquierda a derecha, como una palanca de cambios.

—No, no, arriba y abajo —dijo él, arrastrando las
palabras.

—Ahora lo comprendo. Ahora lo he entendido —dijo ella, quitando la mano.

—Que has entendido, ¿qué?

—No estaba hablando contigo.

Miró hacia el lugar donde Sal se estaba follando a
Debbie en la arena.

—Quiero quitarme toda la ropa para ti —dijo ella con timidez—, pero también quiero que sea una sorpresa.

—¿Por qué no te la quitas y ya está? Ya te lo he visto.

—Es que quiero que sea una sorpresa. ¿Qué te parece esto? ¿Qué te parece si te metes en el maletero y yo me quito toda la ropa y luego puedes verme por completo, sin nada encima?

—Y yo me quito la ropa también. Me la quito en el maletero.

—Y te voy a hacer una buena mamada —dijo ella dulcemente.

¿Una mamada? ¿Una mamada? ¿Mamada? Los macarras de Rhode Island pensaban en eso para distraerse, pero ninguno de ellos había creído jamás que conseguirían que una chica se la metiera realmente en la boca y chupara. Las chicas locas eran fantásticas. Estaban locas, tío. Bobby se apresuró a ir a la parte trasera del coche y abrió el maletero.

—Dame las llaves, rápido —dijo ella—, tengo que quitarme el vestido. Tengo que sacarme las tetas.

Bobby saltó dentro del compartimento de la rueda y Bethany cerró el maletero. Dio la vuelta hasta el lado del conductor y se puso las bragas.

—Es suficiente —dijo en voz alta—. No tengo que hacer nada más que eso.

El agua clara hacía rebotar la imagen de una luna casi llena.

—No quiero hacer nada más —dijo a voz en grito—, no me digas que haga nada más. Por favor.

Sal oyó el motor del coche y levantó la cabeza.

—¿Qué? —preguntó Debbie, debajo de él.

—El coche ha arrancado.

Vieron el destello de los faros y la luz les iluminó. Sal dio un salto hacia arriba y se abrochó la cremallera de los pantalones. Le hizo un corte de mangas al coche.

—Es un gilipollas —dijo.

Debbie se puso en pie y se quitaron uno a otro la arena.

—¿Qué le pasa a ese imbécil?

—Es un gilipollas —dijo Sal.

El coche grande chirrió marcha atrás y se detuvo en el extremo más alejado del aparcamiento. Se aceleraba sin moverse. Un aceleramiento furioso. Un aceleramiento enloquecido. Luego el coche adquirió el murmullo suave de los ocho cilindros perfectos del Chevrolet.

—¿Qué es lo que está haciendo? —preguntó Debbie.

—Sshhhh —susurró Sal. Miró detrás de él. Había unos veinticinco o treinta metros desde el agua. No sabía por qué, pero se fijó en eso. Miró de nuevo el Impala, que estaba acelerando. Había alguien hablando en el coche, pero la voz no pertenecía ni a Bobby ni a Bethany. Era una voz aguda, como un cacareo.

—¿Quién habla? —susurró Debbie.

—No tengo ni puta idea.

De repente, el coche se abalanzó por el asfalto hacia las finas vallas de madera que separaban el aparcamiento del rompeolas de cemento y la playa. Destrozó las vallas y salió volando desde la pared. A Sal le pareció que el Impala subió realmente más alto antes de caer con un ruido sordo en la playa, y de que las ruedas fueran arrojando un gran arco de arena fina. Rugió sobre los gránulos blandos, pero a medida que se aproximaba a Sal y

Debbie la arena de la playa estaba más apretada y el coche encontró nuevo agarre.

—¡Mierda! —gritó Sal. Tomó a Debbie de la mano y se dirigieron hacia el agua. El gruñido del motor se oyó más fuerte por detrás de ellos—. ¡Vamos, vamos, vamos! —insistió Sal.

Alcanzaron el agua helada del Atlántico en mayo a todo galope, luego arrastraron con desesperación sus cuerpos empapados metiéndose más profundamente en la bahía. El Impala dio un volantazo, mitad en el agua, mitad fuera, y la proximidad de la pesada carrocería de metal parecía ser el fin. El ruido del motor se desvaneció y ellos volvieron la vista hacia tierra. El coche había pasado por la lengüeta más firme del océano y estaba ya a varios cientos de metros allá en la playa. A lo lejos brillaba el puerto de Warren, Rhode Island. Sal creyó haber oído un grito ahogado que venía del interior del coche, luego éste se metió entre los altos juncos y desapareció.

15

Estaba tumbado en la cama, medio despierto, y traté de bostezar. Tenía los ojos secos y sabía que un buen bostezo activaría mis conductos lacrimales. ¿Le pasa eso a todo el mundo? Se abrió la puerta de la casa parroquial y entró Benny Gallo con unas bolsas enormes de Kmart.

—En el seminario había un tipo que solía dormir hasta tarde. Le llamábamos El Gran Dormilón.

—¿Qué hora es? —dije.

—Son casi las doce. Se va a levantar justo al mediodía.

Benny llevaba unas zapatillas de deporte, unos pantalones cortos para correr y una camiseta azul que decía LOS CURAS NO LO HACEN.

—Quería comprar estas cosas antes de la una. Hay un campeonato regional de *softball* de chicas y un picnic en Chariho High. Voy a arbitrar el primer juego y luego a dar un veredicto sobre los *brownies*. Cosas importantes.

Me senté y giré las piernas hasta el suelo.

—Los sábados son siempre muy ajetreados —dijo.

—¿Es sábado?

—Si los sábados no funcionan como un reloj, estoy perdido. Si me retraso, no puedo recuperarlo. Misa a las 6.00. Carrera. Desayuno. Reunión de Alcohólicos

Anónimos. Visitas a la residencia de ancianos. Entrenamiento o arbitraje, siempre hay algo que hacer. Llamadas del hospital. Los Caballeros de Colón, y qué sé yo qué más. Qué vida más perra.

Pero el padre Benny estaba exultante con su programa cargado de actividades, y la habitación palpitaba con su energía.

—Le he traído unas cosas —dijo. Y fue describiendo cada uno de los artículos a medida que los sacaba de las bolsas—: Cepillo y pasta de dientes. Tiene que tener de esto. Le he comprado uno de cerdas blandas. Ropa interior de Fruit of the Loom. He pensado que sería la talla XXL. Calzoncillos. Pantalones cortos de deporte. Tres pares. También de la talla XXL. ¿Ve?, son superelásticos en la cintura y anchos en las piernas, así que no deberían apretarle cuando vaya en la bicicleta. Camisetas y sudaderas y mire esta preciosidad —el padre Benny sacó con una reverencia una enorme camisa hawaiana de flores donde podrían caber dos de mi tamaño—. Bonita, ¿eh? Y mire esto. Dos pares de botas de senderismo Nike. Son tan ligeras como unas playeras, pero para todo terreno. He cogido el número del zapato que le quedaba. Me encantan las mías. Ah, y también tengo unos cuantos calcetines de deporte y comida. Barras energéticas y plátanos y fruta. Y agua embotellada y pastillas para el estrés. Éstas son buenas, tienen vitaminas especiales. Yo las tomo también.

—¿Todas estas cosas son para mí? —pregunté.

El padre Benny rebuscó en el bolsillo y allí había un sobre de una vieja factura de teléfono. Se sentó en el borde del sofá y me lo dio.

—Me gustaría que fuera más.

Lo abrí y dentro había tres billetes de diez dólares.

—Se lo devolveré —dije.

—Claro. Alguna vez, cuando no esté en la carretera. Alguna vez, cuando tenga un hogar.

—Lo haré.

—Claro. Mire, Smithy, la Virgen María nos enseña que el hogar es lo que llevamos en nuestros corazones. Sea fuerte. Siga adelante.

—Seguiré.

—No se rinda. Me voy a la residencia de ancianos. Su bicicleta está totalmente arreglada. Está en la cocina. Por si no le veo, que Dios le bendiga.

—Que Dios le bendiga a usted también.

Benny Gallo sonrió y salió de la casa parroquial a la carrera. Entré en el cuarto de baño y me cepillé los dientes. Él tenía razón, necesitaba tener una sensación agradable en la boca. Me di una ducha también, luego me puse la ropa que me había comprado y fui a la cocina. Las botas de deporte me sentaban de maravilla. Todavía me dolían las piernas y los riñones, y tenía la cara amoratada de la caída, pero respiré hondo en la cocina y no recordaba tanto aire bueno entrando en mí desde hacía mucho tiempo.

Mi Raleigh estaba apoyada en su pie cerca de la cocina. Estaba engrasada y abrillantada, y tenía puestas dos ruedas nuevas. También tenía colocadas unas grandes alforjas de equipaje en la parte trasera. Uno de los jugadores y su padre se habían llevado a casa la bicicleta del señor gordo, la habían arreglado y le habían puesto alforjas de nailon rojo. Bebí un poco del agua que me había dado

Benny y me comí una naranja. Comí de pie porque, aunque era viejo y gordo, estaba impaciente por probar una Raleigh que ahora parecía como nueva. Cogí las cosas que me había comprado Benny y las puse en las alforjas, que se estiraban. Luego saqué la bici andando por la puerta y salí a la calle principal.

Habían levantado el sillín un poco y también el manillar, así que cuando pedaleaba las piernas se extendían totalmente en un círculo completo, natural. La bicicleta runruneaba y la suavidad de los frenos era emocionante. Mi bici era la mejor bici que existía.

—Gracias —dije en voz alta al jugador y a su padre. Eran buena gente. Había cosas que podían hacer juntos, y yo, de alguna manera, formaba parte de eso. Me sentía desahogado, ésa es la palabra. No me era difícil sonreír. Y además llevaba plátanos y manzanas, y botas en mis alforjas de equipaje.

Fui en la bicicleta por debajo del paso elevado de la I-95, y después de una hora aproximadamente cogí la Ruta 1 alrededor de Potter Hill. Podía sentir el olor a salitre que había en el aire y el inconfundible olor dulzón del laurel de montaña que crecía tan robusto cerca del océano. Rompí a sudar con profusión y las partes de mi pesado cuerpo que se habían retorcido de dolor parecían haberse renovado como mi bicicleta. Era como si el dolor se fuera eliminando a través del sudor con cada vuelta lenta de pedal, y cuando digo lenta es lenta. Me deslizaba colinas abajo. Y las subía andando. Aspiré todo el aire de condados enteros.

Cuando empezaron a divisarse las grandes casas de Westerly, con sus cúspides y sus tejadillos y sus miradores, salí de la carretera y me detuve bajo un olmo enorme. Hacía fresco estando tan cerca del océano. Me quité la camiseta azul de la talla XXL y me puse la enorme camisa roja hawaiana. El padre Benny sabía elegir la ropa. Sobre la cinturilla superelástica de los pantalones cortos sólo sobresalía una cantidad moderada de barriga, y las botas deportivas me sentaban estupendamente.

—Gracias, padre Benny —dije.

Volví a subirme a la Raleigh y pasé por el pueblo. Papá había conocido a algunos tipos de por aquí. Conocía a un jugador de béisbol llamado Archie Bissette que jugaba de primera base en el Socony, y que tenía también una tienda de cebos en Westerly, donde vendía señuelos y anzuelos y chipirones congelados para la tautoga negra, y anguilas vivas para la lubina estriada que los pescadores trataban de capturar en las playas de Green Hill y Misquamicut y Quonochontaug. Di una vuelta con la bici por el centro del pueblo, donde se alzaba el monumento conmemorativo de la guerra, pero no pude acordarme de dónde estaba la tienda de Archie Bissette, y en realidad nada me sonaba conocido, así que cogí la pintoresca Ruta 1 y crucé a Connecticut.

Una brisa húmeda y constante soplaba desde la bahía de Block Island, y me atrapó. Había halcones posados sobre las altas ramas muertas de los fresnos y miraban fijamente, igual que lo hacía yo, a las locas gaviotas y los llamativos y cerrados círculos que hacían sobre nosotros.

Me paré en una arboleda con un merendero en Pawcatuck y me comí unos plátanos y una manzana y, ya que se había tomado la molestia de comprármelas, una de las pastillas para el estrés del padre Benny.

Ahora viene uno de esos momentos tan nítidos. El lugar donde estaba yo. Un precioso bosquecillo de abetos. Los bancos del merendero. El cuarto de baño. Un bonito lugar. Cuando eres un chaval, el lugar lo es todo. Y cuando te marchas, eres absolutamente consciente de tu partida. Yo no había sido consciente desde hacía ya tiempo. El tiempo suficiente, en realidad, como para no percatarme del momento en que un lugar se transformaba en otro, hasta que todos eran lo mismo. Pero ese sábado, en aquella fresca arboleda, con el pie de apoyo bajado y mis pies sintiéndose de maravilla, tenía la sensación, la sensación real de haberme marchado de Rhode Island y de haber dejado atrás mi vida. Connecticut me sentaba bien, y un poco más abajo por la carretera estaba Stonington, y después Mystic, donde nos había llevado papá a ver barcos grandes y a comer pasteles de almejas.

Me sentía cansado y cerré los ojos durante un rato. Debí de quedarme dormido, porque cuando los abrí me sentía bien. La tarde ya se estaba echando encima, y entonces recordé que había dormido hasta tarde. Dejé la arboleda y pedaleé con fuerza hacia Mystic. Me daba la impresión de que me gustaría ver el acuario de allí. Luego, más tarde, en los campos cerca del océano, pasaría la noche de Connecticut.

16

Las casas de las urbanizaciones que circundan Brickyard Pond y State Park en Barrington son realmente bonitas. Casas grandes, de tres y cuatro dormitorios, dos garajes y unas parcelas arregladas maravillosamente. Las casas que estaban sobre el lago, las casas mejores, tenían un césped que parecía descender hasta las aguas azules y pardas. En el extremo más lejano del lago, donde habían predominado los vertederos de basura durante casi veinte años a partir de 1955, se esparcían uniformemente unas viviendas de estuco blanco, de tipo hacienda, entre los chopos nuevos.

Me encantaba pescar en Brickyard. Tony Travanti, que vivía al otro lado de la calle, y yo solíamos bajar con algunos cebos y arrasar con todo. Algunas truchas, lubinas, lucios y percas y, no estoy exagerando, unas mojarras tan grandes que pensábamos que eran un tipo de pescado totalmente diferente. La teoría de Tony, y creo que no iba desencaminado, es que en el lago caían un montón de basura y latas y otras cosas por el estilo del vertedero, y todos esos restos de comida y de medicina y el papel de aluminio hacían que se diera un tipo diferente de mojarra. En las otras partes de la laguna había sobre todo árboles y caminos de tierra, y cuando te alejabas del parque oficial, siguiendo la orilla para pescar en las zonas llenas de maleza donde estaban los lucios grandes, el monte bajo era prehistórico.

Sal, el Italiano de Mierda, le contó a la policía cómo, después de haber tratado de matar a la señorita Gomes y a él mismo, el Chevy había seguido playa abajo y desaparecido entre los juncos.

—Luego salió volando de los putos juncos y saltó la orilla hacia la carretera y se largó. Me han comido vivo. Cómo me han picado esos putos bichos.

—Cállate, bola de grasa —dijo el agente de policía de Barrington, que llevaba el pelo cortado al rape—. Cuida el vocabulario delante de esta joven.

—Gracias —dijo Debbie Gomes, haciéndose la dama.

—¿Qué es lo que he dicho? —preguntó Sal, realmente confundido.

—El señor agente no quiere que me ofendas —dijo Debbie.

—No puedo ofenderla, señor agente —dijo Sal con sinceridad—, ella me hace pajas.

Sal se quedó desinflado del puñetazo, se le doblaron las rodillas y se cayó. El policía le puso fácilmente los brazos por detrás de la espalda y le esposó, luego tiró de él para que se levantara.

—Gracias —sonrió Debbie.

El policía le devolvió la sonrisa, luego empujó al jadeante Sal hacia el coche patrulla y le apoyó contra él. Entonces fue otra vez hacia Debbie.

—¿Te ha forzado?

—Algo así, supongo.

Era una noche fresca y la ligerísima brisa de la bahía de Narragansett puso una nota gélida en el ambiente.

Durante los tres días y las dos noches siguientes, la policía de Barrington, a la que se unió la fuerza pública de East Providence y finalmente los agentes de policía estatales de los barracones de Bristol, lanzaron en los tres estados una operación de búsqueda de Bobby Myers y su joven acompañante del baile de gala, que él había raptado. Cruzaron, con permiso, hasta Connecticut y llegaron hasta Waltham, Massachusetts, en busca del macarra rubio y el Chevy Impala de su padre. Miraron por todas partes, excepto en Brickyard, donde la voz de Bethany les había conducido. A no más de cinco kilómetros desde la playa de Barrington. Circularon alocadamente hasta la entrada del State Park, atravesaron un pequeño campo de juego y entraron en una zona de maleza espesa, tan adentro como pudo entrar el coche. Luego, mi hermana apagó el motor y se quedó en una pose que duró tres días y dos noches. Si no hubiera sido por un pescador que estaba buscando un atajo para ir donde estaban las lubinas y los lucios, puede que todavía estuvieran allí. La llamó, pero ella estaba congelada e hinchada de las fuertes picaduras de los mosquitos. Luego oyó un lloriqueo apenas perceptible y abrió el maletero.

Unas cuantas semanas después del baile, Bethany había vuelto, una vez más, al hospital Bradley. Mi padre encontró un psiquiatra nuevo a través de la iglesia de la Gracia y, durante un tiempo, mamá y él creyeron que estaban yendo en la dirección acertada. Bethany volvió a ser ella misma de nuevo y su cutis, en el que habían hecho estragos los insectos, volvió a ser fino y bello. La visitábamos a menudo y todas nuestras reuniones con el doctor Glenn Golden estuvieron llenas de esperanza y optimismo.

Bobby Myers no pudo acabar la escuela ese año. Sal Ruggeri, el Italiano de Mierda, llegó a un acuerdo con el fiscal para que los cargos de agresión sexual se quedaran en simples lesiones. Le sentenciaron a un año de prisión que no tendría que cumplir a menos que reincidiera. También fue expulsado de la escuela.

17

Me encantan los pingüinos. No son sólo los pájaros más bobos, sino que apuesto a que son los animales
más bobos que existen. Andan raro, suenan raro y mue-
ven las alas como si fueran unos brazos pequeños, y luego te miran directamente como diciendo: «¿Qué estás
mirando?». Los pingüinos eran el punto culminante del
acuario de Mystic, pero el espectáculo de las marsopas
era también bastante alucinante. Y barato. Ah, y los
cuartos de baño estaban excepcionalmente limpios y
eran alegres.

Dormí a unos dos kilómetros a las afueras de Mystic.
Se hizo muy de noche, así que me metí en un maizal y me
acosté entre los surcos. Utilicé la sudadera como almohada y dormí bastante bien. Por la mañana tenía más dolores
de los normales. Para complicar las agujetas que tenía por
ser un gordo estúpido que no había hecho ejercicio desde
el servicio militar, tenía quemaduras de sol en los brazos,
en las piernas y en la cabeza. Paré en una gasolinera y compré unas aspirinas y utilicé el baño, luego deambulé durante una media hora, quizá, hasta que encontré una pequeña
tienda de saldo que vendía lociones para el sol. No había
llevado pantalones cortos desde hacía veinte o treinta años.
Me embadurné bien y tomé el desayuno. Plátanos, otra

vez. Y una manzana y el bollo más grande que he visto jamás por un dólar. Pero plátanos, quiero decir, los plátanos que uno olvida. ¿Cómo puedo explicarlo de otro modo? Me encantan. Me encanta la textura y la sensación que da al masticar los plátanos, pero dejé de comerlos. Me alegro de haber descubierto los plátanos otra vez.

La aspirina hizo efecto y la loción alivió las quemaduras, pero aún me movía con lentitud. Paré en mitad del puente entre Groton y New London y vi la goleta de entrenamiento de cuatro mástiles de los guardacostas, y detrás de ella un submarino nuclear tan largo como un campo de fútbol. Una vez hice una visita con los scouts a la base del submarino, pero no me acuerdo cuándo. Me pareció interesante.

Esa noche dormí en la playa cerca de Old Saybrook y por la mañana llamé a Norma.

—¿Sí? —respondió ella a la primera señal.

—¿Norma? No te habré despertado, ¿no?

El lado del teléfono donde estaba Norma Mulvey se hundió en el silencio.

—¿Norma? ¿Te he despertado?

—¿Smithy? ¿Smithy? —estaba llorando.

—No llores, Norma.

—La puerta del garaje estaba abierta, la casa estaba abierta, había facturas sobre la mesa, Bea llamó a la policía.

—¿Llamó a la policía?

—¿Dónde estás? Vuelve a casa. Estamos… Bea está preocupadísima.

—Estoy en Old Saybrook. Estoy en mi Raleigh. Un cura me dio ropa y pastillas contra el estrés. Norma, recibí una carta, una de las cartas para mi padre, en realidad…

—¿Para papá?

—De Los Ángeles. Encontraron a Bethany.

—¿La encontraron? ¿La encontraron?

—Bethany murió, Norma.

La respiración de Norma se aceleró y bajó la voz. Sollozaba.

—Tuvieron que… tuvieron que identificarla por la ficha dental que papá había enviado a todas partes. No llores, Norma.

—Yo también la quería.

De nuevo esa actitud desafiante, sólo que esta vez entre la voz estrangulada y los sollozos. Empecé a dejarme llevar también, pero me contuve.

—¿Norma? ¿Puedes llamar a Goddard y decirles que estoy enfermo y que no voy a volver en un tiempo?

—¿Estás enfermo?

—No. Estoy en Old Saybrook. Estoy con mi bici. Estoy… no sé… Creo que me voy a Los Ángeles.

Nos quedamos los dos pensativos con lo que yo acababa de decir, en silencio, esperando en la línea.

—Llamaré a Goddard, les diré que estás enfermo.

—Gracias, Norma.

—¿Necesitas dinero?

—No creo… bueno… gracias, Norma.

—Nunca me han abrazado —dijo Norma, llegando como un soplo de aire a través de los kilómetros. Yo no dije nada. No podía pensar—. Me abrazaban cuando era niña, pero eso es diferente.

Oí su voz rebotando en los satélites y fluyendo por los cables calientes.

—Yo…

—Me abrazo yo sola. Me abrazo a mí misma. Tengo que irme.

Esperé a que colgara el teléfono, pero no lo hizo. Nos quedamos ahí, sin hablar, como críos con unos botes unidos por una cuerda.

—Yo te abrazaría, Norma —dije al cabo de un rato, y oí un clic apenas perceptible. Al este, cerca de la bahía.

18

Frank Malzone era un jugador de tercera base muy bueno. En los años cincuenta, él mantuvo ese puesto en nuestro equipo, los Red Sox. Yo era pequeño cuando lo dejó, o como a mi padre le gustaba decir, cuando «le hicieron abandonarlo», pero tengo gratos recuerdos de papá imitándole en los partidos. Malzone tenía la cara grande y, más o menos, le sobresalían los mofletes. Adoptaba su postura de fildeo, los pies separados, las rodillas dobladas, los antebrazos en equilibrio sobre las rodillas, y su gran cara sobresalía de verdad. A papá le encantaba. «Aúpa, Malzone», solía gritar. «Cara grande, bate grande.» Cuando yo tenía siete años, compramos un cachorro, un chucho con una cara enorme y le pusimos *Malzone*.

Malzone, el perro, tenía el cuerpo de un pastor alemán, pero era de color rojizo y tenía un pelo largo y suave que tendía a enredarse cuando llovía o cuando hacía calor o nevaba. Le gustaba estar cerca de papá, pero le caíamos bien todos. Le encantaba que le habláramos como a un bebé y que le rascáramos la tripa. Cuando *Malzone* tenía tres años, se puso «nervioso». Ésa es la palabra que utilizó mamá. Se volvió loco. Se ponía a aullar y a llorar en la puerta durante horas, día y noche, hasta que alguien le dejaba salir. Entonces se marchaba durante algunos días. Yo estaba desesperado. Quién sabe lo que le podría ocurrir a un lindo perrito ahí fuera, solo, en las calles de East Providence. Me he acordado de esto hoy. No había pensado en ello durante mucho, mucho tiempo. En cómo llegué a casa un sábado y *Malzone* había desaparecido.

—¿Dónde está *Malzone*? —pregunté a papá en la cocina.

—*Malzone* está en el hospital para perros. Está bien, le van a hacer una pequeña operación.

¿A mi perro? ¿Operarle?

—¿*Malzone* está en el hospital?

Bethany entró en la cocina. Se notaba que había estado llorando.

—Es sólo una operación sin importancia —dijo papá y luego salió de la habitación. Yo miraba aterrado.

—Yo quería abrazarle, quería consolarle —dijo Bethany.

—Pero ¿qué les hacen a los perros?

Bethany me miró durante un minuto entero.

—Les cortan las pelotas —dijo.

—¿Les cortan las pelotas?

La puerta mosquitera se abrió y entró Norma haciendo ruido.

—Por todos esos ladridos y aullidos —dijo Bethany.

—¿Ladridos? ¿Le cortan las pelotas por ladrar?

—¡No llores, Smithy! —gritó Norma.

Me aparté y volví junto a mi hermana.

—No se le puede hacer eso porque se emocione y ladre. La gente chismorrea. A la gente no le harían eso, ¿verdad?

Empecé a llorar y Bethany me abrazó. Norma intentó abrazarnos a los dos.

—Papá no me dejaba ir con él, Garfio. Pero yo lo intenté. No me hubiera asustado.

—¡Odio tener diez años! —grité.

—Yo también odio que tengas diez años —dijo Bethany tranquilamente.

—¡Yo tengo seis! —gritó Norma con orgullo.

—Y así, sin más —lloré—. Pobre *Malzone*. Mi pobre perro.

—Papá dijo que tenían que hacerlo porque se estaba volviendo loco con las perras y porque era un corredor.

Miré a mi hermana como si estuviera chiflada.

—Pues claro que es un corredor. *Malzone* es un perro. Los perros corren.

—Papá dijo que tenían que cortar para parar las carreras.

—¡Cortar, cortar! —gritó Norma.

—Pero *Malzone* está contento cuando corre.

Mi hermana se puso las manos en las caderas.

—Eres un estúpido. Es que no escuchas. Tienes el cerebro de gelatina. Cuando te trajeron del hospital a casa, todos creíamos que eras un retrasado.

—No es verdad.

—Yo convencí a papá y mamá para que se quedaran contigo.

—¡Yo me quedaría contigo! —gritó Norma.

—Sí que se iban a quedar conmigo.

—Quizá —se encogió de hombros Bethany.

Me senté a la mesa y mi hermana se sentó enfrente de mí. Norma cogió una silla, la acercó hasta mí y se sentó. Estuvimos callados durante un minuto o dos. Papá se estaba fumando un cigarrillo en el salón y el olor llegaba hasta nosotros.

—¿Crees que *Malzone* se pondrá bien? —pregunté.

—Creo que será el mismo *Malzone* de siempre.

—Pero no correrá.

—Correrá, pero no se escapará.

—Me gusta cuando *Malzone* corre —dije.

—Eso es porque tú también eres un perro —dijo Bethany seriamente—. Tú eres también un corredor, Garfio. No te pares, ¿vale? No te pares o te convertirás en un gordo estúpido.

No le hice caso.

—Me gusta cuando *Malzone* corre.

—¡Y a mí me encanta cuando corres tú! —gritó Norma, tratando de agarrarme. Seguí apartando sus manos.

—El veterinario dijo que durante un tiempo *Malzone* pensará un poco en ello. Se acordará de correr y eso, pero después de un tiempo se olvidará de las perras y estará gordo y feliz.

—¿Dijo feliz?

—¿Quieres jugar a las marionetas, Smithy? —gritó Norma.

Me levanté y empecé a caminar hacia fuera de la habitación.

—Márchate, Norma, imbécil.

Fuimos todos a recoger a *Malzone* al día siguiente. Mamá le hirvió unos muslos de pollo con arroz, que era su comida favorita. Nosotros comimos bacalao. Estábamos todos juntos, hasta Norma pidió a gritos el postre, y antes de que tuviera que irme a la cama, Bethany cantó su solo de coro, una parte de *Las siete últimas palabras*. Fue absolutamente maravilloso y le rascaba a *Malzone* la tripa mientras cantaba.

19

La Ruta 1 confluye con un puente justo a las afueras de New Haven, luego continúa de nuevo su propio camino. El espacio para caminar no es precisamente una acera en ese paso elevado 195, así que no podía ir en la bicicleta con los coches pasando como una bala. Fui andando, empujando la Raleigh al lado. Era media tarde y estaba bastante cansado. Bueno, había hecho uno de esos errores de cálculo al viajar que la gente hace cuando pierde cierto sentido del tiempo. Debía haber parado antes, en una de las salidas de la orilla del lago, donde es posible que hubiera podido darme un baño y dormir bien, pero ahora tenía que esperar hasta llegar a las afueras de la ciudad de New Haven y me estaba cansando.

Después de haber cruzado el puerto de New Haven, me alejé de la carretera con la bicicleta, me metí por una pendiente cubierta de hierba y bajé hasta la vía de acceso. A unos cien metros por delante de mí estaba la estación de tren de New Haven. Empujé las altas y ornamentadas puertas y entré. Estaciones de tren. Alucinantes. El tío Conde es un aficionado a las estaciones de tren. No un aficionado a los trenes, sino a las estaciones. Su teoría es que cuando se construyeron las grandes estaciones de Boston, Providence y Nueva York, la gente debió de pensar que los trenes serían siempre el no va más de los viajes. Ahora parecen museos con puestos de periódicos, pero son todavía asombrosas con las pinturas que tienen en los techos y las estatuas talladas en las paredes altas.

Me senté en un largo banco de madera, que era exactamente como los bancos de nuestra iglesia, y me comí la última fruta del padre Benny. Luego compré un sándwich de atún en un mostrador y me lo comí también. Eran las seis menos veinte. No pensé que fueran las cinco siquiera. En la pared de enfrente, el enorme tablero de información daba vueltas con cada llegada y cada salida. El siguiente tren a Nueva York era a las ocho y veinte y, cuando compré el billete, lamenté al instante no haberle pedido a Norma que me enviara algo de dinero. El billete fue bastante caro y me quedé con setenta céntimos. Pero tenía el estómago lleno de fruta y atún y no era una forma tan mala de esperar al tren.

Llegamos a la gran estación de Penn a las doce clavadas. Podríamos haber llegado antes, pero estaban haciendo algunas obras en los raíles alrededor de Stamford.

Me senté en otro banco como los de las iglesias en la estación de Nueva York y me dormí hasta que un policía dio un golpe con la porra cerca de mí.

Me desperté sobresaltado y mi grasiento corazón se aceleró por un momento. Vi al joven policía alejarse, golpeando de vez en cuando con la porra en los bancos de roble. La enorme zona de espera estaba llena de hombres exhaustos y mujeres en diferentes fases del sueño. Obviamente, los que podían descansar mejor eran los que sabían cómo dormir sentados, con los ojos abiertos. Yo lo he intentado, pero no tengo esa habilidad y parece que no puedo aprenderla. Olía a orines y sudor rancios. En ese espacio tan grande también había dolor. Una anciana, que puede que no fuera ni mucho menos tan vieja, hablaba sin parar a alguien que no estaba allí. He oído esa conversación. Solía preguntarle a mi padre si Bethany lo veía claro, lo que quiera que fuera. Pero entonces mi padre no podía hablar sobre la voz y no lo hacía. Miré a la mujer atentamente y ella giró la cabeza y me pilló mirando. No dejó de hablar, pero me hizo un corte de mangas. Sonreí como un estúpido. ¿Por qué hago eso?

Me quedé sentado hasta que amaneció, luego saqué un zumo de manzana de una máquina, fui al servicio, que estaba sucio, y subí caminando con mi Raleigh por la Séptima Avenida. Eran las cinco y cuarto de la mañana y me quedaban diez céntimos en el bolsillo.

—Diez céntimos —dije en voz alta, bajo el letrero del Madison Square Garden.

—¿Qué?

Me volví.

—¿Ha dicho algo? —preguntó un joven negro que vendía café.

—No, bueno, sólo he dicho diez céntimos.

—¿Qué diez céntimos?

Me reí.

—Eso es todo lo que tengo.

—Es suficiente. ¿Leche y azúcar? —dijo en tono formal.

—Ah... sí... por favor.

Le di la moneda de diez céntimos y me bebí el maravilloso café. Cuando terminé, la calle era un hervidero.

Y la gente emitía las mismas sensaciones que tuve cuando la señorita Fox nos llevó a los de cuarto a la compañía de electricidad de Narragansett. Estábamos estudiando las turbinas que producían la electricidad. Eso es lo que recuerdo. Una sensación de energía, de algo increíblemente potente y eléctrico. Ésa es la misma sensación que me dieron los neoyorquinos que estaban en la calle un lunes por la mañana temprano. Me subí a la bicicleta y pedaleé entre el tráfico.

Fue una carrera llena de nervios desde la estación de Pensilvania, en la Calle 34. Todo el mundo me gritaba, o me pitaba o me hacía un corte de mangas. Los peatones también. Cuando llegué a la Calle 14, tenía los nervios tan alterados que había olvidado la vergüenza que me daba el culo tan gordo y la enorme barriga que tenía. Cuando mi familia vino a Nueva York, fuimos a Radio City y mamá nos hizo dar un paseo por la Quinta Avenida. Eso era Nueva York para mí. Era más limpio. Nadie nos hacía cortes de mangas.

—¿Dónde está la Quinta Avenida? —les dije a un grupo de chicos. Señalaron hacia el este.

Seguí la circulación de la Quinta Avenida unas cuantas calles y llegué a un arco blanco con una escultura de George Washington que se estaba desmoronando. Detrás de él estaba el parque de Washington Square. En Rhode Island los parques se utilizaban ocasionalmente. Eso es. No sería una exageración decir que nuestros parques no se usan tanto. Los parques de Nueva York sí se utilizan. Están abarrotados. Supongo que son como un imán para los periodos de descanso. ¿No es cierto lo que digo? Me senté en un banco que miraba hacia una fuente vacía. Lo que sigue no es de ninguna manera una lista completa, pero en cinco minutos vi patinadores, carritos de bebé, bicicletas, monopatines, gente subida en unos zancos, indios americanos con sus trajes típicos completos, hindúes con turbantes, chicas guapas con grandes pechos, un grupo de chavales hispanos en un círculo dando patadas a un balón de fútbol, hombres cogidos de la mano de otros hombres, un anciano con una coleta vestido con una chaqueta de cuero negro con la inscripción SPEED en la espalda, un chico de pelo rubio que debía de medir dos metros, y justo enfrente de mí, a cuatro patas, una mujer que se parecía a la bruja de una de mis pesadillas.

Estaba casi calva, a excepción de unos cuantos mechones de pelo largo blanco, y la parte superior de la cabeza le brillaba de sudor. Llevaba un mono holgado hecho jirones y cubierto con tanta pintura que no se veía la tela vaquera. Había pintado un círculo de tiza azul en el pavimento y en su interior había dibujado un hermoso pájaro azul y dorado. Una luz, o lo que creo que se suponía que era una luz, irradiaba de la cabeza del pájaro en tonos plateados y naranjas y rojos. Trabajaba con rapidez, gruñendo y quejándose, y cuando la luz que salía del pájaro no estaba bien, borraba el polvo de la tiza con sus propias manos.

—Mal, mal… bien… bien —decía.

Me eché hacia delante en el banco. Ella estaba pintando nubes por debajo y alrededor de su pájaro brillante.

—Arte, gordinflón. Arte. Arte. Arte —gruñó, sin levantar la vista hacia mí. Sus manos se movían rápidamente sobre el cielo, a través de las nubes.

158

—Es bonito —dije, y lo dije en serio.

—Apuntes, eso es todo. Quiero recordarlo. Quiero metérmelo en el coco. Mira esto, gordinflón.

Se acercó a la parte superior del círculo y formó un arco con un trozo de tiza morado justo por fuera del arco azul.

—Eso es todo, gordinflón, así es como se recuerda. Apuntes.

Se levantó con gran dificultad, resoplando, y se quedó de pie mirando hacia abajo, al pájaro y al cielo.

—Tengo ochenta y nueve años —dijo, mirando todavía fijamente hacia abajo—, y ese pájaro está siempre aquí. Ahí. Allí. Así son los pájaros y ahora está aquí abajo también.

—Es muy bonito —dije otra vez, y ahora, con el morado sobre el azul, lo dije aún más en serio.

Después de un rato, se agachó y echó los trozos de tiza en una bolsa de lona; luego se acercó hasta mi banco y se sentó. Estaba callada y parecía incluso más vieja cuando estaba sentada cerca de mí, pero sus ojos no paraban quietos en esa cabeza y volaron por el parque.

—Mira —dijo, dándome un codazo—, al otro lado de la fuente. Venelli. Venelli el impostor. Cobra cientos de miles y Venelli es un fraude. Quizá no es Venelli. Espera. No. No, ése no es Venelli, pero explícame esto. ¿Cuadros de ardillas? ¿Bodegones con el cuerpo de una pobre ardilla, y Venelli lo vende a cientos de miles? Eso es un pintor de universidad, en pocas palabras. Yo fui a la Asociación de Estudiantes de Arte. Paga lo que puedas, me dijeron. Estaban contentos de tenerme allí. Pero enseñaban la tensión de la preparación. Los apuntes. Eso es. No me olvidaré de mi pájaro. Ahí está. No lo olvidaré. O'Keeffe estaba allí también. Por supuesto, eso es pintura de carteles.

Un grupo de chicos con carteras pasaron por delante y se quedaron mirando el cuadro. Se veía que les gustaba.

—¡Ése es el verdadero McCoy, niños! —gritó detrás de ellos—. Allí está Omega. Es el trabajo de Dios.

Se quedó callada de nuevo y los dos miramos el pájaro. Cuando alcé la vista hacia ella, me estaba mirando fijamente.

—Arte, gordinflón.

—Hermoso.

—¿La gente? No los pongo en mis apuntes ni en mis lienzos. Y cuando sólo tenía el cartón, y cuando sólo tenía el... ¿cómo era?... el contrachapado, no los pongo.

Un hombre pasó patinando sobre unos patines de esos con todas las ruedas en línea. Llevaba un uniforme de soldado romano, con espada y todo. Nadie parecía reparar en él.

—Mi padre solía decir: «Arte y luz, arte y luz, es de lo único que hablas siempre». Pero yo tenía un secreto. La gente absorbe la luz, no la emana. Podría conseguir más resplandor de un árbol. Árboles grandes. ¿Castaños? ¿Robles? Ah, sí, gordinflón, los grandes robles también. Vine desde Pensilvania. 1927. Las manos de mi padre eran así. Manos grandes, y besaba a las chicas, mi padre, pero incluso él absorbía la luz. Toda la gente, en realidad. En 1927 pensé que Peter Ogilvy quizá no la absorbiera, pero lo hizo, lo hizo más tarde.

Una brisa agitó las hojas y la sensación fue buena, agradable. Las palomas se desplazaron juntas de un extremo a otro del parque. Me di cuenta de que ya no estaba tan dolorido. Estaba relajado y me sentía descansado, pero todavía veía a Bethany en su difícil pose, debajo del arco. Iba de azul, como la tiza, y la brisa hacía vibrar su vestido suelto. Entonces es que un hermano ve a su hermana, y sin cervezas: cerveza negra, cerveza rubia suave de vez en cuando.

—Resultó que le gustaban los hombres y las mujeres, que está muy bien y es muy moderno, pero, por Dios santo, gordinflón, yo tenía veintidós años y estaba enamorada, y había desobedecido a mi padre. Ahí no había vuelta atrás. Escapar a la gran ciudad con el poeta Peter Ogilvy. Tan encantador, encantador, encantador. Hicimos el amor de noche en el tren. En el tren —se rió y tosió y gruñó. Golpeó con la mano contra el banco—. Haciendo el amor cuando entrábamos en la ciudad de Nueva York. Me encaramé sobre él. Luego estábamos en Union Square y no era bonito, y no era artístico, y las malditas ventanas estaban siempre sucias, y el padre de Peter le dejó plantado y dejó de darle dinero, y él lloraba como una niña. ¡Peter Ogilvy sollozaba, lloraba a raudales!

»"No puedo escribir", lloraba. Y yo lloraba también, y decía: "La luz, tengo que tener luz. Las ventanas están sucias. Necesito luz para pintar". Luego, un día Peter Ogilvy llega a casa y yo creo que había hecho un cuervo, un cuervo negro azulado que tenía la cara como el alquitrán y yo estaba tan contenta por eso, y él venía acompañado de un joven. ¿Le conocía yo? No estoy segura. "Aquí está", le dice a este otro hombre. Yo estoy de pie, llena de pintura, de yeso. "Aquí está." Voy a saludarle con un beso, pero él se aparta. "Aquí está la artista", dice. "Aquí está. No puede encontrar la luz en la gente." Los dos están borrachos y yo me doy cuenta, y Peter me dice que él es un mal poeta. Le recuerdo diciendo una y otra vez: "Soy un poeta malo. Soy un poeta malo". Luego me dice que yo no le necesito y que se va a follar a este otro hombre. No puedo creer lo que ha dicho. Así que le pregunté qué había dicho. Lo dijo otra vez. Querido Peter Ogilvy. Todavía puedo oírlos en aquella habitación mientras yo agarraba todas mis pinturas.

Yo escuchaba y miraba a mi hermana, que flotaba entre las columnas del arco.

—En la calle. Lluvia. Frío. ¿Era abril? Por encima de mí, mi poeta con otro. Sujeté los pinceles así, con los puños. Mi bolsa de pinturas y disolventes. En la calle, en la lluvia, sin amor. ¡Ahí! A ese lugar, gordinflón, es donde uno debe ir antes de poder pensar en la realidad del Arte. Tengo ochenta y nueve años y echar un polvo no es tan bueno como un pájaro sobre una rama o un carrito que un niño ha arrastrado por la tarde. Luz. Luz —me dio un codazo—. ¿Es ése Foreman, junto al arce? ¿Podría ser ese impostor? Vende y vende. Se derriten en las galerías de los almacenes. Es mierda. Siempre niños en algún pastel futuro. ¿Es él? Un fraude. Estoy cansada ya —la anciana me dio un codazo otra vez—. ¿Qué es esto?

—Mi Raleigh.

Miró con mucha concentración. Mi bici granate. Miré de nuevo el arco de Washington y Bethany no estaba allí.

—Hice una serie de seis grupos de bicicletas. 1952. Flyers y Schwinns. Allá. Al otro lado del puente. Había unos hierros para aparcar las bicicletas. Y sin cadenas. Ahora hay cadenas que cubren el mundo, pero, sin libertad, ¿hay un mundo que pintar? ¿Ahora? Hice las bicicletas con Joan Dupree. Ella trabajaba más rápido que yo y sin color, pero con su mirada rápida, esa mirada rápida, me gustaba su inmediatez. Pero… yo no podría amar nunca a una mujer. Sunfeld. Ése era un hombre. Un amante. Un artista que, Dios mío, se ganaba bien la vida. Sunfeld era inmediato, contemporáneo. Sabía lo que querían y les daba lo que querían. Yo tenía treinta años, cuarenta años, y estaba madura como una ciruela al sol. Y Sunfeld decía eso. Agarraba estos pechos y los besaba, y luego les daba a ellos los pasteles de los niños en el parque, y pintaba sus animales domésticos y vendía simplemente su arte hasta que su arte le vendió a él. Se suicidó, este amante feliz, justo aquí, en la cabeza. Pum. Y estaba la otra mujer, por supuesto, la esposa, y ahí estaba yo en la lluvia, el cemento mojado, todos los pinceles en mi pequeño puño. Otra vez.

Una niña pequeña en una silla de ruedas pasó por delante de nosotros. Iba sola y manipulaba las ruedas grandes.

—Norma —dije.

—Luego vino Douglas Owsley —dijo—, y luego vino Chris Lamb, y luego vino Robert Clavert, y luego vino aquel argentino que me pegaba. Ellos fueron algo real. No como allí, junto al servicio de caballeros. ¿Es ése Nigel Tranter? Creí que había muerto. Tendría por lo menos ciento veinticinco años. Pero él no era auténtico. Era un fraude. Una vez que haces un elefante de circo, puedes poner en el título todos los nombres en latín que quieras, pero siguen siendo carteles de circo. Eres un fraude, Tranter.

Miré a la niñita de la silla de ruedas. Luego observé a mi vieja bruja.

—Tengo que llamar a mi amiga Norma.

—Yo tengo que volver a mi estudio, gordinflón. Los hombres del otro lado del corredor mantienen mis ventanas limpias. Pájaros y nubes. Mira mis apuntes. No es una lucha ahora. Fue una lucha antes, y la lucha fue sometida. Ahora sé que son los pájaros porque son los que están más cerca de la luz. Sale con fuerza, sale con fuerza de ellos. Una vez pinté un escenario plateado junto a la ventana, en el sol, mientras Larry Monsanto me besaba el culo desnudo. 1930 o 1940. Era un tipo de luz diferente.

Se agachó hasta los pies resoplando y se echó la bolsa de tizas al hombro. Caminó alrededor del pájaro y se fue.

—Ése es el verdadero McCoy, gordinflón. Allí está Omega. Es el trabajo de Dios.

La brisa del parque de Washingon Square es como una rueda. Quiero decir que un árbol agita sus hojas en el viento y se para y otro las agitará. Uno por uno. Llamé a Norma desde el extremo del parque.

—¿Sí?

—¿Norma?

—¿Smithy?

—He visto a una anciana dibujar un círculo en el pavimento, un círculo azul, y luego dibujar un pájaro perfecto con colores y luz que irradiaban de él.

Me sentí estúpido diciendo eso. Norma no podía ver el pájaro y me detuve antes de dar explicaciones sobre los apuntes que se lavaban con la lluvia. Pero era estupendo decir algo. Ella esperó para asegurarse de que había terminado con el pájaro.

—¿Dónde estás, Smithy?

—Estoy en la ciudad de Nueva York. En el parque de Washington Square.

—Ahí es donde solían estar los hippies.

—Todavía hay algunos, sólo que están más viejos. No tengo nada de dinero. Estaba pensando, ¿cuál crees que es la mejor manera para conseguir algo de dinero?

—Te lo puedo enviar yo.

—Pero ¿cuál es la mejor forma?

—¿Me llamas en diez minutos? Puedo llamar a mi banco.

—Yo tengo dinero en mi banco. Quiero decir, que te lo puedo devolver.

—Ay, Smithy —pude oírla otra vez, como si tuviera que cubrir el teléfono con la mano para que no pudiera oírla llorar. Yo. Con una conducta totalmente vergonzosa al otro extremo del teléfono, llamando a cobro revertido. Volvió de nuevo—: Diez minutos —dijo, y colgó.

Diez minutos después volví a llamarla.

—¿Smithy? Muy bien. Llamé a mi banco. Busca un banco Chemical, diles que te están mandando un giro telegráfico desde el banco Old Stone de Providence.

—¿Chemical?

—Chemical.

Había energía y hasta rebeldía en su voz. La podía ver sentada erguida. Podía imaginármela con todo el trabajo extendido frente a ella.

—Te lo devolveré.

—Pero Smithy. Ah… —sonaba como si fuera a cubrir el teléfono otra vez, pero no lo hizo—. Estoy mirando una foto. Estoy cogida de la mano de Bethany y agarrándote de la manga, y papá lleva el traje de béisbol del Socony. Recuerdo a mamá tomando la fotografía. Me encanta…, me pongo contenta viendo esta fotografía.

—Yo… veo a Bethany algunas veces, Norma. La veo con gran claridad, y cuando lo hago está bailando o en una pose. ¿Crees que es bueno para mí que la vea?

La sentí desde Rhode Island. Sentía lo furibunda que podía ser cuando quería.

—Creo que es perfecto —dijo.

—Bien —dije después de un rato.

—Supongo… —dijo ella, y su voz llegó meciéndose hasta el parque.

Nos quedamos callados al teléfono, supongo, Norma y yo. Nos quedamos esperándonos uno al otro en silencio, al oído.

—Gracias, Norma.

—Smithy, siento haber dicho todo eso de que no me abrazaban, y haberte hecho sentir tan mal que tuviste que decirme que tú me abrazarías.

—No me sentía mal, Norma. Te abrazaría.

Nos quedamos esperando un minuto en el aire y luego ella dijo:

—Adiós, Smithy.

—Adiós, Norma.

166

20

El doctor Glenn Golden había sido recomendado por varios miembros de la iglesia Episcopal de la Gracia como un médico bondadoso con una personalidad afectuosa y extrovertida. Podía hablar con papá y mamá y hasta conmigo alguna que otra vez de la psicosis profunda de Bethany como si estuviera hablando sobre algún ligero brote de acné juvenil. Su procedimiento era más o menos el siguiente: visitaba a Bethany en Bradley los martes y los jueves (cuando ella venía a casa, añadía también el sábado), y luego programaba una charla semanal con papá y mamá, normalmente los lunes. El arreglo financiero, en términos generales también, era que papá había aceptado no coger más vacaciones durante el resto de su vida y darle todo el dinero a Glenn. Papá pensaba que era realmente un trato justo, porque coincidió con un periodo en que la voz de mi hermana estaba escondiéndose, y él estaba demasiado feliz como para dar crédito al afectuoso y extrovertido Glenn Golden.

—¿Qué hacemos cuando vuelva la voz? —pregunté un lunes, estando sentado con papá y mamá en el Medical Building de la calle Thayer.

—Diremos hola —bromeó el doctor, sonriendo con su afectuosa sonrisa.

Papá y mamá sonrieron también, pero yo mantuve la pregunta en mi cara huesuda.

—Bueno, ¿sabes?, la voz de Bethany no es algo que esté realmente ahí. No es algo que ella oiga de verdad.

—Sí, sí la oye —dije.

Sonrió afectuosamente.

—No, lo que quería decir es que ella tiene esa sensación, quizá, pero realmente no la oye.

—Sí, la oye.

—Shhhhh —murmuró mamá.

—Mira, la voz que ella oye es como intuitiva. En realidad, clínicamente no es correcto llamarla una voz en absoluto.

—Pero ella la oye. Ella la oye realmente, la oye de verdad y habla realmente, de verdad, con ella. Yo la he oído algunas veces, cuando está sola en su habitación. Dice cosas y lo que dice es una locura.

—Mucha gente habla consigo misma —dijo él, menos afectuosamente.

—Esto no es hablar con uno mismo ni nada de eso. Es real, como una conversación.

—Recordemos a Bethany primero —dijo—. Recordemos que ella es lo primero.

No entendí lo que quería decir, pero él se levantó y caminó hacia la puerta.

—Estamos notando progresos minuto a minuto. Estoy muy animado.

Dejamos al doctor y nos fuimos en coche a casa. Bethany había cocinado para nosotros, pero parecía distante, como si estuviera pensando en algo en lo que no debería estar pensando. Eso, diría yo, es lo más duro de todo. Saber que algo la llamaba, desde Dios sabe dónde.

21

Al principio no querían darme el dinero. En realidad no les culpé. La razón que les di de por qué no tenía
ningún documento de identificación debió de parecerles
una locura. Cómo cogí la rampa de salida demasiado rápido y cómo no tenía los frenos ajustados adecuadamen-
te, haciendo que me chocara con los árboles y volara
hasta el río Wood. Los empleados del banco decían «un
momento» y llamaban a otro empleado para que escu-
chara la historia, luego a otro, hasta que todos los empleados del banco Chemical entre la Quinta Avenida y la Calle 14 se enteraron de mi historia. Si no hubiera sido por
Norma, que había ido hasta el banco Old Stone y estaba
sentada allí mismo con un empleado de su banco, no habría sido nunca capaz de llevarme el dinero que ella me
había enviado.

Era casi mediodía cuando salí del banco. Era estupendo sentir el dinero en el bolsillo de mi pantalón corto.
Lo palpaba una y otra vez. El dinero es estupendo. No
quiero decir maravilloso como un río o algo así; y, como se
suele decir, no da la felicidad, pero es cómodo sentirlo en
el bolsillo. Y es un verdadero placer saber que vas a poder
llenar las alforjas de plátanos y manzanas y hasta de esas
naranjas enormes y jugosas, cada vez que quieras. Cosa

que hice en la Calle 16. Justo al lado del puesto de fruta había una tienda de ropa y el escaparate fue una respuesta seria a mi gordura. Un enorme chaleco de pesca caqui XXL, con doce bolsillos. El maniquí de la tienda tenía un equipo de fotografía en su chaleco, pero yo pensé que los bolsillos eran una ventaja añadida. El chaleco podía cubrirme las caderas, del tamaño de Europa, y el culo, como el monte McKinley. Sobre todo en la carretera. Esto no significa nada, pero pensé que me sentaría bien. Veinticinco pavos. Así que me estaba preparando. De alguna manera estaba tomando el control. Me paré en una librería y compré un mapa de Estados Unidos de bolsillo y una novela en tapa blanda en la fila de la caja. La novela se titulaba *Iggy* y no sabía de qué trataba, pero al igual que el dinero, era estupendo sentirla en el bolsillo del chaleco.

Era por la tarde y estaba listo para coger la bicicleta. ¿Adónde? Necesitaba ir a alguna parte. Denver. Extendí el mapa y lo miré. Sentí algo, creo que fue determinación. La gente parecía tranquila en la calle. Por el amor de Dios, llevaba un libro en uno de los bolsillos. Un hombre mayor en pantalones cortos y una camiseta de los Yankees de Nueva York corría junto a mí sin moverse del sitio, mientras esperaba a que cambiara el semáforo.

—Disculpe, señor, ¿cuál es el mejor camino para salir de la ciudad?

—¿Salir de la ciudad? —dijo.

—Sí.

—No se sale de la ciudad. Nadie lo hace.

Cuando se alejó corriendo, pregunté a una mujer joven.

—¿Hacia dónde?

—Denver.

—Eso es oeste.

—Supongo.

—Metro PATH.

—¿Metro PATH?

—Catorce con la Sexta.

—Gracias.

—Luego Jersey Transit.

—Gracias.

—Oeste.

—Gracias.

Caminé con la bici hasta la Catorce con la Sexta, y todo el mundo me indicó hacia el oeste. Saliendo de Nueva York por debajo del río, subí a un tren que se dirigía hacia un lugar que reconocí en el mapa de Nueva Jersey. Montclair. Me bajé del tren con la Raleigh y nadie dijo nada de que hubiera un tipo gordo con una bicicleta en el pasillo. Compré un sándwich de atún y un poco de zumo de manzana y me lo llevé a un parquecito y comí y señalé el mapa. Denver no parecía tan lejos. Caminé con los dedos sobre el espacio entre Nueva Jersey y Denver. Un perro cruzó corriendo por el césped del parque y pensé en *Malzone*. Empecé *Iggy*, allí, en ese parque. Leer es muy parecido a montar en bicicleta. Una vez que vuelves a ello, es fácil, es natural. Pero al principio, al igual que las punzadas profundas de dolor que se sienten en las piernas y en las caderas y en el estómago por la Raleigh, las frases te crispan la cabeza. Leí once páginas esa tarde antes de que mi cerebro dijera basta. Descubrí que Iggy era negro, que era un vaquero, y que entre

171

un setenta y un ochenta por ciento de los vaqueros reales del viejo Oeste eran negros. Once páginas. Dolor de cabeza.

Comí unos plátanos y, cuando oscureció, empujé la bicicleta debajo de un pino y me tumbé al lado en la hierba. Por la mañana muy temprano tenía frío y sentía la humedad, y soñé que había llovido toda la noche. Tomé nota mentalmente, en una parte de mi enorme cabeza que *Iggy* no había dejado hecha polvo, de que tenía que conseguir un saco de dormir y un impermeable, luego pedaleé con fuerza más o menos en dirección a Pensilvania.

22

Así que recogí a Jill Fisher a las seis en punto en la ranchera Ford de mi padre. Estaba guapa, llevaba una especie de vestido largo de color hueso que la hacía parecer más alta de lo que era, pero que no mostraba lo grande que era su pecho. Le di el ramillete, que era caro, pero justo el que ella quería, con flores amarillas y lirios. Su madre armó un alboroto tremendo con que hacíamos muy buena pareja. Se notaba que Jill había estado llorando porque tenía los ojos rojos.

—Ojalá tu padre hubiera podido ver a su hijita —dijo efusivamente la señora Fisher. Jack Fisher había ido al colegio con mi padre y la había palmado en Italia el último día de la Gran Guerra. Papá siempre pensó que algún italiano de mierda se lo había cargado, pero mamá decía que era más probable que fuera un alemán cabeza cuadrada que quedara aún por allí. Es lo mismo, yo me alegraba de no tener que lidiar con otro padre. Suena fatal y no es eso lo que quiero decir.

Abrí la puerta del Ford y ella entró y se recogió el largo vestido.

—Escucha, Jill —dije—. Tenemos que parar en mi casa cinco minutos. Mi madre quiere fotos y todo ese rollo.

Jill Fisher estuvo callada durante unas cuantas calles; luego dijo:

—Mira, no es un gran problema, pero Billy también va a estar en el baile, y probablemente nos encontraremos con él.

—Está bien —dije.

—Él va a ir con Cheryl Adams. No tiene importancia.

Continuamos un minuto y entonces ella empezó a llorar. Yo no sabía qué decir. No sabía por qué había de llorar por alguien que no quería estar con ella. Supongo que no entiendo esa parte del asunto.

—No llores, Jill.

—Cheryl Adams —dijo tratando de no llorar—, pero, por Dios.

Cuando llegamos a la entrada de mi casa, salieron papá y mamá. Posamos para hacernos fotos y Jill hizo eso tan femenino que las chicas saben hacer tan bien. Hizo que todo pareciera natural y alegre. Miré a ver si veía a Bethany y por fin la vi mirando hacia fuera desde la ventana de su dormitorio. Me hizo un pequeño gesto de saludo y yo le respondí con otro. Sabía que Norma también estaba mirando. Estuve a punto de ir hasta la puerta de al lado para enseñarle el esmoquin, que era negro, con la corbata morada y el fajín morado, pero ya habían pasado muchos años. Me los había dejado acumular, como un cobarde. Pude sentir las persianas venecianas doblarse y hacer un chasquido detrás de mí.

Un grupo íbamos a ir a casa de Chip Santos antes de dirigirnos a Rhodes on the Pawtuxet para ir al baile. Me caía bien Chip y pensaba que su madre y su padre y sus hermanas eran fantásticos. La señora Santos tenía la sala de juegos toda decorada y había un montón de comida y de refrescos y demás, y el señor Santos bajó y le dijo a Chip que, después del baile, si la pandilla quería, podíamos ir a su casa de verano en Bristol, para seguir con la fiesta más tarde. Hizo muchos aspavientos para darle la llave a Chip. Esto era lo que podía hacer por su hijo. Era un gesto muy simpático.

Jill se encontró con algunas de sus amigas y se fue hacia ellas inmediatamente, y yo me fui arriba y miré un poco a los Red Sox con el señor y la señora Santos.

—Radatz no tiene fuerza en el brazo —dijo el señor Santos sin dirigirse a nadie en particular.

—Eso no es bueno —dijo su esposa.

—Nada de fuerza.

Después de un rato volví a la parte de abajo y cogí un refresco y me acerqué para estar un poco más cerca de Jill. Suponía que era mi tarea. Me imagino que yo no les caía bien a sus amigas, porque algunas de ellas actuaron como si tuvieran que protegerla de mí. Eso sí que era realmente equivocarse al juzgar a alguien. Nunca ha habido nadie en el mundo que se tuviera que proteger de mí. Ni siquiera disparé nunca mi arma en Vietnam. Jamás.

En resumidas cuentas, me quedé allí de pie; luego salimos todos en una especie de caravana hacia Rhodes on the Pawtuxet. Jill estaba muy callada y se pegaba contra la puerta como si de un momento a otro yo fuera a estirar el brazo y a agarrarla. Bueno, aquí va la verdad. Aquí está mi dilema. No me gusta tocar y no puedo soportar que me toquen. Claro que me gustaría tener relaciones sexuales con una chica o tocarla en lugares maravillosos, y no es que no piense en ello o que no pensara en ello, pero supongo que tendría que querer realmente a esa chica, quererla de verdad, y todavía no me ha ocurrido eso. Las cosas que he contado sobre aquellas prostitutas fueron horribles. No podía soportarlo. No sé por qué lo hice. Entiendo por qué me odiaban tanto. Sí.

Todd Sanderson y su grupo de swing —un piano, una trompeta, un saxofón y un contrabajo, con Naomi Lesko, de Warwick, Rhode Island, de vocalista— tocaron arreglos de los Dion & The Belmonts, Fats Domino y Elvis, así como algunos temas de películas excelentes. El quiosco de música estaba en el centro de la pista de baile, así que, naturalmente, había que bailar alrededor. Igual que cuando me quedé de pie cerca de Jill en el sótano de Chip, quería intentar hacer bien mi tarea.

—¿Me concedes este baile? —dije, tan atractivo como pude.

—Tengo… Tengo que ir al servicio de las chicas.

—Vale —dije, y Jill se marchó. Las cosas estaban yendo mejor de lo que pensaba. Me había imaginado que en los bailes de gala podría haber algunos rituales sociales o culturales que yo no conocía, y no estaba preparado para ninguna sorpresa. Lo del servicio de las chicas era algo que suponía que podría suceder.

Me quedé por ahí una hora más o menos y luego pensé que sería mejor encontrar a Jill y acercarme a ella. Creí que la había visto cerca de la puerta del aparcamiento, pero cuando me acerqué alguien me cogió del brazo.

—¿Dónde vas?

Me di la vuelta y allí estaba Dick Marshall, que no me soltaba. Como todos los tipos realmente imbéciles, Dick tenía un grupo cuyos miembros hacían todo juntos. Billy Carrara, que era en general bastante buen tipo, también formaba parte de este grupo. En realidad, era Jill la que formaba parte de él y Billy como que se había unido. Me quité su mano de encima.

—Bueno, ¿dónde vas?

—Fuera.

—Quédate dentro.

—¿Qué quieres decir con «quédate dentro»?

Su novia, desde que tengo memoria, incluso en la escuela primaria, era Barbie Zinowitz. Ahora la veo algunas veces, cuando voy al gran complejo de cines de Sekonk. Está más gorda que yo y hago como que no la conozco.

—Apártate, eso es todo. Jill y Billy están hablando —gruñó ella.

—Eso es —añadió Dick.

—¿Por qué no bailas con Cheryl Adams o qué sé yo? —dijo Barbie. Su grupo se reía.

Vi a Cheryl al otro lado de la pista de baile, moviéndose en el sitio y chasqueando los dedos a los lados. No parecía triste ni nada de eso, así que fui hasta ella. Me gustaba caminar con el esmoquin. Me sentaba bien y con él parecía más fuerte. Me metí una mano en el bolsillo y balanceé la otra de manera rítmica, muy chulo.

—Hola —dije.

—Hola.

Ella siguió bailando en su sitio y yo la observé desde el lateral. Era una chica bajita, con una cara agradable y el pelo castaño, que llevaba al estilo que lo lleva Dutch Boy en la lata de pintura. Su vestido era azul claro y ajustado, y le llegaba hasta la parte superior de los dedos de los pies. Parecía más portuguesa que la mayoría de los Adams de Rhode Island y supongo que tenía el pecho más o menos normal.

—Me gusta este grupo —dije de manera informal.

—A mí no me gustan —dijo sin mirarme.

—Lo que quiero decir es que para un grupo que es una panda de tipos viejos, o sea, que a mí tampoco me gustan en realidad, pero...

—Quieres decir que no son buenos, pero el ritmo está bien.

—Eso es —dije—, me gusta el ritmo.

—Le daría un siete —dijo, moviéndose con garbo.

—Completamente de acuerdo.

Yo también empecé a moverme un poco. No se podría decir que bailaba, pero quizá sí que llevaba el ritmo o el paso. Quizá. Yo no pensaba en absoluto que Todd Sanderson y la señorita Lesko lo estuvieran haciendo mal cuando tocaron *Jailhouse Rock* e hicieron un cambio muy bueno a *Throw Momma from the Train*.

Cuando terminó la canción, le pregunté a Cheryl si le apetecía un refresco de frutas y le llevé un poco. Luego bailamos otra vez, como antes, un poco uno al lado del otro, por separado. Así estaba bien. Podía hacerlo. Miré a mi alrededor y supuse que debía de estar pasándomelo tan bien como cualquiera. Vamos, que nadie parecía particularmente alegre, excepto durante la conga de Jalisco, que Cheryl y yo sólo miramos.

—¿Dónde está tu acompañante? —preguntó.

—Por ahí. No estoy seguro.

—¿Quién es?

—Jill Fisher.

Cheryl dejó de bailar y se dio la vuelta y me miró directamente por primera vez esa noche.

—¿Tú?

—Yo.

—Pero si Billy dijo que tenía que ir a protegerla de ti.

—¿Qué?

—Que eras muy celoso y que la habías agarrado y todo.

Miré a mi alrededor para asegurarme de que no había gente mirándome y escuchando cosas de mí que yo mismo no sabía.

—¿Celoso? ¿Que yo la he agarrado?

—Eso es lo que ella le dijo a Billy. Él se fue a protegerla.

Cuando tenía dieciséis años había crecido hasta llegar a mi estatura actual de un metro setenta y nueve. Pesaba cincuenta y cinco kilos. Saqué las manos de los bolsillos y las dejé colgando en el extremo de los brazos. El corte de pelo a cepillo me había crecido aproximadamente medio centímetro y se me quedaba aplastado sobre la cabezota. Cheryl me miró detalladamente. Yo empecé a sudar un poco.

—¿Por qué la agarraste?

Me encogí de hombros y miré a mi alrededor. Quería estar en el Ford.

Quería parar, yo solo, en el A&W de Riverside y comprar una hamburguesa con queso y aros de cebolla y un refresco grande en una jarra helada y comérmelo solo. No quería herir los sentimientos de Cheryl y pensé que podría hacerlo si le decía que Billy Carrara era un mentiroso y un tipo que devolvía los anillos envueltos en papel higiénico.

—¿Desde cuándo eres la novia de Billy?

—Yo no soy su novia.

—¿No lo eres?

—Sólo estamos juntos en el baile. Es un tipo agradable.

—¿Entonces no es tu novio ni nada por el estilo?

—No, no es mi novio.

—Ah, bueno, es un mentiroso, entonces. Vamos, que Jill no es mi novia tampoco. No estoy celoso. Yo no agarro a nadie. No quería herir tus sentimientos ni nada de eso, pero como no eres su novia, está en el aparcamiento con Jill.

El pelo de Cheryl Adams se puso lacio.

—¿Qué? —gritó tan fuerte que Naomi Lesko, que estaba en la mitad de *April Love*, de Pat Boone, miró hacia nosotros.

—¿Quieres más refresco? —pregunté expectante, pero para entonces Cheryl iba a toda prisa hacia el aparcamiento con lágrimas de rabia salpicándole el rímel.

Fui al cuarto de baño y me fumé un Marlboro con los otros chicos, y luego volví al lugar donde había estado con Cheryl. Algunos de los bailarines habían hecho un círculo y daban palmas al compás de la música, y dentro del círculo, bailando y contorsionándose, estaba Lewis Rand, un chico muy popular en el campus, y Carol Robey en su silla de ruedas. Carol era la presidenta de nuestra clase del tercer año y Lewis era su novio. Me hacía sentir bien verla siempre tan feliz y me sentía mal pensando en una chica más pequeña detrás de sus persianas. Les vi dar vueltas un rato; luego regresé y me fumé otro cigarrillo.

Unos años después, Carol Robey se convirtió en la directora de la escuela secundaria de East Providence y la gente todavía la quiere y disfruta viéndola feliz. Lewis Rand se fue a la escuela de teatro Carnegie Mellon y murió de sida hará unos cinco años. Carol le puso el nombre de él al escenario de la escuela secundaria. El amor no se extingue fácilmente.

Esperé hasta que se fue casi todo el mundo, pero no pude encontrar a Cheryl ni a Jill ni a Billy. Cogí el coche de vuelta a East Providence, pero el A&W estaba cerrado.

23

El martes me subí a la bicicleta una hora antes de que el sol técnicamente hubiera salido. Paré para desayunar en una cafetería que prometía huevos morenos de campo y los tomé escalfados. Los huevos escalfados son un lujo, porque no repiten como los huevos fritos y la forma que tienen sobre la tostada parece una cara. Era como los desayunos de mamá. Había camioneros y tipos con traje y todo el mundo era muy amistoso. Utilicé el cuarto de baño y una especie de plato de ducha y me sentí realmente bien. Como de costumbre, después de despertarme y andar en bici y caminar un poco, el dolor y la rigidez de mi cuerpo parecía que hubieran desaparecido.

Continué apretando bastante fuerte durante otro par de horas, fuerte para mí, en cualquier caso. Vamos, que todavía subía las colinas andando y me deslizaba cuando tenía la oportunidad. Cogí la Ruta 10 según mi pequeña guía de carreteras y en Florham Park, Nueva Jersey, cogí la 510. Después de un rato te pones en trance en la bicicleta y no tienes que pensar mucho en pedalear. Al menos, como yo iba tan lento, no tenía que hacerlo y podía mirar alrededor por donde iba. Esto era una novedad para mí. Toda la idea de un lugar, quiero decir. Y fuera del gran sistema de carreteras interestatales, que no se pueden usar si no tienes un vehículo, Nueva Jersey era, yo creo, precioso. En Rhode Island decir Nueva Jersey es sinónimo de mierda, pero es asombroso ver cuántas granjas y arboledas y bosques perfectos hay. Y los ríos y riachuelos son fantásticos. Alrededor de Ralston, salí andando con mi Raleigh fuera de la carretera y me senté junto al río Raritan. Precioso. Me comí un par de plátanos y me eché un poco de esa agua tan pura por la cara y el pelo. Me estaba saliendo la barba y el agua fresca se me quedó entre la barba crecida, aliviando el picor. Cada parada tiene un propósito. Estaba aprendiendo algo, supongo, sobre el frescor.

Paré en una tienda pequeña de artículos de deporte con un letrero en la ventana que decía NUEVO GERENTE y me di el gusto de un suelo impermeable, un saco de dormir impermeable, una pequeña tienda y una mochila para llevar las cosas. Los nuevos dueños, un tipo joven y su esposa, salieron a ver la bicicleta y me tomaron medidas para el saco e hicieron un verdadero esfuerzo para proporcionarme artículos ligeros.

—Le está dando mucho el sol —dijo la esposa, cuando iba a pagarle.

—Sí.

Se dirigió al mostrador que había por detrás de ella con un perchero de sombreros y cogió una gorra de béisbol modificada que llevaba una visera de plástico para filtrar el sol.

—Son nuevas. Máxima protección.

—Me la llevo.

—Es talla única.

183

—Me la llevo.

Cuando el sol bajó un poco, salí de la carretera y me metí en un campo. Había mosquitos, pero no muchos, porque el día se iba refrescando a medida que se acercaba la noche, pero me prometí comprar repelente. Luego me bebí una botella de agua, me comí otro plátano y un zumo de naranja, y leí un poco más de *Iggy*.

Era un libro del Oeste, pero en realidad no era un libro del Oeste, en el sentido de que lo relativo a la figura del vaquero no era tan importante como el hecho de que él estuviera empezando a sentirse a gusto acerca de su lugar en el mundo. El mundo del viejo Oeste.

Leí unas quince páginas, lentamente, todavía estaba poniéndome en forma en lo de la lectura. Iggy no había conocido a su padre, que había abandonado a su madre cuando le liberaron después de la Guerra de Secesión. La madre de Iggy era una mujer amable, pero muy fuerte, que se llamaba Esther Booklook, «la que mira los libros». Había tomado el apellido de su padre, que a su vez lo había tomado de su propio padre, a quien se lo había puesto la hija de nueve años del dueño de la plantación porque le gustaba mirar los libros. A Iggy no le gustaba el apellido Booklook. No es que tuviera nada contra su madre, pero se cambió el apellido a Hannibal, por el héroe de Cartago, porque su madre solía contarles a sus hijos historias sobre Aníbal y les decía que eran parientes suyos. Iggy se cambió el nombre en 1878, el año que se dirigió hacia el Oeste. Tenía catorce años y yo sentí que me empezaba a doler la cabeza de leer. Extendí mi equipo, todo menos la tienda, y después de comerme una manzana dormí el sueño de los justos.

El miércoles por la tarde había zigzagueado por la Ruta 645 hasta la 614, atajé por el valle profundo de las montañas Musconetcong y crucé el río Delaware para pasar a Pensilvania. Esto es lo que descubrí mientras me comía un sándwich de atún: aunque caminaba cuesta arriba e iba sin matarme en los llanos, podía hacer entre ochenta y ciento diez kilómetros por día. Tenía que ver con la constancia.

Cogí la 212 de Pensilvania hasta Quakertown y, dieciséis kilómetros después, a las afueras de Pennsburg, tomé el pastel de carne especial de los cuáqueros en un restaurante cuáquero. La patata asada estaba aún envuelta en el papel de aluminio y el café helado estaba filtrado de verdad y no liofilizado. Yo no era un hombre de restaurantes. Supongo que me había convertido en un tipo voluminoso a base de Burger Kings y esos bocatas gigantes que hacen en un segundo, pero el tío Conde combinaba la doble capacidad de consumir comidas enormes y de calidad. Se sentaba, y no estoy bromeando y tampoco suelo decir esto a menudo, pero juro por Dios que él se sentaba en un restaurante y olisqueaba un poco y sabía no sólo qué productos alimenticios eran los más exquisitos, sino también lo que habían preparado en grandes cantidades. Yo comprendía a mi tío. Le comprendía en parte, en cualquier caso. Sin embargo, la porción de pastel de carne, que era bastante grande, y la patata asada eran de sobra para mí. ¿Qué pasa? ¿Es como una medicina? ¿Es que cuanto más haces menos necesitas? No lo entiendo. Tomé también gelatina con uvas.

Pensilvania también es bonito. Pero hay unas colinas bien grandes. Justo cuando había calculado que iba a hacer esa media de alrededor de ochenta kilómetros, las colinas pudieron conmigo. Había calculado que desde Durham, donde había entrado en el estado de Pensilvania, hasta Wayne Heights, donde llegaría a la punta de Maryland, había alrededor de unos doscientos noventa kilómetros y que podría recorrerlos en tres o cuatro días pero, aunque hacía buen tiempo y no llovía, no llegué hasta Gettysburg, que estaba a unos sesenta y cinco kilómetros de Maryland, hasta el domingo.

Cogí una habitación en un Howard Johnson y aparqué la Raleigh en la habitación. Era bastante temprano, las tres de la tarde, creo, y, aunque estaba deseando darme una ducha y meterme en la cama, quería hacer primero todo lo que tenía apuntado en mi lista mental. Crucé la calle hasta un centro comercial y compré algunos productos para el afeitado y fruta y agua embotellada. De vuelta en la habitación, dispuse las compras que había hecho sobre el televisor. Extendí el saco de dormir en el perchero y coloqué el resto de mis pertenencias para que se secaran. Me apetecía una cerveza y un cigarrillo, no sé por qué. Probablemente porque las habitaciones de los hoteles requieren algún tipo de actividad: televisión, cigarrillos, cerveza. Me senté y miré todas mis cosas esparcidas por la pequeña habitación azul y me sentí muy reconfortado de estar allí con mi bicicleta y con mis cosas. Pensé en comerme tal vez una naranja y luego tumbarme un rato en la cama antes de buscar un sitio bueno para comer. Estaba muy cansado y la cama y las almohadas eran perfectas. Me quedé dormido en la silla pensando en eso.

24

En 1966 pasaron tres cosas que yo llamaría acontecimientos, en el sentido de que uno no puede olvidarse
de ellas bajo ninguna circunstancia. Me llamaron a filas,
Charlie Love fue alcanzado por un rayo cuando trataba
de marcar desde la tercera base y mi hermana Bethany
desapareció otra vez.

La mayoría de los chicos con los que me gradué
fueron a la universidad o a alguna escuela de administración. Fueron, en realidad, porque sus padres tenían miedo de los rusos. Ésa era la razón, en una palabra. Cuando
la Unión Soviética lanzó el *Sputnik* parecía que ellos estaban más adelantados que nosotros en cuanto a las ideas
y que tendríamos que ponernos al día o si no nos matarían. Así es como lo entendía yo, en cualquier caso.

East Providence se puso en acción. Primero sepa-
raron a los chicos según lo inteligentes que fueran. For-
maron divisiones y todo el conjunto de divisiones recibió
el nombre de ROXY SUMAC-GL. Si eras una persona adelan-
tada te ponían en R y en O, y las expectativas eran que
fueras a las universidades más prestigiosas y que perdie-
ras el acento. Supongo que X, Y y S serían para ir a una
universidad privada; U, M, A y C, para ir a las escuelas
de administración y ser secretarios y mecanógrafos; y G

y L, para tiendas y mecánicos de automóviles. Las divisiones R y O se mantenían bastante separadas de los otros chavales y les daban horas de almuerzo especiales y laboratorios de ciencias actualizados y eso. Todas las divisiones vestían de forma diferente, también. Entre los adelantados y los de las universidades privadas gozaban de popularidad los pantalones chinos y las camisas de cuadros; el azul y el gris eran populares entre los administrativos; y los pantalones vaqueros y las chaquetas de cuero, entre los macarras de los talleres mecánicos.

Todos sabíamos, aunque no se esperaba que lo dijéramos, que en nuestra escuela había ahora cuatro grupos organizados por letras. Teníamos los muy listos, los bastante listos, los que podían aprender a desempeñar un trabajo y los tontos. Yo estaba entre los bastante listos, pero debería haber estado en el grupo de los tontos. Saqué aprobados y no me aceptaron en ninguna universidad, ni siquiera en Springfield College, en Massachusetts, donde forman a los profesores de gimnasia y a la gente que trabaja en la YMCA y dan clases sobre las reglas básicas del bádminton. La universidad no me quiso. Mamá pensaba que debía ir a una de esas escuelas universitarias donde se pueden hacer los dos primeros cursos de la universidad, y estaba pensando en ello cuando me llegó la notificación para ir al ejército. Pero no me quejo. Si quería ir a la universidad y estudiar el lanzamiento de bolos o el tenis de mesa debería haberme aplicado más en el instituto. No lo hice. Uno tiene lo que se merece.

Algunas veces, quiero decir. Algunas veces uno tiene lo que se merece. Charlie Love, el medio y primero al bate del equipo de mi padre, que descargaba petróleo con papá y tenía la taquilla junto a la suya, no tuvo lo que se merecía. Se merecía más.

Un mes antes de la notificación para que me incorporara al ejército, el equipo de papá había jugado en las eliminatorias del área metropolitana de Rhode Island. Era muy importante. Todo el mundo sospechaba que éste podría ser el último año de papá; y el lento comienzo de los Red Sox de Socony en abril, cuando quedaron sextos en su división, le dio un tremendo bajón. Renunció a nueve cuadrangulares, cometió tres errores en el cuadro interior y, por primera vez en veintiún años con los Sox, su media se precipitó por debajo de trescientos.

Una mañana durante el desayuno, cuando se estaba preparando para ir a la planta petrolífera, dijo: «¿Sabes lo que estaría bien? Estaría bien que los jugadores de béisbol jugaran sólo al béisbol. Esto de trabajar, no sé. ¿Qué tiene que ver esto de trabajar todo el tiempo con ser un jugador de béisbol?».

Bethany había pasado un excelente verano, y los Ide estábamos disfrutando de la falsa esperanza a la que nos aferrábamos. Había estado trabajando de socorrista en el club de campo Crestwood y estaba bastante bronceada. Untaba su tostada de mantequilla y escuchaba a papá.

—Lo de manejar bien el bate, bueno, creo que con todo este levantar y tirar de las mangueras de petróleo, mi *swing* parece un poco desfasado. No sé.

Papá bebió un poco de café y todos estábamos bastante callados. Éramos una familia que había dado mucha importancia al *swing* natural de papá y ahora él estaba totalmente confundido.

—Es que no sé.

Bethany no levantaba la vista de la tostada.

—Papá, tú tienes el *swing* cortado, eso es seguro. Claro que con esta nueva postura se me hace muy difícil juzgarlo.

—¿Qué nueva postura? —dijo papá, apoyando la taza de café.

—Es la postura de papá de siempre —me reí.

—No, señor.

—Bethany —dijo mamá—. La postura de tu padre es la misma que puso en el partido de la American Legion. Cómete la tostada.

Bethany se levantó y cogió uno de los bates de papá del paragüero de mimbre.

—Ésta es la postura de papá, ¿no?, ¿no?

—Sííí —dije con aburrimiento.

—Ahora te pones en tu postura, papá.

—Venga… —me quejé.

Papá se encogió de hombros, cogió el bate que le daba Bethany y se colocó en su postura. Bethany se quedó en la suya.

—Ésta es mi postura —dijo.

—Eso es —dijo mamá con admiración.

—No —dijo Bethany—. Ésa no es tu postura. Tu postura es la que yo estoy haciendo. Mira, mi talón delantero no está tocando el suelo y el tuyo está apoyado.

Mamá se cubrió la boca con la mano. Yo me quedé mirando boquiabierto. Papá a punto de desmayarse.

—Muy bien —dijo él—. Vale, vale, vale.

Esa noche, contra los Pawtucket Penguins, papá empezó en el campo izquierdo, hizo un cuadrangular, un triple, un doble y un sencillo en el ciclo y, aunque al ir al noveno perdían por cuatro a tres, todos teníamos la sensación de que era seguro que íbamos a ganar, especialmente desde que Charlie Love alcanzó la primera base y robó luego la segunda, haciendo retirar a uno. Charlie Love era un hombre complicado para East Providence. Era bajo y estaba un poco gordo, en las caderas y en las nalgas quiero decir, pero tenía bastante velocidad para ser un hombre de cuarenta años. Se estaba quedando calvo como uno de esos monjes, así que nunca se quitaba la gorra de béisbol y siempre se hacía lavar y planchar el uniforme antes de cada partido. También era el único soltero del club y, aunque Charlie solía contar una ristra de historias picantes sobre sus numerosas novias, estaba bastante claro que Charlie era muy femenino. Afeminado, supongo. Recuerdo un partido en especial, porque fue el único partido en que se declaró una auténtica batalla campal; fue contra esa mafia de irlandeses, los Riverside Rollers. Eran un equipo malísimo, pero, válgame Dios, vaya si podían ir por un jugador. Esa noche estaban muy concentrados en Charlie. Consiguió un cuadrangular y jugó una parada en corto excelente para los Sox y, después de alcanzar la segunda base, uno de los Rollers gritó «maricón», entonces todos ellos empezaron a chillar sobre «el mariquita», «marica», «nena» y a hacer ruidos de ventosa. Después de diez minutos así, mi padre solicitó tiempo muerto y pidió al entrenador de los Rollers que hiciera que sus chicos lo dejaran ya, porque allí había niños, pero el entrenador, que había estado bebiendo cervezas toda la tarde y que de todos modos no debía de ser un estratega, le hizo un corte de mangas a papá, que le agarró el brazo y se lo retorció. Esto hizo que los bancos se quedaran vacíos y que estos tipos mayores se pusieran de pie y se liaran a darse puñetazos.

Pues, como iba diciendo, Charlie estaba en la segunda base buscando un toque de sacrificio o un batazo bueno para apuntarse un tanto y papá intensificó el ataque. Iba a pasar algo, se podía palpar. Consiguió un *strike*, luego tres bolas. El lanzador había hecho todo lo posible para no machacar a papá, pero todo el mundo sabía lo que se avecinaba, tres y uno. Papá le pegó fuerte a esa bola rápida y la envió muy al centro, muy profundo. Al fondo, al fondo, parecía que estaba yendo, pero el jugador exterior central fue pedaleando hacia atrás y la cogió y la lanzó al jugador de segunda base.

Bueno, no hay que olvidar que se trataba de las eliminatorias del área metropolitana y que, gracias a mi hermana, papá tenía el talón levantado. Era inevitable que esa tarde quedara grabada en la memoria incluso sin aquella nube oscura solitaria en un cielo por lo demás azul. Puedo verlos a todos, otro de mis recuerdos bien claros, de pie, tensos y gritando para que Charlie se deslizara. Puedo verle poniéndose en cuclillas y empezando a lanzarse, como si fuera a cámara lenta y yo estuviera mirando una y otra vez.

Creo que se iluminó durante una fracción de segundo, pero es la única cosa que no está clara, así que tal vez no se iluminara. Antes de que pudiera terminar el deslizamiento y cuando todavía estaba de pie, le alcanzó el rayo. Se le metió por la cabeza y tomó tierra saliendo por su pierna izquierda. El rayo le tiró la gorra, que empezó a arder, y por alguna razón el cinturón se prendió también. Aterrizó boca abajo en su postura de desliza-miento, con los dos brazos extendidos, pero se paró a tres centímetros de la base del bateador.

Por un momento todo el mundo se quedó quieto, aturdido por la electricidad que había saltado de aquella pequeña nube y había dejado fuera de juego a Charlie. El relevo se habría hecho tarde, de todos modos. El jugador de segunda base había lanzado con mucha fuerza y la bola había pasado por encima de la cabeza del recep-tor y había ido a dar contra la valla. Los jugadores y los fans se acercaron a Charlie Love, que estaba tendido bo-ca abajo, inmóvil, casi como si tuviera todavía la electri-cidad dentro de él. Luego Hy Cramer, el quiropráctico, se hizo paso entre el círculo de gente y tomó el mando.

—Por Dios —dijo Hy, arrodillándose junto a la ca-beza de Charlie. Alcanzó la gorra y la levantó por la vise-ra. Todo el mundo miraba las llamas—. Esta maldita go-rra se está quemando de verdad —se asombró Hy.

Mi padre se arrodilló también y lo mismo hizo el receptor, que rozó la bola contra la mano extendida de Charlie para finalizar la jugada.

—Ha muerto achicharrado —dijo Hy.

Ése fue al final el último partido de papá. Me llama-ron a filas al mes siguiente, en septiembre, y me dijeron que me presentara en noviembre. Conseguí un trabajillo haciendo frituras de almejas en la lonja de Horton y pes-caba en la fábrica Shad siempre que podía. Luego, en oc-tubre, Bethany se marchó.

Todavía sigo diciendo eso, ¿verdad? ¿No se dan cuenta? Que «desapareció» o que «se marchó». Todos hablábamos de esa manera, incluso entre nosotros, porque tendía a suavizar la realidad de los hechos. Y la realidad es que su voz se la llevaba. Nunca hablé con mamá ni con papá de mis miedos, tenían bastante con los suyos propios y probablemente todos teníamos los mismos, pero alrededor de agosto, más o menos cuando se abrasó Charlie Love, yo tenía miedo de que la voz de Bethany se hiciera más grande y más fuerte que nosotros.

Volví del trabajo hacia las cinco e inmediatamente me dio la sensación de que había movimiento en la casa. La tensión, la espera, había desaparecido. Mamá hablaba por teléfono con la policía, con sus amistades, con la gente de la iglesia. Papá tenía extendido su mapa de carreteras sobre la mesa de la cocina y estaba haciendo algunas marcas con un lápiz rojo.

—A lo mejor está simplemente con unos amigos. A lo mejor está en la playa —dije.

Papá sacó una nota del bolsillo y me la pasó. La letra era una locura y la mayoría de las palabras estaban escritas con letra de imprenta como si las hubiera hecho un niño.

No estoy, me he marchado
tachán, tachán y no estoy
el sol, mierda, mierda.

Leí las palabras y me quedé helado. Le devolví la nota a papá.

—Esta vez tendremos que internarla. Esta vez —dijo. Papá hablaba entre dientes consigo mismo y lloraba, pero sólo un poco.

194

Fui con la Raleigh por Kent Heights y hasta River-side, pero tenía la sensación de que no estaba por allí cerca. Su nota me había enfadado mucho. La llamaba y notaba la ira que había en mi voz. Tal vez ira no era la palabra. Quizá fuera miedo. Papá hizo su ruta habitual en coche y nos juntamos otra vez en casa alrededor de las nueve y cuarto. Mamá nos dijo que había pasado por allí un coche patrulla y que no había pistas. En momentos como éste, la cocina de los Ide era más una central de mando que un cuarto familiar.

Papá se apoyó en la mesa y asintió ante las noticias de mamá. Era una habitación pequeña, nuestra cocina, como todas las habitaciones de la casa, pero esa noche nosotros éramos pequeños también. Encajábamos bien. Recuerdo incluso una brisa constante que entraba por la ventana por encima de la pila y el fino pelo de mamá que se ondulaba con ella. Sabía que Norma observaba también, detrás de esas persianas venecianas que se agitaban, que observaba el movimiento de la cocina y las largas sombras que proyectábamos. Pensé en Norma esa noche y en cómo habíamos dejado todos de ir a verla, poco a poco, hasta que ya era demasiado tarde para todo el mundo.

—Bueno. Voy a llamar a Al Prisco en la planta y a decirle que no puedo ir a trabajar unos cuantos días. Vamos a dormir bien y luego empezamos en Barrington. ¿Has probado en el depósito de agua?

—Sí, señor —dije. Fue la única vez que llamé «señor» a mi padre.

—Está bien. Bueno, vamos a descansar un poco.

Papá y mamá no durmieron bien. Por la mañana parecían viejos. Ése era el aspecto que tenían en las búsquedas de Bethany: viejos. Después de un rato, pude quedarme dormido. Soñé que era yo pero que no era yo y, cuando empezaron a pasarme cosas horribles, podía verlas desde un lugar seguro. Estaba envuelto en fuego y nadie me ayudaba. Ni siquiera yo, que miraba desde aquel lugar seguro, podía ayudarme. O no quería ayudarme. Y, como había sido mi querida hermana la que me había prendido fuego, lo que yo veía eran los ojos de ella. No estaba mal porque podía ver que no eran sus ojos sino casi morados, como el fondo de un lago, o un moratón.

Por la mañana, y durante las mañanas de tres meses, nos levantábamos con fuerza de la cama. Por la tarde los tres nos sentíamos bajo el peso de nuestro propio fracaso, hasta que por fin, cuando la encontramos, no teníamos ya energía para darnos.

196

25

Lunes por la noche.

(Un par de llamadas.)

Norma: ¿Diga?

Yo: ¿Norma?

(Oigo una respiración nerviosa y una pausa, como si estuviera decidida a no decir lo que siente necesidad de decir, pero le sale de todos modos.)

Norma: No me voy a poner a dar saltos, Smithy, para que lo sepas. No soy Norma, Norma la vecinita a la que puedes dar palmaditas en la cabeza. Tengo, tengo… tengo responsabilidades. Las tengo. Me ocupo de Bea, de los arquitectos para los que dibujo, de los diseños, de las imágenes, hasta escribo artículos y cosas sobre los niños que están en una silla de ruedas y estas cosas que hago me hacen, me hacen necesaria. Soy una persona necesaria. Una mujer. Y si crees que estoy esperando al lado del teléfono, que tengo que esperar al lado del teléfono porque vas a llamar y luego no llamas y no llamas y hay… hay… y… bicicletas y… y…

(Oigo que el teléfono se cae sobre la mesa o el escritorio y escucho llorar sobre él. Espero, pero las lágrimas están lejos y son continuas. Soy otra vez aquel chico flacucho en la ventana de la cocina. Soy el que simplemente dejó de ir. Espero y ella vuelve.)

Norma: Y estoy… estoy llorando por algo que no tiene nada que ver contigo. Tengo mi vida, ¿sabes? Tengo amigos. Podía haberme ido, podía haberme ido a ese partido de los Red Sox…, pero…, pero… tengo una gran responsabilidad. Bea me ha criado y ahora yo estoy al cuidado porque soy fundamental. Porque soy fundamental, una persona necesaria. Y tú te crees que llamas o no llamas porque Norma está siempre, siempre… aquí.

(Escucho sus sollozos porque no deja el auricular sobre el escritorio. La escucho y espero.)

Yo: ¿Norma?

Norma: Ajá.

Yo: Estoy en un Howard Johnson. Me he dado ese lujo porque necesitaba ducharme y organizarme.

(Oigo una verdadera calma, aunque está a miles de kilómetros, a cientos de miles, Norma extiende la calma desde East Providence a Gettysburg.)

Yo: Estoy en Gettysburg.

Norma: ¿Estás en Pensilvania? Es un montón para hacerlo en bici.

Yo: En el Howard Johnson. He dormido sobre todo al aire libre. Compré una tienda pequeña y un saco de dormir y demás. He visto una manada entera de ciervos. Algunos de ellos tenían crías.

(Intento una risa falsa. Norma se queda callada un momento.)

Norma: Los Ángeles está demasiado lejos. Lo he mirado en un mapa. En Goddard dijeron que esta semana contaría como tus vacaciones.

Yo: ¿Sabes lo que hago en Goddard, Norma? Voy para arriba y para abajo por un pasillo al lado de una

mesa larga y me aseguro de que las manos de los muñecos SEAL Sam miran hacia adentro, de que están bien
puestas. No había pensado nunca en mi trabajo.

Norma: Yo nunca he sentido lástima de mí misma.

Yo: Yo no…

Norma: Ni siquiera por la mañana, cuando una necesita toda la energía del mundo para levantarse y empezar a funcionar, nunca he sentido lástima de mí misma.
Porque los hay que caen, me consta, un día no pueden
levantarse temprano, luego, más tarde, no pueden levantarse hasta las diez, luego hasta las once y todo el tiempo
diciendo lo difícil que es estar en la silla y…, y…, y tienes que estar…, te…, yo no…

(Espero, pero no termina. Por su respiración puede
que esté enfadada, puede que esté llorando, no estoy seguro.)

Yo: Gettysburg… es bonito. Me marcho mañana.
Me quedé otro día y caminé por los campos de batalla.
Traté… traté de imaginarme, ya que mamá estaba siem-
pre tratando de que usáramos la imaginación, y…

Norma: Tú tienes una imaginación maravillosa.

(Soy yo el que se queda callado al teléfono esta vez,
porque Norma está equivocada.)

Yo: Bueno… Me imaginé lo que sería ser uno de
aquellos hombres.

Norma: No tienes que imaginártelo, Smithy. Casi te
matan.

Yo: Bueno…

Norma: Te dispararon.

Yo: Pensé en el olor a hierbabuena que había en los
campos y en los grandes árboles de sasafrás que huelen a

199

una especie de refresco de raíces. Quiero decir, estar luchando y rodeado de todos estos olores maravillosos. Y llevaba un sándwich enorme de atún y me apoyaba en un peñasco en medio de un campo donde habían muerto treinta y cinco mil hombres en quince minutos. Pensé que nunca había deseado nada tanto como para herir a alguien.

Norma: Yo sí.

Yo: No sé.

Norma: Te lo acabo de decir. Me he hecho a mí misma, Smithy. Soy una mujer sofisticada y útil. Pero creo que hay algo por lo que tendría un comportamiento poco civilizado.

(Espero, pero no puedo preguntar. Oigo un poco de lluvia contra la ventana.)

Yo: Está lloviendo fuera, Norma, me alegro de haberme quedado. Pero es que todos esos hombres muertos…, no había pensado nunca en ello.

(Una lluvia fuerte y me imagino a los muchachos empapados y cubiertos de barro y agrietados.)

No se lo he dicho nunca a nadie. Quiero decir, a papá y mamá, y ahora soy viejo…

Norma: ¡No lo eres!

Yo: … pero, Norma, a mí no me importó nunca que me hirieran en el ejército porque estaba muy asustado todo el tiempo. Fui un gran cobarde en el ejército. Nunca…, nunca le dije a mi padre, a nadie, que yo… lloraba a veces sólo por estar… lejos.

(Pienso en el silencio. Jamás había pensado en ello antes. Por eso es por lo que funcionan por la noche esos enormes huevos en vinagre y las galletas saladas crujientes. Eso es lo que hacen las jarras de cerveza.)

Norma: Yo lloro también.

(Un relámpago. Un trueno.)

Pero no siento lástima de mí misma. Siento haber dicho eso de que no llamabas. No tienes por qué llamar. No tengo lástima de mí misma, no tengas lástima de mí. Yo sólo…, yo sólo quería que supieras que soy fuerte. Lo soy. Lo consigo. Continúo adelante.

Yo: Ya sé que lo haces, Norma, lo sé. Siento mucho no haberte visitado. Después de un tiempo se hizo demasiado difícil. Es decir…

Norma: Miraba por las ventanas. Odiaba a papá y a mamá también, pero cuando veía a Bethany algunas veces, miraba hacia otro lado. Supongo que no me hubiera acercado por Bethany. Sus ojos…

Yo: Lo sé.

(Su furia tensa mis manos al teléfono.)

Norma: No lo sabes. No sabes nada. No te pasas por casa, eso es todo. Pensabas que las piernas lo son todo.

Yo: Yo no…

Norma: Quieres colgar. No me llamas nunca, de la misma forma que no te pasas nunca por casa y yo te quiero.

(Soy tan repugnante. El estómago se me desparrama sobre los pantalones cortos y estoy de pie, como si pudiera escapar de mí mismo. Me duele el cuerpo, las papadas, la cabeza vacía y calva. Un perro. Un viejo chucho que desearía estar muerto. No puedo hablar. Ahora me da pena, en su vida necesaria, útil, fundamental. Pienso en los muertos que hay aquí y me siento completamente avergonzado. Todas esas vidas con sentido que han desaparecido y la mía que continúa todavía. Mi culo gordo, mi barriga enorme, mi campo de batalla empapado de colillas de Marlboro y cervezas Narragansett.)

Yo: Ahora está lloviendo muy fuerte.

Norma: Tengo que irme. Escucha, lo que dije fue una cosa que se llama transposición. He hecho una transposición porque estaba pensando en otra persona. Eso ocurre. No eres tú. Tú no.

(Espero un rato. Los cobardes no saben qué decir. Los cobardes esperan. Escucho cómo llega hasta aquí y se trata de un clic que ella hace con el dedo.)

26

—Se podría calificar de oferta —nos dijo el doctor
Glenn Golden desde detrás de su mesa de caoba—. Es
una oferta de liberación. De la liberación de ustedes. Y
está hecha con cariño. Así es como lo vería yo, si Bethany fuera mi hija. O mi hermana.

Glenn Golden volvió a repantingarse en su sillón
giratorio y observó cómo asimilábamos su análisis. Nos
miraba de la misma forma en que observaba a sus pacientes, esos que oían voces, que buscaban signos, que
estaban llenos de obsesiones. Miré a mi padre. Las venas
del cuello le latían contra el traje blanco almidonado.

—¿Qué está usted diciendo? —preguntó papá con
calma.

—Yo creo que les quiere a todos muchísimo —dijo
Glenn.

—Ya sabemos que nos quiere. No nos tiene que decir que nos quiere. Queremos que vuelva para poder cui-
darla.

Mamá empezó a llorar. Papá la rodeó con el brazo.
Yo me senté contra la pared del fondo en una silla de
cuero que se pegaba. Lo del ejército era inminente.
Echaba de menos trabajar en la lonja. Nada de fábrica
Shad.

—En cualquier estado ilusorio, los pacientes formulan a menudo algún tipo de plan extraño para arreglarlo todo. Una panacea, por así decirlo, para todos los problemas que hayan podido causar en el pasado o en el presente. Lo más seguro es que Bethany haya hecho ese tipo de plan.

—¿Qué pasa con la voz? —pregunté mirándome los pies.

El doctor Golden se dirigió hacia mí en mi rincón del fondo y lanzó el suspiro de un hombre ante el cual la voz se había escondido.

—Los problemas de Bethany son ciertamente complejos, implican tanto estrés emocional como algún desequilibrio, pero sus actos están dentro de la gama de las compulsiones, de los comportamientos compulsivos, y la idea de algo interior, una voz, lo que sea, que la guía, es, con perdón, absurda.

—Mire —dijo mi padre—, todo lo que estamos tratando de hacer es un poco de trabajo de detectives, ya hace más de dos semanas que está desaparecida. Estamos desesperados. Puede ver lo desesperados que estamos. Si hay algo que nos pueda decir usted para ayudar...

—No tengo ni idea —dijo Glenn Golden encogiéndose de hombros, y aquel idiota decía la verdad.

Nos fuimos a casa. Papá volvió a los mapas y yo amplié la búsqueda con mi Raleigh más allá de Kent Heights, hasta llegar a la zona del Riverside. Faltaba menos de un mes para irme al ejército, pero, por otra parte, no era como ir a la universidad ni nada por el estilo. Sólo había que «echar toda la ropa al petate y hala», así que no tenía que prepararme, supongo.

La acción de los Ide se había convertido en dolor. Comíamos muy callados y nos marchábamos a la cama temprano. Si alguien nos hubiera visto entonces no habría sospechado lo rápidos que éramos papá y yo o cómo era mamá cuando estaba rodeada de la familia. Si alguien nos hubiera visto entonces habría estado de acuerdo en que mi hermana nos había matado. Eso sí que es absurdo, doctor Golden. Recuerdo que me tumbaba en la cama a leer *Las historias de Nick Adams*, porque Nick podía lanzar muy bien la mosca y la ataba él mismo. Llegué hasta esa historia en que Nick va con su padre para ayudar en el parto del bebé de una pareja india. La mujer india gritaba mucho durante el parto, y al hombre indio le dio tanta pena que se suicidó. No pude seguir leyendo. Una historia triste sólo para estar triste y, naturalmente, con médico incluido.

Dos días después de ir a visitar a Golden, recibimos una carta de Rockville, Rhode Island, que está al lado de Hope Valley y del antiguo campo de los boy scouts donde yo iba. Era una carta muy bonita de una chica llamada Priscilla, que explicaba que había encontrado nuestra dirección en la parte delantera del bolso de viaje de Bethany. Priscilla decía, a quien le pudiera interesar, que era miembro de un grupo dedicado a vivir la vida en paz y a respetar la amistad entre el hombre y la naturaleza. El hombre, parecía, se había propasado y había roto el equilibrio, y ésa era la razón por la que se había producido la guerra de Vietnam, al menos eso es lo que creo que decía. Bethany se había informado sobre ellos a través de la hermandad de jóvenes de la iglesia Episcopal de la Gracia, que apoyaba cualquier causa que expresara la indignación con la América de los años sesenta. Priscilla escribió que aunque Bethany había sido una persona realmente valiosa para Viva la Gente (su grupo), ahora parecía que se habían ido desarrollando algunas pequeñas tendencias alarmantes en mi hermana, que incluían gritarse a sí misma con una voz que no parecía de este mundo y arrancarse el pelo. Priscilla ponía la dirección que tenían ellos en grandes letras de molde.

—Una comuna hippy —dijo papá, doblando la carta y metiéndosela en el bolsillo de la camisa.

—¿Hippies? —preguntó mamá.

—Jesús, María y José. Llama a Golden.

Glenn Golden estaba irritado cuando se puso al teléfono. Era a primera hora de la tarde y quería marcharse a jugar al golf.

—Golden —dijo mi padre—. Sabemos dónde está.

—¿Quién?

—Bethany. Bethany Ide.

—Ah… es estupendo. Puede traerla dentro de, vamos a ver…, dentro de una semana a partir de mañana.

—Una semana a partir de… Escuche, no estoy llamando para que me dé una maldita cita. Quiero saber qué tenemos que hacer, ¿qué? Jesús, María y José.

—Bueno, para empezar, no me grite —se quejó Golden.

Papá respiró hondo y vi que cerraba el puño con fuerza y luego se relajaba.

—De acuerdo. Lo siento. ¿Qué?

—¿Sabe en qué estado está?

—En Rhode Island.

—Estado mental.

—Está hablando sola y arrancándose el pelo.

—¿Está agitada, entonces?

Mi padre tenía ganas de matarle. Respiró otra vez profundamente. Apretó el puño otra vez.

—Sí. Agitada.

—Agitada. Agitada. Es raro, eso de que se arranque el pelo. Tuve una vez a un chico que se arrancaba las cejas cuando le daba un arrebato. Extraño.

—Mire, doctor Golden, yo esperaba que pudiera ir con nosotros. Ésta es la vez que más tiempo ha estado desaparecida. Obviamente no ha estado tomando la medicina.

—¿Ir con ustedes?

—¿Sí?

—¿Ir con ustedes literalmente a recogerla?

—Sí, a recogerla.

—Esto es, tengo que decir, contrario a las normas.

—Sí.

—Totalmente inadmisible. Ir realmente con ustedes..., bueno..., tendré que mirar mi agenda y el..., bueno..., vamos, que... ¿No estarán pensando realmente en... rescatarla a la fuerza?

Papá dejó el teléfono colgando a su lado y se frotó los ojos. Lo levantó para hablar, pero en el último segundo colgó. Marcó el teléfono del hospital Bradley y les dijo que llevaría a Bethany tan pronto como pudiera. Al menos Bradley era una constante. Un punto de partida real. O un punto de parada. Luego nos metimos todos en el coche y fuimos a Rockville.

—Rockville está al lado de Yawgoog —dije, por decir algo. Papá asintió. Mamá se volvió y sonrió.

Rockville, lindando con Connecticut, no era mucho más que una oficina de correos y un grupo de casas viejas. En una época había habido una fábrica de cuerdas y bramantes, pero se quemó, así que naturalmente nadie trabajaba en realidad en Rockville. Papá paró delante de la oficina postal y entró en ella.

—Estoy buscando a los hippies —le dijo a una mujer que llevaba una gorra azul que parecía oficial.

—¿Los hippies? Bueno, hay tres grupos de ellos.

—Viva la Gente.

—¿Sabe lo que han hecho? Creen que se pueden poner nutrientes en la tierra echando su propia caca. En serio, ¡su propia caca! No me comería ninguna de esas calabazas ni aunque me fuera la vida en ello.

—¿Dónde están?

—Al final de esa carretera. Viven en la antigua iglesia metodista, esos sucios cabrones.

Continuamos hasta la iglesia y aparcamos. Papá ayudó a mamá a salir del coche, luego pasamos los tres por delante de un puesto de verduras desatendido que vendía unos calabacines descomunales y calabazas de verano y entramos en la blanca iglesia. Habían quitado la mayoría de los bancos, sólo habían dejado cuatro o cinco filas, y en su lugar habían colocado cinco hileras de camas metálicas. Cada hilera tenía siete camas y todas las camas estaban muy bien hechas con mantas de diferentes colores y tenían una maleta debajo. En el interior no había cruces ni nada relacionado con la iglesia metodista. En su lugar, había una gran colcha, en la que se mostraban muchos vegetales de diferentes colores sobre un fondo blanco, colgada contra una vidriera que estaba detrás de lo que una vez había sido el altar protestante.

—Los vegetales son el Señor —dijo una voz segura, sacerdotal, detrás de nosotros.

Nos volvimos y había un hombre joven, un poco gordo y bajo, con el pelo pelirrojo, largo y abundante, que le cubría el cuello. Llevaba un mono de trabajo blanco bastante desgastado. Supongo que yo esperaba que fuera con una túnica.

—Hola, bienvenidos. Soy Thomas.

Thomas dio un paso adelante y nos estrechó la mano.

—Me he puesto Thomas por Thomas Jefferson. Lo que hemos hecho ha sido ponernos nombres que podemos asociar con la época en que el país estaba desarrollando la agricultura. ¿Cómo se llaman?

Le dijimos nuestros nombres.

—Genial —dijo—. ¿Quieren comprar unas verduras?

—No, gracias —dijo papá—. Estamos buscando a una persona.

Thomas sonrió de manera cómplice. Dio un fuerte suspiro e hizo una seña hacia uno de los bancos.

—Siéntense, por favor.

Lo hicimos. Thomas subió con mucha seguridad los tres peldaños que conducían al púlpito. Puso ambas manos en él y se apoyó hacia atrás sobre la pierna derecha.

—En… 1751, un señor de Alemania que respondía al nombre de Casper Muller y un grupo de valientes compuesto por unos soñadores de la agricultura dejaron Europa para establecer en esta tierra justa un nuevo enclave étnico aislado, rico en nitrógeno, en completo acuerdo con los conceptos del Reino de Pensilvania.

»La pasión, el clima, la barbarie, todo se combinó para privar a la tierra de estos héroes, pero, en vez de ocurrir eso, los héroes prevalecieron. Les debemos mucho, muchísimo, a ellos. Ésta es la responsabilidad que ha asumido Viva la Gente. Un proceso mediante el cual ponemos una porción real de nosotros mismos de nuevo en la tierra.

—Jesús —suspiró papá.

—Otras familias han venido a reclamar a sus hijos y Viva la Gente entiende los miedos y las incertidumbres, pero, por favor, entiendan que nuestro amor y nuestros compromisos son fuertes también, y que lucharemos con pasión para retener a cualquier miembro de nuestro círculo.

—¿Dónde está Bethany? —dijo papá sin alterarse.

—¿Bethany? Fuera, en la parte de atrás. Les ayudaré a meter sus cosas en el coche.

Dejamos a Thomas Jefferson junto a la cama de Bethany, metiendo sus pertenencias en una maleta azul, y pasamos por la cocina al patio trasero. El campo de cultivo de Viva la Gente se extendía justo hasta los escalones de la parte trasera de la casa y parecía como si se hubiera removido a mano. Estaba atardeciendo y el campo estaba en penumbra, pero el olor era inconfundible, un olor que no volví a sentir otra vez hasta llegar al ejército. Había dos coches extranjeros pequeños aparcados bajo un árbol y la hierba crecía por debajo de ellos. Varios hombres y mujeres golpeaban el terreno con azadones y rastrillos; otros estaban tendiendo ropa. Yo no veía a mi hermana. Una chica se aproximó a nosotros.

—Hola, soy la Condesa Minelli, traje el orégano a este país en 1784.

Pude ver sus senos erectos a través de una camisa vaquera de hombre. No eran grandes, pero me imaginaba que eran preciosos. Eran tan alegres como ella.

—Estamos buscando a Bethany Ide —dijo mamá con dulzura.

—Bethany es la Princesa Wincek. Era una india narragansett que enseñó a los primeros europeos cómo asar el maíz con su propia cáscara. Al principio pensaron que era demasiado amargo. Yo creo que el maíz es amargo.

Tenía una sonrisa enorme, tan grande que parecía como si le doliera estirar tanto la boca. Cuando cambió el peso de la pierna izquierda a la pierna derecha, sus pequeñas caderas se dibujaron a través de los amplios pantalones y sus preciosos pechos cambiaron, de izquierda a derecha.

—Bueno, nos gustaría verla —dijo mamá.

La Condesa Minelli se dio la vuelta y entró en el campo. La seguimos, mirando con mucho cuidado por dónde pisábamos. Pasamos por varios edificios anexos que parecía que estaban sin utilizar y a punto de caerse; unas viejas parras me cubrían por completo. La Condesa Minelli se paró y señaló hacia el lado más alejado del campo, donde había unas hileras de tomates erguidos, atados con unas estacas. Había un espantapájaros en medio de esa zona del campo, y el espantapájaros era la Princesa Wincek. Llevaba un vestido largo de verano que parecía más marrón que azul, y el pelo le caía sólo en la parte derecha de la cabeza; el resto estaba calvo y lleno de costras en los sitios por donde se lo había arrancado. También tenía en el rostro las cicatrices conocidas de hacía unos cuantos veranos. Su pose era puramente de Bethany en su máxima perfección, con el brazo izquierdo levantado e inclinado y los dedos abiertos y estirados hacia Dios. Sopló una pequeña brisa que le echó polvo en los pies y agitó el vestido de algodón, pero dejó intacta su quietud.

—Por el amor de Dios —dijo mi padre.

No cruzamos el campo lleno de mierda corriendo hacia ella. Fuimos pisando como la gente que no lleva prisa para llegar a donde teníamos que ir.

No es que no quisiéramos reconfortarla, decirle que todo estaba bien otra vez, sino que realmente, como todo el mundo que sigue sus propias huellas y da vueltas en torno a sí mismo, nos movíamos con lentitud, con la esperanza de despertarnos de alguna manera. Así que la repetición es el dolor. Como una especie de cadena de montaje de los SEAL Sam que no se apaga nunca y que te chupa la vida. Nos pusimos alrededor de ella y papá y mamá empezaron a arrullarla entre lágrimas. Hasta entonces no había visto nunca a Bethany destrozarse a sí misma de forma tan total y absoluta. Por un segundo pude verla bajo las costras y los trozos pelados, donde había estado su increíble cabellera, y sus ojos medio cerrados parecían sólo un reflejo, como una luna hundiéndose en el océano azul.

Se había agarrotado en su pose y no oía a mis padres. El sol le había endurecido y secado las heridas. Su quietud, como una voluntad de reposo, llenaba el horrible campo. La miré desde detrás de papá. La estudié y, al estudiarla, dejé de ser parte del tema. Ése es realmente el único modo de salir del mundo de la gente que quieres y salvarte a ti mismo. Ella seguía agarrotada y quemada.

Mamá siguió susurrándole alegremente cosas sobre sus amigos y la iglesia, y papá le hablaba de béisbol. Ella no se movía. Esa inmovilidad interior profunda, esa inmovilidad perfecta que la voz le exigía, le daba forma como a los tomates atados a estacas. Ella misma estaba atada a una estaca. No me podía imaginar que papá, cuando estaba allí tan próximo a él, hubiera lanzado un *no-hitter* en el cincuenta y tres o que hubiera conectado aquellos cuatro cuadrangulares contra el Warwick Despots en el sesenta y uno. Todo lo que era llenaba el pequeño espacio que había entre él y su querida Bethany. Puede que yo la odiara en ese momento. Supongo, no estoy seguro.

—No está muy bien, Bethany —dije—, puedo ver el aire que te entra y sale de la nariz. Puedo ver el movimiento de los orificios nasales.

—¡Schhhhh! —susurró mamá furiosamente.

—Es verdad, mamá. Mira. Todo lo demás está perfecto, pero eso no. La nariz no. No está bien. Daría lo mismo si lo dejara ahora. No es bueno, Bethany.

Lo único que mis padres podían ver era que yo no estaba con ellos. No hacía arrullos con ellos. No susurraba una mentira de vida con ellos.

—¿Por qué no esperas en el coche? —dijo papá.

—Papá, está…

213

—Muy bien —suspiró Bethany desde la parte más profunda de su pecho—. Tienes razón. Tienes razón. Tienes razón.

Alcancé el brazo que tenía estirado, se lo bajé hasta mi hombro y besé su mejilla desfigurada.

—Quiero… —lloró ella—. Quiero…, quiero…

La levanté en brazos, un espantapájaros cogiendo a otro, y empezamos a caminar de vuelta a la iglesia y a nuestro coche.

—Quiero…

—Lo sé, Bethany. Lo sé.

La llevamos otra vez al hospital Bradley por la mañana. Papá pensaba que debíamos ir allí directamente desde Rockville, pero mamá la abrazaba fuerte en el asiento de atrás y no quería ni oír hablar de ello.

Esa noche me fui a la cama temprano. Oía a mamá meciéndose en una silla al lado de Bethany en la habitación de mi hermana. Estaba cantando *In Dublin's Fair City*, y lo cantaba lo más lento que podía. Me la imaginaba acariciando el pelo de Bethany y me asombraba que algo tan familiar pareciera tan nuevo. Sentía como si las cosas que tenía allí no fueran ya mías o como si yo ya no las quisiera. Supongo que estaba a punto de marcharme y no esperé a que llegara el autobús a Fort Dix para hacerlo de manera oficial.

27

La lluvia se había ido en la otra dirección, al este de donde yo había venido, y la bajada —saliendo de Pensilvania hacia Maryland y siguiendo a través de West Virginia— fue cálida y seca. Mi pequeño mapa indicaba que la Ruta 50 era la carretera secundaria más larga, conectada de tal modo que al final desembocaba en el área de Los Ángeles, así que seguí la Ruta 11 hasta alcanzarla.

Descubrí que los planes simplemente ocurren. Para ser alguien que nunca había tenido un plan me asombró ver lo sencillo que era hacerlos y la frecuencia con la que los planes se hacen a sí mismos. Primero me vi inspeccionando los neumáticos cada ochenta kilómetros aproximadamente, luego me di cuenta de que era fundamental comer lo mismo todo el tiempo y tomar las pastillas contra el estrés del padre Benny y, por último, todas las noches, después de poner la tienda saliendo de la carretera, leía un poco de *Iggy*. Quizá eso no es un plan, quizá es una costumbre, da igual: era cómodo y me daba la sensación de que de algún modo sabía lo que estaba haciendo.

Terminé *Iggy* en Hoagland, Ohio, ocho días después de marcharme del motel de Gettysburg. Pasé un día estupendo en la carretera. Era más fácil, muchísimo más fácil para mí montar en bicicleta y tenía lo que yo llamo «la sensación de la fábrica Shad». Una especie de cosquilleo para ponerme en marcha cada mañana. La única diferencia, realmente, era que sabía que los lucios y las percas estaban entre las rocas esperándome en Shad; y ahora no sabía nada, lo que era, como digo, maravilloso. Todas las mañanas me comía una naranja y un plátano y me tomaba un sándwich de atún enorme para comer y más manzanas y plátanos para cenar.

Bien, como decía, *Iggy*. Era tan bueno que me dio pena terminarlo. Era toda su vida justo hasta llegar a ser un anciano negro que se comía una manzana debajo de un álamo en Colorado. Todo el mundo pensaría que es sólo un anciano negro más, pero los que hemos leído el libro sabemos que era un gigante. Un gran hombre al final de su vida. Era un secreto muy dulce y me encantaba conocerlo.

Esa noche en Hoagland hubo truenos y relámpagos suficientes para iluminar el maizal donde estaba enclavada mi tienda. Terminé *Iggy* justo cuando empezó a llover. Metí las alforjas de equipaje dentro de la tienda, luego me tumbé y escuché cómo repicaba la lluvia a mi alrededor. Empecé a pensar y supongo que me dejé llevar por los pensamientos. Estuve pensando en Norma, y en mi imaginación la besaba y sentía sus manos en torno a la espalda, y fue un apretón muy fuerte. Nos quedamos con los labios unidos, y yo la estrechaba también y la levantaba de esa silla y me tumbaba con ella en la hierba alta, cálida y cubierta de rocío de Ohio. Supongo que fue un sueño amoroso, o un pensamiento, y no los tengo muy a menudo. Un sueño, quizá una esperanza. No lo sé.

Y yo no sé sobre otras cosas. Siempre que sentía que empezaba a crecer un pensamiento o algo así como una idea o un deseo entre mis cervezas Narragansett heladas y mis vodkas con naranja, podía recurrir a encender la televisión y escapar de mí mismo. En los scouts, antes de las cervezas y de los setenta canales en la tele, me tumbaba en la tienda, despierto toda la noche con la esperanza de unos pechos alegres como pomelos y con preocupaciones sobre el futuro. Aquí están otra vez. Los pechos, las preocupaciones, las esperanzas. Qué extraño es volver a tener los sentimientos de un niño. Este hombre lleno de agujeros. Este hombre viejo con una mochila al hombro que empuja la bicicleta. Me palpé la cara, la espesura de la barba. Tracé sus líneas sobre las mejillas y los labios. Tal vez podría recortarme esto un poco. Tal vez podría afeitarme el cuello. Tal vez si peinara este pelo de arriba hacia atrás. Tal vez el perro que está aullando fuera en la lluvia está herido. Tal vez está riendo o llorando. Pero había sonado un aullido allí en el campo, en la oscuridad. Un gran chucho, en alguna parte. Dios, cómo me gustan esos chuchos grandes y desaliñados. ¿Por qué no consigo uno? Un amigo grandote y desaliñado que se sacudiría alejado de mí. Aúlla de nuevo y me quedo satisfecho de que es un buen aullido y de que no está herido. Pero así es como pienso, lejos de los tragos largos y del mando a distancia.

28

Cuando me presenté al reconocimiento médico para hacer la instrucción pesaba cincuenta y cinco kilos. Había un médico de la marina haciendo la revisión en el centro de reclutamiento y estaba convencido de que yo había estado privándome de comida para evitar la guerra.

—No va a funcionar, joven —gruñó.

—¿Qué es lo que no va a funcionar?

—Voy a apuntar sesenta kilos. ¿Tiene algún problema al respecto, joven?

Bueno, ahí va. Hice el adiestramiento básico en Fort Dix, fui a la escuela Quarter Master, Fort Lee, en Virginia, y después de ocho semanas había demostrado que podía repartir las provisiones y rellenar diez hojas de papel cada vez que lo hacía. Me enviaron a Vietnam con la infantería. Sustituí a un tipo que murió en un adiestramiento de la infantería avanzada. En el curso de algún ejercicio tuvo que caminar sobre un campo de morteros. No conocía a ninguno de los tipos y en realidad sólo llegué a conocer a Bill Butler bastante bien porque estaba en la litera debajo de la mía. Todo el mundo me llamaba el Flaco. No le dije a nadie que me llamaba Smithy.

Una noche, después de cenar, estábamos leyendo las órdenes que se habían anunciado. Nuestra compañía se iba a la guerra. Nos dijeron que pusiéramos los calzoncillos en orden y limpios, lo que significaba cuidadosamente empaquetados. Nos sacaron de Fort Lewis, en Washington (el estado) y, antes de que nos diéramos cuenta, estábamos en

la base Alpha, a unos cuarenta kilómetros de Saigón y quizá a un kilómetro y medio de un pueblo llamado Hee Ho. Éste era como si fuera nuestro pueblo, donde los de la base Alpha pasaban el tiempo y bebían y eso. Y, como ya he dicho, había un montón de prostitutas. En América, a juzgar por todas las fotos que he visto en las películas y en las revistas, no es difícil reconocer a las prostitutas. Tienen cierto aire, cierta forma de hablar, algo así. Las prostitutas de Vietnam eran como las demás mujeres. Tampoco se podía percibir que las demás mujeres las culparan. Durante doce de los trece meses de mi periodo de servicio, no vi, y mucho menos disparé, a tropa enemiga alguna, así que en realidad los recuerdos que tengo son de Hee Ho y, en especial, de las tres veces que estuve con una mujer. Y, por supuesto, de Bill Butler, que sabía mi nombre y me salvó la vida.

Bill era el ser humano más negro que había visto jamás. Su piel era como una berenjena madura. Tenía un bigote finísimo y el pelo corto y a cepillo. Era un poco más alto que yo, mediría un metro ochenta y dos, y pesaba alrededor de ochenta u ochenta y cinco kilos de puro músculo. Era muy maduro, para ser sólo un año mayor que yo, y decía de sí mismo que «estaba en la onda». Le caía bien a todo el mundo. Era un tipo legal y duro en el sentido en que algunas personas son legales y duras y nunca tienen que demostrarlo.

—¿Te'nteras qué carajo 'stoy diciendo? —dijo bajo las gafas de sol, tendiéndose otra vez en el camastro.

—Claro —dije yo.

—¿Te'nteras que las mujeres tién la necesidá tambié? Hay hijoeputas que dicen: «Hostia, tío, esa zorra no necesita chingá». ¿Has visto? Sí necesita chingá: no necesita chingá contigo.

Bill lanzaba su cabeza negra y cuadrada y reía y reía. A Bill le encantaba reírse con lo que él mismo decía, reírse de lo divertido que podía hacer parecer el mundo.

—Bueno, Flaco, tío, tiés que hacerlo aquí o, si no, a lo mejó no lo vas a catá nunca. Te lo digo yo, que Bill te va a conseguí alguna cosita joven. Que nos vamos a morí tós, ya te digo.

Me reí. Algunos de los otros tipos se rieron. Podía morir cualquiera menos nosotros. Orlando Cepeda se rió. Desde nuestra tienda podíamos oír música que venía flotando desde Hee Ho sobre la hierba alta. La música era de Smokey Robinson and The Miracles. De vez en cuando Bill lanzaba la cabeza hacia atrás y cantaba a voz en grito haciendo el acompañamiento. Nos reímos. Fuera hacía un calor insoportable y sacudimos la tienda para dejar escapar una brisa que era en realidad más caliente que el aire que no se movía. Incluso en el calor, Bill saltaba y bailaba con el ritmo de fondo. El sudor apareció y se hizo gotas, y se abrió paso a través de su camiseta color aceituna.

—Nos tenemos que mové, nos tenemos que mové, nena. Bill os va a agenciá a tós cositas ricas —Bill se deslizaba por el suelo de contrachapado con una chica imaginaria que casi podíamos ver y a la que él sonreía con ternura—. Ahora estás con Bill, nena. Eso es. Ahhh, mira qué guapa estás. Estás mu bien. La chica bonita de Bill.

La música se detuvo y Bill se volvió a tumbar, sudando, en el camastro. Yo estaba escribiendo a mi familia, sólo que no tenía nada que decir. Sabía que estaban preocupados y eso me molestaba. Así que seguí escribiendo prácticamente lo mismo. Que estaba bien. Que estaba a salvo. Que esta selva era muy interesante.

Solíamos patrullar por el perímetro de la zona cada tres días aproximadamente. Salíamos durante unas tres horas. La mayoría del tiempo nos quedábamos en la tienda o jugábamos al *softball*. Por la noche íbamos todos caminando hasta Hee Ho. Allí es donde me bebí las primeras cervezas y mi primer vodka, sólo que nunca me supieron perfectos hasta después de que Bethany se hubiera ido y descubriera las galletas saladas y el zumo de naranja fresco. El pueblo estaba lleno de bares. Todos nuestros suboficiales tenían una zona en un bar o en otro, de modo que eran prácticamente lo mismo, excepto el Sandy Beach y el East St. Louis. El Sandy Beach era un bar donde todas las mujeres vietnamitas eran hombres. Un montón de soldados iba allí. Bill y yo nunca fuimos.

—Es asunto suyo —decía Bill—, es asunto suyo, eso es tó. Pero por Diosss. Tío. La hostia.

El East St. Louis era un bar de negros. Había un cartel en el exterior, dos carteles en realidad, y los dos decían NO SE PERMITE LA ENTRADA A LOS BLANCOS. Si estaba con Bill, lo que sucedía habitualmente, le esperaba fuera y él entraba.

—Tengo que vé a mis colegas.

—Ah, claro.

—Ya sabes.

—Claro.

—Pa' vé qué 'stá pasando.

—Claro.

—Ajá.

Una noche, recuerdo que hacía fresco, Bill y yo fuimos a un bar y estábamos bebiendo algo de pie en un rincón, porque el sitio estaba atestado y no había ningún asiento. Yo estaba un poco mareado.

—Te 'stás ladeando —se rió Bill.

—No sé —me reí.

—Eres un jodío borracho.

Se acercó una chica muy pequeña y acarició a Bill restregando la nariz contra él. Tendría quizá unos dieciocho o veinte años, pero era tan pequeña que la cara no iba con el resto del cuerpo.

—¿Cómo 'stás, nena? Smith, tío, ésta es Faye. ¿A que se paece a Faye Dunaway?

Miró hacia mí y sonrió. No podía decir a quién se parecía. Le devolví la sonrisa. Puse una cara estúpida y a ella le entró una risita tonta.

—Hola, Faye —dije.

—Éste 's mi colega'l Flaco.

—Hola, mi colega'l Flaco —dijo ella imitando a Bill.

—Faye va a vení a América un día. Será actriz.

—Qué bien.

—Va a sé una gran estrella.

—Es estupendo.

222

—A San Diego —dijo Faye.

—No he estado nunca —dije a lo tonto.

—San Diego —repitió ella.

Bill deslizó la mano sobre el hombro de ella y le dio un achuchón.

—Bueno, Faye, ¿no quiés desvirgá al Flaco?

—Ah, sí, claro —me sonrió Faye—. Triquitriqui. Vamos.

Me agarró del brazo y empezó a tirar de mí hacia la puerta. Miré a Bill y supe que mi gesto era ridículo porque él se reía y movía la cabeza. Fuera había unos bidones de petróleo apilados en dos alturas que formaban un laberinto de pequeñas habitaciones. Cada habitación estaba cubierta con lonas o con hules. Se podía oír a otra gente en otras habitaciones, sus voces y los ruidos que hacían se amplificaban en las paredes de metal hueco. Una cámara de eco donde los sonidos privados rebotaban en los bidones. El suelo era de tierra apisonada, pero había sacos de dormir esparcidos por allí. Faye se sacó por la cabeza el pequeño vestido marrón que llevaba y se quedó desnuda, sólo con unas zapatillas de deporte.

—Es una… una… habitación interesante —dije.

—Conejo —dijo, señalándose a sí misma.

—Es muy… bonita…, no tenemos…

Faye me desabrochó el cinturón y tiró de mis pantalones hacia abajo de un solo movimiento. Me bajó los calzoncillos. Mi pene se estaba encogiendo. No era culpa de Faye. Estaba realmente metiéndose dentro de mí. Tenía miedo de que desapareciera.

—¿Dónde ir polla? —preguntó preocupada.

—Bueno, yo nunca…

Faye me cogió las manos y las puso sobre sus pechos.

—Tetas —dijo.

Bueno, ¿saben lo que está más claro de ese momento? ¿De esa primera vez? ¿Tan claro que puedo recordarlo exactamente? Los pezones. Cambiaron y pasaron de ser marrones, grandes y lisos hasta ponerse como unas pequeñas gomas de borrar puntiagudas. Fue maravilloso sentir cómo cambiaban bajo mis manos.

—Ahhhhh —dijo—, señor Polla volver.

Y bien, fue estúpido y sólo duró alrededor de un minuto y después, cuando le pagué, tenía esa mirada de asco o algo por el estilo por haber estado conmigo, de odio también. Pero aún puedo verlo con claridad. Faye Dunaway y yo debajo de los barriles de petróleo.

En la cadena de montaje de Goddard hay una chica que trabaja en el control de calidad de los ojos de los muñecos. Se parece a Faye. Es pequeña también y su pelo es el mismo, pero habla un inglés perfecto y podría ser japonesa. No lo sé. Lo que sí sé es que la he visto trabajar y charlar con sus amigos y reírse a carcajadas cuando algún tipo cuenta un chiste, y desearía que me hubieran pegado un tiro antes de utilizar a una chica que se parecía a ella. La forma en que lo hicimos. En que lo hice. Con lo que significaba el dinero.

No sé.

29

Nunca había oído hablar de Lovella Loveland, lo que no era de extrañar, porque *Iggy* era el primer libro que había leído en años. Pero sus libros se exhibían en un estante giratorio de una pequeña tienda de comestibles en el límite entre Ohio e Indiana. Había escrito un montón. Conté cuarenta títulos. *Savage and Silk*, *Señor Sundown*, *Orbs and Opus*. Y así. Cada cubierta llevaba el dibujo de una mujer hermosa, los pechos turgentes abriéndose paso y empujando para escapar de la tela de la camisa, y de pie, junto a ella, había un hombre, un tipo de hombre fuerte, vigoroso. En la imagen era evidente que la mujer iba a estar bien. La cubierta de un libro en particular llevaba una mujer medio tumbada en el suelo que mostraba gran parte del culo y una gran V de carne entre sus enormes pechos, y con la cara de Norma. Con el pelo, también. Se llamaba *The Incidental Iconoclast* y, en serio, la chica se parecía a Norma, hasta en la cara esa desafiante que pone. Yo no me parecía al Iconoclasta o como se diga, que estaba a su lado mirándola desde arriba, pero lo puse con los plátanos y las uvas y el agua y lo compré.

El sol salió después de cuatro días y cuatro noches enteros de lluvia, así que tuve cuidado de echarme una buena capa de protector solar y de ponerme la gorra. La ropa también parecía que había dado de sí, con toda la humedad del aire, porque me quedaba demasiado grande y los pantalones cortos tan elegantes del padre Benny se me caían al andar.

Ese día pedaleé sin dificultades sobre terreno llano. Hice un verdadero progreso, y por primera vez no paré a la hora de la comida. Me tomé los plátanos y el agua mientras iba en la bicicleta. Comí unas galletas saladas. Canté algunas canciones que recordaba de Yawgoog, el campamento de los boy scouts. Hablaba conmigo mismo. Vi a Bethany debajo de un árbol enorme y sobre un remolque para transportar caballos. La vi sobre el agua de una pequeña laguna y en la forma de una nube.

—Garfio está aquí —decía yo—, Garfio está llegando.

Y decía esas cosas sin tristeza, porque no me sentía triste con las poses que ella me mostraba y las prolongadas sonrisas que me lanzaba.

Entre Hartford y Dillsboro, Indiana, reduje la velocidad y paré. Se estaba haciendo de noche y ni me había dado cuenta. Fue el mejor día en bicicleta que había pasado hasta entonces. Pensé en Norma y pensé que ojalá la hubiera llamado antes, porque no había ningún teléfono por allí, sólo un enorme campo de girasoles. Todas las flores miraban al sol poniente. Todas las filas de flores se ondulaban con una cálida brisa. No había dormido nunca en un campo de flores y dije en alto:

—Garfio es un hombre de suerte.

Ahí fue cuando la camioneta de Carl Greenleaf me golpeó por detrás.

30

Bill Butler era la única persona, además de mi familia, los doctores y Norma, a quien le había hablado de Bethany. Mi tía Paula lo sabía, por supuesto, y tío Conde y Bea y el cura de nuestra parroquia, la iglesia Episcopal de la Gracia, pero nunca hablé con ellos sobre Bethany. Quiero decir que no es que estuviera avergonzado, pero no podía dar explicaciones, y, aunque hubiera podido darlas, probablemente habrían sonado como algún tipo de disculpa o algo por el estilo. Y yo no tenía que disculparme por mi hermana.

Bill no recibía nunca mucho correo, así que un día, mientras yo estaba leyendo una carta de mi hermana, una de las pocas que ella me envió, se sentó a mi lado.

—¿Buenas noticias?

—Es de mi hermana.

—¿Bien?

—Supongo.

—¿Guapa?

—Mucho.

—¿Qué dice?

Llovía fuera de nuestra tienda y recordé que la sensación era muy parecida a la del campamento de los boy scouts. Eso era la guerra para mí. No lo entendía.

No sabía. Se formaban pequeños charcos de lodo en la base Alpha y corrían riachuelos bajo el suelo de contrachapado.

—Mi hermana escribe un poco raro.

—¿Qué?

Bill encendió un cigarrillo y me dio a mí otro. Marlboro. Marlboro Country. Di una calada y volví a mirar la carta.

—Bueno, Bethany, mi hermana, dice que sabe un montón de secretos, y uno de ellos es que, cuando su voz le dice que se arañe y que se clave las uñas en la cara o que se arranque el pelo, es una etapa que tiene que pasar para llegar a ser una Bethany mejor. También sabe dónde vive Dios y algunas veces, en la iglesia, sabe que podría flotar por allí si quisiera, pero no quiere asustar a nadie —Bill asintió con la cabeza y aspiró el humo—. Dice que mis padres son buenos, pero que mi padre está siempre mirándola y que un día puede que coja un cuchillo de carne y se corte la cabeza. Dice que así dejará de mirarla. También cree que voy a morir aquí.

Bill aspiró el humo de nuevo.

—Yo tengo dos hermanas. Está Tanya y está Dorothy. Tanya es negra y Dorothy es marrón. Del mismo padre, además. Tanya tiene un buen pico, lo que pué largá. Raca, raca, raca. Dorothy como un ratón.

—¿Guapas?

—Tanya vaya. Dorothy un coco, pero simpática.

—Eso también es bueno —dije. Nos terminamos los cigarrillos en silencio, treinta segundos de aliento ahumado. Seguía lloviendo. Bill sacó otros dos Marlboros y me dio uno.

—¿Loca, entonces?

Fuera de la portezuela de la tienda de campaña, al otro lado de la pasarela de malla de goma que nos conectaba a todos, vestida con un traje de fiesta blanco, estaba Bethany en su pose. Era una de las primeras veces que la había visto con claridad. Estaba de pie en la lluvia, pero estaba seca. Su sonrisa, su pelo, sus ojos reflejaban el sol cuando no había sol.

—Sí —dije.

Bill movió la cabeza y no dijo nada más. Después de un rato se levantó y se tumbó en la cama. Yo seguí simplemente mirando la lluvia hasta que Bethany se fue.

31

Vino hasta el borde del guardabarros delantero y se quedó de pie, con ambas manos en el capó, mirándome a mí. A mi bicicleta. Estaba llorando.

—Ay —dijo—. Ay, no.

Yo estaba sentado con las piernas hacia fuera y estoy seguro de que tenía en la cara la expresión más tonta que el hombre había visto jamás. Me tambaleé de lado a lado.

—Raleigh —dije.

—No puedo alcanzarla —dijo—. Si la alcanzara, no podría levantarla.

Algunos pájaros se arremolinaron sobre nosotros y pude ver, quizá, neblina en otro campo, en forma de nube. Estuvimos en silencio. Podía sentir sangre en las manos, que me sostenían sentado.

—Bici —dije por fin.

Miró un poco más allá de donde estaba yo, a las piezas de mi niñez granate.

—Se acabó la bici. ¿Va usted a morirse?

Bill Butler me había preguntado lo mismo cuando me dispararon. Estaba bastante seguro de que iba a hacerlo, pero no lo hice.

—No.

—¿Puede entrar en mi coche?

—¿Puedo entrar en su coche?

Los dos esperamos y él se acercó, lentamente. Unos largos brazos de finos huesos se apoyaban sin gracia contra el coche. Llevaba unos vaqueros holgados y una sudadera gris que le cubría como una tienda de campaña. El pelo castaño, largo y fino, se sujetaba pegajoso en las orejas, y en los lugares de su tez lechosa no cubiertos por la barba vi manchas grandes, cuadradas y rojas que parecían listas para dejar salir chorros de sangre. Esto es lo que pensé mientras nos mirábamos uno a otro: pensé en lo raro que era que el lago de Maine tuviera corrientes frías y calientes. Mamá contando de dos en dos cuando yo aguantaba la respiración y me aferraba a las rocas por debajo del agua. Pensé en una roca enorme que estaba sólo a unos centímetros de la superficie y papá y Bethany y yo íbamos nadando con boyas amarillas y las atábamos fuerte a la parte inferior de la roca, para que las lanchas motoras no se chocaran con ella. La canoa roja. Las mamás patas mostrando orgullosas sus patitos, pidiendo comida en la brisa de la tarde de finales del verano.

Su llanto me trajo de vuelta desde Maine.

—Lo siento mucho —dijo, apoyándose todavía en el capó de la camioneta. Era azul. No, era verde. Era una camioneta verde—. Tiene que subir a mi camioneta. No creo que pueda soltarme. Estoy enfermo. Estoy muy enfermo.

—Sí que parece enfermo —dije—. Mi Raleigh…

—No queda nada de la bici.

Mi bicicleta, mis plátanos. Esa agua mineral clara, tan buena, en esas estupendas botellas de plástico transparente.

231

—Tiene que subirse a mi camioneta.

—¿A la camioneta verde?

—Sí.

El sol completamente rojo, una bola roja con un cerco amarillo, estaba suspendido a unos centímetros por encima de los altos girasoles.

—Suba a mi camioneta apoyándose con las manos y las rodillas.

Levanté las manos hacia él y hacia la esquina de la camioneta.

—Sangre —dije.

—Ay, Dios mío —sollozó—, con las manos y las rodillas, con las manos y las rodillas.

Rodé sobre mis manos y rodillas y me volví hacia el camión como un sabueso.

—Venga, vamos. Venga, ahora. Puede hacerlo.

Pude hacerlo. No sentía ningún dolor. Recordaba haber volado, pero no el aterrizaje. Manos y rodillas. Manos y rodillas. Mis manazas dejaron huellas ensangrentadas. Algunos coches disminuyeron la marcha, pero no se detuvieron. Él se fue empujando a sí mismo, arrastrando los pies de uno en uno, con las manos sobre el metal, hasta el lado del pasajero y abrió la puerta.

—Por Dios —dio un grito ahogado, con gran agotamiento.

Entré a gatas en la cabina de la camioneta, me tumbé en mi lado y luego me incorporé hasta la posición de sentado. Él cerró la puerta. Durante el tiempo que tardó en recorrer el camino alrededor del capó hasta el lado del conductor, el sol se había metido por completo. Se impulsó hacia el interior y nos alejamos de mi Raleigh.

—Hospital Clarion Mercy —dijo.

Cinco minutos después añadió:

—Los menonitas administran el hospital Clarion Mercy. Algunas veces voy allí.

Puse las manos en el salpicadero. Me sostuve de ese modo. Mientras puedas sentarte, no te vas a morir.

—Pechos —dije como sin darle importancia—. Tetitas, dijo ella, pero después se señaló el coño. Y cuánto lo sentí, claro, qué avergonzado estaba. Una pica.

El hombre enfermo y flaco pisó el acelerador.

Paramos en la zona semicircular para vehículos que había a la entrada de la sala de urgencias. Salió de la camioneta y se acercó, a cámara lenta, al lado del pasajero.

—Ya voy —dijo jadeando—, no se preocupe.

Acababa de agarrar la manilla de la puerta cuando dos trabajadores uniformados del centro médico, un hombre negro y una enorme mujer de naranja y verde, le sentaron con cuidado en una silla de ruedas.

Él trataba de hablar, pero la mujer hizo girar la silla de ruedas y empezó a empujarle subiendo una rampa hasta las puertas dobles.

—Le haremos sentir cómodo —me hizo un gesto con la cabeza el hombre negro, para tranquilizarme.

Le devolví el mismo gesto.

Los vi desaparecer a través de las puertas azul claro. Me eché una ojeada a mí mismo. Tenía los ojos fríos y podía sentir que la sangre que tenía en el brazo y en la espalda se estaba resecando. Respiré profundamente y me quedé dormido.

Pensé en Faye Dunaway y soñé que Norma nos miraba en los bidones.

—Lo siento, Norma —dije al abrir los ojos.

—Oiga, tiene que mover esto. No puede bloquear esta entrada —recorrí el espacio con la mirada hasta que encontré al auxiliar negro que estaba apoyándose en la ventana del conductor—. Tiene que mover esto.

Me deslicé al otro lado, encendí el motor y di la vuelta hasta el aparcamiento B. No vi el aparcamiento A.

No tenía ni idea de cuánto tiempo había estado dormido. No mucho, supongo, pero había salido la luna y brillaban tres cuartas partes, como brillan en el campo. Salí de la camioneta y fui andando hasta la sala de urgencias. No había nadie en el mostrador de admisión, así que me fui al baño de caballeros. Tenía dolor de cabeza y me dolían los huevos. Me saqué la camisa por la cabeza. La sangre que tenía por el brazo era de un corte justo debajo de la parte de atrás del cuello. Mojé una toalla de papel, dos toallas, y me lo lavé. Me lavé los brazos. La sangre reseca estaba negruzca. Tenía el culo bastante cortado, cortes pequeños, pero mi ropa interior estaba empapada de sangre. La tiré a la basura y me lavé con más toallas. Me puse otra vez los pantalones cortos sin calzoncillos. Me lavé las partes rojinegras de las piernas. Le di la vuelta a la camiseta azul que llevaba puesta, pero estaba estropeada también, así que la tiré. Salí del baño de caballeros en pantalones cortos y playeras. Me gusta la ropa interior. No me siento muy bien sin esa sujeción, y los pantalones cortos marrones oscuros, incluso con el cordón apretado, parecía que se me iban a caer de un momento a otro.

Había unas cuantas personas en la sala de espera. Una niña pequeña llorando, un señor viejo con el brazo en un cabestrillo hecho con lo que parecía un pañuelo realmente usado y un chico joven negro que le sujetaba la cabeza. Todavía no había nadie en el mostrador de admisión. Fui a una de las salas de revisión, pero allí tampoco había nadie. Todos los botiquines de la sala habían sido marcados con enormes letreros rojos. CORAZÓN. TRAUMA. HERIDAS. Abrí HERIDAS, cogí un poco de crema blanca etiquetada ANTIBACTERIAS y me la eché en el corte de la espalda, en los cortes de los brazos y del culo; luego los cubrí con unas tiritas enormes. También encontré algunas aspirinas. Me tomé cuatro, luego me puse una larga camisola de papel verde y fui otra vez a admisiones.

La inmensa trabajadora de urgencias con el uniforme verde y naranja pasaba por allí. Me reconoció de la camioneta. Enlazó su musculoso brazo con el mío y caminé con ella por el corredor azul.

—Carl está en la número seis. Lo que hemos hecho es ponerle fluidos, azúcar y agua. Una inyección de B-1, por si sirve de algo. Carl tiene que ser más consciente de las infecciones secundarias. No se ha tomado el AZT. ¿Sabe?, no es justo que Carl lo tenga y no se lo tome. Hay gente por todo el mundo que está esperándolo.

Entramos en la número seis. Ahí era donde se había ido todo el mundo. Había una doctora con una coleta de color castaño y gafas con montura de concha, y un doctor alto con una coleta gris. Cuatro enfermeras se agolpaban junto a la camilla metálica donde estaba echado Carl. Una de ellas me dio una mascarilla.

—¡Carl!, por Dios —gritó el doctor.

—Mire —me dijo la doctora—: Tenemos para una media hora más aquí, luego se puede ir a casa, pero tengo que hablar con los dos. Quédese en la sala de espera.

La mujer grandota me sacó suavemente de la habitación de Carl y me empujó a la zona de espera. Me senté en la esquina de una silla roja de plástico moldeado y me quedé dormido. Empecé a soñar un bonito sueño con Norma, pero no llegó a ninguna parte, porque un niño pequeño con un tajo sobre la nariz me metió el pulgar en la oreja.

—¡Jarrod, saca ese maldito dedito gordo de ahí! —gritó una señora mayor.

—Oreja —dijo él.

—¡Jarrod!

Yo no sabía qué decir. No quería meter a Jarrod en líos y no quería que la señora se pusiera tan enfadada.

—Huevos —dije razonablemente—. Mientras no me dé un golpe en los huevos. Me duelen.

Sonreí. Me sentía estúpido, pero, por otra parte, como me había dicho Bill Butler, si continuaba hablando no moriría.

Pasó mucho más de media hora antes de que empujaran la silla de ruedas, con Carl en ella, por el corredor azul hasta la sala de espera. La doctora caminaba a su lado e iba hablando. Bethany flotaba al otro lado, el brazo con el puño hacia arriba, sus maravillosos ojos medio cerrados. Detrás de sus labios, los dientes diminutos. Me dejó cuando llamó la doctora.

—Un niño difícil listo para irse a casa —los huevos me dolían de verdad. Recordé que me habían golpeado y había volado. Me levanté y fui hacia Carl y la doctora—. Le espera un montón de trabajo —se rió—. Pero ahora en serio, si Carl no nos hubiera asegurado que le va a cuidar muy bien, no le habríamos dejado marchar. Nos ha hablado muy bien de usted —miré a Carl. Él apartó la vista—. Montones, pero montones de líquidos. Sopa. Zumo, refrescos, me da igual. Y proteínas. Muchísimas —la doctora me miró en silencio—: ¿Está usted bien?

—¿Que si estoy bien?

—Señor…

—Smi… thy.

—Smith.

—Ide.

—¿Ide?

—Smith Ide.

—¿Smith Ide?

—Smithy Ide. Hay una «y». Lo siento.

—¿Está usted bien? Parece…

Carl me miró. Yo sabía que tenía que hablar. Hablar o morir.

—Me duelen los huevos. Eso es todo. Son sólo…, bueno…, ya sabe…, huevos que duelen. He tenido los huevos malos…, antes…, antes se me pusieron, sabe… Los huevos se te ponen como un huevo de avestruz, y aunque les entre el aire… es…, vamos…, ya sabe.

Me miró, hizo una pausa y le habló a Carl.

—¿Dónde está Renny?

—Renny tuvo que volver a Nueva York.

—¿Así, de repente?

—La Gran Manzana. Lo mejor de lo mejor.

—Dios.

—Ésta es la forma en que se acaba el mundo.

Miró hacia mí otra vez, luego miró de nuevo a Carl.

—Tengo que admitirlo, Carl. Ha llegado la hora, querido.

Probablemente necesitó usar casi toda su fuerza, pero Carl se alejó con la silla de ruedas.

—No. Aquí no. En un hospital, no. Ya tengo bastante miedo.

La doctora se acercó y le rodeó con sus brazos.

—Está bien, cariño, está bien. Estoy aquí, ya sabes.

—Lo sé.

Se quedó de pie, erguida, y se volvió para mirarme.

—Será mejor que tenga cuidado, señor…

—Ide —dijo Carl.

—Muy bien —dijo.

Acerqué la camioneta, pero no fue fácil. Tropecé al ir hacia el lado del conductor, me caí por completo sobre el pavimento y no podía ponerme otra vez de pie. Al final fui a gatas hasta que pude colocarme. La mujer grandota y el hombre negro sentaron a Carl con cuidado en el lado del pasajero y arranqué bajo la luna de Indiana.

—Gira aquí a la izquierda…, a la derecha aquí. Tenemos que seguir por aquí unos quince kilómetros. Vivo en Providence.

Giré a la izquierda y a la derecha.

—Yo soy de East Providence, Rhode Island.

Roger Williams pensó en toda su buena suerte cuando puso el nombre al río Providence y a la pequeña ciudad sobre él. Pensaba que si me concentraba y hablaba estaría bien.

—Roger Williams puso el nombre a Providence…, Rhode Island.

—Ya casi llegamos. Hay un buzón muy grande… allí…, ahora gira y métete por el camino.

Las luces de los faros pasaron a través de unos árboles a un gran campo de flores. Cruzando la carretera, del otro lado de las flores, había un invernadero en un cobertizo prefabricado. Una casa de madera nueva, una de esas bonitas construcciones, se alzaba en tres niveles junto al invernadero. Parecía como la portada de un folleto. El tejado de metal rojo quedaba bonito sobre los troncos que se estaban poniendo amarillentos.

—Aquí.

Aparqué la camioneta junto a las escaleras del porche.

Carl miró la propiedad. No se movía.

—¿Podrías entrar en el invernadero? Si sientes más bien calor y humedad, eso es bueno. Si sientes frío o demasiado calor, te diré lo que tienes que hacer.

Bajé al suelo con cuidado. Podía sentir los pies. Me estaba poniendo mejor. El invernadero me dio la sensación cálida y pegajosa en la piel que él decía, así que fui al lado del pasajero haciendo un gesto de aprobación y abrí la puerta.

—Templado —dije—. Húmedo.

Me concentraba en no dejar escapar la sensación de sentir los pies debajo de mí. Carl estaba concentrado también. Me puso las dos manos sobre los hombros y anduvo a pasitos, lentamente, detrás. Los dos subimos las escaleras, la verja se convirtió en un salvavidas. Carl tocó a tientas la cerradura, metió la llave en ella, pero no podía hacerla girar. Yo la giré y entré. Él alargó la mano pasando el marco de la puerta y encendió las luces.

En la casa de Carl no había entrada, sólo una gigante habitación abierta en tres plantas y, al fondo de la habitación, una escalera de caracol de hierro que llevaba a un rellano del que salía otra escalera a otro rellano. La habitación era de roble y pino con un barniz transparente, y olía mejor que ninguna otra habitación en la que yo hubiera estado jamás, a virutas de madera fresca o a cedro nuevo. Había una gran lámpara de cristal de muchos colores diferentes colgada sobre un grupo de sillones dispuestos en un cuadrado. Una mesa baja de madera tosca que parecía nueva, y que era tal vez de roble o de pino, estaba justamente en el centro. Todo el lado izquierdo de la casa consistía en una chimenea con calentador.

Miré a Carl y él la estaba admirando también. Me di cuenta entonces de que Carl no era un hombre mayor, aunque se movía como un viejo. Tenía la piel de la cara pegada, pero no tenía arrugas. Sus labios estaban secos. Tenía los ojos verdes, tan verdes que el pelo castaño claro parecía también un poco verdoso.

—Yo mismo construí esto.

Miré hacia él como un tonto y dije de forma tonta:

—Construiste esto tú mismo.

—Renny Kurtz y yo. Lo diseñamos. Lo construimos. Le pusimos escaleras. Lo amueblamos. Vivimos. Dieciséis años.

—Huele de maravilla —dije—, y es precioso.

—Me mudé abajo hace dos semanas. Hace dos semanas supe que no sería capaz de subir las escaleras. Eso es —arrastró los pies hacia una cama que estaba en la esquina donde dos estanterías enormes, llenas de libros, se conectaban—. El baño está detrás de la estantería.

Tiró ligeramente de la estantería y se abrió. Entró y cerró la estantería. Fui al grupo de sillones y me senté.

Me senté durante una hora aproximadamente, luego volví a la estantería y pregunté a los libros:

—¿Estás bien?

—Estoy bien. Diarrea.

Me senté otra vez y unos quince o veinte minutos después, Carl entró en la habitación.

Llevaba un pijama rojo de cuadros que era, por supuesto, demasiado grande. Me levanté y me quedé de pie junto a la cama como un criado. Me quedé así, quiero decir, vamos, no es que fuera nada malo. Tiré hacia atrás de la ropa de la cama, que estaba echada por encima de cualquier manera, y se sentó y luego se tumbó en la cama.

—Sólo la sábana —dijo tranquilamente.

Tiré de las dos mantas completamente hacia abajo y le cubrí con la sábana.

—¿Podrías traerme un poco de agua? La cocina está ahí.

La cocina estaba abierta, separada por azulejos de color melocotón. Pensé en lo mucho que le hubiera gustado a mamá la cocina. Una mesa grande de madera maciza con cuchillos a un lado y taburetes de roble alrededor de ella, y una cocina de gas con grill justo en el centro de la habitación. Busqué un vaso y lo llené de agua del grifo.

Carl se incorporó y cogió el agua. Dio un pequeño sorbo y luego puso el vaso en la mesilla de noche. Cogió un poco de vaselina y se la extendió por los labios.

—Todas las cosas, todas las cosas, y todavía lo que más odio son los labios secos, los labios secos y agrietados.

Se tumbó otra vez, su cabeza huesuda se hundía casi por completo y desaparecía en una almohada de plumas azul.

—Yo lo construí —dijo, yéndose por las ramas.

—Huele de maravilla —dije como un estúpido.

Le observé hasta que supe que se había dormido, luego encendí una lámpara sobre una mesita y apagué la de cristal del techo. Fui al baño, hice pis y me miré los cortes. Fui a la cocina y di un buen trago de agua. Me di cuenta de que probablemente debería haber tenido hambre, pero supongo que el accidente y volar por los aires me habían quitado por completo el apetito ese día. Sólo quería dormir. Sonó el teléfono y lo cogí al lado del frigorífico.

—Casa de Carl —dije.

Una voz de mujer. Cortante. Impaciente.

—¿Dónde está?

—Está durmiendo.

—¿Se ha tomado la medicina?

—Estuvo en el cuarto de baño durante mucho tiempo.

—Tiene que tomarse la medicina mañana y era en serio lo que dije sobre los líquidos y las proteínas.

—Yo escuché en serio.

Lo había hecho de nuevo, de ese modo estúpido en que lo hago. Había repetido las palabras que decía ella. No lo hago nunca a propósito, pero me pasa.

—Mire…, eh…, como se llame.

—Smithy Ide.

—Mire, vamos a dejar las cosas claras, ¿de acuerdo? Usted es una especie de vagabundo, ¿verdad? Lo siento si suena falto de sensibilidad, pero la verdad es que, a fin de cuentas, mala suerte, se jode. Soy la doctora de Carl y no voy a dejar que un cerdo hijo de puta le robe por la cara a ese pobre hombre. ¿Lo entiende? Ahora tiene un tratamiento en el hospital y voy a ir mañana y métase esto en la cabeza, señor Smith o como coño se llame, si él no está cómodo, cargado de líquidos y de proteínas, le voy a meter un palo que le voy a hacer otro agujero en el culo, ¿entendido?

—Sí, señora —dije. Y colgó.

32

Bueno, pues hice pis en el agua pantanosa. Lo que fue estúpido, en realidad, no fue la meada en sí misma, porque ¿quién iba a saber que todos los bichos de la ciénaga se iban a quedar callados y que los fusiles empezarían a dispararse? Hay que ser adivino para saber eso con antelación. No, lo que fue increíblemente estúpido fue que no puse el suficiente cuidado. Sucedió en el duodécimo mes y sólo había que estar durante trece meses. Cuando eres un «bisa», eso significa que no tienes que quedarte mucho tiempo, así que cuanto más próxima está tu vuelta a casa, más cuidado se supone que debes tener. Si no lo he explicado bien es culpa mía, pero es totalmente cierto.

Como ya dije, a ese buen muchacho, Orlando Cepeda, que estaba detrás de mí cuando hacía pis, le mataron de un tiro. Una bala limpia. Y sólo una herida pequeña, además, eso era lo raro. Limpia. Clara. A mí, en cambio, me dieron un millón de veces, grandes desgarrones, heridas sucias y todo eso, pero supongo que tuve suerte. De hecho, estoy bastante seguro de que sólo la suerte puede explicarlo. Y Bill Butler. Pero también fue buena suerte que él estuviera allí. Miró a Orlando Cepeda y bufó, luego me exprimió mi dosis de morfina en el brazo izquierdo, la dosis de morfina de Orlando en el brazo derecho y su propia dosis en la tripa. Observé cómo lo hacía. Me observé a mí mismo. Vi a Bethany por encima de la ciénaga.

—Garfio está aquí —dije, desvariando.

—¿Te vas a morir? —preguntó Bill.

—No lo sé.

—Vale.

—Garfio está aquí.

No recuerdo nada más, excepto que Bethany flotaba por arriba, a la altura de los árboles. Estaba vestida de sport, con una de sus faldas escocesas, y parecía como todos los anuncios de Sears del mundo. Joven y feliz en una postura silenciosa, con el brazo en alto, flotando por encima.

Luego estaba en Japón. No recuerdo nada más. Me desperté en Japón siete semanas después. Y parecía que había pasado de Bethany por los árboles al hospital de Estados Unidos en las afueras de Tokio en un minuto. Sin sueños. Tenía un tubo para respirar y otro para hacer pis. Recordé la meada. Recordé a Orlando Cepeda.

Me sentía mal en el hospital. Sentía mucha lástima de mí mismo, y cuando me enteré de que todos los demás me tenían lástima y no se iban a enfadar conmigo hiciera lo que hiciera, empecé a decir cosas crueles y a hacer cosas crueles.

Decía:

«Odio esta puta comida.»

«Me he meado encima y ha sido culpa vuestra.»

«Eres un cerdo de doctor.»

«Odio este puto hospital.»

Volqué la cuña a propósito… dos veces. Le hice un corte de mangas al capellán católico, un capellán simpático, con pelo blanco y uniforme, que no se lo merecía en absoluto.

Así que era desagradable, pero eso me hacía salir de mí mismo durante un rato. Norma dice que me escribió todos los días, pero yo no lo recuerdo. Me llegaron algunas cartas de ella, pero no las recuerdo. Naturalmente, ahora desearía tenerlas para poder leerlas una y otra vez en los campos y en los demás lugares.

Después de otras seis semanas, me pusieron en una silla de ruedas y nos transportaron por avión a unos doscientos de nosotros al hospital del ejército Fitzsimmons, en Denver. Antes de salir hacia el aeropuerto, miré por la ventanilla del autobús el hospital de Tokio y vi al capellán. Llevaba el uniforme de camuflaje y una Biblia. Parecía exhausto. Supongo que es realmente un trabajo insufrible. Él también me vio. Me hizo un corte de mangas.

33

Por la mañana podía oír la lluvia que caía con fuerza sobre el tejado de metal rojo. Me di la vuelta sobre la espalda, pero el corte por encima de los omoplatos me obligó a ponerme otra vez de lado. Me había quedado dormido en uno de los sillones del centro de la habitación grande y de alguna manera me había caído al suelo, donde había pasado la noche. Miré al rincón de la estantería. Carl estaba todavía dormido, o por lo menos asombrosamente quieto.

Fuera era de día y un poco de esa luz grisácea me daba en la cabeza desde una gran ventana saliente. Cuando me estaba despertando, y era difícil porque dormí todo seguido y ni siquiera soñé, pude sentir un dolor que me daba pinchazos por todas partes, como si tuviera un montón de alfileres diminutos. Las manos y los brazos estaban negros y azules. Me miré el pecho y el estómago y el resto del cuerpo, torcido, hinchado y descolorido. Con la ayuda de los sillones me puse en pie, como si estuviera en equilibrio sobre un balón. Fui moviéndome como por una cuerda floja para ir al baño, donde llené la bañera de agua muy caliente y me sumergí hasta que al menos desaparecieron los pequeños alfileres. Mis pantalones cortos tenían un gran agujero en la parte del muslo y el talón de las zapatillas de deporte del padre Benny estaba totalmente arrancado. Me puse la ropa y la camisa de papel. Me tomé cuatro aspirinas más.

Cuando empujé y abrí las estanterías y salí del cuarto de baño, Carl estaba sentado en la cama. Se había cepillado el pelo sudoroso hacia atrás con un cepillo de su mesilla de noche. A pesar de su enfermedad parecía joven, casi un niño. Me dio vergüenza de estar con la camisa de papel verde.

—Estás hecho un guiñapo —dijo con calma, empujando hacia fuera las palabras con una especie de resoplido.

—No sé.

—Pues sí. Dios mío. Mira lo que he hecho.

—No, no. Yo no debería haberme parado allí.

—Estabas en la hierba. Estabas a seis metros de la carretera —Carl levantó los brazos y los dejó caer. Sus dedos eran rosados y flacos como los de un esqueleto—. Estaba ido en el hospital.

—Está bien.

—Estoy ido. Hasta mi médico dice que estoy ido.

Recordé algo sobre la doctora, pero no mucho. Coleta. Proteínas. Comida.

—Comida —dije.

—Mira en el frigorífico. Hay comida. Me comería algo.

Hice las cosas que sabía hacer. Sabía hacer huevos revueltos con tostadas y té y le serví un zumo de manzana.

—No puedo beber zumo de manzana —dijo Carl cuando puse la bandeja en su regazo—. Me lo bebo y realmente lo orino como zumo de manzana. Directamente. Estoy fatal.

Arrastré uno de los sillones hasta allí y comí también. Los huevos tienen un montón de proteínas, pero por alguna razón comí sólo un poco.

—Está bueno —dijo, masticando. Puso un poco de huevo en la esquina de la tostada y lo dijo otra vez—: Está bueno.

Estuvimos callados mientras comíamos. Mi familia también guardaba silencio cuando comíamos. Algunas familias hacen mucho ruido en las comidas y la comida es sólo parte del estruendo. Mi familia era callada con la comida. Respetuosa, en realidad. Casi como si nuestra comida fuera una ceremonia que acabáramos de aprender y que estuviéramos intentando hacer correctamente.

Después de un rato, Carl dejó apoyados los cubiertos y recostó la cabeza hacia atrás. Hizo un ruido como un pequeño gorgojeo y cerró los ojos.

—¿Has terminado? —pregunté.

Asintió con la cabeza lentamente y yo me llevé la bandeja a la cocina.

—Está lloviendo —dije, por decir algo.

—Ah, llueve —resopló—. Llueve y llueve.

Le llevé a Carl un vaso de agua fresca y me volví a sentar en el gran sillón que había arrastrado hasta el lado de la cama. La aspirina y los huevos estaban haciendo efecto. Me dolía menos.

Carl se tomó el agua a sorbos y luego recostó la cabeza otra vez. Cerró los ojos y se quedó muy quieto. Es la única persona que me ha recordado alguna vez las poses inmóviles de mi hermana. No se movía nada. Cuando hablaba así, con la cabeza echada hacia atrás y los ojos cerrados, el aliento de las palabras apenas movía sus labios.

—Soy el realizador de sueños —dijo hacia la habitación—. En el anuario del instituto decía: «Carl Everett Greenleaf, natación 2-3, campo a través 1-2-3, coro 1-2-3: Carl es nuestro realizador de sueños». Eso fue en el setenta y cinco. Y era verdad.

La luz grisácea se había convertido en un derroche de sol brillante que entraba a través de la ventana saliente y la pequeña tira de cristal sobre la estantería, pero la lluvia seguía golpeando extrañamente en el tejado.

—Quiero hablar en voz alta. Quiero decir cosas, pero no es justo. Casi te mato.

—Está bien.

—No tendrías por qué escuchar mis tonterías.

—Yo sé escuchar. Quizá eso es lo que hago mejor.

Carl podría haber sonreído ante eso. Giró una pizca la cabeza.

—No siento lástima de mí mismo. Eso ya es algo. Es así porque me criaron en una granja muy cerca de aquí. En la vaquería Greenleaf. Los chicos de granja no sienten lástima de sí mismos, ni siquiera los cabezas huecas, ni siquiera los tontos. Simplemente no hay tiempo. Y yo creo que somos como Dios nos ha hecho y se acabó. Mi padre también se llama Carl Everett Greenleaf. Ah, es un gran hombre. Un hombre respetado. Pero sabía quién era yo y se alejó de mí más o menos, aunque trabajábamos juntos y solía tapar las pintadas de las vallas donde otros chicos garabateaban CARL ES UNA LOCA y CARL ES UN MARICÓN. Mamá me quiere también, por supuesto. Mi hermano está enfadado conmigo. Creo que es nuestra obligación, no, es nuestra naturaleza, amar y entender a nuestras familias y ser amables y justos…, buenos con ellos. Me entristece lo de mi hermano porque solía jugar conmigo al balón en el jardín. Y solía jugar a la herradura conmigo. Y yo era su mejor amigo, y luego habló con algunas personas y dejó de hablar conmigo. Pero la verdad es que va en contra de nuestra naturaleza no querer a tu hermano haga lo que haga.

»Me gustaban las vacas. Me gustaba el proceso de las vacas. Es comercio, pero es vida. Sólo los granjeros lo saben. Pero me gustaba más el jardín. Tenía sentido. Tenía un puesto de verduras durante todo el final del verano y el otoño. Calabazas, calabacines, maíz. Berenjenas y tomates. Hierbas. Un año cultivé unos parterres de violetas africanas. Eso sí que tenía sentido. Las flores son comprensibles. Están en el ritmo del universo y los colores y texturas son un regalo. Se dan al mundo, sencillamente. En la siguiente temporada de cultivo elevé los arriates, cambié el fertilizante y planté gloxíneas, dalias, pulsatilas, prímulas y fucsias en macetas colgantes, y no exagero si digo que vendí y vendí y vendí. Una vez, por vivir la aventura, hice un acuerdo para vender en un mercado de granjeros de Nueva York. Había vendido en Indianápolis, Dayton, Columbus. Eres como un gitano, en realidad. Eres un vagabundo que va vendiendo con su gente. Granjeros. Mi gente son los granjeros. Este mercado de Nueva York estaba en Union Square y fui conduciendo catorce horas sin parar. Fue maravilloso. Dios mío. Panes y mermeladas y manzanas y sidra y de todo. Y mis peonías y crisantemos y arreglos florales de ciruela blanca. Bonitos arreglos. No especiales ni cursis, sino finos y bonitos. Hay que dejar que las flores se muestren ellas mismas. No se puede añadir nada a la grandeza de las flores, así que ni lo intentes. Eso es todo. No hay que intentarlo.

»Y vino un curioso a Union Square y el curioso resultó ser Renny Kurtz, que tenía una pequeña tienda en la Calle 28. Ése es el distrito de las flores en Nueva York. Hablamos y hablamos. Compró magdalenas y café y lo trajo a mi camioneta. Hablamos de las composiciones de flores. De tallos y pedúnculos y pétalos y capullos. Podríamos haber estado hablando de arte clásico, que es lo que era para nosotros el estado natural de las flores. Simpático. Comprensivo. Conclusiones. Compramos aquí, tan cerca de la vaquería, porque en Indiana se dan muy bien las flores. Hay ceniza en la tierra. Hay energía volcánica. Nos fue bien. Nos fue muy bien. Y había cosas que le asustaban a Renny porque no era un granjero. No era intrépido como lo somos nosotros, pero estaba bien tener miedo. Al mal tiempo. Las tormentas. Yo le decía que de ahí es de donde viene la tierra. Y es verdad. La tierra huele a hojas de hierbabuena en las tormentas. Pero mi mala suerte, mi enfermedad, le asustaron más que ninguna otra cosa y estaba avergonzado de tener miedo y al final no podía salir de su miedo. Se sentaba en el invernadero y fingía que cortaba flores, pero estaba esperando a que yo me durmiera. Y estaba bien. Yo no me enfadaba. Le escribí una nota y le hice una oferta por su parte, y un día después se marchó. Nueva York. Yo creo, yo realmente creo que la gente que se quiere no debería dejar jamás que se interpusiera nada en esa extraña emoción. Pero no estoy enfadado. Estoy triste. Estoy decepcionado.

Había dejado de llover. Unas tiras de luz del sol atravesaban la habitación por todas partes.

—Ha dejado de llover —dije.

—Es una decepción general. Una tristeza general. ¿Me podrías dar un poco de agua?

Le pasé el agua.

—Yo cultivo, es lo que quiero decir. Hundo las manos en la tierra negra y sé de qué clase es. Lo que es bueno para cada cosa. Nutrientes. Así que estoy un poco triste. Pero ¿he dicho que no estoy enfadado?

—Sí.

—Porque no lo estoy. Tengo que ir al cuarto de baño.

Ayudé a Carl a bajar las piernas al suelo. Jamás había tocado antes nada parecido. Incluso a través del grueso pijama de cuadros notaba como si tuviera un tubo de plástico en la mano. Le ayudé a ponerse en pie y le conduje a la puerta del cuarto de baño. Mientras le esperaba, le llené el vaso de agua y sacudí sus sábanas húmedas. Estuvo en el baño alrededor de una hora.

—¿Estás bien ahí?

—Estoy bien.

—Vale.

—Diarrea.

—Vale.

Carl volvió a la cama y se quedó inmediatamente dormido. Le estiré y le coloqué la ropa de la cama, luego fui a la cocina y llamé a Norma.

—¿Diga?

—Es temprano. Es demasiado temprano, ¿verdad?

—¡Smithy! ¡Smithy! ¡Smithy Ide! —chilló en el teléfono.

—¿No es demasiado temprano?

Norma lloraba con fuerza. Yo no sabía si era un llanto bueno o un llanto malo.

—Siento haberme enfadado. Siento haberme enfadado. Siento haberme enfadado.

—No te enfadaste, Norma.

—Cuando me llamaste estaba enfadada y me enfadé contigo y no me volviste a llamar. No me llamaste.

—Yo quería...

—Por favor, llámame. Ay, por favor, llámame.

—Te llamaré, Norma, y no he dejado de llamar porque estuvieras enfadada. Está bien que estés enfadada conmigo.

Estuvo callada por un momento. East Providence se detuvo y gimoteó.

—Tienes que llamarme.

—Sí. Lo sé. Te he estado llamando mentalmente.

—¿De verdad?

—Norma, lo juro por Dios. Y es bonito, es maravilloso.

—Ay, Smithy.

—Y estoy en Indiana. Providence, Indiana.

—¡No!

—¡De verdad! Nosotros somos de East Providence, Rhode Island, y aquí estoy yo en Providence, Indiana.

—Aquí está. Lo tengo. Tengo fuera el mapa.

—Providence, Indiana.

—Lo tengo. Vaya.

—Ayer hice un trayecto en bici muy bonito y adivina dónde iba a dormir. ¿A que no lo adivinas?

—En un campo.

—¿Qué clase de campo?

—Un maizal.

—Un campo de girasoles. Más girasoles de los que te puedas imaginar, y cada uno de esos preciosos girasoles miraba en la misma dirección. Iba a aparcar mi Raleigh desde la carretera y a hacer un hueco allí mismo, entre las flores para dormir, pero Carl Everett Greenleaf me dio un golpe con su camioneta y me rompió la bici.

—¡Smithy!

—Y está terriblemente enfermo y durmiendo en la otra habitación y no sé. Es que no sé.

—Espera un momento. Espera un momento. Cuéntame exactamente lo que ha pasado.

Se lo conté.

—¿Y los médicos no te miraron?

—Estaban muy ocupados. Carl está muy enfermo. Me he dado un baño caliente y me he tomado unas aspirinas.

—Te pueden hacer daño en el estómago.

—Ayer pasó por delante un autobús lleno de escolares y me saludaron. La gente es mejor de lo que pensaba.

—Algunas veces son buenos.

Nos quedamos callados otra vez, como solemos quedarnos al teléfono, sólo que esta vez era un silencio bueno, un tipo de silencio realmente esperanzador.

—¿Smithy? —dijo Norma después de un rato.

—Todavía estoy aquí, Norma.

—Lo que dije iba en serio. No me refería a ninguna otra persona. Pensaba en ti, en ti.

—Muy bien.

—Vale.

Me gustan mucho nuestros silencios, nuestras pausas, cuando son de este tipo. No soy bueno en el teléfono. Yo diría que no tengo habilidad con el teléfono. Siempre sujeto el auricular con las dos manos y apoyo el cuerpo contra algo porque estoy seguro de que en algún momento, a lo largo de la conversación, habrá malas noticias. Noticias horribles. Esta vez no tuve esa sensación.

—Tengo que irme ahora, Norma. Tengo que vigilar a Carl.

—Está muy enfermo.

—Es terrible…, pero quizá no, quizá estoy equivocado, todo lo que…

Alguien me arrebató el auricular de la mano y lo puso de un golpe sobre la encimera. Mis dos brazos parecieron volar por detrás de la espalda en un movimiento fluido y pude sentir las tiras de las esposas de plástico apretándose sobre las muñecas. Me hicieron dar la vuelta rápidamente y mirar hacia la cocina. La doctora, la doctora que estaba en el hospital, estaba de pie a unos tres metros de distancia. Un policía vestido con un uniforme verde claro estaba a mi lado levantando hacia arriba mis muñecas esposadas para hacerme sentir como si el hombro se me fuera a romper por encima de las orejas.

—Norma, estaba… —estúpido de mí.

—Cállate —ordenó el enorme policía rubio, levantándome los brazos otra vez.

—Ayyy.

—Sólo una prueba, amigo.

—Se lo advertí —dijo la doctora—, le advertí que no se aprovechara de la situación.

—¿Qué situación?

El policía me levantó los brazos tan alto que me caí de rodillas.

—Tommy, no le hagas daño.

—Esto no duele —dijo él.

—Fui al colegio con Carl —dijo ella con ira—. Carl es amigo mío desde hace veinticinco años. Si cree que voy a permitir que un borracho, que un vagabundo de mierda le deje limpio…

—Vamos, cabrón —dijo el policía dándome un tirón hasta ponerme otra vez de pie—, vas a desaparecer de aquí.

El agente me empujó hacia la puerta y la doctora entró en el dormitorio biblioteca de Carl.

Salimos al porche y cerró la puerta detrás de mí. Me dio una patada fuerte en el culo y fui dando bandazos hacia delante, perdí el equilibrio y me caí rodando por los ocho o diez escalones hasta el sendero. Carl había hecho un buen trabajo en su jardín. El césped era espeso y la variedad de árboles con un aspecto lozano era asombrosa. Al pie de las escaleras, la cara me rebotó junto a una azalea rosa y pude imaginarme, en ese momento tan inapropiado, a un Carl sano preparando la tierra de Indiana para sus plantas.

El corpulento policía tiró de mí para ponerme en pie casi con suavidad y abrió las esposas de plástico. Me estaba tambaleando un poco, y cuanto más intentaba no tambalearme, más me tambaleaba.

—Espero que haya disfrutado de Providence —dijo alegremente—. Ah, a propósito.

El puñetazo de Tommy en los riñones me dio la sensación de que me había roto en dos pedazos de sebo.

Me caí. Me oriné en los pantalones. Me levanté y traté de moverme hasta el extremo del camino. Vomité.

—Por Dios —dijo Tommy con asco.

Me caí otra vez, me levanté, me caí, me levanté. Tenía la cabeza peor que cuando me golpeó la camioneta de Carl. Podía sentir el flujo de cosas que me chocaban contra el cuello y daban vueltas hasta la parte frontal de la cabeza.

—¡Tommy, Tommy, espera, espera! ¡Es un error! ¡Hemos cometido una terrible equivocación! ¡Acabo de hablar con Carl!

Me volví mirando hacia el porche. La doctora vino al descansillo. Al verme, dejó escapar una exclamación que pude oír. Tommy parecía indiferente.

—¿Qué quieres decir con «hemos» cometido un error? Me dijiste que ahuyentara a este indeseable.

—No te dije que le pegaras.

—Así es como ahuyentamos a los indeseables y que Dios me ayude, por las tumbas de mi padre y de mi madre, que no le he puesto la mano encima.

Vomité otra vez y lo lancé hacia delante, sobre un rosal.

34

Dejé a papá tomar fotos. Yo. Yo con el uniforme. Yo con la condecoración de herido de guerra. Yo con mamá, yo con papá. Luego papá, mamá y yo con el temporizador de la cámara. Luego fuimos al porche de la parte trasera y les pregunté dónde estaba mi hermana. No es importante que sepan esto. Pero yo sabía que se había ido y tenía que preguntar, porque tenía que hacerles hablar. Sé que suena todo como si yo pensara que soy terriblemente importante, dirigir a papá y mamá, pero me siento y me sentía tan corriente como siempre. Necesitaban las lágrimas. Me senté enfrente de ellos en nuestra vieja *chaise longue* mientras mis padres lloraban.

Creo que también lloraban porque yo estaba bien. Yo era parte de ello, lo sé, porque mamá me vio con la camisa quitada antes de irme a la cama y lloró otra vez. ¿Qué le pasa a un hombre que deja que su madre le vea con todos sus agujeros nuevos? Me podía haber tirado de cabeza al pomo de la puerta. Me podía haber sacado un ojo. Me daba asco a mí mismo. Mi pobre madre. Yo. Pero en el porche lloraron lágrimas de pérdida y de liberación. Fui hacia ellos y me encorvé de algún modo para poder abrazarlos a los dos a la vez. Podía tocar a mamá y a papá. No me sentía mal tocándolos a ellos, como me pasaba con otras personas. Bethany podía tocarme también, por supuesto, porque yo la quería. La quería.

Mi padre se levantó y se limpió las lágrimas. Él no lloraba mucho.

—Se fue —dijo, mirando más allá de donde estaba yo, hacia fuera, hacia el oscuro jardín de atrás—. Cogió el dinero que había ahorrado de su trabajo en la iglesia, hizo la maleta y se fue.

—Volverá a casa pronto —dijo mamá.

—Volverá —dije yo.

Mi padre siguió mirando afuera a través de la mosquitera del porche y mamá se sentó llorando y cubriéndose con las manos. Esto fue antes de mis cervezas y mis galletas saladas.

Me quedé allí, flaco e inseguro. Yo no era un apoyo para mi familia. Ella se había ido.

—Una chica tan guapa, tan guapa, tan guapa —decía papá—. Se la podía oír cantando en su habitación y nadie creería…

Allí estábamos, en la noche de septiembre. Los bichos se daban con la mosquitera, revoloteando cerca de las luces.

—Volverá —dijo mamá.

—Claro que sí, mamá —dije.

Papá y mamá habían venido al hospital Fitzsimmons, en Denver, al poco de que me llevaran allí en avión. Bethany vino también. Creo que la época de Denver, al menos en cuanto a su aspecto, fue el mejor periodo de Bethany. Los tipos de mi sala no podían dejar de mirar. Yo estaba muy orgulloso de ella. Llevaba una falda escocesa diferente cada vez que me visitaba.

Me sentía muy mal por papá y mamá. Me sentía horriblemente mal. Realmente estúpido. Encima de la voz de Bethany tenía que ir yo y hacer pis en aquella ciénaga y conseguir que me masacraran así. Luego a un chico realmente guapo que tenía al lado, que había sido herido en el pecho también, y que parecía muchísimo más saludable que yo, se le corrieron las balas cerca del corazón o algo así y se murió con un gran quejido, y con papá y mamá justo allí delante. Era lo que les faltaba.

Me quedé en Denver durante cuatro meses y luego volé a Providence y a nuestro porche.

—Tres meses ahora. Más o menos —dijo papá.

—¿Hace tres meses? —preguntó mamá.

—Más o menos.

Los grillos se frotaban las patas en algún lugar. Yo estaba contento al menos de que esa noche nuestro jardín trasero chisporroteara en la noche y dejara atrás el silencio. Nos sentamos y escuchamos la noche. Pensé en Norma y tuve la sensación que tenía desde hacía dos años de que ella estaba mirando. Nunca entenderé, realmente, por qué los Ide dejaron plantada a la pequeña Norma. Parece demasiado fácil culpar a Bethany. Decir que no teníamos nada más que dar o que no podíamos estar ahí para nadie más, ni siquiera para nuestra Norma detrás de sus persianas venecianas, no es suficiente. No lo entenderé nunca.

—El tío Conde ha tenido un infarto —dijo mamá.

—¿Otro? —pregunté.

—Demasiada carne —dijo papá.

Dejamos de hablar un rato y luego dije, por decir algo:

—¿Cuántos van ya?

—Con éste han sido veintiocho —dijo mamá.

—Veintiocho —dije yo.

—Cuentan todos los pequeños —dijo papá—. Cuentan hasta los más minúsculos. No han sido veintiocho grandes.

Mamá asintió.

—Ocho grandes.

—O nueve —dijo mi padre.

Grillos.

35

Había vuelto a subir las escaleras del porche y había entrado en la casa por mi propio pie, aunque no lo recuerdo en absoluto. Fui arriba al dormitorio de invitados, una habitación grande y azul, llena de fotografías de indios por todas partes, y me metí en una cama. Tampoco recuerdo haber hecho eso. Era de noche fuera cuando me desperté. Los insectos estaban haciendo mucho ruido y como estaba tumbado quieto, moviendo sólo los ojos un poco, parecían incluso más ruidosos de lo que realmente eran. Escuché los insectos. Oí el zumbido de sierra de los mosquitos. Oí los golpetazos de las polillas contra las mosquiteras, tratando de acercarse a la lámpara de mesa que alguien había encendido. Yo quería apagarla y salvarlas.

Tenía que hacer pis, pero seguí allí tumbado durante bastante tiempo y pensé en ello, y pensé que quizá la urgencia de orinar se pasaría, pero no se me pasó.

—Los riñones —dije.

El dormitorio tenía su propio cuarto de baño. Eché hacia abajo la ropa de la cama y me puse de pie. Curiosamente no me sentía tan mal. La niñera solía decirnos siempre que nos poníamos malos que no nos pasaba nada que no pudiera curar un buen sueño. Había logrado llegar al baño y estaba de pie sobre el váter cuando me di cuenta de que estaba desnudo. Me acordé de la doctora por primera vez. La compadecí. Uno se podía quedar ciego al verme desnudo. Hice pis.

Hice pis a chorros y cada chorro me producía una tremenda punzada de dolor, pero el pis era pis, y, aunque busqué atentamente la sangre que se había filtrado en el pis en casa del padre Benny, no vi nada.

Me sonreí a mí mismo y luego me reí y luego dije en alto que Tommy, el policía rubio grandullón, no sabía dar puñetazos que valieran una mierda. Aunque sabía y lo había hecho.

Necesitaba cepillarme los dientes, así que busqué en el botiquín de Carl a ver si había un cepillo para invitados, como solía tenerlo mamá. En el botiquín de Carl había una caja grande de sales Epsom. Las sales Epsom funcionan. Te reconfortan. Preparé un baño caliente y eché en él toda la caja.

—Sales Epsom —dije—. Realmente te reconfortan.

Me puse en remojo durante quince o veinte minutos e hice pequeños estiramientos y encogimientos de hombros para mantenerme suelto y despejado. Me sentía como un niño en una bañera de agua caliente. Esperaba que vinieran mamá o la niñera y me lavaran el pelo y me dieran unos buenos frotes en la espalda con una manopla. Cerré los ojos y me sonreí tontamente a mí mismo, pero me gustaría tener cuatro años otra vez si pudieran volver a frotarme fuerte.

—Está usted despierto.

Me puse las dos manos en mis partes pudendas y me senté en la bañera. La doctora había entrado en el cuarto de baño. Ni siquiera había llamado a la puerta ni nada.

—¿Ha orinado bien? —preguntó.

Yo asentí.

—¿Sangre? Manchas.

—Ah, no.

—Ah, eso es bueno. Ah, eso es muy, muy bueno.

Se arrodilló en la alfombrilla del baño, puso las manos en el borde de la bañera y se inclinó acercándose a mí.

—Soy Donna Trivitch, la doctora Trivitch de la sala de urgencias, y estoy muy avergonzada, verdaderamente avergonzada, y siento muchísimo todo lo ocurrido.

—Yo soy Smithy Ide.

—Cuando Carl me contó que le había atropellado y que le llevó al hospital y acabó cuidándole a él…, bueno…, lo siento…, lo siento en el alma.

—No llevo ninguna ropa puesta.

—Un segundo.

La doctora Trivitch salió del cuarto de baño y volvió un minuto más tarde trayendo un albornoz de felpa rojo y una toalla.

—Voy a dejar esto aquí. Es de Carl. Tengo que bajar con Carl ahora.

—¿Cómo está?

—Carl se va a morir esta noche. Voy a estar aquí toda la noche con él —no estaba llorosa ni se puso en plan solemne ni nada. Yo quería salir de la bañera, pero no mientras ella estuviera allí de pie—. Fuimos juntos al colegio —dijo.

Me di cuenta de lo cansada que parecía y de que parecía probablemente mayor de lo que realmente era, pero su cara era muy dulce y yo diría que bonita. Llevaba puestos unos pantalones chinos y una sencilla camiseta blanca. Sus pechos eran más bien pequeños, y con ello no quiero decir que los estuviera evaluando, es sólo que me llaman la atención los pechos. Más bien pequeños, pero apuesto a que muy bonitos. Pelo castaño rojizo, alta.

La doctora Trivitch iba a salir del cuarto de baño, pero se dio la vuelta.

—Estuve locamente enamorada de Carl y quizá todavía lo estoy. Él es muy gay. Soy bastante estúpida, ¿verdad?

—Yo solía pensar…, yo solía pensar que amaba a mi hermana, y ahora está muerta.

La doctora Trivitch me miró con cara inexpresiva y salió del cuarto de baño. Me sequé, me puse el albornoz rojo de Carl y bajé tranquilamente a la cocina. Carl estaba tumbado de lado en el rincón de la estantería y Donna Trivitch estaba tumbada con él. Le frotaba la espalda y cantaba una canción que yo no conocía. Carl tenía los ojos abiertos. Levantó un poquitín la mano e intentó hablar, pero sólo salió un murmullo húmedo. Ella puso la mano sobre la de él.

—Ya sé. Ya sé, Carl. Ya lo sé.

36

La fraternidad Gente Joven, de la iglesia de la Gracia, me dio una medalla de servicio porque me habían herido y exhibieron mi condecoración de herido de guerra en la entrada de la capilla de la calle Westminster. Después de condecorarme estuve con el párroco mientras la gente me daba la mano. Era amable por su parte que hicieran eso, pero yo lo odié profundamente. Mi padre circuló entre los chicos con un pequeño bloc haciendo preguntas sobre Bethany. Éste no era su grupo. Eran mucho más jóvenes que mi hermana y traté de decírselo a papá, pero el trabajo de detective se había convertido en parte de sí mismo y seguiría siendo parte de él. En aquella última visita a Maine, papá llevó su expediente de Bethany y no pasó ningún día sin que él añadiera algo.

—Esa chica de los Carlson sabe algo —dijo papá en el camino de vuelta a casa—, se quedó mirándose los pies fijamente. Eso la delata. Sabe algo.

—No sé —dije.

—Bueno, te lo estoy diciendo.

Papá siguió todas las pistas, reales e imaginarias. Yo me quedé en la casa, recuperándome todavía. Cojeaba un poco. Tomaba un poco de vodka por eso. Una noche estaba bebiendo un poco de vodka en la mesa de la cocina, papá y mamá se habían ido a la cama, así que supongo que serían alrededor de las doce o la una, y sonó el teléfono.

—Diga —dije.

Siempre sueno como un poco ansioso al teléfono, o como si estuviera tratando de agradar a todo el mundo. Es uno de esos «digas» serviles que significan «haré cualquier cosa por ti», pero por supuesto que no es eso lo que siento y no voy a hacer cualquier cosa por ti.

—Diga. Diga.

Pude oír algo al otro lado, como unos dientes deslizándose sobre otros dientes. No era muy fuerte, pero era un ruido irritante, lo suficiente como para hacerme fruncir el ceño.

—No te puedo oír —dije.

El ruido de los dientes paró y no hubo nada.

—¿Diga?

Nada.

—No te puedo oír. Puede que haya mala conexión. Voy a colgar y puedes llamar otra vez.

—Joder —bramó alguien.

—Yo...

—¡Jodeeeer, joder! —gritó alguien.

—Yo no... Yo...

—Ellos mataron. Joder, ellos..., joder. Jodeeeer.

Era la voz de un viejo. Como sonaría un viejo, cuando te está gritando. Más viejo aún. Un hombre muy viejo con una voz como un rallador de queso.

—¿Quién mató...?

—¡Ellos te mataron! ¡Ellos te mataron!

—¿Bethany?

—Todos esos agujeros. Sabía que te matarían —el viejo gritó en el teléfono desde algún lugar profundo del estómago de Bethany—. ¡Jodeeeer!

—No me mataron, Bethany. Estoy aquí. Garfio está aquí. ¿Dónde estás?

—Algunas veces estoy toda sucia.

—¿Dónde estás…? Mamá… y…, y papá…

—Di que estoy fuera.

—Ya sabemos que estás fuera. Queremos que vengas a casa.

—Imbécil. Ten cuidado.

Esperé. La voz vieja tosió y se desvaneció. Esperé más tiempo, con el corazón retumbándome en la garganta.

—¿Garfio? —la voz era suave. Bethany otra vez.

—Estoy aquí, Bethany. ¿Dónde estás?

—Ay, Garfio, estoy toda asquerosa. Estoy toda sucia y asquerosa.

—Te queremos, Bethany. ¿Dónde estás? Iré a buscarte. Te echamos de menos.

—Te echo de menos. Echo de menos mi habitación.

—¿Dónde estás? —la luz de la cocina de mamá parecía pálida. Puede que fuera el vodka—. ¿Dónde? —pregunté otra vez.

—Providence. Estoy en la iglesia. Estoy al otro lado de la calle ahora, en la cabina de teléfono, pero ahora voy a ir a la iglesia.

La conexión seguía, pero oí que el auricular golpeaba la base de la cabina de teléfono y supe que ella lo había dejado caer.

269

Cogí las llaves de papá del viejo Ford. Fui conduciendo hasta más allá de la gasolinera Woody y cogí la 95 sobre el viejo puente George Washington hacia Providence. No había coches en la iglesia a esas horas de la noche y aparqué directamente enfrente de la entrada principal. Al otro lado de la calle y a mi izquierda estaba la cabina de teléfono desde la que había llamado, y el auricular estaba colgando todavía. Fui cojeando alrededor de la parte delantera del coche y subí las escaleras de cemento. Las puertas de madera, muy ornamentadas, estaban cerradas. Como soy tan gilipollas me puse a aporrearlas y a gritar su nombre.

Fui cojeando hasta la entrada de la capilla Westminster y estaba abierta, aunque era muy tarde. De vez en cuando el sacristán tenía que sacar a algún viejo borrachuzo de los bancos traseros, donde estaría tratando de acostarse esa noche, pero por lo general entonces, a finales de los sesenta, las puertas podían dejarse todavía abiertas sin esperar por ello que ocurriera algo horrible.

Entré en la iglesia, pasé por la capilla lateral y me detuve delante de la sillería del coro.

—¿Bethany?

Me quedé de pie muy quieto. Una luz muy tenue caía sobre el altar principal y la luz de la luna se asomaba a través de las hermosas vidrieras de colores. En la cara del edificio donde daba la luna, los ventanales de la iglesia de la Gracia representaban las siete últimas palabras de Cristo. Parecían inquietantes en la penumbra.

—Estoy tan contento de que llamaras, Bethany. Te echo muchísimo de menos.

Fui hasta la sillería del coro y empecé a mirar cada fila de arriba abajo. Empecé con la fila de los sopranos, naturalmente.

—Cojeo un poco. ¿Ves cómo cojeo? ¿Bethany? ¿Lo ves? Pero lo único malo es la cojera y va a desaparecer. Muy pronto no cojearé en absoluto. Eso es todo.

Creí que había visto algo al final de la fila de los barítonos, pero resultó ser una pila de cantorales. Cogí uno y lo subí los diez escalones que había hasta el púlpito de mármol.

—Todos mis amigos…, todos aquellos otros soldados que viste en Denver… Todos piensan que eres muy guapa. En serio. ¿Bethany?

Mis pensamientos favoritos de la iglesia de la Gracia eran todavía cómo me sentía cuando miraba la vieja iglesia, con sus columnas y arcos y esculturas desde aquí arriba, en el púlpito de mármol. Solía subir aquí a hurtadillas, después del ensayo del coro, cuando no había nadie alrededor. Te daba la sensación de que tenías cosas que decir estando aquí de pie. Palabras importantes para toda la congregación. Y que ellos escucharían y a veces hasta asentirían con la cabeza y mirarían hacia sus esposas y eso, especialmente cuando dijeras algo que pudiera esclarecerlo todo para ellos. Por supuesto que yo no tenía nunca nada que decir. Nada claro, en cualquier caso.

—¿Recuerdas…, recuerdas cómo el doctor Homer tardaba tanto en subir hasta aquí y cómo se enfadaba solo durante los sermones y empezaba a gritar? ¿Te acuerdas, Bethany?

Escuché. Me dolía la cabeza.

—Y por más alto que chillara y gritara el viejo doctor Homer y por más alto que siguiera dando golpes en el estrado, papá se ponía a roncar.

—Y mamá le daba codazos.

—¿Bethany?

—Sí, Garfio, y luego íbamos a comprar donuts para llevar a casa y lanzábamos la pelota con papá.

—Bethany.

Forcé la vista en la dirección de su voz. La vi debajo de la vidriera en la que el centurión le da de beber a Jesús una esponja con vinagre. Estaba junto a la pila bautismal. No. No. Estaba en la pila bautismal. Bajé las escaleras hasta el suelo de la iglesia y fui hacia ella. Estaba sentada en el borde de la pila y se echaba agua por encima. Lentamente.

—Me están bautizando. Me estoy bautizando a mí misma. Ahora voy a estar bien. ¿Verdad, Garfio? ¿Voy a estar bien? ¿Puedo ser Bethany?

—Sí —dije.

Quería mirar hacia otro lado, pero también quería mirarla a ella. Así es como era con ella y ella lo sabía y yo sabía que ella lo sabía, y si hay algo ahora mismo al pensar tanto en mi hermana, algo que cambiaría, es que jamás me permitiría a mí mismo desear mirar hacia otro lado, nunca.

Bethany hizo chorrear agua solemnemente sobre la parte superior de su cabeza. Tenía la boca lo suficientemente abierta como para poder ver que le faltaban varios dientes de delante y tenía los labios cortados y llenos de costras. La nariz parecía hinchada, como si le hubieran dado un puñetazo, los ojos turbios y de alguna manera más profundos que antes.

—Yo te bautizo, Bethany Adele Ide, en el nombre del Padre y del Hijo y del Espíritu Santo.

Me miró y por un instante pensé que sus ojos brillaban.

—Amén —dije, con el deseo de hacer cualquier cosa por mi apaleada Bethany, apretujada y acurrucada sobre la pila de mármol.

—Amén —dijo ella—. Eso es todo lo que sé sobre cómo bautizan. ¿Crees que será suficiente, Garfio?

Di unos pasos hacia ella.

—Creo que así está fenomenal, Bethany. Vamos.

La levanté de la pila bautismal y la bajé al suelo. No llevaba zapatos y olía a orina y a mierda y a humedad. La abracé y me apretó tan fuerte, y durante tanto tiempo, que pensé que podría haberse puesto en una pose, pero me soltó y me miró.

—Quiero morir ahora, Garfio. Creo que es lo mejor.

Empecé a llorar. No lloré nunca en Vietnam, pero sus palabras fueron rodando, como aquellas balas que me alcanzaron en los lados y se me metieron dentro. Sólo que las suyas eran calientes. Las suyas eran más calientes. Lo único que yo quería en aquel momento era que ella no volviera a hablar nunca. Le cogí la mano y salimos de la fría iglesia de piedra a la calle Westminster. Había empezado a lloviznar, pero era agradable. Metí a Bethany en el coche, luego di la vuelta hasta el asiento del conductor. Me volví y por uno o dos segundos miré fijamente el teléfono que estaba colgando en la cabina roja al otro lado de la calle. Fui hasta allí, lo colgué en su sitio y luego llevé a mi Bethany directamente al hospital Bradley.

37

Yo: ¿Norma? ¿Estás ocupada? Si estás ocupada puedo…

Norma: ¿Qué ha pasado?

Yo: Ya sé que han pasado cinco días, pero…

Norma: Estábamos hablando y, un segundo después, ya no estábamos hablando.

Yo: Ha sido todo tan loco, pero quería llamarte antes…, es muy raro. Te escribí una carta, pero no la envié.

Norma: ¿Me escribiste una carta?

Yo: Te lo juro. La tengo aquí mismo.

Norma: Léela.

Yo: No sé.

Norma: Por favor, léemela.

(Estaba en medio de Indiana. Un teléfono público en un establecimiento. Abrí mi carta para Norma.)

Yo: Vale. «Querida Norma. Carl ha muerto. Era un hombre muy simpático y, aunque no llegué a conocerle muy bien, le considero un amigo, una especie de…», eso suena estúpido.

Norma: No, no suena estúpido… ¿Murió?

Yo: Soy tan estúpido a veces.

Norma: Lee. Lee.

Yo: «La razón por la que no te he llamado antes es porque la muerte de Carl me causó algunos problemas. Primero tuve que cuidar a Carl y luego la doctora Donna Trivitch, la amiga de Carl del hospital, vino a la casa con un policía que me pegó una paliza.»

Norma: ¡Smithy!

Yo: Estoy bien ahora, Norma. Te lo juro. ¿Sigo leyendo?

Norma: Por favor, lee, Smithy. Es mi carta.

Yo: «Después de que me pegaran, Carl le dijo a la doctora que yo no era un vagabundo y ella me acostó en una cama en el segundo piso de la bonita casa de Carl, que es realmente preciosa.» Ah, esto no lo escribí, pero, Norma, Carl se ganaba la vida con el cultivo de flores y su casa está rodeada, rodeada por completo de rosas y flores. De todos los colores del mundo. Te encantaría.

Norma: Sí. Me encantaría. Lee, Smithy.

Yo: Y su casa era verdaderamente bonita. Toda de madera y olía a madera.

Norma: Ahhh. Lee.

Yo: Vale… «Después de un rato me sentía mejor, así que fui abajo y Carl murió. En realidad no estuvo mal esa parte, su muerte, quiero decir. La doctora Donna Trivitch, su amiga, de algún modo le abrazó hasta que él dejó de respirar. Fue plácido, pero luego la doctora empezó a llorar y no podía parar. Había una carta que Carl le había dado a ella con cosas que él tenía que hacer y que no podía hacer ya, pero ella estaba llorando y me dio la carta y me dijo que yo tenía que hacerlo porque ella no podía. Me sentí raro leyendo la carta de Carl. Había puesto unos diez nombres y, al lado de cada nombre, había un número de teléfono y lo que él quería decir. La mayoría no estaba mal, pero algunas cosas eran horribles y yo no quería hacerlas, pero las hice. Dejé las tres llamadas horribles para el final. Decir horrible no es justo. Difícil es lo justo. Eran cosas difíciles y yo sabía que si Carl le había pedido a la doctora Donna Trivitch que hiciera estas llamadas, ella debía hacerlas. Cuando le dije que eran difíciles ella empezó a llorar otra vez. Tuve que llamar a su hermano, a su padre y a un hombre llamado Renny Kurtz en Nueva York. Todo lo que le dio por hacer a su hermano fue gritarme por el teléfono. Le dio por decir: "¿Quién diablos eres? ¿Quién diablos eres?", y luego dijo: "Eres…"» ¿Norma?

Norma: Lee. Estoy aquí.

Yo: Ya, pero es que fue más fácil escribir algunas cosas que decirlas.

Norma: Está bien. ¿Qué dijo?

Yo: «"¿Eres un estúpido maricón, es eso lo que eres?"»

Norma: ¡No!

Yo: Bueno, sí, lo dijo. Dijo eso. Carl era homosexual.

Norma: Ah.

Yo: Así que se imaginó que yo debía de ser homosexual. Carl era su hermano. Jo.

Norma: Lee.

Yo: Vamos a ver… «Cada vez que trataba de leer al hermano de Carl, él seguía insultándome. Carl decía cosas sobre cuánto le quería y que había dispuesto algo para dar dinero a los chicos de su hermano, y su hermano seguía diciéndome: "Maldito maricón, estúpida loca"…, así.»

Norma: Qué cabrón…, qué cabrón.

Yo: «Así que le dije lo que Carl quería que le dijera y llamé a su padre. Probablemente no debería haberlo hecho, pero ¿quién más podía hacerlo?, y la doctora Donna Trivitch estaba todavía llorando sin parar, sólo que ahora había salido al porche. Le dije a su padre que Carl había muerto. Me dio las gracias y colgó.»

Norma: Cabrón.

Yo: «Tuve ganas de llamarle otra vez, pero dejé que la doctora lo hiciera más tarde. Había algo que parecía urgente en torno a las llamadas. ¿Es urgente la muerte? No lo sé. Tal vez nos dé simplemente la sensación de que las cosas hay que hacerlas rápidamente. Hay llamadas que tienen que hacerse. Mi última llamada fue al tal Renny Kurtz.»

Norma: ¿Quién era Renny Kurtz?

Yo: Estaba en el negocio de Carl.

Norma: ¿Dónde estaba ahora?

Yo: Ahora estaba en Nueva York.

Norma: ¿Qué dijo?

Yo: Déjame ver…, vale… «Mi última llamada fue al tal Renny Kurtz. Tuve que intentarlo tres o cuatro veces, pero al final lo encontré. Se lo dije. Por alguna razón, no sé por qué, era mucho más difícil decírselo a Renny Kurtz que a ningún otro. No oía nada al otro lado del teléfono, así que leí lo que Carl había escrito. A excepción de las cosas que Carl le dejaba a su familia, le daba todo lo demás a Renny Kurtz. Renny Kurtz hizo un sonido que no había oído nunca antes y que no quiero volver a oír. Luego empezó a gritar. Gritaba el nombre de Carl. Pensé que pararía, pero, después de unos cuantos minutos, creo que colgué el auricular con cuidado. La doctora Donna Trivitch había llevado a Carl a la funeraria y me llevó a comprar algo de ropa. No tenía ropa debido a que Carl me atropelló con su camioneta, pero no estaba orinando sangre, así que estaba bien. Compré, o ella me compró, porque se sentía mal por haberme dado una paliza, unos pantalones cortos nuevos y calcetines y zapatillas de deporte y una mochila y una gorra y gafas de sol y pantalones chinos y un cinturón y dos jerséis y ropa interior y agua y algo de fruta y pastillas para el estrés y una flamante bicicleta de paseo inglesa con diez marchas, y el tipo ajustó el sillín y el manillar a la perfección. También alforjas de equipaje de nailon nuevas. Me compró un pequeño radiocasete con auriculares y me dio algunas cintas y yo compré un libro. Compré un libro que se titula *Ringo*, del mismo tipo que escribió *Iggy*...» Luego..., luego digo..., digo: «Adiós, Smithy».

Norma: Es una carta muy bonita. Es una carta triste... ¿Dices adiós?

Miro por la puerta de cristal de la cabina del teléfono donde me siento con Norma pegada a mi oído. Una chica pelirroja empuja una sillita de bebé por un pasillo hacia donde estoy yo. ¿En qué momento me encerré tanto en mí mismo que me trago los sentimientos como si fueran comida rápida y todo tiene el mismo sabor salado? Me está esperando, siento su paciencia y su fuerza. Dios mío, quiero ser más, quiero ser más de lo que soy. El bebé echa mano a los estantes al pasar. La chica sonríe y se alejan. Soy yo el que no tiene piernas.

Yo: Digo..., digo..., bueno: «Un abrazo, Smithy».

Norma: Te quiero, Smithy.

Yo: Así que…, así que salí de Providence, Indiana, en mi bici nueva y atravesé…, eh…, Seymour y North Vernon y Bedford… Todavía estoy en la Ruta 50. Y ahora estoy en Huron, Indiana. Tengo barba.

Norma: ¿Barba? Vaya. Me encantaría verte con barba.

Yo: No sé.

Norma: Seguro que estás fantástico.

Yo: No estoy fantástico… Bueno… Debería irme para poder levantar mi tiendecita… Me compró una tienda.

Norma: Te quiero.

Yo: Oye, Norma…

Norma: ¿Sí, Smithy?

Yo: ¿Me han echado de Goddard?

Norma: Sí.

Yo: Adiós, Norma.

Norma: Adiós, Smithy.

38

Nunca supimos dónde había estado Bethany esos meses antes de que yo volviera. Supongo que ni siquiera ella misma lo sabría. Lo que sí sabía yo es que no era un lugar amable, porque había perdido algunos dientes y en el hospital Bradley, además de su locura, le encontraron una fisura en el fémur y una costilla rota. Bethany estuvo en el Bradley dos semanas mientras le ajustaban y reajustaban la medicina. Papá había conseguido también un nuevo psiquiatra. Una mujer llamada Georgina Glass. La doctora Glass era una de las mujeres más guapas que yo había visto jamás. Probablemente tenía el pelo negro más abundante del mundo, y era alta y tenía unos pechos gigantes que le daban un aura, supongo. La apreciaba de verdad, y cuando Bethany tenía hora con ella en su oficina en Blackstone Boulevard, en Providence, yo iba con ella.

La doctora Glass estaba divorciada. Lo sabía porque ella le contaba todo a Bethany. Le contaba todo y esperaba que Bethany le contara todo también. Tenía un par de novios, un médico, por supuesto, y el entrenador de fútbol de la Universidad de Brown. Era encantadora y verla con mi hermana era una especie de milagro. Sacaba todo lo bueno de Bethany. Las dos se abrazaban después de cada sesión.

Yo había empezado a trabajar en Goddard. Estaba en la cadena de montaje de SEAL Sam. Todavía no había subido al puesto de supervisor, así que la mayor parte del día la pasaba en la cadena. El montaje es fácil, pero después de un rato se hace duro. Yo nunca me enfadaba, cuando era supervisor, si uno de los de la cadena ponía una pierna en el lugar donde debería ir un brazo. Al haber trabajado en la cadena durante siete años y medio, entendía que cuando llegaban las 11.30 de la mañana los brazos y las piernas parecían lo mismo.

Los días que Bethany iba a ver a la doctora Glass me iba a casa corriendo —todavía vivía en casa por entonces— y me quitaba el mono de Goddard que tenía la cara de SEAL Sam en la espalda y me ponía elegante con mi traje gris marengo de Anderson Little and Co. Estaba engordando por entonces y no me abrochaba la chaqueta de talla grande, pero si me la dejaba desabrochada no tenía tan mala pinta. También me ponía siempre la condecoración de herido de guerra.

—Te gusta llevarme a la doctora, ¿verdad? —dijo Bethany, cuando iba conduciendo el coche de papá cruzando el viejo George Washington.

—Supongo que sí.

—¿Por qué?

—Por nada.

Bethany se quedó callada durante un minuto más o menos. Se quedó mirando fijamente afuera, al negro río Providence.

—Voy a volver a trabajar en la tienda de beneficencia —dijo como si tal cosa.

—Qué bien.

—Entra gente mayor. Algunas veces personas que son vagabundos. Es difícil saber si lo son, pero yo los distingo bastante bien. Quieren zapatos y abrigos calentitos. Algunas veces los quieren y no tienen nada de dinero.

Giré en la avenida Waterman y crucé hacia Blackstone Boulevard.

—¿Qué haces si quieren unos zapatos y no tienen dinero?

—Se los doy.

—¿No te dice nada nadie?

—Schnibe —dijo entre dientes—. Schnibe, callop, disper.

—¿Qué?

—¿Qué?

—Acabas de decir una cosa.

—No he dicho nada.

—Schnibe o algo así.

—No, no he dicho nada.

La oficina de la doctora Glass estaba en su casa de ladrillo cerca del campus de la Universidad de Brown. El campo de fútbol estaba más arriba y aparqué junto a la tribuna descubierta del estadio.

—Callop —dijo en voz alta.

—¿Qué?

—Es el campo de fútbol. Uno de los novios de la doctora Glass es entrenador de fútbol.

—Ya —dije. Fingí que no tenía interés, pero sí lo tenía. Me gustaba la doctora Georgina Glass. Me gustaba su nombre. Era la única Georgina que había conocido. Cada vez que la veía en la oficina con Bethany era como si fuera la primera vez, porque nunca se acordaba de mí, y entonces siembre me daba la mano y decía: «Hola, soy Georgina Glass». Era, naturalmente, mucho mayor que yo, pero la encontraba muy atractiva.

—Le hace mamadas —dijo Bethany.

—Venga —dije—. Para ya.

—De verdad. Me dijo que antes de acostarse con ella, le gusta que le haga mamadas. Su novio el médico sólo quiere acostarse con ella.

Subimos las escaleras hasta la parte de oficina de su casa. Me quité de la cabeza todo aquel rollo. No entendía por qué Bethany tenía que lanzarme todas esas mentiras, por qué tenía que tratar de hacerme sentir mal a costa de Georgina Glass.

Nos recibió en la puerta de caoba roja. Tenía un aspecto asombroso, enmarcada en rojo. Yo estaba de pie a la derecha, detrás de Bethany, el alfiler de mi condecoración quedaba justo por encima del hombro de mi hermana.

—Hola —dijo la doctora Glass, y abrazó a Bethany. Luego extendió la mano hacia mí y se presentó—: Georgina Glass.

—Smithson Ide —dije con mi voz más chillona. Las seguí, como de costumbre, al vestíbulo, cogí un *Outdoor Life* del revistero y me senté en la salita de espera. Ellas entraron en la oficina.

Bethany se detuvo en la puerta y se volvió hacia la doctora Glass.

—Ay, casi se me olvida.

—¿Qué, cariño?

—Díselo —dijo señalándome—. Dile que le haces mamadas al entrenador.

283

Georgina Glass se rió y levantó las manos.

—Bethany, me dejas anonadada —luego, riéndose todavía, miró hacia donde yo estaba y dijo—: Le hago mamadas al entrenador.

—Schnibe —dijo mi hermana mirándome—. Schnibe, callop, disper.

39

Dos días después de leer mi carta a Norma, fui con la nueva bicicleta de paseo cruzando Wabash hasta Illinois. Todavía estaba algo dolorido por culpa de Tommy, el policía, y de la camioneta de Carl, pero respiraba con más facilidad y la ropa nueva me daba una especie de sensación de limpieza. Era agradable estar fresco y en la carretera. La Ruta 50 todavía no me había decepcionado. Atravesaba una genuina región granjera hasta llegar justo a las afueras de East St. Louis. Me encantaba el olor de la carretera. El heno y el estiércol, y el polen del maíz, y hasta los penetrantes olores de los cerdos. Eran como olores vivos. Sé que suena estúpido, pero eran olores con fuerza. Cada mañana los olores estaban frescos y se distinguían uno de otro, pero a medida que pedaleaba hacia la tarde, el calor húmedo del Medio Oeste mezclaba todos los olores. Los dos momentos del día eran maravillosos.

La tienda nueva que la doctora Trivitch me había comprado era realmente bastante mejor que la antigua. Era más fácil de montar y no dejaba entrar la lluvia. La verdad es que todas las cosas eran mejores que las que yo tenía. La doctora Donna Trivitch me llevó a la mejor tienda de artículos para deportistas, para que la gente que trabajaba allí me abasteciera de todo lo que necesitaba. Había dos cosas, no obstante, que me chocaban un poco. Primero, con la ropa nueva, la tripa no me colgaba mucho, sólo un poco; y segundo, la bicicleta Moto. Bueno, yo no había notado que la tripa se me estaba haciendo más pequeña hasta que me puse los pantalones de ciclismo. Fue como si acabara de pasar. No me entiendan mal, todavía era un cerdo en pantalones de ciclismo, pero me estaba entrando curiosidad de ver lo que pesaba desde los ciento veintiséis kilos que habían empezado a rodar sobre aquellas ruedas desinfladas de la Raleigh avenida Brightridge abajo.

La bicicleta Moto era algo totalmente diferente. ¿Cuándo había ocurrido? ¿Cuándo se habían convertido las bicis en algo así? ¡Era el avión a reacción de las bicis! ¡Era un sueño hecho bicicleta! Era azul oscura y parecía tan sólida que uno pensaría que pesaba cincuenta kilos, pero se podía levantar del suelo literalmente con un dedo. El sillín estaba almohadillado con lana de borrego y el manillar curvado con un ángulo amplio y hacia abajo y cubierto de espuma suave. Era una bicicleta que podría hacerme olvidar mi Raleigh (pero yo nunca olvidaría mi Raleigh).

Cuando recorría Illinois dormía exclusivamente en maizales. Como hacía calor durante el día, me mantenía prácticamente a base de sándwiches de atún fríos, para comer y para cenar, y montones de manzanas y agua embotellada, aunque en Ryan, Illinois, me di el gusto de cenar un filete en Angie, en la calle principal. Lo que hice fue asearme en una gasolinera, me recorté la barba y me cambié, me puse los pantalones chinos. Fue agradable estar rodeado de gente. Había una pareja que de alguna manera me recordaba a papá y mamá, pero tenían una mesa llena de nietos; y desde luego, Bethany y yo nunca tuvimos ningún hijo. Por la noche leía *Ringo*. No tenía que ponerme en forma para leer ni nada de eso a partir de *Iggy*. *Ringo* me gustó mucho. Igual que *Iggy*, era la historia de un tipo que lleva una vida buena e interesante a pesar de todas las circunstancias que le son desfavorables. Ringo era un vaquero de Wyoming en 1900, que había perdido la pierna izquierda y el brazo derecho en un accidente. Aunque algunos de los otros vaqueros se reían de él, aprendió a montar de nuevo tan bien como el mejor, y se enamoró de una chica india llamada Doris Redleaf, que había ido al Carlyle Indian College de Pensilvania y había vuelto a Wyoming para enseñar inglés a los pequeños indios. Era, supongo, una historia reconfortante. Me preguntaba, si yo fuera Ringo, si podría haber aguantado todo lo que él aguantó. Pensé en ello durante la mayor parte de mi paso por Illinois.

También estuve pensando mucho en Bill Butler. No en cómo me había sostenido y me había puesto aquellas tres inyecciones de morfina y me había salvado, sino que pensaba en Bill y en East St. Louis. Sabía que era de allí porque yo pensaba que él había dicho St. Louis y siempre estaba corrigiéndome.

—No St. Louis, hijoputa. East St. Louis.

Y East St. Louis estaba todo recto en la Ruta 50. Fui a un teléfono público en Mascoutah, Illinois, para llamar a información. No había ningún Bill Butler en East St. Louis, pero había un William Butler III en la calle Landham. Dejé que sonara el teléfono ocho veces, luego me subí a la bicicleta y fui en dirección a la ciudad.

Bueno, una cosa importante. No tengo lástima de mí mismo y si hubiera una forma de contar la parte de East St. Louis del viaje de Bethany sin que yo estuviera en él, lo haría. Pero no hay forma de que eso pase. Pensé incluso que quizá no contaría esta parte, pero voy a hacerlo porque ocurrió y Bill Butler ocurrió también.

Era a última hora de la tarde cuando pasé volando por Fairview Heights y entré en East St. Louis. East St. Louis aparece lentamente. Vallas cortadas. Edificios pintarrajeados con números y nombres. Bolsas de basura abandonadas incluso en las isletas de la carretera. Enseguida se ve que las tiendas pequeñas están cerradas con tablones clavados y las cosas, todas las cosas parecen como si se hubieran quemado. O al menos como si les hubiera dado un montón de calor.

Las aceras anchas y las tiendas cerradas con abrazaderas de metal dan la sensación de que está todo arrasado. Era el 17 de septiembre. Había estado en la bicicleta o recuperándome veintiún días, y, aunque el cielo mostraba un sol suave que se metía en el azul y el clima era muy agradable, me sentía desanimado por primera vez. Durante un tramo de un kilómetro y medio después de las tiendas vacías no vi a nadie. Un perro me persiguió durante unos cien metros, eso fue todo. En el cruce siguiente encontré una gasolinera autoservicio y paré para usar el teléfono. El encargado estaba sentado en un búnker de cemento con un espacio para los ojos hecho de plexiglás grueso. Había una ranura para echar el dinero de las máquinas de gasolina que él podía manipular desde

el interior. Un cartel decía: SE REQUIERE IMPORTE EXAC-
TO. Otro cartel decía: EL ENCARGADO DISPARARÁ A TODO
EL QUE ESTROPEE LOS SURTIDORES. Hablé por el inter-
fono.

—Hola —dije. Los ojos del encargado me miraron
fijamente—. Mire, estoy buscando un teléfono público
—los ojos siguieron mirándome fijo. Parecían más de
cemento que la pequeña construcción cuadrada donde él
estaba—. Teléfono público —dije, imitando el gesto de
marcar.

Después de unos segundos más, fui hasta mi bicicleta y pedaleé. Unos diez minutos después encontré
una pequeña tienda de saldo en medio de un bloque
abandonado. Los carteles estaban en inglés y en alguna
lengua asiática. Había algunos chavales jóvenes negros,
chicos y chicas, merodeando en las aceras. Les pregunté
si había un teléfono público por allí y una chica señaló la
tienda.

Un señor de edad, oriental, estaba sentado en una
mecedora delante de una pila de sopas Campbell y una joven, también oriental, estaba de pie detrás del mostrador.

—¿Teléfono público? —pregunté.

—Allí —señaló ella.

—Voy a comprar alguna cosa también. Pero voy a
usar el teléfono público primero.

Una mujer lo cogió después de que sonara dos veces.

—Ajá.

—Sí. Sí. Estoy tratando de contactar con Bill Butler. Bueno, William Butler.

—¿Contactá con Bill Butler?

—Sí. Soy Smithy Ide.

—¿Usté Ide?

—Sí —hubo un largo silencio y no fue ni bueno ni malo. Fue un tipo de silencio como la nada. Luego pregunté—: ¿Es éste el Bill Butler que estuvo en Vietnam?

—Estuvo en Vietnam. Ajá. ¿Quién es usté?

—Soy Smithy Ide. Bill me salvó la vida.

—No dijo nunca ná de salvá ná.

—¿Está él ahí? —se rió—. ¿Estará por ahí más tarde? Estoy en East St. Louis y…

—¿Dónde?

—¿Dónde estoy? —grité a la mujer que estaba de pie.

—Está en la tienda Great-Full Sunrise Food.

—En la tienda Great-Full Sunrise Food —dije por el teléfono.

—¿En los chinos?

—Ehhh…, sí.

—Vaya dos bloques más hacia la ciudá y en la esquina va a vé un grupo de edificios de ladrillo. Cada edificio tié un número. Butler, número once. Estamos en el apartamento 417.

—Número once. Número 417. Muy bien.

—Ajá —dijo y colgó.

Compré unos chicles en la tienda Great-Full Sunrise Food. Probablemente debería haber comprado más, porque lo había prometido y todo, pero no tenía hambre en absoluto, ya que me había comido cuatro plátanos para comer.

Encontré el número once y luego me quedé delante de la puerta 417. Pensé en mi hermana. Pensé mucho en ella, porque además de ser el lugar más sucio, más mugriento en el que había estado jamás, incluido Vietnam, los pasillos olían como la comuna hippy de Bethany, donde usaban su propio fertilizante. Era así de horrible. ¿Cómo podía vivir aquí la gente? ¿Qué podían hacer para sobrellevarlo? Es que es verdad, la gente puede aguantar cualquier cosa.

—¿Usté es Ide?

—Sí.

Era un ser humano enorme con el pelo alisado y teñido en una especie de amarillo anaranjado. La piel era marrón y suave, pero había obviamente mucha más de la que una persona debería tener.

—Soy Theresa. ¿Dónde fue a aparcá?

—Voy en bici. Está abajo, al lado del ascensor.

—No use el ascensó. ¿No se lo dije?

—No.

—Coja la bicicleta y súbala acá.

Volví a bajar por las escaleras y cogí mi bici. No quería volver a subirla por las escaleras porque olían todavía peor que el resto del edificio. Abrió la puerta sujetándola para que pudiera meter dentro la bicicleta.

Por dentro, la casa de Theresa estaba perfecta. Del suelo de la cocina salía un agradable olor a amoniaco jabonoso. Unas cortinas amarillas colgaban con elegancia, cubriendo los barrotes de las ventanas. Debajo de una mesa de comedor de madera clara se extendía una alfombra de gran belleza, marrón clara con un círculo de pájaros negros entretejidos. Había un piano en el salón, un viejo piano vertical que brillaba bajo una capa de laca azul. El salón tenía moqueta granate de pared a pared, un sofá curvado de pana verde, un sillón reclinable con una palanca de mando lateral y una mecedora negra John F. Kennedy con cojines verdes. Había una gran pantalla de televisión encendida y un niño pequeño, quizá de unos cuatro años, miraba los dibujos animados de Tom y Jerry.

—Nunca vi un blanco aquí. Nunca. Treinta y dos años. La casa de mi mama, ahora mía. Nunca vi uno. Hasta la policía qu' han enviao era negra. ¿Usté es policía?

—No, señora. Soy Smithy Ide. Bill me salvó la vida.

Echó la cabeza para atrás y se rió otra vez. Una risa abierta, a carcajadas.

—Ese Bill, ay, Dios, ese Bill. Salva vidas. No dice ná.

Vi la fotografía de Bill. Estaba con su uniforme y sonreía desde el conjunto de cristal sobre el piano. Al lado de él había un grupo de gente negra distinta en diferentes épocas de la historia americana.

—Es Bill —dijo, señalando y sonriendo de modo que sus hermosos dientes le brillaban en la boca—. Y éste el padre de Bill, Bill, y éste el hijo de Bill, Bill.

—¿Hijo de usted?

—Ajá —dijo con seriedad.

—Y Moona, así es como le llamábamos todos. Nuestro abuelo.

Un hombre con el pelo muy rapado, cómodo en su uniforme de la Primera Guerra Mundial, con galones de sargento en la manga, miraba fijamente a la habitación, dándose importancia.

—Y éste, hijo de Bill, Alvin.

—De usted, también.

—Ajá —dijo moviendo la cabeza—, y mi mama, y la mama de Bill, que murió siendo joven, y mi hija Lorraine que no de Bill, y la abuela Butler que escribió un libro d'historia y era dentista. No es broma. Ella ha salío de St. Louis en 1921 y ha venío a casa desde Boston y tenemos los papeles. Tenía su oficina en Brookmayer y los abuelos de Bill y sus abuelas han vivío al lao de los alcaldes. Es verdá.

—La creo.

—Siéntese —lo hice—. ¿Bill l'ha salvao la vida?

Se lo conté. Theresa se quedó callada un momento. La música de Tom y Jerry sonaba de fondo, pero su respiración dificultosa prácticamente la ahogaba. Ordenó algunas cosas sobre el piano vertical y se sentó en su taburete. No era mayor. No es posible que tuviera más de cuarenta años, pero estaba más cansada que ninguna otra persona que yo hubiera visto jamás y eso la hacía parecer vieja. Muy vieja.

—Bill, sólo llena un hueco con Bill. Es tan felí y llena… tanto, ¿entiende? Siempre, nunca jamás no está felí. Cree que gana con esa sonrisa y esa risa y la forma de tocá a la gente y, quiero decí, hasta las señoras, que algunas veces me hace llorá, pero es bonito vé cómo consigue que to el mundo se ría y eso. Esa sonrisa grande. Esa cara grande. Y es bueno. Esa cosa tan buena con toa la gente, tan grande en Bill. Grande. Bailá y cantá y reí. Buenísimo. Buenísimo. Este Bill, qué hombre 'ste. Eso que hace. Levanta la gente. Sube la gente. No m'ha sorprendío que l'haya salvao. ¿Entiende? Los salva a tós con esa risa y esa sonrisa, pero nadie lo echa de menos hasta que lo apartan. Y hasta que él tié que hacé a Bill reí él mismo. Bill baila pa' él. El vino hace eso. Más y más de ese bailá pa' él —Theresa fue a la habitación a ver al niño pequeño—. ¡Tú, baja eso, oye! —gritó. Y luego añadió—: Bill a veces viene, pero no por mucho. Está pa' ahí. Los ves a ellos. Un borracho ahora. Bill un borracho.

Theresa dejó de hablar. Me miró de forma pasiva, con toda naturalidad, pero había ocurrido algo en ese gran cuerpo y esa cara plana. Empezó a llorar. Fui a tocarle la mano, pero ella la retiró como si yo fuera algo que quemara.

—Eso. Ná más. Si lo vuelvo a vé, digo el hombre que salvastes ha venío aquí. Si le veo.

Theresa no tenía que decirme que no se sentía muy bien por que yo estuviera en su casa, en su apartamento. Le di las gracias y me fui hacia mi bicicleta. Le había dado la vuelta mirando hacia la puerta cuando ésta se abrió y un joven, de diecinueve o veinte años, entró. Yo nunca digo estas cosas, pero les prometo que se parecía más a Bill que Bill mismo. Nos quedamos mirándonos fijamente uno a otro.

—Soy Smithy Ide —dije.

—Conoce a Bill. Conoce a tu padre —dijo Theresa, casi disculpándose.

—Tu padre me salvó la vida.

—Es el chico de Bill, Bill —dijo Theresa cansinamente.

Le tendí la mano. En un movimiento fluido, tan rápido como yo imaginaba que eran los viejos pistoleros, Bill me retiró la mano de un golpe y me puso un pequeño revólver de metal azul en la cara. Theresa dejó escapar un grito y cayó de rodillas rezando a Dios. El niñito entró corriendo y se quedó junto a su enorme madre. Se me secó la boca. Me sentía mareado.

—¿Le vas a pegá un tiro, Bill? —preguntó el niñito.

Bill respiró hondo y pareció absorber toda la energía de la habitación. Su torso se dilataba como si estuviera desafiando al mundo.

—Claro que le voy a dispará. Mierda. El blanco conoce al borracho. Conoce al borracho —las plegarias de Theresa y sus ruegos de clemencia hacia mí se habían quedado en un sollozo suave entre dientes—. Conoce al borracho que se mea encima. Conoce al borracho arrastrao. Conoce al borracho payaso. El borracho payaso le salvó el culo blanco.

—Cariño, no, cariño, cariño —sollozó Theresa arrastrándose, literalmente arrastrándose sobre las manos y las rodillas hacia su hijo.

—¡Mama, para! ¡Mama, levántate! Charles, saca a tu mama de aquí.

—No puedo llevar a mama a ninguna parte, Bill. Mama demasiado grande.

—Cariño, no. Cariño, no.

—¡Para!

Los ojos de Bill estaban húmedos al ver a su madre boca abajo delante de él. Lo que hubiera pasado entre él y mi Bill o la gente blanca o, para el caso, cualquier otra cosa, no parecía importante. Pude sentir el cañón apretado contra mi ojo izquierdo. Theresa estaba agarrándole de los pantalones.

—Por favó. Ay, Dios de los justos, por favó salva a mi muchacho. Ablanda su corazón…, ay, cariño. Ay, Dios mío, por favó.

Bill se volvió apartando la vista de su madre y me miró a mí. Las lágrimas le rodaban por la cara negra. Las líneas húmedas de ira brillaban y su mano terrible se sacudió. Bajó la pistola lentamente.

—Hombre blanco —me gruñó—. Blanco, hombre blanco.

Bajó la vista hacia su madre. Pude sentir que me circulaba algo de sangre por las piernas. Empujé mi Moto fuera del apartamento y corrí escaleras abajo. Había montones de jóvenes negros en el sucio jardín delantero. Ninguno parecía mayor de treinta años. No había mujeres tampoco. Pasé caminando con mi bici por delante de ellos. El sol se iba sumiendo rojo.

—El cielo rojo por la noche anuncia buen tiempo —dije como un tonto, como un tonto, como un tonto.

No podía respirar hondo. Me subí a la bicicleta y, por primera vez desde que mi padre corría detrás de mí mientras yo trataba de mantener el equilibrio sin las ruedas laterales, tuve que concentrarme en el acto de pedalear. Giré en la primera calle y luego hice otro giro, convencido de que el pequeño Bill podría cambiar de idea.

Interludio

Querido Smithy,

Ésta es la carta que te escribo yo a ti, sólo que no voy a enviarla. Estoy escribiendo junto a una ventana de mi habitación y la ventana está abierta. Fuera, el arce de tu jardín se agita con el viento y yo voy a dejar que la brisa lleve esto hasta ti, porque le es posible hacerlo y porque verdaderamente creo que las palabras pueden flotar.

He hecho todo o he empezado todo justo desde aquí. Las cosas me reconfortan, el trabajo me sostiene, las lecturas me informan, la música que me ha acompañado me da una nota de color y le añade textura a todo. Así que no sólo ha sido bueno saborear o aprender a saborear todo lo mío, sino que de alguna forma ha sido lo justo para colocar las cosas de tal modo que no me viniera abajo con mi experiencia. ¿Lo entiendes?

No quiero decir si puedes entenderlo, sino si lo entiendes. Sé que puedes entenderlo todo, porque veo que todavía sigues haciendo que ella vuelva una y otra vez, que sigues hablándole en susurros, con tus libros en el bolsillo de atrás. Tú.

Y sé que dejaste de entender porque era más fácil, sólo que ya no puedes continuar así. Estás necesitado y tienes que llegar. Y yo tengo que llegar también. Porque estoy necesitada. Me dices una y otra vez que no sabes, pero sí que sabes. Sabes lo que cualquiera puede saber. Todo es apariencia, Smithy Ide. Todo depende de cómo construyamos el mundo. Me niego a creer que no entiendes eso. Tenemos que superarlo, y si tenemos mucha suerte, podemos encontrar a alguien con quien superarlo. Compartir el mapa. Tomar las buenas decisiones y las malas decisiones.

Quizá haya sido una estúpida. No lo creo, pero no me importa si lo he sido. El cielo se me funde con los sueños. No podía volver a mí misma durante mucho tiempo. No podía sentir si hacía calor o frío o si nevaba, ni nada. Y no se trataba de mi cuerpo, que en muchos aspectos no me ha fallado. Ha estado ahí, un cuerpo incompleto que al mismo tiempo me ha hecho completa. Sí, sé que puedes entender eso también. Tal vez sacudas la cabeza y digas que no sabes, pero ya no te vas a librar así de fácil. Necesitas más y la gente necesita algo más que una sacudida de cabeza.

Me he quedado fría. Tengo carne de gallina en los brazos y el aliento se transforma en vaho. Será mejor que cierre la ventana. Será mejor que termine el boceto del yate y continúe con el nuevo proyecto del Fleet Banking Center que estoy dibujando. Pero antes de cerrarla, tengo que lanzar una cosa más al viento. Cuando tenía veintidós años, me corté en el pie no sé cómo y, por supuesto, no pude sentirlo. No me di cuenta hasta que se empezó a hinchar y me lo tuvieron que drenar en el hospital. Casi tuvieron que cortármelo. Sí, casi tuvieron que hacerlo. Yo lloraba y lloraba y ellos no lo entendían. Decían que mis pies no eran más que un estorbo. Te juro que eso fue lo que dijeron. Debido a la infección y a la medicación y a que en realidad yo no había empezado a hacer ejercicio ni a hacerme responsable de mí misma, caí en una especie de ensoñación en la habitación del hospital durante cinco días. Y en ese sueño caminaba con un muchacho por todo East Providence. Por todas partes, recuerdo. Caminábamos de la mano y los dos llevábamos el pelo largo, que siempre nos estaba rebotando en los hombros. Y luego íbamos andando por otros sitios. Pasábamos por ríos con montañas al fondo y praderas llenas de flores. Y había brochas tejanas y altramuces de montaña y flores Aster y aguileñas. Y él me decía: «Espero que pienses en mí». Lo soñé. Pero creo que sucedió. Y creo que ese muchacho era auténtico y un verdadero encanto.

Voy a cerrar la ventana,
Norma

299

40

Me senté en el cuarto de estar de papá mirando el teléfono. Quería llamar a la nueva doctora de Bethany, Georgina Glass. Si llamaba podía decir que me gustaría ir para allá, tal vez hablar del progreso de Bethany, tal vez dar un paseo mientras hablábamos, tal vez podría hablarme de esas mamadas. Ya lo sé. Miro las cosas, siempre miro las cosas mal. Sólo me gustaría tener una cita. Podría decir alguna cosa como: «Hola, no estoy seguro de que me recuerdes, pero soy Smithson Ide, un héroe de guerra, cicatrices por todas partes, y todavía no me he vuelto una mierda por completo, y estaba pensando que quizá te gustaría salir con un tipo joven». Pero estaba el entrenador y estaba el médico y yo acabo de llegar de la cadena de montaje de SEAL Sam. ¿Por qué no podía llamarme ella? *¿Diga? ¿Es el señor Ide? ¿Puedo llamarte Smithson? ¿Crees que mis pechos son demasiado grandes o que son del tamaño justo? ¿Podrías venir aquí para que pudiéramos hablar de ello?* Me gustaría que las cosas pasaran así.

Llamadas no hechas. Oportunidades perdidas. Ahora no quiero pensar demasiado en ello.

Bethany.

Recogí a Bethany en la tienda de beneficencia de la iglesia de la Gracia. Salió con el delantal todavía puesto. Estaba yendo a ver a la doctora Glass, Georgina, todos los martes y jueves. Todavía le teníamos todos miedo al psiquiatra en casa de los Ide, pero teníamos que reconocer que la doctora Glass era claramente un avance con respecto al «golfista», como le había dado a papá por llamar a Glenn Golden, que todavía se negaba a considerar siquiera la realidad de la voz de Bethany e insistía por el contrario en que ella era sólo una especie de chalada.

Yo había comprado un Volkswagen Escarabajo de 1968. Era gris y funcionaba bien. No creo que cupiera en uno de ellos ahora, pero entonces era fácil. Mi hermana se metió en el asiento del pasajero.

—Conduce lento —dijo.

—Siempre conduzco lento —dije—. ¿Qué tal el trabajo?

—No es trabajo. No es en realidad trabajo. No seas capullo —me quedé callado. Supongo que el trabajo no iba bien. Yo miraba a la carretera. Ella me miraba a mí—. Cabrón de mierda —dijo.

—Por Dios santo, para.

—Por Dios santo, para —dijo, haciéndome burla.

No dije nada. Tomé la ruta más rápida hacia el lado este de Providence. Cogimos el puente rojo.

—Me tiré por este puente. Casi me muero. Lo eché todo a perder. Muchísimas gracias, joder. Gracias por recordármelo. Quizá debería hacerlo otra vez. A lo mejor estarías contento. Te odio.

No la miré. El puente rojo. Lo había cogido sin pensar. Quizá me lo merecía.

—Quizá deberías morir. Quizá deberías tirarte del puente. Quizá debería agarrar el volante y que acabáramos los dos de una vez.

301

Bethany me dio un puñetazo en el brazo.

—No estoy bromeando —dijo.

—Para.

—Para —me hizo burla.

Giré en la avenida Waterman, luego en Blackstone Boulevard y aparqué cerca del estadio de Brown. Bethany no dijo una palabra mientras íbamos andando por la acera hacia la casa de la doctora Glass. Nos recibió en la puerta. Llevaba puesta una falda azul plisada que le bajaba sólo tres o cuatro centímetros por debajo de las rodillas, una blusa blanca de seda y una sarta de perlas grandes que se apoyaban felizmente en su pecho.

—Hola, tesoro —dijo la doctora Glass, dando un beso a Bethany en la mejilla.

—Hola —dijo alegremente mi hermana.

Me hubiera sentido mucho más cómodo si el lanzador de insultos se mostrara ante la doctora Glass, pero me daba la sensación de que la voz era demasiado lista para eso, y se estaba haciendo cada vez más lista.

—Hola, señor Ide —dijo ella estrechándome la mano.

¡Se acordaba de mi nombre! Ahora sabía que yo estaba conectado a su paciente.

—Hola, doctora Glass —dije. Me pareció que me había retenido la mano una fracción de segundo más de lo necesario, pero no podía estar seguro.

Bethany y la doctora Glass entraron en la oficina y yo leí, como de costumbre, en la salita de espera. Leí un ejemplar viejo de *Outdoor Life*, recuerdo, hasta que salió una Georgina Glass temblorosa unos quince minutos después.

—¿Señor Ide? —susurró con urgencia—. ¿Puede venir un segundo?

Supe de inmediato lo que había alterado a la doctora Glass. Era siempre tan ligera y etérea con todos nosotros, era obvio que no había visto nunca las cosas que la voz podía hacer. Las poses. La inmovilidad. Allí, en el rincón del antiguo y delicado escritorio de la doctora, Bethany había sacado el brazo izquierdo, había arqueado los hombros en una joroba y se había quedado paralizada.

—No se mueve. No se mueve —dijo la doctora Glass con ansiedad, pero de manera suave—. Incluso, incluso… ¿está respirando? ¿Puede no estar respirando?

—No, está respirando. Ha pasado bastantes veces, así que sé que está respirando.

Nos pusimos al lado de Bethany y la observamos de cerca. Hay otra cosa sobre las posturas. Son fascinantes, hipnotizadoras. Es terrible porque parece completamente antinatural, pero al mismo tiempo es alucinante y hermoso.

—No he visto nunca nada así. ¿Puede oírnos?

—Creo que la voz nos oye.

—¿La voz?

Miré a la doctora y me alejé de mi hermana paralizada.

—Hay algo dentro de Bethany. Siempre lo ha habido. Arruina las cosas. Le dice cosas y le dice que haga cosas y ella las hace. Lo odio.

—¿Oye voces? —preguntó la doctora Glass, muy sorprendida.

—Oye una voz, la voz. Intenté decírselo al otro doctor… Glenn Golden…

—Conozco a Glenn…

—No le interesaba. No lo creía. Eso fue antes de que yo fuera a Vietnam, donde me hirieron y me convertí en una especie de héroe y volví a casa sin novia ni nada.

—¿Fue a Vietnam? Pobrecito.

—Bueno…, sabe…, soy mucho mayor de lo que parezco.

Miró otra vez a mi hermana inmóvil.

—¿Por qué no me han dicho nada de esto? ¿Por qué no constaba nada de esto en su informe?

A la doctora Glass no le quedaba nada de esa especie de formalidad cortés que tenía cuando nos recibió en la puerta. Estaba tan desconcertada por Bethany que había dejado caer todo ese rollo de médico. Se movía más sensualmente, si ésa es la palabra, como la Georgina Glass normal de siempre. Respiré profundamente.

—Bueno, Georgina, usted nos dijo a papá y mamá y a mí que quería obtener toda la información de mi propia hermana. Y muchas de esas cosas, lo de la voz, no podía estar en los informes porque el doctor Golden no lo creía. Yo no estuve mucho por aquí mientras él la estaba tratando porque me tuve que ir a Vietnam, donde me hirieron en dieciocho o veinte sitios y me concedieron la condecoración de herido de guerra.

—¿Te concedieron la condecoración de herido de guerra?

Bueno, algunas personas podrían pensar que estaba siendo un gilipollas, hablando de mí mismo y Bethany clavada justo allí, en su postura, en su vida inmóvil, pero era un consuelo saber dónde estaba en un momento dado. Algunas veces, especialmente cuando yo era más joven, deseaba que hubiera una forma para que ella viviera para siempre en una postura, porque así sabríamos siempre que la voz no podría llevársela.

—Escuche —dije—, sé que parece un momento absurdo para preguntárselo pero…

—¿Cuántos años tienes?

—¿Cuántos años tengo? ¿Ahora?

—Sí.

Estaba engordando. Tenía un trabajo. Tenía veinte años…, pronto tendría veintiuno.

—Tengo veinti… séis.

—Pareces más joven.

—Mucha más gente me dice que parezco más joven.

—Yo tengo treinta y nueve.

Olía, y no estoy diciendo una mentira, a melocotones. De verdad. Melocotones. La piel de sus mejillas y de su frente estaba húmeda. Sus pechos soportaban con facilidad la caída de las perlas alrededor del cuello.

—¿Qué piensas de los treinta y nueve? —dijo, mirándome a los ojos.

—Creo que treinta y nueve es maravilloso. Creo que los treinta y nueve tienen algo que es fantástico.

Se rió.

—He dicho treinta y nueve, no sesenta y nueve.

¿Sesenta y nueve? ¿Dijo eso? ¿Lo dijo?

—¿Entonces, qué hacemos? ¿Llamamos a una ambulancia? ¿Cuánto dura? ¿Estás seguro de que no puede oírnos?

Llamé a papá y vino con la ranchera. Bajamos el asiento trasero y extendimos unas mantas y acostamos a Bethany dentro.

—¿Va a estar bien? ¿Va a durar mucho? Quizá deberíamos llevarla al hospital.

Le dije a Georgina que dormiría en su habitación y al día siguiente estaría bien. Acordamos otra cita para Bethany, para recuperar la que había perdido, y seguí a papá en mi Volks. Me sentía bastante bien conmigo mismo, lo admito. Sentía que me había esmerado para causar la mejor impresión a la doctora Glass y en un futuro muy cercano, quizá, saldría con ella. Y quizá la llevaría al Grist Mill de Rehoboth y conseguiría una mesa cerca de la cascada y pediría un buen vino con lo que ganaba en la cadena de montaje de SEAL Sam. Me sentía muy optimista.

Pero por la mañana Bethany no se despertó de su pose, ni la mañana siguiente, y el fin de semana tuvimos que llevarla otra vez al hospital Bradley para que le dieran comida líquida. Estaba pasando algo nuevo y lo sabíamos.

No hablábamos nunca de ello, pero lo sabíamos.

41

Cuanto más esperas y dejas para más tarde las cosas agradables que deberías hacer regularmente, más difícil es hacerlas, hasta que al final tienes que forzarte a ti mismo a ser agradable, a ser considerado, y no es fácil porque estás avergonzado de no haber hecho esas cosas fáciles y agradables de una forma natural. También la gente con la que eres amable termina esperando tu amabilidad habitual. Eso es en una palabra.

Estaba lloviendo fuerte en medio de Missouri. Una lluvia de otoño, y fría. Había renunciado a mantenerme seco. Era el quinto día seguido de lluvia fuerte. Los maizales se habían cubierto tanto de barro que estaba durmiendo sólo en las áreas de descanso y en los aparcamientos de ciudades pequeñas. Mis bártulos estaban tan empapados que durante las dos últimas noches ni siquiera me había molestado en montar la tienda. ¿Qué sentido tenía? Dios, cómo me compadecía de mí mismo. Iba pensando en las cosas. Hablando en voz alta. Iba en aquella maravillosa bicicleta, con aquellas ruedas de paseo firmes sobre la carretera resbaladiza, y me ponía a hablar.

—Anda que tú también eres un genio, te subes a una Raleigh, con tu culo gordo sobresaliendo del sillín, y la fábrica Shad y toda la gente riéndose de ti. ¿Quién va a visitar las tumbas? ¿Qué estás haciendo en la bicicleta? Te odio, patán de mierda...

Fui hablando durante cientos de kilómetros y comía plátanos bajo la lluvia. Ahora me había puesto enfermo, justo aquí, en medio de un monzón en Missouri. Había perdido la energía y tenía un dolor de cabeza espantoso y hasta diarrea, algo que odio especialmente cuando llueve. Tuve que llevar la Moto andando quizá los últimos veinticinco kilómetros hasta un área de descanso. Había un servicio, una máquina de refrescos y una hilera de seis teléfonos. Algunos camioneros se habían parado, y yo diría que unos quince o veinte coches, a dormir hasta que fuera de día. Era más de la una de la mañana. Utilicé el váter y un bosque de toallas de papel. Me hurgué en los bolsillos buscando monedas, pero si tenía alguna estaba en el fondo de la mochila, así que me conformé con agua y, por supuesto, un plátano. Cuando apoyé la bicicleta contra la hilera de teléfonos y cogí el auricular, estaba tiritando tan fuerte que tuve que marcar el número cuatro veces hasta que lo hice bien. Incluso a esa hora, respondió a la primera llamada.

—Hola.

—Hola, Norma.

Trataba de parecer relajado y cómodo, pero un viento glacial hacía volar mis palabras hacia East Providence.

—¡Estás tiritando! Estás enfermo, ¿verdad? ¿Verdad?

—Norma, Norma, lo siento, siento no haberte llamado, estoy...

—¡Estás temblando!

—Siempre estoy fastidiándolo todo y quién va a visitarlos, estaba pensando, quién va a, no sé, ponerles flores y…

—Smithy…

—… rezar por ellos y qué sé yo. Está lloviendo y lloviendo. Me siento…

—Smithy, no…

—Me siento tan… viejo de repente.

Eso era. Eso era lo que sentía. Me sentía muy cansado y muy viejo. El pelo largo hacía la calva mucho más obvia y la barba me salía con muchas tiras canosas. Pero ¿es que estaba mal de la cabeza, llorarle así a la pobre Norma?

—Smithy. ¿Me vas a escuchar? ¿Me vas a escuchar? ¡Si no me aprecias lo suficiente, dímelo y cuelgo! ¡Ahora!

Norma no sentía nunca una sola sensación. Nunca. Era como si un científico loco mezclara todos los sentimientos en diferentes combinaciones. Norma era muy compleja. Pero siempre decía lo que sentía.

—No cuelgues, Norma —susurré, probablemente con la voz más lastimera que haya viajado jamás dos mil quinientos kilómetros. Oí a Norma llenar los pulmones y espirar.

—No colgaré, Smithy. A ti no te colgaré nunca.

La lluvia caía como una cortina de agua, más fuerte que antes, y golpeteaba sobre el tejadillo de metal de la hilera de teléfonos.

—¿Eso es la lluvia? —preguntó.

—Ajá, escucha —sujeté tontamente el teléfono en la dirección del tejadillo de metal—. ¿Puedes oírlo?

—Llueve muy fuerte.

—Lleva lloviendo cinco días. Estoy tan mojado que ni siquiera monto ya la tienda.

—Deberías montar la tienda. Quiero que lo hagas.

—Quería llamar. Yo…

—Está bien.

—No, no está bien, porque quería hablarte de Bill y del chico de Bill. Me salvaron en el ejército, ¿lo sabías? Y ahora Bill es una de esas personas sin techo, y Bill hijo quería matarme.

Norma no decía nada, así que me apoyé contra la lluvia y le conté todo. Y el contarlo todo me hizo sentir bien y menos avergonzado.

—Es tan triste. Pobre Bill y pobre Theresa, y, aunque tuviera esa pistola, pobre Bill hijo.

—Pues sí.

—Ojalá pudiéramos ayudarlos.

—Claro.

—¿Crees que podríamos?

—Creo, creo que voy a intentarlo más adelante. No sé. Conozco a un cura muy agradable que tiene algunas ideas sobre ser fuerte. No sé.

La lluvia se había hecho más ligera hasta convertirse en un simple chaparrón, pero todavía sonaba fuerte contra la hilera de teléfonos.

—¿Sabes en qué he estado trabajando, Smithy? Lo tengo esparcido aquí mismo en la mesa de dibujo. He estado trabajando en los planos de un nuevo yate que está construyendo Blount Shipyard. Va a tratar de competir en la regata de la Copa de América.

—Estoy seguro de que es muy bonito.

—Es como un cohete en el agua. ¿Necesitas dinero?

—Estoy bien.

—Si necesitas dinero...

—Apenas estoy gastando nada. Tengo unos doscientos dólares. De verdad.

—¿Si necesitaras dinero me lo dirías?

—Lo haría.

—Te quiero, Smithy.

Otro camión se detuvo en el área de servicio, un par de coches más. Me pregunto qué pensarían de mí, bajo la lluvia, al teléfono.

—¿Cómo es tu habitación, Norma? ¿Es..., tienes ahí todas tus cosas favoritas? Quiero decir...

—Paso aquí la mayor parte del tiempo, trabajando y esas cosas, así que es en realidad mi dominio, supongo. Vamos a ver, compré una alfombra persa nueva muy buena en Providence y cubre todo excepto unos treinta centímetros aproximadamente alrededor de los bordes. Es roja y dorada, con un dibujo muy complicado. Suave. Tengo las cosas del trabajo a ambos lados de la mesa de dibujo..., la mesa es azul, normalmente las mesas de dibujo son marrones y de color madera claro, pero les hice que le pusieran una buena laca... Tengo un fax y dos ordenadores con capacidad para diseño y CD-ROM y, qué sé yo, el teléfono y una impresora y una mesa auxiliar con ruedas donde guardo mis bolígrafos y el papel. Tengo un grabado de Mary Cassatt de una madre con su hija. Tengo una foto con autógrafo de Teddy Ballgame...

—¿Ted Williams? ¿De verdad?

—Me la dio papá. Era de papá.

—Lo recuerdo.

311

—Les echo de menos, Smithy. Les echo muchísimo de menos. Papá…

En medio del mal tiempo, cruzando por todos los estados, Norma luchaba por no dejar escapar las lágrimas. Me gustaba que les echara de menos. Yo les echaba de menos. A veces ahora, cuando veo a Bethany en un campo o en una nube, veo a papá y mamá también. Papá lleva siempre su traje. Siempre está con su bate de béisbol.

—Tengo…, tengo una biblioteca también…, yo la llamo mi biblioteca. Tengo una pared entera llena de libros. Libros de consulta, novelas…, y luego tengo mi antigua y enorme cama de metal. La tengo en el rincón de la alfombra al lado de las estanterías. Es una cama enorme. La hicieron en 1844. La compré de segunda mano en una mansión de Barrington.

El dolor de cabeza no se me iba y ahora el oído, el oído derecho, me estaba doliendo, pero escuchar a Norma describir su habitación seca y acogedora era mejor que la aspirina.

—Si estuvieras aquí, te echaría en la cama y te mantendría calentito toda la noche. Te abrazaría y te abrazaría y, y…, y tú podrías…

—Podría abrazarte también, Norma.

En algún lugar entre el centro de Missouri y East Providence, Rhode Island, estaban nuestras palabras. Y las palabras se quedaron flotando en la línea como un pijama suave. Y nosotros flotábamos también, incluso en la lluvia.

Después de un rato Norma dijo:

—Monta la tienda.

—Vale.

—¿Lo prometes?

—Vale.

—Vale…, ve y hazlo ahora para librarte de la lluvia.

—Vale…, adiós, Norma.

—Te quiero muchísimo…, adiós.

Monté la tienda al lado de la mesa del merendero. No utilicé el saco de dormir, que estaba mojado, nada más que como almohada, pero me las arreglé para dormir algo. Me desperté con sol y esparcí todas mis cosas sobre la mesa para que se secaran. Me comí el resto de la fruta, dos plátanos y una pera, fui al cuarto de baño y esperé a que se me secara la ropa. Leí mi libro *Ringo*. No me dolía el oído.

42

Caigo mal a la gente. Tiene que ser eso. Cuando volví a casa del hospital de Denver, me di cuenta de que no tenía a nadie de mi edad en East Providence que fuera amigo mío. Conocía a algunas personas, claro, a las que saludaba si las veía en Stop & Shop o en alguna tienda, pero gente a la que pudiera, por ejemplo, llamar por la noche e ir con ellos al cine, bueno, no me relacionaba de esa manera. Es una cosa muy típica de Nueva Inglaterra, esto de estar solo aunque no quieras estarlo. Demuestra, supongo, que estás por encima de sentirte solo y que puedes tomar o dejar la amistad. Así que por entonces yo era un solitario que deseaba no estar solo. Es algo en lo que he pensado y pensado, y ahora creo que en cualquier momento hay un montón de solitarios por ahí que se sienten solos. Simplemente no entendemos el proceso de hacer amigos. El complicado formato de la amistad. No es fácil.

Pasaba un montón de tiempo en el hospital Bradley con papá y mamá. Bethany no estaba progresando como solía hacerlo. No respondía a nada y, por primera vez, su voz no mantenía en secreto que estaba allí. Era exigente y chillona y espantosa. Nos gritaba cuando estábamos a solas con Bethany. Nos llamaba de todo, lo más horrible, con esa voz seca, resquebrajada como un desierto. Pero era locura, y en Bradley conocían la locura, así que el personal era comprensivo con Bethany y trataba de consolarnos a nosotros.

Aun así, dolía. Aun así, nos hacía sentir vergüenza y mantenernos a flote pensando en otra cosa. Estoy seguro de que cuando era realmente horrible, papá y mamá pensaban en todas las cosas agradables que era nuestra familia, y en el encanto de ser humano que era mi hermana cuando estaba en el centro, en su pobre centro. Yo pensaba en la segura redondez, en la pulcritud y el empuje del maravilloso pecho de la doctora Georgina Glass. Pensaba en lo bien que le caía la melena y en su aroma a flores, pero lo que me hacía apartarme de las maliciosas acusaciones y de las fuertes maldiciones de Bethany eran sobre todo los pechos imaginados de la doctora y los muy esperados..., bueno, los pezones. Porque yo me daba cuenta de esas cosas. Era, en cierto modo, mi percepción del mundo, mi conexión. Y tampoco era algo morboso ni repulsivo. Era una observación y luego un pensamiento. Una especie de fantasía con cuerpo. Pero lo que estoy diciendo es, es que no era una obsesión. Era una primera toma de contacto en la afición por alguien, digamos, del modo en que los ojos de una chica, o la piel o los labios, hacen que desees salir con ella. Eso es todo. Era fundamentalmente sano, este asunto del pecho.

Una tarde de esa semana, a última hora de la tarde, después del trabajo, me reuní con mis viejos en Bradley. Después de una hora más o menos de la voz, fui al pasillo a fumar. La doctora Glass estaba en el puesto de las enfermeras y me hizo señas.

—Hola, doctora Glass —dije mientras caminaba hacia allí.

—Hola, señor Ide. Nuestra chica está bastante agresiva, ¿eh? Le he cambiado la medicación, pero a menos que le demos algo que la deje hecha polvo, no parece que se esté calmando.

Llevaba puestos unos pantalones de sport grises y un jersey azul claro. Esta vez las perlas colgaban entre sus montículos. Miré el cigarrillo para no quedarme mirándolos fijamente.

—¿Cómo están sus padres?

—Están, bueno, acostumbrados a ello.

—¿Cómo está usted?

—Estoy acostumbrado también.

—¿Y la guerra y la vuelta a casa y todo eso? ¿Se está adaptando?

A la gente siempre le ha molestado que yo no tuviera que pasar algún tipo de adaptación. En realidad, me había adaptado tantas veces desde que podía recordar, desde los cinco años o así, que si me tenía que adaptar no lo notaba.

—Sí —dije.

Ella dijo algo a una de las enfermeras que estaban por detrás del mostrador. Apagué el cigarrillo.

—Bethany tiene hora el jueves, señor Ide. Y naturalmente no va a poder acudir, pero ¿por qué no viene usted solo?, a la misma hora, y quizá pueda llegar a hacerme comprender mejor a su hermana —escribió algo en un gráfico de enfermería, hablándome con toda tranquilidad, pero sin levantar la vista—. Una pequeña conversación privada —dijo.

Conversación privada, pensé. Ay, sí, doctora Glass. Smithy Ide en privado con Georgina Glass.

—Ehhh —dije pensativamente—. Bueno.

El día y medio que faltaba hasta el jueves se arrastraba por el fondo del aceitoso río Providence. Caminaba con la dificultad de un abuelo. El propio jueves se movía aún con más lentitud y la cadena de montaje no se terminaba nunca. Si había brazos y piernas mal colocados en el SEAL Sam, yo estaba demasiado trastornado como para darme cuenta. A las cuatro, fiché la salida para ir a mi reunión privada.

Georgina me recibió en la puerta en vaqueros y una sudadera de la Universidad de Brown.

—Hola, adelante —la seguí hasta su oficina. Señaló hacia un sillón de orejas azul y rojo situado frente a su escritorio—. ¿Le apetece un café o un refresco?

—No, gracias.

Se sentó en su escritorio.

—He visto a su hermana alrededor de las diez esta mañana. No estaba lanzando gruñidos ni nada por el estilo.

—Sí, el último día ha retrocedido.

—¿Quién?

—Eso. La…, bueno…

—¿La voz?

—Ajá.

—Ah —Georgina anotó algo—. ¿Mató a alguien en Vietnam?

—¿Eh?

—En el ejército. ¿Tuvo que matar a alguien?

—No, no maté a nadie. Ni siquiera descargué nunca el arma.

—Pero le hirieron.

—Vaya si me hirieron —dije—, me hirieron de verdad. Me concedieron la condecoración de herido de guerra.

—Y ahora está en casa. ¿Viviendo en casa?

La doctora Glass cambió de posición en su asiento y la cima de la Universidad de Brown cayó ligeramente entre los puntos delineados. ¿Vivía yo en casa?

—Bueno…, ya sabe…, estoy ayudando a mis viejos con Bethany. Es sólo hasta que esté seguro de que pueden llevar las cosas. Yo…, sabe…, me dieron la condecoración de herido de guerra y todo.

La doctora Glass me sonrió y era una sonrisa preciosa y, yo diría, de niña. Pero puede que no.

—Está bien vivir en casa. Después de la escuela de medicina, yo viví con mis padres hasta que me casé.

—A mí también me gustaría que mi hija viviera conmigo hasta que se casara —dije, como alguien con el diploma del instituto pegado en la frente.

—Y Bethany vive en casa porque…

—Por culpa de la voz. Con Bethany la situación es distinta. Es encantadora, pero está esa voz, y hace cosas que la destrozan. Es difícil de explicar. Me gusta lo que se ha hecho usted en el pelo.

—¿El pelo?

—Sí. Es bonito. Es como un tipo de coleta.

—En realidad, no, es sólo que está más bien largo por detrás.

—Más bien largo. Eso es lo que quiero decir.

—¿Cree que es una personalidad totalmente diferente, desde el punto de vista, digamos, de una división del yo? ¿Hasta ese extremo?

—Ehh… es, no lo sé. Me gusta.

—¿Qué?

—Su pelo.

—Estaba hablando de la voz de Bethany.

—Ah, sí, por supuesto, sí, sí, sí…, una… del yo.

—Está muy unido a su hermana, ¿verdad, señor Ide?

—Sí, y puede llamarme Smithy.

—Smithy. ¿Cómo de unido?

—Bueno, es mi hermana mayor. Algunas veces me ha dado buenos consejos y esas cosas, y yo siempre ayudaba a encontrarla, y tiene una voz maravillosa, que canta bien, quiero decir, no la voz mala, y hablamos sobre algunas cosas.

La doctora Glass anotó algunas ideas rápidas en una pequeña pila de fichas que tenía amontonadas sobre el escritorio. Se reclinó en la silla. Sus pechos cambiaron de posición, muy ligeramente a la izquierda. No habló durante un rato, así que lo hice yo.

—Estábamos, ya sabe…, bueno, estábamos interesados en el béisbol de papá, él jugaba con el Socony, íbamos y estábamos juntos y hablábamos y eso.

Un gato grande se hizo un ovillo en un rincón de su escritorio.

—Ésa es *Mitsi*. Es una buena chica. Eres una buena chica, ¿no es cierto, *Mitsi*?

Mitsi bostezó y cerró los ojos.

—¿Y qué hay del sexo? ¿Tuvo muchas relaciones en el ejército? ¿En el instituto?

—¿Eh?

—Relaciones sexuales.

—Bueno yo… supongo que sí, claro. Quiero decir…

—Lo siento, no era mi intención lanzar esa pregunta de repente, pero tengo curiosidad, francamente, por todo lo que he observado en Bethany, de saber el alcance de vuestra relación.

Mi cara inexpresiva puede que se quedara perpleja, no estoy seguro, pero mis terminaciones nerviosas me hacían temblar en aquella silla.

—Por ejemplo, Bethany me dijo una vez que le solía enseñar el pene cuando era un chaval.

Tenía la boca abierta, pero no me salían las palabras. Puede que hiciera un ligero sonido, como un grito lejano, a un millón de kilómetros.

—Y que solía tocarla a menudo y que al final tenía relaciones sexuales con ella.

El velo del paladar se me había quedado seco. Tenía la boca como una lija. No podía despegar los labios.

—Le… dijo… ¿qué?, ¿qué?

Estaba en un punto en que me merecía totalmente una condecoración por el esfuerzo para no soltar las lágrimas, pero mi pequeño cerebro me advirtió que no las dejara escapar.

—Me dijo…

—Lo he oído.

Me temblaban las piernas al levantarme y me puse por detrás de la silla. Ay, Bethany, pensé. ¿Esa maldita voz te ha hecho creer de verdad eso? Soy Garfio. Siempre seré Garfio.

La doctora Glass me observaba con calma, pero yo sentía un pequeño tono de hostilidad. Quizá.

—Bethany me contó, y debo decir que con tantos detalles que pondrían a prueba un relato ficticio, que tirársela se convirtió en una rutina diaria. Casi en una forma de vida.

Responder a algo cuya imagen mental es tan repugnante y que sobrepasaba de tal forma lo más horrible que hubiera imaginado jamás parecía por encima de mis posibilidades.

—Me dijo que ella sabía lo mal que estaba hacerlo, pero que usted insistió mucho y luego se puso violento. Me enseñó fotos. Fotos de su cara toda arañada y llena de cardenales. Se acostó con ella una y otra vez hasta que su mente se hizo pedazos, ¿verdad? Cuéntemelo. Al menos cuénteme la verdad para que podamos empezar a curar a esa pobre chica.

Con esas palabras, la doctora Glass lanzó cuatro fotos que Bethany había conservado de los cuatro accidentes principales que la voz le había causado. La farmacia, el puente rojo, la comuna hippy y el baile de gala. Las reconocí todas. Había tres que habían sido tomadas por la policía y una por un cirujano plástico. Yo sabía que ella las guardaba. Nunca había sabido por qué. Las miré y las ordené con lentitud, cronológicamente, sobre el escritorio. En ese momento estaba llorando. Lloraba por mi hermana. Los acontecimientos de cada uno de esos días terribles retumbaban sobre mí. Naturalmente, la doctora Glass lo interpretó todo como el remordimiento del pervertido Smithy Ide.

—Es toda la evidencia que necesito para ir a la policía, señor Ide, y le juro que voy a ir —señaló la foto de la farmacia—. ¿Se acuerda de ésta? —la golpeó una y otra vez, hasta que cedió por fin. Señaló la foto del puente rojo, la que utilizaron en la continuación de la historia en el periódico de Providence—. ¿Y ésta? —ahora ya no había duda de la ira vengadora de la doctora Glass—. Cómo la tiró a la piscina y no la dejaba salir para ir a la cabaña de su madre. Le dio patadas y la empujó hasta que ella consintió. ¿Y ésta?

La doctora Georgina Glass golpeó con el puño sobre la foto del baile de gala, cuando encontramos a mi hermana comida por los mosquitos y toda arañada. Sollocé al pensar en ella, sola, en aquel pantano. Mi pobre, mi pobrecita hermana.

—Mire lo que hizo, señor Ide, cuando la arañó una y otra vez mientras la mantenía atada en el sótano. ¿Qué clase de persona hace una cosa así a su propia hermana? Respóndame, maldita sea.

Por primera vez, levanté la vista de las fotografías y miré directamente a la doctora Glass. Ella dio un paso atrás desde su mesa.

—Hay gente que sabe que estoy aquí con usted. No intente hacer nada. Tengo todas las fechas y las horas. Por su propio bien, confiéselo. Tiene que poner fin a este círculo. Usted está tan enfermo como su hermana. Tiene que actuar rápido para reactivar su alma —su tono se suavizó. Dejó de apretar los puños. Respiró profundamente—. Mire, sé que debe de sufrir de una forma horrible por sus acciones. ¿Recuerda el último día de Acción de Gracias?

El último día de Acción de Gracias mis pulmones sufrieron un colapso en Denver. El último día de Acción de Gracias me clavaron tubos en el pecho y me inflaron como a un personaje de dibujos animados.

—Le dijo a sus padres que iba a ir a la casa familiar de Vail para relajarse un poco. Lo hizo sólo porque sabía que Bethany estaba ya allí.

—¿El último día de Acción de Gracias? —pregunté en medio de mis gimoteos.

—No se haga el tonto. Es hora de que empiece a curarse a sí mismo. Bethany. Mire… Sé cómo la tuvo prácticamente presa en Vail y luego en Aspen, y ni siquiera entraré en el asunto de París.

—¿El asunto de París?

—Muy bien, como quiera. Usted es un individuo terriblemente enfermo, señor Ide. Terriblemente enfermo. Y como la mayoría de la gente enferma, ha afectado al bienestar de todos los que le rodean. Y no me sorprende que sus padres no hayan logrado proteger a Bethany. Puede que no lo supieran, puede que sí, o puede que los ricos vivan de forma diferente a como vivimos los demás.

—¿Los ricos?

—No obstante voy a llevar esto ante las autoridades. Bethany me ha dado permiso.

—Doctora Glass…

—Adiós, señor Ide.

Fui hasta la puerta de su oficina. Los ojos me dolían y lanzaban punzadas de dolor increíblemente agudas al cerebro. Puse la mano en el pomo y hablé hacia la puerta.

—Nosotros no tenemos piscina —dije entre dientes.

—¿Ha dicho algo? —preguntó.

Me di la vuelta. La doctora Georgina Glass estaba de pie detrás de su escritorio con las manos en las caderas. Tenía los pies separados. He visto fotos de toreros al lado de los toros muertos que no irradiaban ni de cerca la sensación de victoria que tenía ella.

—He dicho que no tenemos piscina.

—Bueno, eso…

—No hay piscina. Ninguna, y no esquiamos en absoluto, y menos aún tenemos una casa en… ¿dónde?

—¿No tienen una casa en Vail?

—No.

—¿Aspen?

—No, no la tenemos. Esa…, esa primera fotografía…, esa de la derecha…, a su izquierda…, la tomó la policía de East Providence en la farmacia donde ella trabajaba… La siguiente, la de la piscina, es de cuando se tiró desde el puente rojo.

—¿Se… tiró desde el puente rojo?

—Sí, se tiró.

La doctora Glass entrecerró los ojos y pensó mucho. No parecía guapa. Parecía vieja, por lo menos para mí. Si se hubiera levantado la sudadera, yo habría cerrado mis ojos húmedos antes de mirar aquellos pechos, antes interesantes.

—Supongo que tiene una explicación para el último día de Acción de Gracias.

—No.

—Suponía que no.

—Pregunté a los doctores por qué mis pulmones habían sufrido un colapso en el hospital del ejército de Denver y por qué el día de Acción de Gracias tenían que meterme tubos en el pecho e inflarme, pero me dijeron que simplemente había ocurrido. No pudieron darme una explicación. No.

—Ah —dijo.

Salí de su oficina y luego salí por la puerta de la calle y bajé las escaleras. Cuando salí a la acera ella estaba en la puerta.

—Lo siento —gritó.

Terminé de leer *Ringo* en Colorado. Había leído ya dos libros de Harold Becker, el autor. Esto es lo que él diría de Smithy Ide:

Página uno. «*Surcó las llanuras abiertas como un halcón peregrino. Volaba a lo alto y a lo ancho, alejado de todos. Pensó que Kansas era el más bello de los lugares, hasta que vio el vigor de las Rocosas a las afueras de Goodland. Pero tal vez este Smithy Ide era un hombre de las praderas. Tal vez sería ése su legado. Un impulso de la bicicleta y el cuerpo volando a lo alto y a lo ancho por la historia de los halcones peregrinos.*»

Ése era el estilo. Un poco florido, pero este tal Becker podía tomar a una persona normal y describirla como un caballero, o un héroe, aunque las circunstancias le fueran tan desfavorables. Iggy, con todos los prejuicios y demás cosas que conllevaba ser negro en 1878, nunca sintió lástima de sí mismo en absoluto. Y Ringo, con un solo brazo y una sola pierna, se sentaba en la montura más erguido que nadie. Simplemente le llevaba mucho más tiempo conseguir subirse allí. Yo no tenía nada que superar, a excepción quizá de mi culo gordo, que se perdió en algún lugar de Missouri, o al menos, parte de él. Hasta la ropa que me había comprado la doctora de Indiana me quedaba suelta.

Ese octubre —puedo decirlo con certeza porque era octubre— las praderas americanas oscilaban del naranja al oro. Los días eran fríos y despejados como en Rhode Island, y las noches y las primeras horas de la mañana eran heladoras. Pedaleaba mucho, un día hice hasta tres excursiones de cuatro horas. Doce horas. Reventé una rueda a las afueras de Oakley, Kansas. Reparé la rueda en la tienda de bicis Ray, comí un montón de pollo frito y luego encontré un acogedor campo llano a unos doscientos metros de la carretera para montar la tienda e incluso hacer una hoguera con unos matorrales.

Por la mañana, las vacas miraron dentro de la tienda y sacudieron sus pesadas colas contra el nailon. Estaba totalmente despierto acostado en el cálido saco de dormir, sintiéndome especialmente seguro. Supongo que tenía esa sensación por estar en el saco calentito en medio del campo helado. Me pasé los dedos por los costados y pude sentir las costillas. Bueno, sabía que estaban allí, la gente tiene costillas, pero no había sentido las mías por debajo de las capas que tenía desde hacía quizá veinte años. Sentí la cavidad que la parte de abajo de las costillas formaba alrededor del estómago.

—Perder peso —dije en voz alta.

Esa tarde en Keana, Kansas, un pueblo que era una gasolinera, me pesé por una moneda de cinco céntimos. Ciento tres kilos. Me bajé de la máquina, puse otra moneda de cinco céntimos y me pesé otra vez. Ciento tres kilos.

¿Es posible?

Me quedé de pie en la máquina, mirando el contador como un tonto.

—Eso quiere decir, eso quiere decir que he perdido veintitrés kilos —dije, otra vez, en alto.

¿Es posible?

Hice números en la cabeza. ¿Había estado fuera treinta y tres o treinta y cuatro días? ¿Veintitrés kilos?

—¿Norma?

—Smithy. Hola. Espera un momento, tengo que poner el salvapantallas en mi ordenador.

—Haz lo que tengas que hacer. Puedo esperar.

—Tengo un Mac. Ya está.

—Los Mac tienen fama de ser buenos.

—Tiene muchísima capacidad. ¿Tienes uno?

—¿Para qué?

—La gente se divierte con ellos.

—No creo que pudiera aprender a utilizarlo.

—Son fáciles. Te enseñaré. Te voy a enseñar, Smithy.

Otro silencio Smithy-Norma. Un silencio agradable. Un momento lleno y en absoluto incómodo.

—Norma. He perdido peso.

—No tienes que perder peso —dijo, como si estuviera defendiendo mi derecho a ser gordo—. Me gustas como eres.

—Estoy en Kansas. Kansas es muy bonito.

—Ah, Smithy. Kansas. Te has ido en bici a Kansas. Estoy mirando el mapa. Kansas es terriblemente grande.

—Grande y llano.

Le hablé de las vacas y del tiempo y del modo en que me quedaba casi hipnotizado por la carretera después de un rato. Me dijo: «Te quiero, Smithy».

Y por un segundo vi a Norma con la gorra de béisbol de papá, con un chocolate caliente y los Red Sox llenando nuestro porche. Creo que era ese espíritu, y que la silla de metal no era nada para ella. La vi a la puerta de la funeraria. La vi erguida y casi furiosamente orgullosa y la eché de menos. En realidad no la había visto más de cuarenta y cinco minutos en total en treinta años, pero la echaba de menos tanto que me dolía el estómago.

—Te…, te echo de menos, Norma. Te echo mucho de menos.

Otro buen silencio. Otros maravillosos, repletos, cuarenta y tantos años de silencio.

—Ay, Smithy…

Más silencio. Más silencio de vacas y trigo largo de Kansas. Silencio de sol poniente.

—Adiós, Norma.

—Adiós, Smithy.

Así que todo eso es Kansas. Tanto espacio y tantas ondulaciones de la tierra. Ese escritor, ese tal Harold Becker diría en el estilo de Iggy, en ese estilo de un brazo y una pierna de Ringo, diría: *Algunas veces por la tarde, cuando bizqueas para apartar la luz cegadora, no puedes decir si la vieja Kansas es el cielo y el cielo es la tierra, pues te cambia hasta ese punto».

44

No estaba enfadado con Bethany. Me figuré que la maldita voz estaba fabricando las terribles mentiras que dijo a la doctora Glass. No estaba enfadado, pero jamás volví a ir con ella a la oficina de la doctora. ¿Cómo podría haberlo hecho?

Bethany se puso mejor, eso era lo importante. Salió de su nube y se curó muy bien a excepción de la cicatriz de un fino rasguño que iba desde el extremo del ojo hasta la sien. Pero era una cicatriz realmente pequeña, y, a menos que la estuvieras buscando, no se notaba. Se cortó su abundante pelo corto y empezó a llevar un maquillaje en los ojos que se los hacía enormes. Estaba guapa, quizá hasta bella, al menos eso es lo que Jeffrey Greene de Attleboro, Massachusetts, pensó.

Jeff Greene tenía veintisiete años cuando conoció a mi hermana. Su madre tenía que ir a Bradley porque seguía teniendo problemas mentales. Jeff me dijo «problemas mentales». No conozco ningún detalle, y en realidad no creo que nadie, aparte de los seres queridos, deba saber ciertas cosas. Eso es lo que yo pienso, pero no sé. Jeff visitaba a su madre y luego se sentaba en el parque de los pacientes para fumarse un cigarrillo, y un día conoció a Bethany.

Jeff solía visitar a su madre una vez a la semana porque no creía que ella supiera en absoluto que él estaba allí, pero, después de entablar conversaciones con Bethany, empezó a ir todos los días. Se sentaban y hablaban durante horas y horas, y la doctora Glass le dijo a papá y mamá que el hecho de que Bethany hubiera reaccionado se debía en gran parte a Jeff. Incluso traía a Bethany a casa los domingos por la tarde, cuando la dejaban salir, y al final, cuando le dieron de alta, decoró su coche con carteles que decían BETHANY SE VA A CASA, y la llevó él.

Supongo que estaba un poco celoso de Jeff. Yo era el que normalmente la cuidaba, pero ahora era Jeff, y la verdad es que lo hacía muy bien. Me había mudado a mi apartamento en Pawtucket, cerca de Goddard, así que era bueno que tuviera a Jeff, pero estaba preocupado, ¿me entienden?, me preocupo por todo. Bueno, como iba diciendo, Jeff tenía lo que yo pensaba que era un buen trabajo. Era el gerente de Benny's Home and Auto Store, en la avenida Newport, en Pawtucket, y vivía, como he dicho, en Attleboro, en una bonita casa que acababa de comprar. Jeff Greene era un tipo que tenía todo bien organizado. Y se merecía cosas buenas. No sólo porque estuviera enamorado de Bethany, sino porque era una de esas personas muy trabajadoras que mi padre admiraba, aunque fuera judío.

—Mientras sea bueno con Bethany... —decía mi padre.

—No sé —decía mi madre.

Pero después de un tiempo nos dimos cuenta todos de que Jeff nos caía muy bien. Era alto y corpulento, y andaba un poco con los pies planos, que es por lo que no había sido llamado a filas, pero tenía mucha energía y cuando estaba cerca, que venía a ser todo el tiempo, también nosotros teníamos energía.

El cambio de Bethany fue tan completo, amor y todo, que la dicha volvió a la casa de papá y mamá. Papá volvió al campo de béisbol como entrenador de la tercera base de los Socony Sox y, cuando podíamos, íbamos todos a los partidos. Fue una época maravillosa, aunque yo tenía problemas para conocer gente y el trabajo era aburrido y las grandes jarras de cerveza llenaban mis noches, y mientras Bethany estaba volviendo a la normalidad, mi cara se estaba empezando a deformar, perdida en un torrente de comida y alcohol. Aun así, fue estupendo verla tan feliz y ser ella misma.

Jeff la acompañaba ahora en sus visitas a la doctora Glass. Bethany había empezado a trabajar como ayudante de bibliotecaria en la biblioteca Ann Ide Fuller Branch, bajo el depósito de agua de East Providence, y siempre que podía Jeff Greene se pasaba por allí y le hacía una visita. Cuando pienso en Jeff, pienso en un tipo esperando para decir hola a Bethany y darle un pequeño beso y que se sentía feliz sólo de estar cerca de ella. Eso lo entiendo. Sería fantástico llegar a un lugar donde todo se hace cómodo simplemente por el hecho de estar allí.

Un domingo por la tarde, después de que se hubiera derretido la nieve y de que empezaran a salir las flores primaverales y la hierba por todas partes, Jeff recogió a Bethany y la llevó en coche a Colts Drive, en Bristol, Rhode Island. Es un paseo de gran longitud construido a lo largo del océano y es bastante asombroso y bastante bonito. A la gente de todas partes le gusta pasear por allí y mirar el mar. Es bonito ver a la gente así. Mirando. Pensando. Jeff también miró el mar. Tartamudeó, tratando de decir algo, se detuvo, miró el mar de nuevo y tartamudeó.

—¿Qué, cariño? —dijo Bethany, apretando el brazo de él. Llevaba un jersey de algodón grueso de cuello alto y la gorra de béisbol de los Red Sox.

—Estaba pensando…

—¿Qué?

Pobre Jeff Greene. Ahí estaba este pobre chico que no era capaz de hablar.

—Bueno…

Se metió la mano en el bolsillo y le dio un pequeño estuche azul. Dentro había un anillo, y dentro del anillo había hecho inscribir al joyero BETHANY Y JEFF, 1972. Bethany sostuvo el anillo en la mano y se quedó mirándolo fijamente con la boca abierta.

—Te quiero y quiero casarme contigo —dijo Jeff con amabilidad, como un tonto.

—Ah, Jeffrey —dijo Bethany, con una cascada asomándole en los ojos.

—¿Te casarás conmigo?

—Claro que sí. Me casaré. Yo también te quiero.

45

Bueno. Pónganse en mi lugar. Están hablando con Norma desde una cabina de teléfono y tienen que contarle esta historia. Díganme cómo contar esta historia. Ah, y hace frío. Tiene que hacer tanto frío que si empieza a llover, saben que será nieve.

La historia.

Kansas me había malacostumbrado. Aunque creo que había una pendiente gradual y la altitud siempre estaba aumentando, la palabra clave era «gradual». Colorado, después la parte de las altas praderas, desde donde entré en Holly, todavía en la US 50, a través de Rocky Ford, donde dejé la 50 y cogí la Ruta 10 de Colorado y me metí en Walsenburg, estaba bien, hasta que me metí en la Ruta 160 montañas arriba. Sentía que acababa de empezar. Si había suficiente aire, sin duda no estaba a mi alrededor. No estaba haciendo doce horas, ni diez, y después de Walsenburg, ni siquiera ocho. Montaba en la bicicleta y caminaba como un caracol, seis o siete horas al día y apenas tenía energía para montar la tienda, cosa que tenía que hacer porque ahora hacía frío de verdad.

El tramo entre Fort Garland y Alamosa a través de ese alto valle me llevó dos días enteros y probablemente eran sólo unos sesenta y cinco kilómetros. Estaba bastante desanimado, aunque sí que hice una visita a Fort Garland, donde Kit Carson* había sido comandante. Yo era el único

en esa visita guiada. Un tipo viejo y bajito con un sombrero de vaquero hacía de guía, y habló durante unos veinticinco minutos sin parar y no me miró ni una vez, excepto cuando levanté la mano.

—¿Alguna pregunta? —dijo, mirándome.

—¿Dónde le mataron?

—¿A Carson?

—Sí.

—Ni idea.

Alamosa era una especie de pueblo americano viejo y nuevo, la periferia nueva y una calle principal muy antigua. Me gustaba, pero hacía demasiado frío para disfrutarlo. Hice una parada en Wal-Mart y me preparé para las Montañas Rocosas. Calcetines de lana, calzoncillos largos, un jersey de alpaca de la era espacial, unos buenos guantes, vaqueros con un forro de franela rojo, un gorro de lana azul y botas de trabajo aislantes que tenían pintado en la caja SEGUNDA MANO. Tuve que pagar ciento y pico dólares. Después de ir a una tienda de comestibles y comprar plátanos y agua y galletas de avena, me quedaban menos de cincuenta dólares. Eché todo el resto de la ropa, excepto los pantalones cortos y el chándal y las playeras, a un contenedor de recogida de ropa usada.

---

* Kit Carson es uno de los personajes más controvertidos de la historia de Estados Unidos, un héroe para la cultura oficial y un traidor para las distintas tribus indias con las que se relacionó. (*N. de la T.*)

Esa noche dormí en el área de descanso más bonita que había visto jamás. Estaba en Del Norte y a unos ochocientos metros saliendo de la 160. Tenía un cuarto de baño limpio y un campo de césped bien cortado donde pude poner la tienda sobre hierba blanda. Dormí estupendamente y, por la mañana, el sol resplandecía en el valle de forma tan deliciosa que se podría haber pensado que era agosto. ¡Vaya día! Tenía que haber unos dieciséis grados. Empecé montando en la bicicleta con el chándal pero, después de una hora más o menos, me cambié a unos pantalones cortos y una camiseta. Tanto calor hacía, de verdad.

La Ruta 160 fuera de Del Norte hace una cuesta abajo hasta South Fork, lo que facilita el paseo; y las montañas, cercanas y lejanas, lo hacen hermoso. Estaba tan fascinado por su belleza que tomé una salida equivocada. En vez de seguir en la 160 para subir a Durango, Colorado, cambié de dirección atravesando justo la cristalina cabecera del Río Grande y metiéndome en Mineral County.

Seguí veinticinco kilómetros de extensas aguas de pesca con mosca sobre una estrecha carretera que atravesaba entre resbaladeros de piedra, corrientes de lava y álamos de Virginia. La carretera se hacía más y más estrecha hasta llegar a un pequeño poblado llamado Wagon Wheel Gap; luego se abría inmediatamente a un extenso y curvado valle de hierba con un río bordeado de increíbles colinas y montañas.

Estaba, supongo, reanimado. Para entonces ya me había dado cuenta de que la carretera en la que estaba no era la 160 de Colorado, pero el camino era llano y cálido y los pescadores lanzaban sus largas cañas en cada curva.

En un punto donde la carretera estaba más pegada al río, me salí por un sendero de tierra para jeeps y bajé hasta la orilla.

Había visto fotos de ríos como éste. Las típicas orillas con hierba alta entrando suavemente en el agua cristalina, rápida y potente, sobre un fondo de guijarros, que se asentaba luego en agujeros y pozas perfectas, profundas, cada una de ellas llena de cientos de truchas comunes, truchas arco iris y quizá truchas de garganta cortada. Yo suponía que las fotografías que había visto tenían que ser algún tipo de fotografía trucada. Pero sentado en la orilla de la parte de arriba del Río Grande, comiéndome un plátano con el sol cayendo sobre mí, tengo que decir que hay ríos como éste. Es cierto.

Extendí el mapa sobre la hierba seca. Aquí estaba South Fork y aquí, justo aquí, era donde había metido la pata. Fui recto. Si seguía en esta carretera unos trece o catorce kilómetros, llegaría a Creede, Colorado. A partir de allí, la carretera nueva desaparecía sin más en las montañas. No estaba desanimado. Me relajaría un poco, me comería otro plátano estupendo y volvería a la 160. Supongo que podría haberme sentido estúpido por haberme equivocado de carretera. No es como si fuera en un autobús o en un coche, o en algo que viajara tan rápido que sería entendible no haber visto la señal. Pero no me sentía estúpido. En realidad me sentía fenomenal por haber pasado un rato en este río. El agua sobre las piedras hacía una especie de rumor. Me tumbé en la hierba y cerré los ojos. Me quedé dormido.

Debía de haberse estado escondiendo justo en las montañas detrás de mí. Montañas de apariencia afable bordeadas por una estrecha hilera de árboles y de cimas redondeadas. Montañas que en realidad parecían suaves, pero detrás de ellas había una tormenta preparada para pillarme. La temperatura debió de caer rápidamente, pero no tanto como para despertarme. La nieve, también. Primero debió de ser sólo una ráfaga de nieve, porque cuando por fin abrí los ojos estaba ligeramente cubierto de nieve húmeda y el remolino fue sólo el principio. Llegó increíblemente rápido. No podía ver nada y tenía el cuerpo entumecido y, supongo, como la comida congelada.

Busqué a tientas la bicicleta. Palpé en todas direcciones, sin atreverme a ponerme de pie porque sinceramente sentía que el viento, la potencia de la tormenta de nieve, podría haberme arrojado al río. ¡La bici! Toqué las alforjas del equipaje. Parecía increíblemente estúpido hacerlo, una pérdida de tiempo, quizá imposible, pero saqué la tienda, busqué las estacas de metal, las clavé y empujé hacia arriba los palos de fibra de vidrio hasta que elevaron la cúpula de nailon. Desaté las alforjas de la estructura metálica de la bicicleta y las empujé al interior de la tienda. Se sacudía en ángulo recto. Arrancaría las estacas a no ser que añadiera mi peso. Dentro estaba oscuro y hacía frío. Me senté acurrucado en el centro de la tienda, concentrándome en sujetarla a la tierra. Entonces fue cuando oí el grito.

Al principio fue un pequeño sonido, como el grito de un cuervo irritado en la distancia, pero al escuchar oí una vocecilla gritando «socorro», gritando «ayúdenme». Y el sonido de las lágrimas. Conocía ese sonido asustado. El corazón me latía con fuerza en el aire frío. Me arrastré fuera de la tienda.

—Por favor, no te vueles —dije en voz alta.

No soy valiente. No hace falta que lo diga a estas alturas. Siempre me gustaría ayudar, pero tengo muchas inseguridades, supongo, que actúan dentro de mí.

Me puse delante de la tienda y me incliné con el viento para equilibrarme. Escuché con atención. La nieve húmeda me pellizcaba en la cara y entonces lo oí otra vez. El grito de auxilio. Un sollozo.

—¡Quédate quieto y sigue hablando! —grité.

—Tengo miedo —gritó.

—¡Quédate quieto y sigue hablando! ¡Ya voy!

—Me llamo Kenny. Me llamo Kenny. Me llamo…

—¡No pares! —grité.

Ahora estaba más cerca. Quería ir en una línea constante, para tener al menos la oportunidad de regresar a la tienda.

—Me…, me llamo… —empezó a llorar.

Enormes alaridos. Más fuertes de lo que podía hablar. Le sentí directamente delante de mí y fui agarrando el aire hasta que los dedos se acercaron a su camiseta. Era pequeño y lo levanté y me lo eché al hombro.

—¡Me llamo Kenny! ¡Me llamo Kenny!

—Ahora puedes parar.

—Me llamo Kenny.

Caminé por donde estaba rezando que fuera la dirección por la que había venido. Caminé hasta que estuve al borde del río. No encontraba la tienda. Me empezó el pánico en los pies y en las rodillas. Siempre me empieza por allí. El pánico me lastraba en los pesados pasos sobre la nieve, que me llegaba ya a media pantorrilla. Me alejé de la orilla y, en una especie de deslizamiento lateral, busqué en todas direcciones con cada resbalón de mis pies congelados.

Choqué con algo y alargué la mano hacia abajo expectante. Mi tienda. Pasé la mano alrededor de ella, buscando la entrada. Al estirar los brazos no podía verme las manos. Esa forma de nevar parece increíble. Una catarata de nieve. Fría. Azotando. La tienda se agitaba.

Caí de rodillas, metí a Kenny dentro de la tienda y me arrastré hacia dentro tras él. Lloriqueaba un poco y estaba tiritando. No podía decir con seguridad si tiritaba por el frío o del susto, pero llevaba sólo unas playeras, una camiseta y pantalones cortos, así que lo más probable era que fuera de frío. Estaba oscuro en el interior de la tienda llena de nieve. Cogí la linterna y saqué el saco de dormir.

—Quítate toda esa ropa mojada —le dije a Kenny. Le ponía nervioso quitarse la ropa delante de alguien—. Me daré la vuelta. Quítate las playeras y todo eso y métete en el saco.

Conté hasta cincuenta para que le diera suficiente tiempo. Cuando me di la vuelta había una cabecita cuadrada y rubia con el pelo cortado al rape, de unos diez años, asomando por el saco.

Saqué de la mochila los calzoncillos largos, los calcetines de lana y los vaqueros forrados.

—Ahora te toca a ti darte la vuelta —le dije.

Me cambié y me puse la pesada ropa de abrigo y metí las otras de vuelta en la mochila. Fuera el viento sonaba como un montón de cohetes despegando. Me imaginé los árboles saliendo disparados del suelo. La tienda daba sacudidas, pero se mantenía. La nieve la sujetaba como un pequeño iglú.

—Así que eres Kenny, ¿eh?

—Ajá.

De repente me vino una imagen de más Kennys ahí fuera.

—¿Estabas solo?

—Sí.

—Muy bien. Soy Smithy.

Saqué la mano para que nos diéramos un apretón. Él la estrechó. Le castañeteaban los dientes. Volvió a meter la mano dentro del saco y se tumbó de lado mirando hacia mí. Puse las alforjas al fondo de la tienda y recosté la cabeza sobre ellas. Escuchamos el viento.

—¿Te has hecho daño en algún sitio?

—Creo que no.

—Muy bien.

—Vivo en Creede. Hice novillos en el colegio.

—¿Hiciste novillos? Eso no está bien.

—Fui a pescar.

El viento y la nieve nos sacudieron con fuerza durante un segundo, pero luego amainó, y, por primera vez desde que me desperté con la nieve, pude oír el torrente del río.

—¿Pescaste algo?

46

Las semanas siguientes al compromiso de Bethany con Jeff Greene fueron felices para los Ide y, tengo que decir, en especial para mamá. Era muy agradable verla sentada a la mesa de la cocina con mi hermana, haciendo planes y riéndose, e incluso hablando de su propia boda, aunque era un poco diferente, ya que papá se estaba preparando para embarcarse a la guerra y ni siquiera hicieron un viaje de novios; pero, por supuesto, los recuerdos de las novias son siempre alegres. Creo. Eso espero.

Los planes de Bethany y Jeff eran en líneas generales los siguientes:

Celebrar la boda un 11 de junio en un entorno ecuménico con uno de los sacerdotes episcopales de la iglesia de la Gracia y el rabino de Jeff, a quien no había visto desde que tenía trece años, pero que le caía bien. Iban a ir de luna de miel durante una semana a Nags Head, Carolina del Norte, a la playa, y luego iban a vivir en Attleboro, donde Bethany podía trabajar en Benny's Home and Auto Store con Jeff, hasta que consideraran que era el momento apropiado para tener Greenitos.

Ésta era la clase de noticias que me encantaban. Había orden en ello. Vamos, que se sabía el abecé de lo que estaba ocurriendo y las posibilidades de joderlo todo eran bastante limitadas. Haces los planes, los anotas, fácil. La señora Alivera, que era una amiga de mamá, del vecindario, se llevó el vestido de novia de mamá y lo reformó para adaptarlo exactamente al estilo y a la forma que Bethany quería. Así que eso también era perfecto. La única hija de mamá se casaría con su reliquia de familia, aunque fuera arreglada. Fue una buena época. Fue una de las épocas realmente buenas. Los preparativos y todo eso.

47

Roger puso mi bicicleta con cuidado en la parte de atrás de su camioneta y Kenny saltó al centro del asiento delantero.

—Estaremos de vuelta hacia las cinco —dijo Roger a su mujer, Kate.

—Conduce con cuidado.

—Lo haré.

Kate me dio un beso en la mejilla y un abrazo fuerte que duró tanto como una pequeña plegaria.

—Gracias, gracias, gracias.

—Gracias a ti, Kate. Y a Roger y a Kenny. Gracias por todo.

Roger y yo subimos a la camioneta, cruzamos el arroyo Bachelor y salimos de Creede hacia Durango. Me había quedado con Kenny y sus padres dos días. Querían hacer algo por mí por haber sacado a Kenny de la tormenta. Me daba un poco de vergüenza ser recompensado por hacer lo que un ser humano debería hacer, pero supongo que era bueno para ellos dar las gracias enérgicamente.

La tormenta había durado hasta por la noche, aflojando y continuando luego, de manera que por la mañana temprano habían caído sesenta y seis centímetros de nieve y los ventisqueros que había a cada lado de la tienda formaban una barrera de sonido natural.

Kenny estaba durmiendo, roncando, en realidad, cuando salí por la abertura de la tienda. La nieve parecía apretada y se me mojaron las manos con el agua que contenía. Era una nieve abundante y tuve muchas dificultades para llegar a la parte de arriba, pero lo hice, primero una mano y luego la otra, hasta que poco a poco había creado una especie de abertura como un túnel. Me puse de pie. La nieve de los ventisqueros me llegaba por lo menos a la cintura. Durante un rato, el reflejo de las primeras luces me deslumbró y tuve que cerrar los ojos hasta que la sensación roja se disipó. Cuando los abrí otra vez vi una de esas vistas casi demasiado bonitas para ser reales. Un valle totalmente blanco como una bola de algodón y, atravesándolo, un río zigzagueante tan azul que parecía tinta. Estaba templado y yo estaba sudando bajo las pesadas ropas que me había puesto. Entonces oí los motores. Miré a la carretera, pero las máquinas quitanieves no habían pasado por allí para abrir el valle. Los motores se oyeron más fuerte. Me concentré en el sonido, rebotaba en el valle contra los árboles y las colinas y parecía venir de todas partes. Miré hacia fuera, a un campo blanco increíblemente ruidoso.

Los vi a todos al mismo tiempo. Tres vehículos para la nieve, blancos y naranjas, acercándose en líneas anchas paralelas por el valle. Uno en la carretera, otro en el centro del campo y otro en la cresta por encima del río. Les hice señas y grité. Llegaron donde yo estaba casi al mismo tiempo. Había una chica joven muy guapa y un tipo pelirrojo con la cara gorda que llevaban chaquetas verdes de policía, y un hombre con una chaqueta roja de cuadros y pantalones de camuflaje. Cuadros Rojos estaba desesperado.

—¿Ha visto a un chico? ¿Ha visto a un chico? —gritaba mientras venía de camino.

—¡En la tienda! —grité por encima del motor.

—¿Qué tienda? —preguntó el policía pelirrojo.

Miré la nieve por detrás de mí. La tienda estaba totalmente enterrada.

—Ahí dentro —dije señalando el agujero por donde había gateado hacia fuera. Cuadros Rojos se tiró de cabeza y apareció tirando de mi saco de dormir con Kenny dentro de él.

La mujer policía pasó a través de la nieve por la cintura hasta Kenny. El otro policía no apartó los ojos de mí.

—¿Cuánto tiempo ha tenido al chico?

—No estoy seguro, la verdad… ¿Cuánto tiempo ha estado nevando?

—No se haga el listo. Conteste a la pregunta.

—No estoy seguro de cuánto tiempo hace que está en la tienda.

—¿Desde dónde se lo ha llevado? ¿Dónde lo encontró? ¿Qué le ha hecho al chico?

¿Saben cuando uno se enfada tanto, que va más allá de la ira y eso que te enfada hace que tengas ganas de matar? Yo no me pongo así. Lo desecho. Es como si no lo viera o no lo oyera ya más. Especialmente después de la doctora Georgina Glass. Me aparté y miré a Kenny, su cabecita mirando a los otros dos, su pequeña cabeza viva, que no se había congelado, que había salido adelante.

—Respóndeme, gilipollas.

Subí hacia Kenny y los otros. Cuadros Rojos estaba llorando y percibí alivio en sus sollozos. Hablé con la chica joven con el uniforme de policía.

—Yo iba en mi bici y me detuve para echarme una siesta junto al río. Cuando me desperté estaba nevando, así que, aunque pensé que era estúpido, monté mi tiendecita. Ahora me alegro de haberlo hecho porque se puso peor y peor, y luego oí a Kenny. Tuve suerte de poder encontrarle. Llevaba ropa de verano y estaba mojada, así que le metí en el saco y yo me puse la ropa de abrigo. Tuvimos suerte.

—¿Qué está diciendo ese hijoputa? —rugió el otro policía a tres metros de distancia.

—Gracias. Gracias —lloraba Cuadros Rojos.

—Es un chico con suerte —dijo la joven.

—¡Le he hecho una pregunta a ese pervertido! ¡Le he hecho una maldita pregunta! —gritó el otro por encima del ruido de su vehículo para nieve.

—Kenny dice que usted le salvó. Gracias —dijo otra vez el lloroso Cuadros Rojos.

La chica joven me sonrió. Trató de dar un paso hacia delante, pero tropezó y empezó a caerse. La alcancé rápidamente, por la cintura, para impedir que se cayera dentro de la tienda, y el tipo pelirrojo de la cara gorda me disparó.

48

A un mes aproximadamente de la boda de Bethany, Jeff Greene pasaba muchísimo tiempo en nuestra casita de East Providence. Mayo era una época estupenda en Rhode Island. Todo era prácticamente flores y brotes, y la gente daba paseos y los ancianos italianos se sentaban en sus pequeños jardines traseros y esas cosas. Era una época tranquila y los Ide se sentían tranquilos.

Recuerdo que, una de esas tardes, vine desde mi apartamento cerca de juguetes Goddard para cenar. Mamá había hecho pasteles de bacalao y patatas hervidas y una ensalada que tenía cubitos de hielo. Era algo europeo, supongo, eso de poner cubitos de hielo en la lechuga y los pepinos, pero era maravilloso. Después de cenar, Bethany y mamá se quedaron haciendo bromas y riéndose en la cocina, mientras limpiaban, y Jeff Greene, papá y yo fuimos al salón para ver a Curt Gowdy transmitiendo un partido de los Red Sox. Nunca lo supe con seguridad, pero creo que Jeff odiaba el béisbol. Odiaba la actividad en su totalidad, pero sabía que nosotros creíamos que podía ser una salvación, así que él miraba y trataba de emocionarse.

En la cuarta entrada más o menos, con el Cleveland al bate, oí algo fuera, o pensé que lo había oído. Me levanté y miré por las persianas venecianas, pero no pude ver lo que era, así que fui al porche de atrás. Había una luz que salía del porche y justo antes de que la luz se extinguiera, en el extremo del camino de asfalto, estaba Norma sentada en su silla. Levantó los ojos hacia mí con una mirada de dolor y pérdida que ni siquiera puedo ver en la imaginación, porque era sobrecogedora. Durante unos cuantos segundos me quedé mirando fijamente como si me hubiera atrapado su desesperación. Alcanzó las ruedas traseras y se quitó de la luz. Sólo pude ver sus pies y los destellos de la silla.

—Hola, Norma —dije, como si no tuviera años de los que avergonzarme. Como si no hubiera visto su cara, sus ojos.

Ella no dijo nada al principio. Un silencio que empieza incómodo, luego se hace consciente y por fin se plantea como otra derrota.

—No te mataron —dijo, cuando yo no podía ya aguantar el silencio un segundo más.

—Estoy bien.

—Soy un perro —dijo—. Soy un perro y un gato y una rata. No soy nada.

Hay un tipo de coraje que un hombre, bueno, que cualquiera, debería mostrar. Un propósito. Una bondad. Un heroísmo que aleja todas las cosas ante las que uno pudiera sentirse inseguro y te saca del porche, con los brazos fuera, el corazón abierto, sujetando, abrazando. Recuerdo 1972 como el año de mi cobardía. No dije nada. Dejé que su dolor flotara a través de mí.

—No soy…, no soy nada, Smithy —dijo otra vez.

Sabía que estaba llorando por su respiración y sus sollozos. Sin hacer ruido, rotundamente y sola.

—Nada —lloró de nuevo, aún más flojo.

Bethany casi me tiró, empujándome contra la mosquitera al pasar por delante de mí. Corrió escaleras abajo y lanzó los brazos alrededor de Norma. Mamá iba detrás de ella y las dos la abrazaron totalmente como si sujetaran a un niño contra una tormenta.

—¿Qué pasa? —dijo papá, saliendo al porche.

—Es Norma —dije tranquilamente.

—¿Es Norma? ¿Es mi Norma? —y allí estaba papá, con ellas, casi un abrazo total de los Ide. Hasta Jeff Greene curiosamente bajó las escaleras para estar con ellos y alejarse de los Sox.

Yo me quedé en la puerta del porche. Por primera vez sentí el aire escaparse a través de mis heridas. Me sentía alterado. Me sentía cambiado. Yo era diferente y así me quedé durante mucho tiempo, y lo vi reflejado en la silla de acero de Norma tan cierto como en sus ojos, justo fuera de la luz.

49

Cuadros Rojos se llamaba Roger y era el padre de Kenny. La bala me rozó el cuello, me hizo girar y me tiró al Río Grande lleno de nieve. Otra vez los ríos. Ríos y balas y la gente loca en la que nos hemos convertido todos. Yo no. Pensé realmente, verdaderamente, mientras resurgía de la poza de truchas helada, que, pasara lo que pasara, yo jamás viviría una vida de recelo. Una vida tonta, seguro. Ridícula, tal vez, pero no buscando cosas malas por todas partes. En serio.

El río estaba alto e iba subiendo rápidamente con la nieve que se derretía deprisa. Di vueltas aturdido en un remolino de cristal, y luego me quedé apretujado bajo la parte de la orilla que sobresalía. Entonces recuerdo haber visto a Roger, sólo que estábamos fuera del agua y tendidos en la nieve y los gritos y los motores y luego Bethany. Nuestro jardín trasero. Tendría unos doce o trece años y se había cortado el pelo a lo *garçon* para el verano. Caminaba sobre las manos y las piernas subían rectas de arriba abajo. Norma y yo nos sentamos en un merendero, aunque no recuerdo que hubiera un merendero en ninguno de nuestros patios.

Papá llevaba puesto su traje de béisbol y mamá había hecho esos enormes sándwiches de ensalada de atún que eran, por supuesto, mucho, mucho mejores que los que hacía papá, porque él nunca tenía paciencia para desmenuzar los trozos de atún y cortar la cebolla en pedacitos pequeños o mezclar la mayonesa sin grumos en una pasta cremosa. Norma me rodeaba con sus brazos y estaba vestida como una niña de seis años, pero con un peto con una pechera enormemente grande, pero no la empujaba para apartarla ni nada de eso. Siempre me he sentido mal sobre mi forma de ser cuando tenía diez años. Era bastante desagradable con Norma. Cuando pienso en ello supongo que no había mucha más amabilidad para andar por ahí después de que Bethany se la hubiera llevado toda.

Me metieron en una ambulancia que circuló detrás de una máquina quitanieve del condado. Me llevaron a un pequeño centro médico en Creede. La herida resultó ser sólo un rasguño, pero había sufrido un pequeño shock por la fuerza que tenía la bala al pasar zumbando tan de cerca. Me dieron un par de Tylenoles y me limpiaron y vendaron la herida.

El padre de Kenny y la mujer policía se quedaron mientras el doctor me curaba. Yo estaba avergonzado. A Roger, el padre de Kenny, le avergonzaba todo lo que había llorado por él. A la señorita le avergonzaba que su compañero me hubiera disparado. Todos nosotros estábamos avergonzados. Heme aquí, otra vez en el hospital, con un traje de papel, con el culo al aire.

—Tiene la tensión estupendamente para ser un tipo grande —dijo el doctor.

En East Providence, en la prueba de tensión del último año en Goddard, donde te pagaban una hora extra si participabas, mi tensión era veintitrés de máxima y catorce con cinco de mínima.

El doctor me quitó la correa de la tensión del bíceps.

—Es diez de máxima y seis con cinco de mínima.

—Si está bien, son los montones de plátanos —dije, comportándome otra vez como un tonto.

Salimos del hospital los cuatro, y fuimos a la casa de Roger y Kenny.

—¿Y qué pasa con mis cosas?

—Brian..., el agente que... Brian lo está recogiendo todo. Las motonieves también —dijo la mujer policía.

—Pero mi bici...

—Cogeremos su bici, no se preocupe —dijo Roger.

Llegamos a una casa baja gris con un techo de tejas azules, situada en una elevación sobre una vieja mina de plata. Era fácil imaginar que quienquiera que hubiera construido este lugar originariamente tenía algo que ver con la mina. Un grupo de escalones de madera en zigzag conducían a la abertura del pozo.

—¿Quiere que entre? —preguntó la mujer policía.

—No tiene que hacerlo, Marjorie. Gracias. Siento haber...

—Eh, es su hijo, tiene derecho.

Una mujer alta, de cara redonda, muy guapa, vino corriendo desde la casa y levantó a Kenny con unos brazos fuertes. Su pelo largo y rizado le caía por los hombros, castaño y gris. Llevaba unos pantalones de sport caquis y una camisa azul vaquera. Llevaba un collar que parecía como si lo hubiera hecho Kenny para ella en el colegio. Roger había llamado desde el hospital para decir que habíamos encontrado al chico. Por lo que pude oír en la ambulancia, ella había ido con otra partida de rescate en otra dirección. Era agradable ver su alivio. Apretaba a Kenny y lloraba. Llorar es bueno. La idea de un chaval pequeño en esa nieve junto al río es, supongo, insoportable. Le bajó al suelo, vino hacia mí, me cogió de la mano y me condujo a la cocina. Me sentó a la mesa, una larga mesa de roble, vieja, testigo de maravillosas comidas en el pasado, y me sirvió sopa de cebada y calabaza en un cuenco.

—Soy Kate —dijo.

—Hola —dije, sorbiendo la sopa. Siempre me molesta comer con otras personas. No soy un hombre que se sienta cómodo. Incluso en el ejército, cuando mi cuerpo decía que no comía nunca suficiente, me sentía siempre observado y tenía la sensación de que comía demasiado o de que no comía correctamente. Más tarde, cuando de verdad no comía bien y la comida y yo estábamos enfrentados, se volvió imposible comer con gente. Me sentía cómodo en la mesa de Kate. Y me sentía bien. Tomé a sorbos un poco de cebada, y un poco de tierna calabaza amarilla.

—Mmm.

—Somos vegetarianos —dijo Kate.

—Aunque algunas veces yo como algo de carne —dijo Roger.

—Roger no come mucha carne. Nos gusta que Kenny vea que comemos de forma saludable. Que vea que podemos ponernos fuertes con legumbres y vegetales y buenos panes.

—¡Me gusta el pan! —chilló Kenny.

Nos quedamos callados un minuto. Me vieron mojar pan en la increíble sopa de verduras de Kate y no me importó. Pero quería que ellos se sintieran cómodos y sabía que no lo estaban y sabía por qué.

—Ésta es la mejor sopa que he tomado jamás.

Kate parecía avergonzada.

Miré a Roger y sonreí. Él me devolvió la sonrisa.

—Kenny es un chico realmente valiente. Lo hizo todo bien. ¿Te acuerdas, Kenny?

Kenny sonrió y empezó a gritar.

—¡Me llamo Kenny! ¡Me llamo Kenny!

—Estuvo diciendo eso en la ventisca hasta que pude rescatarle.

—No podemos agradecer lo bast…

—No tienen que agradecérmelo —dije interrumpiendo a Kate—. A mí me hace bien. Es una buena sensación. Miren…, ehh…, miren, en el hospital supongo que me vieron con la camisa quitada y estaba en el campo con una bici y quizá piensen que soy un vagabundo o algo así o que…

—No pensamos eso.

—No…

—Pero está bien si lo han pensado. Yo podría pensarlo, pero no…, no soy una persona sin hogar ni un vagabundo ni nada de eso. Quiero que sepan que todos los agujeros que tengo son de la guerra…

—¿Vietnam? —preguntó Kate.

—Sí. No tiene mucha importancia, pero yo no…, la verdad…, bueno, miren, ya sé lo que podrían hacer. Les estaría muy agradecido si lo hicieran. ¿Llamarían a Norma? Es mi amiga.

—¿Es su amiga?

—Sería estupendo que llamaran a Norma. A ella le encantaría hablar con alguien. Les hablaría de mí y supongo que quiero que sepan de mí. No sé por qué, pero quiero que sepan.

Kate me trajo el teléfono y marqué el número de Norma. Me detuve antes de terminar el número completo y miré a Kate.

—No le digan a Norma que me dispararon.

—¡Ese idiota! —dijo Roger, apretando el puño.

—¿De acuerdo? ¿No se lo van a decir?

Terminé de marcar el número de Norma y le pasé el teléfono a Kate, que se llevó el auricular a un rincón de la cocina.

No podía oír la conversación, pero de vez en cuando Kate me miraba y luego se daba la vuelta otra vez hacia el rincón. Fui con Roger y me enseñó el resto de la casa y me habló de su familia. Roger y Kate llevaban casados veinticinco años, y durante quince de aquellos años, mientras sus negocios crecían en Oklahoma City, su familia no crecía. No podían tener un bebé. Lo intentaron todo y al final adoptaron a Kenny. Ésa fue la razón por la que se mudaron a este pequeño pueblo en las montañas. Para dar a Kenny todas las oportunidades de estar cerca de la vida real. Eso es lo que dijo Roger, así es como lo expresó. Vida real.

Me encantaba que algunas personas pudieran hablar con otras de ese modo. Yo estaba pletórico por que Roger me incluyera en la narración de su historia.

No sabían lo que iban a hacer o cómo se ganarían la vida, pero sabían que tenían que venir aquí. Ahora Roger se dedicaba a poner tejados y era un manitas, y Kate había vuelto a dedicarse a tejer. Kate hacía alfombras.

—Y vamos a tener otro chico —dijo Roger en el salón.

—Es estupendo —dije.

—Un chico hispano o algo así. Les dijimos que no nos importa.

Las alfombras de Kate estaban por todas partes y en un porche cerrado había un montón de material y un telar grande.

—Kate es realmente una artista —dijo Roger.

—Sus alfombras son preciosas.

—Sí que lo son.

Roger había redecorado la casa él mismo. Habitación por habitación. Había sido construida originariamente para la esposa del prospector de minas George Ryan, de Denver, que descubrió plata en esta ladera. Se casó con una maestra de Denver en 1881 y la trajo aquí. Ella se convirtió en una cabaretera famosa y él se fue convirtiendo cada vez más en un minero multimillonario chiflado, al que le gustaba dormir en los túneles. A veces se quedaba en el túnel varios días seguidos. Una vez estuvo ausente durante un mes y, cuando volvió al nivel de la superficie, su piel era blanca como la leche, pero había extraído quinientos kilos de plata. En algún momento de la noche en que mató a su mujer, metió otra vez la plata en la mina y desapareció. Ahora vivían aquí Roger y Kate y Kenny y muy pronto su nuevo hijo, no importa del tipo que fuera.

—Todavía estoy buscando su plata —dijo Roger con seriedad.

Cuando habíamos completado el círculo y estábamos de vuelta en la cocina, la conversación de Kate con Norma se había vuelto lacrimógena. Pero eran lágrimas de las buenas, en las cuales me estoy haciendo un experto, y sabía que Norma las tenía también.

—… pero él le buscó y le agarró. Le agarró como si se estuviera cayendo de un precipicio. Le puso en la tienda y ahora le tenemos de vuelta… Ajá…, ah, sí, sí que está…, sí…, por supuesto que quiere…, voy a decirle que se ponga porque voy a empezar a lloriquear otra vez…, acuérdese, va en serio…, tan pronto como pueda…, adiós, querida…

Kate me pasó el auricular, luego rodeó a Roger con los brazos.

—Pobre Bethany —dijo.

—¿Quién?

Sentí a Norma en la mano. ¿Es posible?

—Hola, ¿Norma?

—Smithy. Ah, Smithy. Tengo ganas de abrazarte. Me gustaría estar ahí con Kate y contigo y con todo el mundo. Has salvado a un niño.

—En realidad no fue…

—Le… he hablado a Kate de Bethany. ¿Estás enfadado?

—Quería que lo hicieras, Norma, por eso es por lo que le he pedido que llamara. Tengo una pinta un poco de vagabundo y…

—¡No, no tienes esa pinta! ¡No podrías tenerla! Eres estupendo.

—No soy estupendo, pero no soy un vagabundo ni nada de eso. Mira, tengo barba y el pelo está un poco largo, donde tengo pelo, y voy en una bici y qué sé yo.

—Le he dicho a Kate que eres estupendo. Le he contado que yo estoy en una silla de ruedas y lo que hago, y le he hablado de Bethany y de papá y mamá y de por qué estás viajando en la bici, y ella me ha contado cosas.

—¿Por qué estoy en la bici, Norma?

Sentí su silencio. Me la imaginé calmándome y sintiéndose calmada también. La nieve relucía a través de la ventana de la cocina y tuve que impedirme a mí mismo preocuparme por la bici. Supongo que lo que decía mamá siempre era cierto. Todo es relativo. Ella lo decía y yo lo entiendo ahora. Otras personas se preocupan por grandes cosas, yo me preocupo por la bici. O algo así.

—Creo que estás en una búsqueda.

Todavía quedaban hojas doradas en el álamo temblón. En lo alto de una cumbre vi a unos jinetes en fila.

—¿Crees que estoy en una búsqueda?

—Sé que suena tonto, pero de vez en cuando los grandes hombres han hecho búsquedas para encontrar respuestas a las grandes preguntas. Se han escrito libros sobre hombres que buscaban respuestas por todo el mundo.

—Pero ¿y si no sé la pregunta?

—Sí sabes la pregunta.

Los jinetes flotaron sobre una cumbre y se perdieron de vista. Bethany saltó desde la cima de los álamos temblones. Giró una vez sobre el árbol más alto y siguió a los jinetes.

—Te quiero, Smithy.

—Estoy completamente cansado de repente.

—Quiero ir. Quiero cuidarte.

—Estoy tan cansado. Madre mía. Será mejor que…
Te llamaré mañana.

—Soñaré contigo, Smithy.

—Adiós, Norma.

Cansado. Ay, Dios, cansado. «Duerme», dijo mamá. «Duerme», dijo la niñera.

—Adiós, Smithy. Mi Smithy Ide.

50

La tía Paula dio una fiesta para entregarle a Bethany los regalos de boda*. Fue en su casa, en East Greenwich, y el tío Conde tenía la hacienda en óptimas condiciones. Tuvo a los chicos del barrio trabajando en el jardín y los arbustos diez horas completas el sábado, mientras él frotaba los objetos de latón del interior. Al tío Conde le encantaba el latón. Tenía una alianza de latón. Lo juro. El tío Conde había preparado todos los planes con la tía Paula. Como a él no le iban a invitar a la fiesta porque era un hombre, se recluiría en las áreas generales de la casa y en el jardín. De ese modo el Conde podría llevar a cabo sus tareas extraoficiales de anfitrión de la casa permitiendo aun así una fina separación entre hombres y mujeres.

«Hola, cariño», decía con su inimitable estilo a todas las mujeres que llamaron al timbre de la puerta principal, tanto si las conocía como si no.

«Estás riquísima. Estás para comerte. Escucha, éstos son dos maricas en Bélgica...»

* La fiesta a la que se hace referencia, denominada *wedding shower*, es una celebración en honor a una novia pocos días antes de su boda en la que sólo participan mujeres. *(N. de la T.)*

Alrededor de veinticinco mujeres, con edades comprendidas entre los veinte (nuestra vecina Adella, que era retrasada) y los ochenta y dos años (Ethel Sunman, de la iglesia), fueron recibidas de semejante manera.

«Nena, eres la mejor.»

«*Mamma mia.*»

«Dime que es un espejismo.»

Y

«Un par de locas van a un bar...»

«Cinco tipos maricones están tirando canastas...»

«No tengo nada contra los maricas, pero van ochenta y cinco en un autobús...»

Cuando por fin estaban todas reunidas en el salón alrededor de mi hermana, tío Conde hizo un recuento en silencio.

—Veinticinco contándote a ti, Paula.

—Ya estamos todas. Gracias, Conde.

—Esto es un estadio de fútbol lleno de maricones. Iowa. Un maizal y qué sé yo excepto este estadio enorme, y va un tipo que no es maricón y se mete allí. Compra un perrito caliente...

Todas las chicas sonrieron con cortesía cuando el maestro de ceremonias presentó su número de despedida, luego volvieron al salón y a mi preciosa, mi preciosísima hermana. Era finales de mayo y hacía un calor anormal para esa época, y todas las chicas lucían conjuntos de primavera. Todas ellas estaban adorables, en especial Bethany, que, como decía mamá, estaba radiante. Llevaba un vestido de campesina de un azul claro y una especie de cinta india alrededor de la cabeza. La cinta era roja con cuentas y le iba bien con los ojos. Podía entender que Jeff Greene pensara que había dado con una mina de oro. Era un ser humano tan estupendo, una persona tan buena, el noventa y nueve por ciento del tiempo.

El sabueso de Paula y el tío Conde, *Wiggy*, saltaba alrededor del montón de los envoltorios de los regalos y daba un pequeño ladrido cada vez que una de las chicas arrugaba el papel. Saltaba de regazo en regazo y terminó en el de Bethany, que estaba sentada en el suelo rodeada de sus cosas. Ella le puso una cinta azul alrededor del cuello y todo el mundo le llamó *Wiggy*, el Campeón de la Cinta Azul.

A mi hermana le regalaron jerséis y jabón y lencería. En Rhode Island no había lencería porno, ese tipo de lencería atrevida que deja ver los pezones y esas cosas, pero sí había esos pequeños camisones cortos de satén brillante que eran muy sexys y eso es lo que le regalaron a Bethany. Yo prefiero el tipo porno, pero no había conocido jamás a nadie que estuviera dispuesta a llevarlo, a excepción quizá de la doctora Georgina Glass, y para entonces no quería volver a verla nunca, vestida o parcialmente envuelta en una de esas mallas negras que dejan casi todo fuera, con sus grandes pechos apretados contra los pequeños y sedosos cuadritos de la rejilla, toda sudorosa y sexy. Quiero decir. Bueno. Quizá. No sé.

La tía Paula era una estupenda cocinera a la que le encantaba experimentar con la comida. Tenía en el tío Conde la pareja más alentadora y agradecida que un gran cocinero podría desear. De vez en cuando ella decía: «Estoy pensando en intentar algo nuevo. ¿Qué te parece un filete de solomillo ligeramente sazonado con pimienta y ajo, un poco braseado y luego hecho a fuego lento unos cuantos minutos en una salsa de chile suave para servirla luego sobre el arroz de acompañamiento?». Tío Conde la miraba, haciendo un gesto exagerado para apagar el televisor, y decía: «Tú me haces feliz, nena. *Mamma mia*». Era un terreno compartido. Era la comunión de las mentes. Mientras la tía Paula utilizara sus utensilios de cocina como varitas mágicas, no dejaría jamás de ser valorada.

Para la fiesta de mi hermana, la tía Paula recurrió a Francis Gerard, cuyos libros de cocina previos habían estado entre sus favoritos y cuyo último libro, *Diversión, comida y fantasía*, realmente le encantaba. De aquellas páginas eligió un exclusivo consomé de almuerzo (con hojaldres), pierna de cordero (príncipe Orloff), tomates salteados, un delicado plato de judías verdes y suflé de queso. Tenía incluso vino Mogen David, que era dulce y era el favorito de tío Conde, aunque él estaba recluido en otra parte de la casa. Las chicas pensaron que era el almuerzo más sofisticado y apetitoso que habían probado jamás, excepto Ethel Sunman, que se quedó dormida y se lo perdió.

La fiesta se fue terminando poco a poco y hubo muchas lágrimas y besos. Mamá probablemente le daba la mano a Bethany mientras las chicas fueron desfilando una por una por delante de su alta y maravillosa hija. Cuando se quedó todo vacío, tío Conde vino al cuarto de la tele con su bandeja de sobras y mamá, Paula y Bethany limpiaron.

La casa de Paula era siempre agradable. Tío Conde era divertido y único y en realidad, supongo, un hombre muy bondadoso. Podía ser burdo y un poco extraño de forma normalmente inapropiada, pero como papá decía siempre: «Ese tipo te daría hasta la camisa que lleva puesta». Y lo haría. Después de un rato, todo el mundo se dio un beso de despedida y mamá y Bethany regresaron en coche a East Providence.

Tío Conde se comió dos raciones más de cordero y le hizo muchas preguntas a tía Paula sobre este tipo, el príncipe Orloff; luego vieron la tele.

Pasaron unas dos horas hasta que a tío Conde le rondó algo en el fondo de la cabeza y se dijo que, dondequiera que estuviera, *Wiggy* estaba calladísimo.

51

Después de todo, el tipo que me disparó encontró mi
fabulosa bicicleta. La pusimos en el cuarto de trabajo de
Roger, y Kenny y él le sacaron brillo y la engrasaron. Comí muchísima verdura y arroz y zumos, mientras se secaban mis cosas con el sol de las altas montañas. Pasé una
tarde entera viendo a Kate en su telar y hablando de mi
hermana y de mis padres y de Norma. Es cierto que soy
un hombre al que le cuesta hablar de cualquier cosa, pero
con Kate fue fácil, y me sorprendí a mí mismo expresando
mis sentimientos como jamás había sido capaz antes. Como Bethany. Dios sabe que quería a mi hermana, pero en
cierto modo, probablemente porque nunca me enfrenté
realmente a su voz, la odiaba también un poco. El odio es
difícil de admitir. De alguna forma con Kate, creando una
alfombra en medio de ese cuarto soleado, parecía al menos que estaba bien saberlo. De alguna forma.

Kate llamó a Norma otra vez esa noche y me dijo
que pensaba que podrían hacerse amigas. Buenas amigas. Yo lo pensaba también. Pensaba, de forma tonta,
que había hecho algo maravilloso por Norma. Al menos
estaba contento de haber contribuido a la amistad.

Así que Roger y Kenny me llevaron a mí con mi bici y mis cosas a Durango. Era un día bonito, con sol y

nubes y frío, pero yo estaba vestido para el clima, y hasta un poco preparado. Me sentía animado cuando miré el mapa de carreteras. Había recorrido más kilómetros de los que me faltaban para Los Ángeles. Sólo el hecho de saber eso me hacía sentir fenomenal. Y las verduras también. Roger me enseñó unos ejercicios de estiramiento, que añadí a las vitaminas y a los plátanos y al agua mineral y otras cosas sobre las que estaba aprendiendo. También tenía un libro nuevo. Me lo había dado Kate y dijo que era un libro apropiado para mí. Se titulaba *Suzanne of the Aspens*. Era un libro gordo y yo esperaba que me gustara.

Dije adiós a Roger y a Kenny y pedaleé al otro lado del río San Juan bajando hacia Nuevo México. Mi ruta me llevaría a través de la reserva de los navajos. Kate me dijo que la reserva es del tamaño de Nueva Inglaterra. Eso sí que es grande. Casi demasiado grande para que yo pueda pensar en ello. Me gustan las cosas, o estoy descubriendo que me gustan más las cosas cuando veo antes todas sus pequeñas partes. Es bueno. Sabía que si veía algunas de las pequeñas piezas lo entendería mejor, y entender ha sido una materia problemática para mí.

Al anochecer había avanzado ciento cinco kilómetros, que, teniendo en cuenta que salí tarde de Durango, estaba bastante bien. En esos ciento cinco kilómetros, el campo cambió por completo. Fue como si uno bajara de una montaña y en la falda de la montaña hubiera un desierto. Se extendía justo allí en la semillanura. El viento soplaba de repente en medio de la nada. Salí de la carretera, levanté la bicicleta por encima de una valla y caminé unos cuarenta y cinco metros desde la carretera. Lo suficientemente lejos como para que el zumbido de los camiones y los coches no repiquetearan mi sueño. Clavé la tienda y metí las alforjas dentro. Extendí el saco de dormir. Después de una cena rápida de arroz frío y judías, agua y por supuesto un plátano, me colé en el saco y empecé *Suzanne of the Aspens* bajo la linterna.

Era la historia real de Suzanne Bowen, que salió de Boston, Massachusetts, con su marido, el capitán John Bowen, que había luchado en la Guerra de Secesión, y su pequeño, John hijo, y habían ido atravesando el país a caballo y a pie y en carreta para establecerse en California. Cuando llegaron a las Montañas Rocosas, el capitán John se puso muy enfermo. Les obligaron a los tres a dejar la caravana, porque los otros viajeros tenían miedo de que pudiera ser viruela. Esa noche, sin nadie alrededor, en mitad de ninguna parte, el capitán John murió. El síntoma que tenía era dolor de garganta. Si hubieran tenido penicilina, todo se habría arreglado. A la mañana siguiente, Suzanne y John hijo enterraron al capitán, y luego emprendieron el regreso hacia donde se había marchado la caravana. Pero al anochecer, no sólo estaban perdidos sino que John hijo también estaba terriblemente enfermo. Cuando murió por la mañana, cerré el libro y apagué la linterna.

52

La tía Paula llamó a mamá unos cuantos días después de la fiesta. *Wiggy* no había vuelto. El tío Conde estaba desconsolado. Ella atendió la llamada en el cuarto de estar.

Papá, Jeff Greene, Bethany y yo estábamos en el salón viendo a los Red Sox. Los Yankees estaban en Fenway y eran un equipo odiado, y papá era el que más odiaba a los Yankees.

—Concéntrate —decía entre dientes a cada bateador de los Bosox*. Bethany estaba sentada hecha un ovillo con Jeff en el sofá.

—Tenemos que poner un receptor nuevo, papá —dijo ella con determinación.

—Dale una oportunidad al chico —dijo papá, haciendo un gesto para que se callara.

—Tiene treinta y cinco años.

—Eso no es ser viejo —se metió Jeff.

Bethany le dio unas palmaditas en la mano.

—Lo es para un receptor, cariño.

* Nombre con el que se conoce coloquialmente a los Boston Red Sox. *(N. de la T.)*

Mamá había terminado su conversación telefónica y volvió a los Red Sox.

—¿Encontraron a *Wiggy*? —preguntó papá, con los ojos pegados a Harry Peterson y su cuenta completa.

—Se ha escapado. Pobre Conde.

Los Yankees pidieron tiempo con dos fuera y la cuenta completa. El mánager arrastró el culo hasta el montículo del lanzador. Mamá se dirigió a Bethany.

—Estaba allí cuando estábamos abriendo los regalos, ¿verdad?

—¿Quién?

—*Wiggy*.

—Ah, sí. Estaba saltando por allí, entre el papel.

—Bueno, pues se ha escapado.

—Probablemente con una perra —dijo Jeff.

—Saltando allí por todas partes. Saltando encima de mis regalos.

Miré a Bethany entonces, pero ella sonrió y señaló la tele.

—Ahí vamos —dijo.

53

Dos días después llegué a Gallup, Nuevo México. Hubiera podido llegar antes, pero me entretuve porque el trayecto era verdaderamente una línea recta. Aquellos pocos kilómetros en Nuevo México fueron los más tranquilos de mi viaje. El aire tenía el dulce aroma de la salvia (tal como Kate me había dicho), y el aire fresco y soleado fue como un carburante. Había atravesado Farmington y vi una cosa en el horizonte. El hombre que me preparó los huevos escalfados en el restaurante El Pollo me dijo que era Shiprock. Parecía como un barco y los huevos eran excelentes. En el diminuto pueblo de Naschitti, conocí a un navajo que estaba sentado justo al borde de la carretera. Nos comimos un plátano juntos y bebimos un poco de mi agua.

—Soy Smithy —dije.

—Un buen plátano —dijo.

—¿Cómo te llamas?

—Ronald.

—Conocí a un navajo en el ejército.

—Yo conocí a algunos tipos blancos en los marines.

Recordé al navajo del ejército. Se llamaba Jesse y pensaba que la instrucción era completamente estúpida. Cuando el sargento de instrucción nos gritaba y todos nosotros saltábamos, Jesse se lo tomaba con calma. Tampoco era un acto de rebeldía. Era una especie de rechazo.

Más tarde, como digo, en la carretera hacia Gallup, unos tipos que parecían navajos me hicieron caer en la cuneta. No me hice daño ni nada, pero estuve pensando para mis adentros en lo extraño que puede ser un ser humano. Pueden ser Jesse o Ronald o pueden conducir sus camiones y tratar de asustarte, o, como aquel policía, dispararte.

Pero esto no interfirió en la maravillosa sensación de Nuevo México, y en Gallup, después de tres noches de carretera zigzagueante, rodé con la bici a la estación de autobuses y dormí en un banco calentito. No me molestó nadie.

La mañana siguiente, temprano, me comí uno de los últimos plátanos y me bebí la última botella de agua. Me senté en el banco y conté mis monedas. Había veinticuatro dólares y pico. «Pues aquí estamos», recuerdo que pensé. «Veinticuatro dólares, una bici y mis bártulos.» No puedo describir lo perfecta y maravillosamente bien que me sentía conmigo mismo mientras salía de la estación de autobuses y me adentraba en el tempranísimo sol de Nuevo México. Al otro lado de la calle, en un aparcamiento, tres camionetas, camionetas viejas de reparto, estaban descargando mercancías en los puestos de un mercado. Había media docena de mesas largas puestas y los hombres descargaban y las mujeres colocaban la comida. Unos niños pequeños corrían alrededor de las camionetas y por debajo de las mesas. Crucé la calle andando con la bicicleta y compré un taza grande de café mexicano. Una de las mujeres echó un trozo de canela en rama y me dio un pedazo de masa de hojaldre cubierta de azúcar glas. Me costó un dólar y estaba buenísimo. Me apoyé contra una de las camionetas, me comí la masa y estuve mirando a los niños que corrían alrededor.

—¿Han salido ya? —dijo una voz.

Miré a dos hombres que estaban más allá de los niños. Iban a horcajadas de unas bicicletas de carreras inglesas altas y llevaban casco y trajes muy ajustados azules y negros.

—¿Eh? —pregunté con brillantez.

—Los del club de ciclismo. ¿Se han ido ya?

—Ahí están —dijo el otro, señalando otro aparcamiento. Me di la vuelta y vi como unas trescientas bicicletas con sus ciclistas pululando alrededor de un camión plataforma.

—Estamos a tiempo, estupendo. Vamos.

Los dos hombres se alejaron pedaleando. Me bebí el café y estuve mirándolos.

—Vamos —se dio la vuelta y me gritó a mí.

Me subí en la bici y les seguí. Todos los hombres y mujeres, que parecían participar en igual número, llevaban bonitos trajes ajustados de varios colores y dibujos. Era obvio que eran todos de equipos o clubs diferentes. También parecían tener edades diferentes. Me fijé en lo que parecía una familia joven con los abuelos. Una gran pancarta sobre el camión decía: VIAJE AL DESIERTO EN BICICLETA DEL CLUB DE CICLISMO Y BICICLETAS SESWAN DE GALLUP. Una guapa adolescente con un traje morado vino hasta mí con un sujetapapeles en la mano.

—Son veinte dólares por tres noches, alojamiento y comida. De Gallup a Winslow, de Winslow a Williams y de Williams a Kingman. Técnicamente, Kingman es el desierto.

—¿Veinte dólares? —dije.

—Bicicletas Seswan corre con los gastos del alojamiento y la comida. Nosotros somos responsables de las dos furgonetas de rescate que nos acompañan. Eso son los veinte.

—Yo no estoy con ningún equipo ni nada de eso.

—No hay equipos. Son todos clubs. También pueden ir particulares. No es un concurso ni nada de eso. Usted puede ser un club de un miembro.

—Vale —dije como un tonto. Digo como un tonto porque soy viejo y un poco gordo y me estaba apuntando. Saqué el dinero y conté veinte dólares.

—Es el número 307 —dijo oficialmente, prendiendo el número de papel en la parte de atrás de mi sudadera.

—Gracias.

—Entonces ¿qué nombre quiere que le ponga al club?

—Ya le he dicho que no estoy en un club.

—Sí, pero ahora está en un club de un miembro. ¿Qué nombre le pongo?

Pensé un segundo, pero no se me ocurría ninguna cosa original.

—Norma —dije.

—Club Norma —dijo, anotándolo. Luego se marchó, adentrándose en la multitud de personas y ruedas. De repente tuve una sensación horrorosa. ¿Y si había pagado veinte dólares para ir a un lugar que no era donde necesitaba ir? Ahora tenía tres dólares en las alforjas.

Saqué el mapa de carreteras y busqué Kingman. Oí a alguien que estaba probando los altavoces del camión.

—Probando. Probando. ¿Me pueden oír todos bien?

Kingman. Mierda. No podía encontrarlo. ¿Y Winslow?

—Me llamo Bob Eastman, soy el presidente del club de ciclismo de Gallup y quiero darles la bienvenida a todos a nuestra gran prueba: Viaje al Desierto en Bicicleta del Club de Ciclismo y Bicicletas Seswan de Gallup.

Era tan frustrante. Quiero decir…, yo fui un boy scout. Era increíble que no pudiera encontrar dónde estaba en un mapa.

—Cada año tenemos más y más gente que se une a nosotros en esta bellísima ruta y este año somos más de trescientos. No les engaño. Trescientos.

¡Winslow! Ahí está. Y ahí está Kingman. Perfecto. Justo atravesando la mayor parte de Arizona y justo por encima de Los Ángeles. Empecé a estirar mi pobre cuerpo.

—Bueno, ya está todo claramente señalado, tenemos vigías a lo largo de la ruta y verán que los doscientos kilómetros hasta Winslow son un trayecto llano. No corran. No es una carrera. Están con nosotros los Roadsters de las Montañas Rocosas y son los que van a salir primero, pero no traten de seguirles porque ellos se están entrenando para participar en la liga nacional. Traten simplemente de mantener un ritmo constante. Asegúrense de coger su paquete…, ¿puede ver todo el mundo lo que tengo en la mano?… Éste es el Paquete de

Almuerzo de Bicicletas Seswan oficial. Se ajusta al cuadro. Lleva sándwiches, zumo y una barrita energética. Es gratis, así que cojan el paquete antes de emprender la marcha. Y recuerden, seguridad, seguridad, seguridad. Nos vemos en Winslow.

Algunos ciclistas no hicieron caso a Bob Eastman. Agarraron los paquetes de almuerzo de Seswan y se pusieron a pedalear como locos detrás del equipo de las Montañas Rocosas, pero casi todo el resto de la gente cogió un ritmo razonable a través del aire alto del desierto. El paquete de almuerzo se ajustaba muy bien alrededor de la barra de la bicicleta y se sujetaba con velcro. Salí del aparcamiento y me metí en el pelotón principal de ciclistas y, después de unos cuantos kilómetros de adaptarme a montar entre una multitud, dejé mi mente vagar por todo. Ése es en realidad el mejor modo de hacerlo. Es como dejar de alguna forma que tus pensamientos lleven la bicicleta y tu cuerpo y sus agujetas y eso se vuelven distantes. Algunas veces, no siempre, pero algunas veces, si mis pensamientos están lo suficientemente libres y de verdad me dejo llevar, mi cuerpo llega a ser casi una parte de la propia bicicleta. Es extraño y agradable.

La gente me adelantaba, yo adelantaba a la gente. Mi estupenda bici iba con mucha suavidad por la carretera. Tres chicas muy guapas, de unos veinticinco años más o menos, pasaron por delante, luego aflojaron un poco y yo alcancé un ritmo similar. Era agradable, ir pensando y mirando también sus pequeños culos redonditos sentados con tanta fuerza en aquellos sillines de cuero. Llevaban trajes azul y oro y eran los números 78, 79 y 80. Pude haber ido mirándolas durante treinta y dos kilómetros. Lo hice. Pasamos a Arizona en Lupton, desplazándonos en una fila alegre, irregular, bajando a través de la gran reserva. Algunos ciclistas ya se estaban cansando, quizá habían calculado mal el trayecto. Había camiones siguiéndoles detrás, por supuesto, para que nadie se quedara tirado por ahí. Compadecía a los ciclistas que se habían echado a un lado. Recordaba cómo me habían sentado los once kilómetros de trayecto a la fábrica Shad. Me alegraba, en cambio, de que las tres amigas de los culitos bonitos parecieran fuertes.

Después de un par de horas, uno de los camiones de rescate nos adelantó fortuitamente y vi a mi hermana, primero en la parte superior, en su espectacular pose, y luego mirando desde la ventana trasera. Me saludaba con la mano y sonreía y llevaba el pelo trenzado. No quería perder esta visión de Bethany así que aumenté ligeramente la velocidad y me alejé de los preciosos culos. Durante la hora siguiente más o menos seguí a mi hermana de cerca y admiré su quietud, aunque fuera en mi mente. Al final, cuando entrábamos en el bosque petrificado de Adamans, Arizona, giró hacia el cielo, se convirtió en una nube solitaria y luego desapareció en el azul.

Paré un poco fuera de la carretera para comerme el almuerzo Seswan, le añadí un plátano y salí otra vez a un ritmo suave. Había tenido que cambiarme y ponerme los pantalones cortos y la camiseta roja porque, aunque el aire venía un poco fresco, el viaje era un trabajo arduo y mi temperatura estaba subiendo. Eso es lo que me ha pasado. Cuando me estoy quedando frío o tengo calor o lo que sea, soy consciente de ello. Antes no lo era nunca. Está bien ser consciente.

A media tarde empezaron a pasar varios camiones con ciclistas que no podían seguir y sus bicicletas. Vi a los abuelos y a uno de los chicos. Sería duro para un abuelo, supongo. A las cinco en punto pasé por un cartel que decía: WINSLOW 13 KILÓMETROS, y veinte minutos después seguí unas señales provisionales al recinto ferial de Winslow, donde la Guardia Nacional de Arizona había colocado tiendas de campaña para el acontecimiento. Habría quizá unas sesenta personas que ya estaban allí. Miré alrededor buscando a 78, 79 y 80, pero no las vi. Aparqué la bicicleta en un soporte, inspeccioné los neumáticos, ya que parte de la oferta era que si se te estropeaban los neumáticos, Bicicletas Seswan te los arreglaría, y luego me puse a la cola para una gran cena de espaguetis. Me comí la cena solo junto a la bici, y luego me llevé las alforjas y el saco de dormir a una de las hileras de catres militares.

—¿Qué tengo que hacer? —le dije a una señora mayor con un vestido azul que parecía autorizada.

—¿Es un participante?

—Sí, lo soy. Soy el número 307.

—Muy bien. Es mixto. El que primero llega, primero coge sitio. Los lavabos están al otro lado de la tienda.

Puse mis cosas sobre uno de los catres y me fui al servicio. Tenían dos remolques colocados a cada lado de la tienda. Señoras y caballeros. Me alegraba de que los servicios no fueran mixtos. Me lavé en un lavabo y me sequé con toallas de papel. Cada vez me las arreglaba mejor para lavarme en un lavabo. Regresé al catre, agarré el chándal y volví al servicio a ponérmelo. Haría frío y quería acordarme de hacer las cosas que tenía que hacer para ponerme lo más cómodo posible. Estar limpio era una. El chándal era otra.

Cuando regresé a mi catre la tienda aún no se había llenado de manera muy perceptible. Era un buen momento para sacar fuera mis cosas y volver a empaquetarlas. Kate había tenido una gran idea para mantener los calcetines y la ropa interior seca. Compró unas bolsas de plástico para comida grandes y lo que yo hacía era poner la ropa en las bolsas. Me puse unos calcetines limpios y secos y metí los usados en la bolsa de calcetines sucios. Me estaba volviendo eficiente. Eso era algo que papá y mamá admiraban en la gente, y algo a lo que yo no me había acostumbrado hasta que lo reduje todo a una bicicleta y unas alforjas. Me estiré en el catre utilizando mi saco de dormir como almohada. Era el momento para *Suzanne of the Aspens*.

Así que el joven John Bowen murió también, justo como su padre, el capitán, y así, por segunda vez en tres días, Suzanne Bowen tuvo que enterrar a un ser amado. Era obvio, por la manera tan bonita y tan precisa en que Rosalind Clarkson, que escribió ese pedazo de libro, describía la escena del entierro, que eso volvió a la pobre y delicada Suzanne Bowen de Boston completamente loca. Se echó sobre la tumba de su hijo y se quedó paralizada, y no se podía mover, así de enorme era su dolor. Durante varios días con sus heladas noches, Suzanne estuvo tendida sobre su hijo hablándole al montículo de tierra, como si pudiera traerlo de vuelta por la pura fuerza de su deseo de verle de nuevo, corriendo y jugando como él lo hacía en los campos y en los bosques alrededor de Boston. Pero, al final, con los caballos de la carreta sedientos y muriéndose de hambre, levantó la cabeza y se dio cuenta de que John hijo no iba a volver. Llevó los caballos a una colina con hierba y los dejó pacer y beber en una pequeña laguna. Ella sólo quería morir, porque su familia había muerto, pero algo en su interior, que no había sabido nunca que estuviera allí, le hizo comenzar a hacer las cosas que necesitaba hacer para vivir fuera, en esa dura y hermosa zona de las Rocosas de Colorado.

Enganchó los caballos y continuó hasta llegar a una pequeña elevación que se asentaba en una colina más grande desde donde un pequeño arroyo corría bajando hasta el valle. Hizo subir su carreta poniéndola a buen recaudo contra una roca grande de la colina, y colocó piedras en los radios de madera para impedir que rodaran y empezó a prepararse para encontrar una forma de pasar el invierno.

—¿Es bueno el libro?

No me había dado cuenta de que la tienda se estuviera llenando ni de que 78, 79 y 80 estuvieran esparciendo sus cosas en los catres contiguos. Todas ellas tenían un pelo oscuro sudado. Dos parecían muy frías y atléticas. Eran más bajas que la tercera, que parecía también un poco más suave. Fue esta última la que me preguntó sobre el libro.

—Creo que sí, pero en realidad sólo acabo de empezarlo.

—Genial —dijo.

Parecían bastante cansadas. Tal vez exhaustas. Montar en bicicleta con el frío te deja sin fuerza, aunque yo tengo que admitir que me sentía estupendamente, con la tripa llena de espaguetis y todo. Cogieron sus cosas de baño y algunas ropas y se marcharon charlando. Me gustaba que estas tres chicas fueran amigas y que estuvieran haciendo algo un poco raro, con otros cientos de personas raras. Hacia mitad de camino de la tienda, la que me había preguntado sobre el libro, 80, se dio la vuelta y me saludó con la mano, como si supiera que yo estaría mirando.

Bueno, como iba diciendo, Suzanne Bowen aseguró su carreta y luego hizo un rudimentario, pero efectivo, círculo con ramas muertas y maderas que encontró en el suelo. Montó el horno de Franklin, que su marido había llevado con ellos para California, y dobló los tubos hacia fuera de la abertura frontal de la carreta cubierta para que la carreta no se quemara. Recolectó una gran pila de leña y hasta planificó cómo iba a racionar la comida para pasar el invierno, que estaba evidentemente casi echándosele encima. Suzanne no tenía ni idea de por qué hacía todo esto, porque tenía enormes deseos de estar con su marido y con su hijo; sin embargo, había algo dentro de ella, muy profundo en su interior, que se empeñó: era lo que ella llamaba «la gracia de la salvación».

—Tiene que ser buenísimo. Estás completamente metido en él.

Era 80 otra vez. Las otras dos no habían vuelto todavía. 80 se había cambiado y se había puesto un camisón grueso, largo, de cuadros escoceses verdes, abotonado hasta el cuello, que parecía tan grande como el propio saco de dormir. Se había peinado hacia atrás el abundante pelo y se veían las marcas del cepillo. Tenía la piel muy blanca y sus mejillas rosadas por el viento parecían pintadas.

—Una amiga mía me dio el libro. Dijo que, en realidad, era sobre mí, pero no sé.

—¿Una novia?

—¿Eh?

—La amiga que te dio el libro.

—Ah…, no, no. Está casada y todo. Hace alfombras.

—Genial. Yo soy Chris.

—Yo Smithy.

—Es un nombre gracioso. ¿Es un apodo?

—En realidad es Smithson.

—Smithson. Genial.

—Mi padre me lo puso por Robert Smithson, que fue medio en los Redlegs de Cincinnati en 1884. Fue quien hizo la primera jugada doble.

—Genial.

Un día me desperté y habían pasado unos veinte años y me di cuenta de que nunca me sentía cómodo hablando con nadie a no ser que llevara unas copas encima. E incluso entonces era siempre sobre nada. Así que he aquí otra cosa. Ahora hablo. Ahora estoy interesado en la gente. Quiero saber cosas.

—Estábamos hablando de cómo montas en bicicleta. Montas muy bien para ser un tipo mayor.

Me puse rojo. No podía hablar. Es que…, los cumplidos.

—Bueno, los tipos mayores son geniales. Digo… ¿pero es que estoy tonta o qué? Tú montas muy bien.

—Tú también montas muy bien.

Sus amigas volvieron y las conocí a ambas, se llamaban Rosie y Joanie. Tenían una guardería de la que eran dueñas que funcionaba en Boulder, Colorado. Se llamaba La Compañía de las Tres. Al cabo de un rato apagaron la luz grande y, a excepción de unas cuantas linternas aisladas, la mayor parte de la tienda estaba preparada para pasar la noche. A la mañana siguiente saldríamos a las siete menos cuarto y dormir era como comer. Las chicas se dijeron buenas noches bajito. Antes de que Chris se metiera en su saco de dormir, se arrodilló al lado de mi catre y besó mi cara gorda, pelona y escabrosa, justo en la boca.

—Buenas noches, Smithson —susurró.

—Ajá —me quedé atascado, como un idiota en un saco.

54

Georgina Glass descolgó el teléfono a la segunda llamada. Era por la noche y yo había sacado el número de la agenda privada de Bethany.

—Diga.

—¿Doctora Glass? Soy Smithson Ide —dije profunda y ceremoniosamente.

Hubo una ligera pausa en el extremo de Glass.

—¿Cómo ha conseguido este número?

—Lo he conseguido por mi hermana.

—¿Bethany se lo ha dado?

—No, lo miré en su agenda.

—Así que entonces no es sólo una violación de mi privacidad sino también una violación de la de su hermana.

Es cierto que yo estaba en las primeras etapas de mi vida disoluta, pero no estaba borracho; de hecho, no había tomado ni un trago. Aun así, estar sobrio no hacía que las palabras me salieran más fluidas o con mayor facilidad en este difícil reto de la comunicación humana.

—*Wiggy* ha desaparecido. Creo…, creo… ¿Es posible que mi hermana haya empezado a hacer daño a las cosas, doctora Glass?

Otra pausa. Esta vez no sentí nada. Ni ira ni nada.

—¿Quién es *Wiggy*?

—*Wiggy* es el perro del tío Conde. Es un sabueso. Siempre que lo visitas, él está saltando por allí. No se cansa nunca ni nada. La tía Paula le hizo una fiesta a Bethany y *Wiggy* estuvo saltando por allí todo el rato y, cuando todo el mundo se había ido, Conde no pudo encontrarlo.

—Tal vez se haya escapado.

—El tío Conde dijo que, en años de perro, él tendría cincuenta y cinco años. No creo que los perros viejos se escapen.

—No, lo que cree es que su hermana asesina perros viejos.

Ahora me tocaba a mí quedarme en silencio. Recordé cómo estuve pidiendo una cuña en el hospital de Tailandia y el camillero me decía que en realidad no la necesitaba porque quería terminar su cigarrillo.

—Es que tengo miedo de que quizá…

—Mire, señor Ide —dijo, cortándome bruscamente—. Si hay algo que debería saber de la encantadora y, sí, perturbada joven que usted llama su hermana, es que sería incapaz de hacer ningún daño a persona o cosa alguna.

—Muy bien —dije. Georgina Glass me había hecho llorar otra vez, pero ella no lo sabía.

—Y lo que es más importante, este número de teléfono es mi número privado y sólo las personas a las que les he dado este número tienen permiso para llamar. Yo no le he dado a usted este número. ¿Entiende lo que le digo?

—Sí —dije—. Entiendo lo que quiere decir.

385

La doctora Georgina Glass colgó el teléfono inmediatamente.

Después de haberme hecho pis encima, el camillero se enfadó tanto que me dejó allí tumbado sobre ello dos horas antes de cambiarme las sábanas. Para entonces ya me había escocido vivo.

55

Treinta y siete kilómetros después de Winslow, la carretera llana prometida se convirtió en una colina y luego en una montaña. El club de ciclismo había obtenido permiso, con motivo de este acontecimiento, para utilizar la Ruta Interestatal 40. Además de las colinas y montañas, los vientos huracanados de los camiones hicieron que la llegada a Flagstaff fuera peligrosa. Algunas veces me daba la sensación de que los conductores trataban de ponerse demasiado pegados. No sé. Era una sensación. Pero fue otro día muy bonito y yo estuve con 78, 79 y 80 hasta que vi a Bethany en lo alto de un camión cisterna con petróleo que se movía lentamente y me puse cerca, por detrás de él, mientras subíamos penosamente uno de los ascensos más empinados. La altitud ya no me afectaba más la respiración. Resulta curioso, como diría mamá, pero una vez que te has acostumbrado a ello, el aire menos denso de las alturas le da a todo tu cuerpo una sensación de ligereza.

Me tomé el almuerzo en el hotel Marriott. Salí de la carretera, entré andando con la bicicleta en el área de la piscina del patio y sencillamente me senté en una mesa. No había nadie fuera, porque, a menos que te estuvieras moviendo, hacía bastante frío. Por suerte, los representantes de Seswan habían vuelto a proporcionarnos nuestros paquetes de almuerzo con zumo, galletas y unos bocatas enormes. Yo añadí el plátano, por supuesto. Se estaba bien allí, sentado en una mesa de metal blanco con el agua de la piscina fría, en calma, como los lagos por la mañana. Había hecho un buen promedio de velocidad desde Winslow hasta Flagstaff y probablemente Williams estaba tan sólo a unos sesenta y cinco kilómetros aproximadamente. Cerré los ojos un momento y escuché mi corazón tranquilo. Algunas veces estos pocos momentos silenciosos con los ojos cerrados te restituyen más que una noche de sueño. Seguí el latido de mi corazón desde el pecho a la cabeza y luego hacia abajo, a mis hombros caídos y a cada brazo. Cuando había trasladado el latido hacia abajo, hasta los pies y el suelo, sentí una especie de alivio. Estar lejos de mí mismo pero, al mismo tiempo, más cerca. Probablemente no lo estoy expresando bien. Supongo que lo que quiero decir es que ya he dejado de ser una maleta hecha de cualquier manera. Sólo llevo lo que necesito.

Cuando abrí los ojos, el sol se asomaba por detrás de una nube redonda perfecta por primera vez en todo el día y el agua de la piscina, tan plácida sólo un segundo antes, se erizaba con la brisa. Bethany estaba sobre ella y las lengüetas de las olas le lamían los pies. Tenía dieciocho años, y el vestido de su baile de gala del instituto y las joyas de mamá la hacían parecer aún más joven. Primero se deslizó, como si fuera sobre patines, luego, girando, se elevó por encima de la piscina y vibró en el aire fresco.

—Bethany —dije lenta y acompasadamente. Decir esa palabra me hacía sentir bien. Y la dije de nuevo.

56

Era asombrosa la facilidad con la que Georgina Glass podía alterarme. Cuando pienso en ello ahora, años después, creo que la doctora Glass sabía exactamente lo que estaba haciendo. Yo era una especie de código, en una carrera de medicina que se estaba especializando en algo de lo que ella, con toda su capacitación, no sabía nada en absoluto. Creo que sabía que eso era lo que yo pensaba de los psiquiatras y ¿qué otra cosa iba a pensar? Así que iba siempre derecha a mis conductos lacrimales, daba igual la importancia del asunto o lo desesperado que sonara yo. La entiendo, entonces, pero no la entiendo. Así que, ¿qué más puedo decir?

Colgué el teléfono y salí de la gasolinera Woody y fui directamente a la taberna Bovi. Algunos de los tipos con los que había ido al instituto estaban normalmente por allí, esos que uno podría suponer que estarían siempre allí. Me senté en la esquina de la barra que estaba menos concurrida y pedí unas Narragansett. Me tomé cuatro vasos rápidos y luego cambié al vodka con naranja. Me tomé seis o siete y luego cogí el coche hasta mi apartamento en la avenida Newport. Odié ese lugar durante los veintitantos años que viví allí, pero cuando más lo odié fue en aquellos primeros meses. No colgué nunca un cuadro ni compré muebles que me gustaran ni nada. Siempre tuve la esperanza de que muy pronto estaría fuera de allí.

Me preparé otro vodka y me aflojé el cinturón y los pantalones debido, supongo, a la cerveza de la taberna Bovi y a las galletas saladas. Me senté en un extremo del viejo sofá que papá me había dado del sótano. Quería llamar a alguien. Quería hablar con alguien. No sobre Bethany ni nada, simplemente una conversación donde una persona dice algo y tú escuchas y luego dices algo y esa persona escucha.

El teléfono sonó y lo descolgué a la segunda llamada.

—¿Diga? —dije.

Creía que había oído una respiración, pero no podía estar seguro. Luego el teléfono hizo un zumbido. Lo colgué y me volví a sentar. Unos cuantos minutos después sonó otra vez y lo volví a coger en la segunda llamada.

—Diga —dije tan amablemente como puede hacerlo un borracho.

Esta vez sí que oí algo. Tal vez una respiración. La línea estaba conectada. No había zumbido, sino sólo un incómodo silencio.

—Diga. Diga —dije.

En todo ese silencio sentí una especie de distancia, como si esta llamada en particular hubiera podido ser de Rusia o Australia o Vietnam. Cuando habló, no pude decir si era una voz de hombre o una voz de mujer. Fue como el canto de una rana desde la hoja de un nenúfar o un grito desde un túnel de huida.

—Guau —dijo—. Guau. Guau. Guau.

57

Para Suzanne de Aspens, la llegada de ese primer gran invierno en las Montañas Rocosas trajo consigo unas penurias increíbles. Nieve que caía día tras día, manadas de alces que, para ser exactos, se comieron parte de la leña almacenada y guerreros indios enfundados en pieles de animales que se agazapaban en las laderas por encima de su carreta y observaban cada movimiento que ella hacía. Si no hubiera sido por ese «estado de gracia» que ella aseguraba que había encontrado en su interior, no habría habido forma de que esta bostoniana pudiera haber sobrevivido. Pero todos los días salía con dificultad de su carreta, se vestía con varias capas de ropa de su marido y sacudía la nieve de la parte superior de la lona combada de la carreta. Mantenía su hoguera chascando las ramas altas y secas de los abetos y los álamos temblones. Hervía la nieve para beber. Por encima de ella, unos indios tan extraños y tan aterradores como no podría haber imaginado jamás, envueltos en piel de ciervo y muy armados, se sentaban a observarla. Suzanne Bowen no mostró miedo alguno. Por el contrario, todos los días caminaba entre densas masas de nieve con un pequeño saco de avena, o maíz o judías secas y, sin levantar la mirada, dejaba el saco a la vista. Por la mañana la ofrenda había desaparecido siempre. A menudo había una pluma en su lugar.

Entrelacé los dedos por debajo de la cabeza, me recosté sobre el saco de dormir arrebujado y cerré los ojos un segundo. A las afueras de Flagstaff, la carretera parecía subir en un ascenso constante. No era ya que estuviera montando en bicicleta. Era que estaba escalando montañas. En Bellemont, había llegado a la cúspide del monte Bill Williams, que tenía dos mil ochocientos metros de altura y parecía haber sido colocado allí por clubs de ciclismo rivales. Ése fue de algún modo uno de mis momentos bajos.

Muchos ciclistas jóvenes no parecían tener las dificultades que yo tenía. En un determinado momento estaba en equilibrio sobre la bici, pero no podía avanzar cuando nueve o diez alegres chicos vestidos de naranja y negro pasaron como una flecha. Resolví el problema caminando cuesta arriba por la gran montaña. Los cuarenta y siete kilómetros entre Bellemont y Williams fueron una repetición de mi estrategia de montaña. Caminar hacia arriba. Deslizarme hacia abajo. Estaba ya oscuro cuando entré deslizándome en Williams y seguí las señales al club de tenis donde pasaríamos la noche. Las redes habían sido recogidas y funcionaba el mismo arreglo que teníamos en la tienda de campaña. De hecho, los servicios de señoras y caballeros, los camiones aparcados a cada lado del club de tenis, eran los mismos que en Winslow. Me lavé, comí un plato enorme de pollo guisado y ensalada en la bici y entré en la pista para escoger un catre.

—¡Smithson! ¡Smithson!

Miré en dirección a mi nombre y Chris, la número 80, estaba haciéndome señas con la mano frenéticamente.

—Te hemos guardado un sitio. Ven.

Hice el camino a través de las hileras de catres. Me di cuenta de que parecía haber menos gente que la noche anterior. Chris estaba de pie con las manos en las caderas y una gran sonrisa. Llevaba un peto con una sudadera verde por debajo. Su pelo estaba como peinado hacia un lado, con una cinta verde que le sujetaba un buen puñado. Parecía muy joven y no estaba exhausta en absoluto, que era como a mí me había dejado el viaje.

—Hola —dijo, dando saltos hacia mí y quedándose a tres centímetros de mi sudorosa persona.

—Hola —dije, tratando de sonar, bueno, joven.

Entonces me besó. Como la noche anterior. Rápidamente. Y se sentó muy contenta al borde de uno de los catres. Pude saborear su carmín, que se me quedó en la barba. Tenía gusto a manzana.

—Siéntate —dijo, dando palmaditas en el espacio del catre al lado de ella.

Puse las alforjas en el suelo y me senté. No sabía qué hacer, así que empecé a sacar mis bártulos de las bolsas.

—¿Sabes cuántas personas lo han logrado? —preguntó.

—Han logrado, ¿qué?

—Han logrado pasar el monte Bill Williams. Sin ayuda, quiero decir. Cincuenta y dos. Nada más.

—¿Cincuenta y dos? No es mucho.

—Nosotros paramos en el área de descanso de donde sale el manantial, debajo de la mesa del merendero. ¿Sabes el que digo?

—Ajá. Aproximadamente a medio camino de la montaña.

—Paramos, nos comimos el resto del almuerzo y es que no podíamos continuar de nuevo. Cogimos una de las furgonetas hasta Williams.

—Creo que es inteligente saber cuándo uno debe dejar algo.

—Genial.

Chris se recostó en el catre y echó la cabeza para atrás. Las pequeñas manzanas de sus pechos se aferraron a mis ojos. Eran pechos alegres. Eran las Golden Delicious hechas pechos. Me di la vuelta y fingí estar buscando algo en mi bolsa.

—Tú lo lograste. Estás muy en forma —dijo.

—Estoy cansado. Estoy muy cansado, creo.

—Sí, pero lo lograste. ¿Cuántos años tienes?

Me miré los antebrazos como si tuviera que pensar en mi edad. En realidad, acababa de darme cuenta de que podía ver las venas de mis brazos y una cierta figura en mí mismo.

—Tengo cuarenta y tres años —dije mirándome todavía los brazos.

—Estás muy en forma —hubo una pausa, y yo sabía que me tocaba a mí rellenarla, pero no lo hice, o no pude hacerlo. Después de unos cuantos segundos más, ella dijo—: ¿Estás casado o algo?

—No estoy casado.

—No pareces gay ni nada de eso.

—No lo soy.

—Simplemente estás aquí. Has logrado pasar la montaña. Es tan genial…

394

Bethany estaba en una pose sobre un catre varias filas más allá. Sus ojos se posaban en mí. Llevaba la falda escocesa y el pelo de la chica preciosa que me había visitado en el hospital de Denver. Me hubiera gustado haber dicho su nombre otra vez, pero no lo hice.

—¿Vives en Gallup?

—No, no soy de por aquí.

—¿De Colorado?

Chris quería saber, supongo.

—De East Providence, Rhode Island.

—¡Rhode Island! ¿Has venido desde Rhode Island? ¿Para esto?

Al otro lado de la sala, Bethany bailaba sobre su catre y me sonreía.

—No sabía que teníais estos eventos. No, vi a todo el mundo y me apunté. Empecé a pedalear una noche y aquí estoy. Voy a Los Ángeles. Voy por mi hermana.

Vi a Bethany fundirse con otra mujer y desaparecer. Chris me estaba mirando fijamente. Me encogí de hombros.

—¿Has venido en bicicleta desde Rhode Island?

—Sí.

Y se lo conté. En medio de la historia pedí disculpas para ir al servicio de caballeros, pero Chris caminó conmigo y me esperó junto al camión. No me hizo sentir incómodo en absoluto que esta encantadora y, como digo, joven con pechos de manzana enlazara su brazo con el mío y se pegara a mí y a mis palabras. Lloraba con facilidad. El puente rojo. Carl. Bill. Norma. Me gustaba que estas cosas le hicieran saltar las lágrimas. A ella y a la gente. Me hacía sentir bien de algún modo. No sentía que tuviera que disculparme. Creo que la única parte de la historia que no se creía era la parte de los ciento veintiséis kilos. La parte grande. Que era yo y mi respiración dificultosa y los cigarrillos y los tragos. No echaba de menos nada, pero lo echaba de menos todo. También le dije eso. Fue muy parecido a escuchar mi corazón al lado de la piscina. Fue agradable y me hizo sentir como nuevo.

Cuando volvimos al catre, sus amigas Joanie y Rosie estaban allí; llevaban ya sus pantalones largos de franela. Eran tan guapas y tan normales como no pensé nunca que pudieran ser las chicas. Por supuesto que no eran chicas. Eran mujeres con un negocio y todo. Socias en realidad. Pero me sentía, de algún modo, muy tranquilo con ellas. Estuvimos hablando un rato. No sobre mí, porque creo que a Chris le gustaba la idea de que yo compartiera aquello sólo con ella, como un secreto, aunque no era un secreto. Después de un rato, me tumbé en el catre y seguí leyendo *Suzanne*. Kate tenía razón. Creo que era el libro que más estaba disfrutando.

Cuando se apagaron las luces del techo, salieron algunas linternas por aquí y por allá. Extendí mi saco y me metí dentro. Se estaba calentito en el club de tenis. Me quité los pantalones del chándal y la sudadera y dormí en ropa interior. Tío, estaba hecho polvo. Tan pronto como me repantingué me quedé dormido como un tronco.

No estoy seguro de cuánto tiempo dormí o qué fue exactamente lo que me despertó, pero cuando abrí los ojos en la oscuridad, sentí su cuerpo contra mí. Estaba durmiendo, así que debía de llevar allí un rato. Estiré los brazos por encima lentamente y mis dedos percibieron que estaba desnuda. Tenía su cara entre la barbilla y el pecho. Podía sentir sus manzanas haciéndome presión en la camiseta, expandiéndose con cada respiración. Me echó la pierna de arriba por encima y levantó la cabeza hasta la altura de mis ojos.

—Hola —susurró—. He abierto la cremallera y me he metido.

Cuando me besó en los labios, sentí el corazón latiéndome aceleradamente fuera de su sitio. Me lamió la mejilla, la nariz. Se echó para atrás para tener una visión más completa de mi estupefacción, y sus pechos, su preciosa huerta (eso es realmente lo que sentí) se alejaron de un salto de mi pecho y apuntaron hacia mí. No me anduve con tapujos. Me gustaban. Los miré. Después de un rato, los toqué. Ella cerró los ojos y sonrió. El dorso de su mano rozaba la parte delantera de mis calzoncillos y supongo que mi excitación empezó a subir.

—Sólo me he subido aquí contigo —susurró—. No quiero molestarte.

—Molestar…, tú… no molestas…, no…, ahh…

—Yo sólo…

Me empujó y se puso encima de mí. Un saco de hombre y mujer. Un saco duro y blando. Se frotó contra mí. Su tersura. Su asombroso cuerpo que no podía escalar la montaña, sobre mí. Tiró de mi camiseta. La sacamos. Esta mujer joven y bella y yo, quitándome la camiseta. Volví la cabeza y recordé que estábamos en la ciudad de los catres. Todavía había algunas linternas que destellaban y se apagaban a lo lejos. Recorrí hacia abajo con las manos los músculos de su espalda y seguí su espina dorsal en el camino de vuelta hacia sus hombros. Una de sus amigas se dio la vuelta durmiendo y me giré sobresaltado hacia su catre. Bethany estaba tumbada inmóvil, con sus rizos cayendo a los lados de la almohada. Sus ojos de niña de doce años abiertos de par en par sin expresión. Aparté la vista, pero cuando volví a mirar todavía me estaba observando. Una mirada triste. Una niñita triste. Bajé las manos a los lados.

—¿Smithson? —susurró Chris—. ¿Qué pasa?

Aparté la vista de mi frágil hermana y miré a Chris, que estaba encima de mí de un modo que no me abandonará nunca y estará quizá para siempre en mis pensamientos. La boca un poco abierta. Los ojos muy verdes. El pelo negro aplastado sobre la frente lechosa. Dios mío, pensé, cómo me gustan las chicas.

—¿Qué pasa? —preguntó otra vez.

No podía explicarle cómo había levantado aquella pesada silla de ruedas. Cómo no había podido mirar aquellas persianas venecianas cuando cesaron las visitas. Cómo a Smithy Ide le llegaban las cartas todos los días en mil pedazos. Las cartas que nunca leí.

—No eres tú —dije por fin—. Tú eres maravillosa. Eres preciosa. Soy yo, de verdad. Soy yo, Chris, eso es todo.

Me miró a los ojos y luego apartó la mirada. Un pequeño suspiro y, cuando volvió la vista otra vez, tenía una sonrisa.

—No hago esto normalmente, ¿sabes?

—Lo sé.

—De verdad que no.

—Ya sé que no.

Se quitó de encima de mí y se sentó en el lateral de mi catre, mirando hacia el otro lado. Llevaba el pelo todavía ladeado. Se le empezó a poner la carne de gallina en su cuerpo desnudo por el aire fresco de la pista de tenis. Quería tocarla, posar la mano sobre ella, en cualquier parte de ella, pero sabía que no era posible. Se levantó y caminó suavemente a su catre. Yo debería haber cerrado los ojos, creo, pero me quedaría con esta imagen de la bella Chris. Se puso el camisón de cuadros escoceses verdes y luego los calcetines blancos de deporte. Se metió en su saco de dormir y se dio la vuelta mirando hacia el lado contrario al que yo estaba. Las luces atenuadas de los fluorescentes nocturnos que había a cada lado del club de tenis nos alumbraban como una luna.

—Buenas noches —dije al fin. Atormentado. Estúpido.

Ella se subió el saco hasta las orejas.

58

Faltaba menos de una semana para el gran día de Bethany y Jeff Greene. Había decidido olvidarme de la llamada del «guau». Después de todo, la doctora Glass me había asegurado que Bethany era perfectamente inofensiva y hay que reconocer que su comportamiento, en este periodo particularmente tenso en la vida de una chica, fue la imagen de la calma. Mamá, por el contrario, fue la que estuvo causando problemas. Una vez que se le metió en la cabeza que Bethany debía tener un cortejo nupcial, no hubo nada que le hiciera desistir de su idea. Bethany se mantuvo firme en sus expectativas de simplicidad. Le decía: «Mamá, no quiero un cortejo nupcial. De verdad que no». Y mamá decía: «Por favor». Y «por favor» y «ay, por favor», hasta que, al final, con sensatez, Bethany cedió. Fue este tipo de concesiones lo que me ayudó a alejar la idea de *Wiggy* durante un tiempo.

El padrino de Jeff, Dave Stone, su compañero de universidad, bajó desde Nashua, en New Hampshire, para ayudarle con las cosas en las que un tipo necesita ayuda cuando se va a casar. El padre de Jeff había muerto y su madre se había convertido, más o menos, en residente permanente del hospital Bradley. Dave había venido también para planificar y llevar a cabo la importantísima fiesta de despedida de soltero. Dave no me caía bien. Yo a él no le caía bien tampoco, pero nos sonreíamos y fingíamos que sí por el bien de todos. Pero ahora puedo decir que Dave Stone se daba aires de que él era más inteligente y estaba más enterado que los demás. Cuando decía algo, a mí siempre me daba la sensación de que uno tenía que tener en consideración sus palabras y asentir y estar de acuerdo. Lo que me enfadaba realmente era lo maravillosos que pensaba que eran los Orioles de Baltimore. Bueno, es verdad que tenían un par de jugadores estupendos, pero él era de New Hampshire. ¿Qué pasaba con los Red Sox?

Dave programó la fiesta de despedida de soltero en el club FEI de Pawtucket. Era un lugar de striptease donde unos humoristas viejos y malísimos presentaban a unas bailarinas viejas que bailaban y se quitaban la ropa hasta llegar a una especie de bikini reluciente. En el ejército yo había estado en sitios de striptease donde las bailarinas se masturbaban de verdad en el escenario. El club FEI era material descafeinado, supongo. Yo me alegraba porque, por supuesto, iba a ir mi padre y no creía que Dave fuera la clase de tipo que tendría en consideración a los más viejos. Bueno, el caso es que nos reunimos todos allí y llevamos regalos tontos. Nos pusieron en dos mesas en el extremo de una pasarela elevada. El sitio olía a cerveza pasada y a fregona podrida. Dave pidió unas jarras grandes de cerveza. Éramos catorce. Los amigos de Dave y Jeff, y papá y el Conde y yo. Papá y tío Conde llevaban puestos sus trajes de domingo. Yo llevaba una americana de sport que no me abrochaba.

—¡Espero que todo el mundo esté bien del corazón, porque estas chicas son explosivas! —gritó Dave por encima del ruidoso trío de orquesta.

—¡A mí me puede dar algo en cualquier momento! —gritó el tío Conde.

—¿Qué? —gritó Dave.

—Mi corazón se ha disparado. Podría irme así —el tío Conde chasqueó los dedos. Papá sacudió la cabeza y se rió.

—Vivirás más que yo, Conde.

—Sólo si te atropella un camión —se rió tío Conde a carcajadas.

Llegó la cerveza que sirvieron las bailarinas del show siguiente y el toque de tambor aporreó una lenta y obscena presentación de Brigitte Bardoni, la primera salva de entretenimiento. Un hombre con un traje de cuadros y un horrible peluquín hizo los honores.

—Damas y caballeros. Prepárense para conocer y dar la bienvenida a una joven dama que ha elevado la danza moderna a nuevas alturas. Desde Florencia, Italia, la única, la sin igual señorita Brigitte Bardoni.

Ha pasado bastante tiempo, pero creo que Brigitte tenía cuarenta y tantos años. Llevaba un vestido blanco de fiesta brillante, con el escote a la altura de los pezones de su abundante pecho, que caía de forma desigual hasta el suelo. Los tacones altos hacían difícil que hubiera mucha danza moderna, pero así era mejor, porque parecía demasiado borracha para mantener siquiera el equilibrio sobre ellos. Llevaba el pelo blanquirrubio recogido en alto, y mostraba el gesto de un rugido de complicidad benévolo que compartía con todo el mundo. Después de un contoneo vacilante de un extremo al otro de la pasarela, dio una patadita y con gran destreza se quitó de un tirón uno de sus guantes largos negros. Lo hizo girar ante las caras de los hombres que estaban al lado de la barra y rugió otra vez. Luego el otro guante. Haciendo una floritura los lanzó a un lugar seguro por detrás de la barra.

Papá miraba alrededor de la sala, fingiendo estar interesado en cualquier cosa excepto en la señorita Bardoni, que ya se había bajado la cremallera del lateral de su vestido y estaba tratando de que cayera al suelo haciendo vibrar el cuerpo. Sé con seguridad que a papá le daba vergüenza porque estaba allí con su hijo. Eso me mereció respeto. Yo también sentía vergüenza.

El vestido de la señorita Bardoni se frunció hasta las rodillas. Al parecer, algunas lentejuelas se le habían enganchado en las medias.

Forcejeó un segundo para desengancharlas, luego perdió el equilibrio y se cayó al suelo. «¡Joder!», dijo al pesado ritmo de bombo de fondo. Brigitte Bardoni rodó hasta ponerse sentada y se quitó el vestido de manera sensual. Se puso en pie triunfalmente y rugió a la sala en general. Reanudó su contoneo. Nuestras mesas, en el extremo sur de la pasarela, observaron en un silencio relativo. Quizá toda la mesa se había contagiado del malestar de papá, no estoy seguro. Se quitó la combinación por la cabeza y la hizo girar también. Brigitte Bardoni había bajado ahora hasta la esencia del striptease de FEI. Un conjunto de ropa interior formado por un bikini brillante azul cielo demasiado pequeño y unas medias negras sujetas con un liguero. Le había costado trabajo, pero se había quitado la ropa.

—¡Quítatelo, nena! —gritó tío Conde.

Todo el mundo miró a mi tío con una especie de sorpresa e incredulidad.

—¡Quítatelo todo! —gritó otra vez. Tío Conde vació su cerveza y se sirvió otra—. *Mamma mia* —dijo, haciendo un gesto con la mano hacia la señorita Bardoni como si ella fuera algo que le acabara de quemar los dedos.

—Cálmate, viejo —dijo Dave con aquella voz reticente que aún puedo recordar—. Nos van a echar fuera.

—Esto es fantástico —dijo Jeff. Qué buena persona era. Ésa era su forma de decirle a su amigo que dejara en paz al tío Conde. Tío Conde los ignoró a los dos. Brigitte Bardoni caminaba contoneándose hasta el extremo sur.

—*Mamma mia* —dijo otra vez con cada uno de los pesados pasos.

Esta vez la bailarina no rugió. Su cara se suavizó y los ojos se tornaron bondadosos, se podría decir. Llevaba un lápiz de ojos azulado. Al rugir, como digo, podían parecer peligrosos pero, sin el rugido, se transformaban en unos ojos como los de la señora Harry, que fue mi maestra del jardín de infancia y era probablemente la persona más bondadosa que había conocido jamás. Bueno, el caso es que dejó el rugido y se centró en el tío Conde, que la apoyaba. Se paró delante de él y allí subida, en la pasarela, meneó su pelvis en círculos siguiendo el maldito ritmo.

—¡Eso! —gritó tío Conde.

—Eh —replicó Dave.

—¡Nena, eres la mejor! —gritó tío Conde, levantando la cerveza para brindar por la señorita Bardoni.

Dave se estaba desquiciando. Le había dado una orden directa a mi tío Conde y le estaban ignorando.

—Ya es suficiente, maldita sea —dijo Dave, poniéndose de pie.

Mi padre se levantó también y se interpuso entre aquel gilipollas y mi tío, que sólo veía a Brigitte y sólo escuchaba el compás.

—¡Aaaauuuuuu! —aulló con su mejor grito de lobo.

—¡Será mejor que pare de una vez! —gritó Dave.

Bueno, si todos hubiéramos llevado pistolas y hubiéramos empezado a pegarnos tiros unos a otros, el resto de los clientes habrían seguido dando sorbos a sus bebidas y la señorita Bardoni habría terminado su número. Ese dato esencial de FEI se le escapaba a Dave. Él había planificado el evento, pero de algún modo distorsionaba la realidad de la desinhibición sexual franca con la desinhibición sexual de las asociaciones estudiantiles. Dave era un completo imbécil. Y no había diploma universitario que pudiera atenuar aquello.

—No está molestando a nadie —dijo papá con gentileza.

—Siéntate, Dave —dijo Jeff—. Esto es fantástico.

—¡Oh, nena! ¡Sabes lo que a mí me gusta! —gritó tío Conde.

—Deje de gritar —ordenó Dave.

Pero tío Conde no obedecía órdenes y Brigitte Bardoni había tomado la decisión de saltarse las normas contra incendios de Pawtucket. En un instante, se quitó la parte de arriba de su ropa interior, dejando al descubierto unos pechos imposibles, incontrolables. Dobló la cintura y se los ofreció alegremente a tío Conde.

—¡Epa, epa, epa! —chilló mi tío, que ya estaba dando palmadas como una foca.

Eran globos de agua a punto de estallar. Eran oro líquido y me quedé mirando fijamente con la boca abierta.

—¡Estoy indignado! —gritó Dave—. Mírale. Mírale dando palmas.

—¡Preciosas, nena, preciosas! —chillaba tío Conde, tratando de cogerlas y apretando los dedos en el aire.

—¡Puf! —gritó Dave.

—Esto es fantástico —dijo Jeff, con la cara roja como un coche de bomberos bajo los pesados balones de carne que colgaban a unos centímetros por encima de su cabeza—. Es fantástico, realmente fantástico.

—¡Tú no tendrías que tener los pechos al aire! —le gritó Dave a Brigitte. Ella bajó la mano y tiró un poco de la parte delantera de las bragas, de modo que quedó al descubierto un gran mechón de vello púbico.

—¡No tiene que hacer eso! —gritaba Dave, suplicando a Jeff.

—*Mamma mia!* —replicó tío Conde.

—A lo mejor deberíais iros vosotros, chicos. Yo me quedaré aquí con Conde —dijo papá con serenidad.

—¡Pero entonces se arruinará la fiesta de despedida de soltero! —gritó Dave, ahora ya histérico. Por dondequiera que mirara, el cielo estaba cubierto de pechos—. Pero...

—No, de verdad. Vamos a mi casa a ver a los Celtics —dijo Jeff.

Jeff se levantó y acompañó al reacio Dave. Sus concelebrantes se levantaron también, aunque yo sabía que la mayoría de ellos preferirían estar bajo la lluvia antes que ir con Dave. Jeff le dio la mano a papá y desfilaron por delante de nosotros hacia la puerta de salida.

—¡Son lo mejor! —chilló tío Conde, señalando a las montañas de ella—. ¡Son lo mejor de lo mejor!

Papá se volvió hacia mí y dijo:

—Smithy, no tienes por qué quedarte con nosotros.

—Quiero quedarme.

—Me lo imaginaba.

Tío Conde había empezado a acompañar el compás de la batería sobre el tablero de madera de la mesa. Papá se le quedó mirando un largo rato. Al igual que yo, llevaba las preocupaciones de su vida en unos ojos profundos, tristes, pesados, que podrían haber sido la bahía de Narragansett en una cálida noche de agosto.

—Papá —le llamé desde el otro lado de la mesa. Se dio la vuelta, me vio y sonrió—. Seguro que Bethany va a estar guapísima de novia, ¿eh?

Papá siguió sonriendo y asintió con la cabeza, pero yo sabía que él era un hombre que había estado en algunos sitios, que había visto cosas y que conocía las cosas, supongo, por lo que eran.

Y la batería terminó y el saxofón también. Brigitte Bardoni, llena de orgullo, bajó muy ufana su maravilloso pecho de la rampa. El bombo comenzó de nuevo y nuestro animador nos presentó a Alberta Einstein, «la decana del striptease científico».

59

Me quedé allí tendido despierto. Cuanto más me concentraba en dormir, más imposible se me hacía. El olor de Chris me impregnaba y la cara de Bethany, que ahora estaba cerca de la mesa de almuerzo de Seswan, brillaba bajo las luces fluorescentes. Alrededor de la una y media, escuché mi corazón, lo moví en una especie de plegaria energética y salí del saco de dormir. Hice las alforjas apretadas y en silencio, parándome cada vez que Chris o Rosie o Joanie se removían. Puse las alforjas en la bicicleta, luego usé el servicio de caballeros y por fin, alrededor de las dos y media, llamé a Norma.

—Son las dos y media aquí, así que deben de ser las cinco y media allí —dije cuando descolgó el teléfono a la segunda llamada.

—Smithy —dijo en voz baja—, espera un segundo.

Esperé durante un minuto o más. La hilera de teléfonos estaba bajo la luz de la esquina del club de tenis. Había escarcha en el suelo. Llevaba puestos el chándal y los calzoncillos largos, pero aun así corría en el sitio para mantenerme caliente.

—Vale —dijo—, he tenido que echarme agua en la cara.

—Lo siento.

—¿Desde dónde?

—Williams, Arizona.

—¡Guau!

—He venido viajando con un club de ciclismo, pero ahora tengo que dejarlo.

—¿Por qué?

—No estoy seguro. Pero creo que es lo mejor. ¿Estás bien?

—Bien, supongo. Estoy muy cansada con los bocetos de este barco. Quiero decir, tengo que seguir trabajando en el resto de mis contratos y mantener la calidad, pero esto del barco Blount es el proyecto más grande que he tenido jamás. Y además…, no sé…

—¿Qué?

—Bea está otra vez enferma. Le hicieron una mastectomía hace unos cuatro años y ahora está enferma otra vez. La llevé al médico y dijo que tiene que ir al hospital para hacerse más pruebas, pero ella es muy cabezota.

Estoy en una bicicleta, pensé para mis adentros. Estoy yendo en bicicleta Dios sabe dónde y sin saber por qué y Norma vive un tiempo real y cosas reales. Me sentí avergonzado y sombrío. Sentí la sombra de una persona. Dejé que el silencio del teléfono lo llenara todo. Por fin, Norma dijo:

—¿Smithy?

—Aquí estoy.

—¿Qué pasa?

—Norma, lo siento. Te están pasando cosas reales. Bea está enferma. Tú estás cansada. Debería estar ayudándote, en vez de llamarte para que me ayudes.

—No me dirías eso si no fuera una maldita tullida, ¿verdad?

Me quedé sin respiración, exactamente como si me hubieran pegado un puñetazo en el pecho.

—Norma...

—Si yo fuera una persona que se compadece de sí misma diría eso todo el tiempo. Pobre de mí. Pobre tullida. Es feo, ¿verdad? Es odioso. Por eso es por lo que no lo digo y por eso es por lo que no lo siento. Sí, estoy cansada, sí, Bea está enferma. Pero así es la vida, Smithy, no podemos escaparnos de eso. Tenemos que continuar y ser fuertes y la mejor forma de ser fuertes es confiar en la gente.

Dejó de hablar por un momento y mi admiración silenciosa por esta mujer llenó el campo de América e inundó las ciudades.

—No... no estoy seguro de dónde tendría que ir exactamente en Los Ángeles. He perdido la carta. Es una funeraria que está financiada por la ciudad para mantener los... cuerpos hasta que llega alguien.

—Muy bien —dijo totalmente en tono formal—, te voy a decir lo que vamos a hacer. Voy a hacer las llamadas necesarias y, si me llamas mañana, te daré toda la información.

—Sería estupendo, Norma.

Casi a la vez ella dijo:

—He soñado que hacíamos el amor —dejó de hablar y yo vi a Bethany observando desde el otro lado de la autopista de doble carril. Tenía el aspecto de prestar atención, como si algo muy importante hubiera pasado o fuera a pasar pronto. Estaba quieta, pero no era la inmovilidad de una pose. Después de un rato largo junto al frío teléfono, Norma dijo—: Lo siento. Es una tontería.

No me podía librar de la mirada fija de Bethany. Mirando a mi hermana, dije al teléfono:

—No es una tontería, Norma —y en otro momento dije como un estúpido—: Nosotros…, la mejor forma de ser fuertes… es confiar en la gente.

El frío seco de Arizona se llevó a Bethany y las estrellas titilaron sobre un idiota.

—Llama mañana y tendré la información.

Más silencio y estrellas.

—Adiós, Smithy.

—Adiós.

60

Tío Conde se durmió durante la mayor parte del trayecto hasta su casa. Se estiró en el asiento de atrás de la ranchera de papá y se quedó como un tronco. Cuando paramos en la entrada a la casa se despertó inmediatamente con un dolor de cabeza espantoso.

Era tarde y la noche estaba húmeda y con niebla. Un auténtico mayo de Rhode Island se había extendido desde la bahía de Narragansett y llegaba en grandes cantidades desde el océano. La tía Paula encendió la luz en el instante en que llegamos a la entrada de la casa y se quedó de pie en las escaleras delanteras, viendo cómo papá y yo convencíamos al tío Conde para sacarlo del coche y llevarlo hacia la casa. La tía Paula no dijo nada en ese momento. No es que estuviera enfadada, sino más bien preocupada. Tío Conde había hecho excesos con su corazón desde que yo podía recordar y Paula había soportado siempre el impacto de su «baile con la vieja dama», como tío Conde se refería a la muerte.

La sobrecarga de cerveza fría y pechos calientes había hinchado a mi tío y estaba a punto de reventar. Se sujetaba la cabeza y sus ojos grises saltones hacían presión contra las cuencas.

—Parece una migraña —dijo Paula, yendo por delante hacia su dormitorio.

Nosotros íbamos haciendo un gran esfuerzo a cada lado de mi colosal tío. Podríamos haber sujetado una montaña. Podríamos haber sostenido el Empire State. Le sentamos a un lado de la cama de matrimonio. Recuerdo haberme quedado atónito de que otro ser humano pudiera compartir ese espacio con el Conde, pero la tía Paula no era otro ser humano sin más. Ella era fuerte y genial en el sentido en que lo es un pez piloto, o quizá un gatito. Me estoy dando cuenta de que esto suena estúpido. Era muy capaz, eso es.

—La bolsa de hielo ya tiene un poco de hielo dentro. Está en el congelador grande del garaje.

Dejé a papá y a Paula quitándole los pantalones a un quejumbroso tío Conde y entré a través de la cocina al garaje, que estaba comunicado. Siempre había pensado que tener el garaje unido a tu casa era el culmen de la vida moderna. Tenías acceso. Nuestro garaje era una típica construcción para un coche que no parecía funcional. Especialmente en el invierno. En cambio, aquí, era una noche de Rhode Island oscura, húmeda, con niebla, y todo lo que tenía que hacer era darle al interruptor.

Caminé alrededor del Dodge Dart de Paula que a tío Conde le gustaba mantener caliente en el garaje y me acerqué al congelador blanco grande. Lo abrí y miré por arriba buscando la bolsa de hielo. Tío Conde y Paula tenían cenas congeladas de todos los tipos colocadas muy ordenadamente caja con caja en la parte de arriba. Empecé a hurgar para encontrar la bolsa de hielo azul y plata. Había una bolsa grande con pedazos de pavo y Paula había pegado en ella con cinta de celo un trozo de papel blanco y había escrito: BUENO PARA SOPA. Había una bolsa de papel con cosas pequeñas, redondas, envueltas en papel de aluminio y en la bolsa Paula había escrito: TOMATES FRESCOS. BUENO.

Inevitablemente, aquella bolsa de hielo estaría en el fondo del congelador. La necesitaba, así que tenía que estar en el lugar más inconveniente posible. Por debajo de unos montones de zumos congelados, vi la parte superior de la bolsa de hielo. La parte de rosca plateada con la palabra THERMOS en letras negras. Tiré de ella pero parecía que estaba pegada a algo. Probablemente una fuga o algo, la condensación de cuando la metieran la última vez, algo así.

—¡Qué bien! —dije agriamente y en voz alta. Ya había empezado a sacar mi mal humor a solas.

Tiré otra vez y noté que cedía ligerísimamente. Al final di un tirón fuerte y la bolsa de hielo con la parte de arriba de rosca plateada se aflojó y subió con un gran peso a mi mano, y *Wiggy* subió también, con su hocico helado agarrado desesperadamente a la bolsa de goma bajo la comida congelada.

61

Treinta y nueve kilómetros más allá de Williams, montando en mi bici en la noche llena de camiones de la Ruta 40, me paré en Ash Fork. El frío seco me había agarrotado y no podía pensar en otra cosa que no fuera en mi saco de dormir calentito extendido en el catre y Chris a la distancia de un susurro. Mis pensamientos empeoraban el frío. Tenía los pies entumecidos y me dolían las orejas incluso con el gorro de lana calado y bien apretado sobre ellas. Me sentía también más tonto de lo normal, aquella conversación con Norma me daba vueltas en la cabeza.

—¡Labios! —grité fuerte—. ¡Ojos!

Gritaba sin otro motivo que tratar de sacar la mala sensación que tenía. Un cierto tipo de sensación de soledad. Una sensación que me avergonzaba.

Entonces entré en Ash Fork deslizándome a la carrera. Chris, Norma, el pequeño Bill, Carl y Bethany entraron también majestuosamente, esta vez en las estrellas, que centelleaban y dejaban de centellear entre Dios y yo. Me sentía aturdido. Sentía como si pudiera quedarme dormido en equilibrio sobre la bicicleta.

Pasando varias gasolineras antiguas y una pequeña agrupación de tiendas, todas cerradas, di vueltas alrededor de la carretera circular hasta que divisé las luces parpadeantes del Randy, un restaurante abierto las veinticuatro horas. Apoyé la bicicleta contra el bordillo y traté de abrir la puerta. Cerrado. Todas las luces estaban encendidas y miré adentro. Una señora mayor con un uniforme azul y un delantal blanco estaba colocando los cubiertos. Lentamente. Mesa a mesa. Golpeé con los nudillos en el cristal. Cuando levantó la vista hacia mí, sonreí y agité la mano a través de mi abatimiento helado y ella vino hasta la puerta.

—Está cerrado. Abrimos en media hora —parecía la señora Santa Claus y cuando dijo que estaban cerrados, lo hizo con el afecto y la comprensión que uno esperaría del señor Claus, pero yo tenía frío y había perdido la capacidad de comprensión hacía doce o trece kilómetros. Necesitaba café. Necesitaba un asiento calentito.

—Pero el cartel dice —señalé—: «Randy. Restaurante 24 horas».

—Es verdad, cariño, pero el cartel está mal. Es «Randy. Restaurante 23 horas». Cierro entre las tres y las cuatro de la mañana para poder tenerlo todo espléndidamente abrillantado —levantó la mano del reloj con un amplio movimiento y anunció la hora—: Son las tres cuarenta y cinco…, cuarenta y seis ahora.

—Vale —dije.

La señora Claus cerró la puerta y volvió al espléndido abrillantamiento de su cubertería. Me quedé mirándola un momento y luego fui andando de vuelta a mi bici. Se me estaban agarrotando las piernas y en los hombros me daban punzadas. Era angustioso haber empezado a tener otra vez dolores similares a los de aquella primera semana de bicicleta. Me agaché hasta tocarme los dedos de los pies, pero el dolor permaneció en una dispersión de agujas y alfileres casi mareante. Puse las manos sobre el cuadro principal de la bicicleta y apoyé penosamente la cabeza sobre el sillín de cuero. Cerré mis ojos ardientes. Bethany estaba cantando un solo en el coro de nuestra iglesia. Su barbilla era más suave de lo que había imaginado y no pude reconocer la canción. Era extraño, podría llamarlo un sueño ligero, porque ocurría antes de dormir, pero en realidad era mucho más nítido que una ensoñación. Mis sueños de despierto tienen los bordes borrosos y los personajes están en una especie de situación acordada de antemano. La gente primero y luego la situación. Estoy más o menos situado en el asiento del conductor del ensueño. En un sueño total no controlo los acontecimientos, pero los acontecimientos y la gente son precisos y no cantarían en absoluto una canción de la que yo no estoy seguro, ni mucho menos hablarían en una lengua extranjera. Los sueños ligeros son sueños problemáticos. No hay reglas. Mientras tenía la cabeza en el sillín, mi hermana cantaba delicadamente, con la cabeza alzada. Podría haber estado llamando a los pájaros, no estoy seguro, pero a su lado, en la vacía sección de los sopranos, algo se movía y tenía las manos de un rastrillo. Tenía los dedos largos de las piezas de bambú de un rastrillo, y unos brazos que se podían estirar alrededor de los altares para lo que quisiera. Y lo que quería de esa fila era a mi preciosa hermana, con su mano levantada, sus ojos en algún lugar afuera, mirando un espejo que no estaba allí. La vi a ella con claridad y las manos y los dedos del rastrillo. Grité, pero las únicas palabras que salieron fueron «más alto» y «Chevrolet». Y luego se encendió una gran luz que hizo que se me levantara dolor de cabeza y que los ojos, que ya me ardían, se quemaran en llamas. Y se puso oscuro otra vez. Y luego la gran luz otra vez y… abrí los ojos. La luz que se encendía y se apagaba continuaba. La luz no era ya parte de mi sueño, sino una parte del aparcamiento del restaurante. Me di la vuelta hacia ella. Aparcado en un rincón lejano, había un enorme camión de mercancías, con las luces encendidas, luego apagadas, y el motor rugiendo. Las enormes luces parpadearon encendiéndose y apagándose otra vez. Esta vez se quedaron apagadas. Me levanté y miré hacia el camión. Lentamente, me señalé a mí mismo.

—¿Yo? —pregunté bajito, como un tonto.

Las luces parpadearon otra vez y caminé hacia ellas. Di la vuelta hasta el lado de la cabina donde se sienta el conductor y me detuve cuando una voz tranquila, profunda, dijo:

—Faltan unos minutos. Venga por el lado del pasajero. La calefacción está puesta.

Rodeé la parte delantera del camión y trepé a la cabina. En el aire flotaban el café y los cigarrillos. Estaba caliente. Sonreí al conductor.

—Gracias —dije.

—Hace frío ahí fuera —me pasó su taza de café y vertió en ella el café que quedaba en su abollado termo—. Le hará entrar en calor —dijo.

Era una voz suave, como he dicho, un tipo de voz profunda y dulce como la miel, y era apropiada para él.

Un hombre de piel marrón oscura, de unos sesenta años, con mechones de pelo blanco por debajo de una gorra de cuadros escoceses marrones y dorados. El bigote cuidadosamente recortado jugaba en su sonrisa por encima de unos labios gruesos. Los ojos negros cansados estaban situados en una parte de su cara que parecía muy joven, casi como si los ojos y la piel y los huesos alrededor de los ojos fueran nuevos, quizá una adquisición reciente.

—Buen café —dije—. Gracias.

—Philip Wolsey —dijo ofreciéndome la mano.

—Smithson Ide —dije. Era un café amargo y sonreí por el sabor que tenía. Mamá llenaba el termo de papá todas las mañanas con una mezcla áspera y ácida. Eso era café de verdad, decía papá. Philip Wolsey también tenía un termo de café del auténtico. Llevaba consigo unos aromas maravillosos. Tostadas. Beicon. Este café era un festín de la memoria. Sonreí de nuevo y mi estómago rugió.

—¿Está bueno?

—Uf, ya lo creo. Lo necesitaba.

—Café de verdad. Llámame Philip.

—El café de mi padre era exactamente como éste.

—¿Sabes lo que hago?, le digo al dependiente que me hierva otra vez el café antes de rellenar el termo. El truco es que hay que parar en sitios auténticos. Nada de comida rápida —le devolví la taza a Philip, que tomó un sorbo y me la dio otra vez—. Termínalo. Randy hace buen café. Cinco minutos.

Tres camiones más se detuvieron en el aparcamiento. Un coche de policía de la ciudad. La furgoneta pequeña de un electricista. No salió nadie.

—Bueno, si me meto donde no me llaman, dímelo, pero me ha picado la curiosidad. ¿Es tuya esa bicicleta?

—Sí, señor —dije.

—Philip —dijo él.

—Philip, sí. Es mía.

—Y vienes de algún lugar. Lo sé.

—Vengo desde Rhode Island, Philip. Vengo desde East Providence, Rhode Island.

Terminé el último sorbo de café y le volví a pasar la taza de hojalata. La sacudió por la ventana y la enroscó otra vez en el termo. Toda la cubierta de nubes había desaparecido milagrosamente, en apariencia en cuestión de minutos, y el cielo estrellado más maravilloso de todos los tiempos iluminaba el espacio alrededor de la cafetería de Randy.

Philip consultó su reloj y una enorme sonrisa se extendió por todo lo ancho de su cara.

—Diez, nueve, ocho, siete, seis, cinco, cuatro, tres, dos y uno.

Las luces de la entrada saltaron inmediatamente y la señora mayor con el vestido azul abrió la puerta. Salieron los tres camioneros y los dos policías y los dos hombres de la furgoneta de la electricidad.

—Vamos, joven. El desayuno corre a cargo del señor Philip Wolsey de los Wolsey de Ames, Iowa.

Le seguí al interior del restaurante caliente y nos sentamos en un reservado junto a la ventana.

—Pediremos en el mostrador. Randy no sirve en las mesas entre la medianoche y las cinco. No he pasado por esta ruta concreta desde hace unos siete años, pero no puedo imaginar que haya cambiado.

Pedimos beicon y huevos y crepes en vez de tostadas. Zumo de naranja y café, que llevamos a nuestra mesa.

Tomamos a sorbos el café y el zumo.

—Rhode Island. 1963. Llevé una carga de trigo de sémola, una variedad de trigo exótica, desde un tal señor Tamernack a la zona italiana de Boston. Llevé de vuelta tallarines de gourmet hechos a mano. Pasé por Providence en la Ruta 95. Luego pasé al salir. Eso sí que es una buena distancia.

—Bastante lejos.

Todavía me ardían los ojos y aún tenía frío. Tiritaba un poco. Philip extendió la mano desde el otro lado de la mesa y me puso el dorso de la mano en la frente. La dejó allí unos treinta segundos.

—Fiebre. Estás enfermo.

—Estaré bien.

—Perdona.

Philip salió a su camión. Nuestro desayuno estaba listo y lo recogí en el mostrador y lo llevé a la mesa. Philip regresó y puso dos aspirinas delante de mí.

—Ah, tengo yo en las alforjas —dije.

—Éstas son extrafuertes. Si te las tomas con comida no deberían irritarte el estómago.

Me las tomé y comimos. Aunque tenía mucha hambre, sólo pude terminarme la mitad de la comida. Me recosté y bebí el zumo a sorbos.

—Así que lo que estás diciendo es que has venido en bicicleta desde Rhode Island hasta Ash Fork, Arizona.

No había estado diciendo nada, pero Philip me pagaba el desayuno.

—Cambié de bicicleta en Providence, Indiana. Tenía una Raleigh y la que tengo ahí fuera es una Moto.

—¿Por qué?

Me quedé pensando un segundo y miré fijamente el zumo que tenía en la mano.

—Creo que estoy en una búsqueda. Mi amiga Norma dice que estoy en una búsqueda. Sé que es extraño. Yo era gordo.

No tengo ni idea de por qué dije eso último, salvo que estaba enfermo y estaba pensando de forma diferente.

—No pareces gordo ahora —dijo Philip—. Una búsqueda. Don Quijote en América. Pero hay más.

Philip llevó nuestras dos tazas al mostrador y Randy las rellenó. Él las trajo otra vez.

—He conocido a algunas personas —dijo confidencialmente— que juran que Randy no se va nunca. Gente que dice que no ha visto nunca a nadie echar una mano aquí.

Miré a la mujer azul y blanca.

—¿Es posible? —dije.

—Todas las cosas, todas las cosas son posibles. ¿Qué es lo que crees que dice tu recorrido en bici? La gente diría: «¿Es posible?». Por supuesto que ahora tú sabes que lo es.

—Supongo que sí.

—¿De qué es la búsqueda?

—Ésa es la cosa. Norma dice que eso es lo que es, pero yo no sé.

—Bueno —dijo con seriedad, sujetando su café con ambas manos—, una búsqueda podría ser de alguien buscando algo, o persiguiendo algo o incluso un tipo de investigación. Una investigación personal.

El cielo negro y centelleante se había tornado rojo sobre un risco distante que podía verse a través de la ventana. Le dije a Philip lo que sabía. Bethany, Bill, Norma. Me salté un montón, recordé un montón. Cuando terminé, dijo:

—Entonces es todo, joven. Me gusta mucho la forma de pensar de tu Norma. Yo voy a Needles, en California, por la Ruta 40, donde voy a descargar la mitad de las mercancías. Comida para perro. Seca. Bolsas de cuarenta y cinco kilos. Luego cruzaré a Las Vegas y entregaré el resto. Te voy a recomendar encarecidamente que pongas esa bicicleta tuya en el camión y que te subas conmigo hasta Needles…, si eso no es hacer trampa.

—Eso no es hacer trampa —dije.

62

Salió rígido, con una capa blanquecina cubriendo sus colores de sabueso negro, marrón y blanco. No le pude sacar la bolsa de hielo de la boca. Casi al instante, la capa se puso húmeda y luego se empapó. Lo tumbé sobre el banco de trabajo del Conde. Nunca me había dado cuenta de lo largo que era *Wiggy*. Siempre estaba en algún frenesí para comer, para que le acariciaran, para que jugaran con él. Lo masajeé un poco desde las orejas hasta la cola.

—*Wiggy* —dije.

Volví a la cocina de Paula y me lavé las manos en agua hirviendo, luego cogí uno de los paños de cocina y vacié en él una de las bandejas de hielo del frigorífico de la cocina.

—No he podido encontrar la bolsa de hielo, tía Paula. Lo he puesto aquí.

—Esto servirá —dijo.

Papá estaba de pie alerta y Paula empezó a aplicar el paquete de hielo.

—He dejado las cosas del congelador muy desordenadas. Voy a colocarlas otra vez.

No miento muy bien. No miento mucho. Ésta fue una buena mentira, creo, y volví al garaje. Lié a *Wiggy* en una manta del coche, cogí una pala de jardinería de la pared del garaje y salí corriendo por el jardín trasero y di un rodeo hasta el frente. Crucé la calle bajo una farola, rezando para que no me viera nadie. La pala. *Wiggy*. Yo. Había un espacio vacío al otro lado de la calle y por detrás un riachuelo había creado lo que se podría llamar un pequeño barranco. Yo solía jugar allí cuando Paula y tío Conde me cuidaban. El suelo del barranco estaba cubierto por generaciones de hojas y la tierra era mullida. Puse a *Wiggy* en el suelo y empecé a cavar. Trabajé desesperadamente y los esfuerzos hicieron parecer el asunto menos espantoso. Arranqué piedras. Corté raíces. Cuando el agujero era lo suficientemente profundo como para tener que estar de rodillas para trabajar, arrastré a *Wiggy* con la manta y lo eché en el agujero, envuelto en cuadros escoceses rojos para siempre.

No había pensado en Dios durante mucho tiempo. Yo diría que desde hacía unos veinticinco años. La gente que piensa en Dios tiene probablemente un círculo de amigos y se hacen preguntas y comparten cosas sobre Dios. Cosas como: ¿es que existe? He pensado en Dios recientemente. En los campos, en mi tienda, pienso en Dios y en mí y en todo lo demás, pero entonces, la última cosa que tenía en la mente era Dios. Aun así, después de haber rellenado el agujero y de apisonar la tierra y hasta volver a distribuir una capa de hojas de roble, arce y abedul sobre aquel perro tonto, me puse de rodillas y dije: «Dios mío, por favor, haz algo para que *Wiggy* sea feliz. Era un buen perro y ahora tío Conde está enfermo». Mantuve los ojos cerrados con fuerza por un instante y luego corrí como un loco de vuelta al garaje de mi tío.

63

Durante quince minutos seguí el latido de mi corazón en su ruta hacia los pies. Imaginé que estaba moviendo también los trozos de la aspirina extrafuerte de Philip Wolsey. Haciéndolo por mí mismo. Ayudándome a mí mismo. Abrí los ojos y la quemazón había cesado, al menos había disminuido y no me sentía tan exhausto. Había progresado a cansado.

Las estrellas se quedaron atrás, pero había claridad en la oscuridad y las cosas en torno a la autopista parecían estar a la sombra más que en la noche. Philip se dio cuenta de que no estaba durmiendo.

—Duerme. Te sentará bien.

—Estoy bien. Me siento mucho mejor. Hago una cosa con los latidos del corazón. Los muevo, quiero decir que me concentro en ellos y puedo mover el latido por todo el cuerpo. Cuando llego a los pies, puedo enviar el latido afuera por la parte de abajo.

—Así que entonces meditas.

—Supongo que sí.

—Yo reflexiono sobre las cosas —dijo Philip—. Reflexiono sobre las cosas y espero llegar a entender un día.

Pensé en eso por un momento.

—¿Entender qué?

—No tengo muy claros los detalles, pero quiero adquirir un entendimiento del porqué. El porqué. Me gustaría ir hacia atrás hasta el principio. Ésa es la razón por la que reflexiono.

Circulábamos pesada y suavemente. Mi bicicleta estaba calzada contra la comida de perro que estaba detrás de mí. Lo que decía Philip Wolsey tenía sentido para mí.

—A mí también me gustaría ir hacia atrás —dije—. Creo que tal vez eso sea parte de la búsqueda.

—Posiblemente —asintió pensativo—. Pero hay más.

—Supongo —dije.

Subimos una pequeña colina. No podía ver la mañana, pero podía sentirla. Philip encendió un cigarrillo. Llevaba la gorra calada casi hasta los ojos. Dijo:

—¿Qué esperas conseguir en la casa de reposo de Bethany?

Por un segundo o dos me había olvidado de que le había dicho algo de Bethany en la cafetería. Simplemente me encogí de hombros.

Continuamos viajando en silencio. Philip dio sólo un par de caladas al cigarrillo. Reflexionando.

—Tengo sesenta años —dijo, con los ojos muy fijos en la autopista.

—Yo cuarenta y tres —dije—. Pesaba ciento veintiséis kilos. No sé, Philip. Simplemente, no sé.

Ahora comenzaba a salir un sol naranja al final del desierto, en la punta de las mesetas.

—Mi padre era un pastor episcopal.

—Yo soy episcopal. Más o menos. Quiero decir que ya no voy ni nada. Y…, y, por supuesto, no… creo.

—¿No crees?

—No, no creo.

—¿Por qué?

—Es lo que he dicho. Simplemente, no sé.

Philip movió la cabeza e hizo crujir la ventana de la cabina. Aromas de salvia y de pino. Pensé para mis adentros que los olores del desierto se parecen un montón al relleno de pavo de la tía Paula.

—Me pusieron el nombre por Sir Philip Sidney, el poeta y aventurero inglés. A mi hermano le pusieron el nombre de Sir Walter Raleigh por razones similares.

—A mí me lo pusieron por el tipo que hizo la primera jugada doble oficial.

Philip sonrió y fingió coger una bola de béisbol.

—Sí. Nosotros jugábamos al béisbol. En realidad, a todos los deportes a los que teníamos acceso en Ames. En nuestro pequeño pueblo de Iowa. Los chicos de los Wolsey. Walter era cinco años y unos meses mayor que yo. Fuimos al priorato de St. Thomas contiguo a la iglesia parroquial de papá. Una educación muy liberal, muy igualitaria. Clásicas y ciencias. Y también la mejor gente. Profesores, compañeros de clase. Walter y Philip Wolsey eran los únicos niños de color…, los únicos niños de ascendencia africana…, sin embargo, encontramos una comunidad de intereses con los otros que nos fue extremadamente útil durante años.

»En 1943, Walter se alistó en el ejército, naturalmente. Acababa de cumplir dieciocho años y se metió en el servicio militar como una comadreja en una caja. Todos nosotros estábamos asustados, pero mi padre nos explicó el deber y el honor y, en resumen, esa especie de obligación americana especial para servir, para sacrificarnos por el bien común. ¿Quieres un poco de café?

—Estoy bien —dije—. Yo me sacrifiqué también. Fui llamado a filas.

—El destino y la suerte quisieron que la guerra terminara antes de que él saliera de Estados Unidos y, cuando nos dimos cuenta, estaba fuera de servicio y se había ido a la Universidad de Chicago. La antigua universidad de mi padre. El legado. Walter se había distinguido en tantas áreas académicas que podía ir a cualquier escuela que aceptara estudiantes africanos, de color.

—Era inteligente, ¿eh?

—Mucho talento. Tenía una superioridad intelectual y yo no soy un hombre que vaya lanzando superlativos por ahí. Mucho talento.

—Eso es fantástico.

—*Quién es quién en la universidad*, 1946, 1947, 1948. Se graduó en tres años. No olvidaré nunca… —encendió otro cigarrillo apoyándose en el volante—. No olvidaré nunca cuando fui con mi padre a la graduación. Alto, con la cabeza de forma cuadrada. Los rasgos verdaderos de una aristocracia que ya no tiene lugar en nuestro universo. Ésa es mi teoría.

Philip dio una calada y aplastó el cigarrillo en el cenicero. Seguimos el trayecto de nuevo en un silencio compartido y el sol salió y la tierra se extendía larga, seca.

—Ésa es mi teoría —dijo otra vez, casi para sí mismo—. Se licenció en Literatura Inglesa, con una especialización en Thomas Hardy. Mi padre suponía que Walter sería profesor, pero nuestro Walter nos sorprendió a todos al solicitar y conseguir un puesto en el *Chicago Times Herald*.

—Es fantástico —dije.

—Periodismo. Teníamos que haberlo sabido. Y allí había libros que escribir. Novelas maravillosas en alguna parte. Lo sabíamos. Siempre lo habíamos sabido, en realidad. Mientras tanto, su seguro servidor, Philip Wolsey, aunque no era un estudiante muy brillante, entonces, igual que ahora, leía vorazmente. Me gradué en el priorato de St. Thomas en 1949.

—Hablas muy bien —dije, haciendo un rápido y tonto y auténtico cumplido. Philip sonrió.

—Algunas veces, al conducir un camión, uno habla como un camionero. Otras veces uno habla como uno mismo.

—Es verdad —dije, pero no entendí eso que dijo Philip.

—Yo iba a ir también a Chicago. Me hubiera encantado estudiar Derecho como el hermano de mi padre, Andrew, en Des Moines, que defendió a Bob Staghardt, el violador de Tornado, y lo defendió con éxito, además; pero empezó el conflicto de Corea y, después de otro recordatorio de las obligaciones nacionales, yo también fui a la guerra. Sólo que la mía ocurrió.

Esto lo entendí totalmente.

—Yo también fui a la guerra. La mía ocurrió por todas partes.

—La noche antes de que mi padre me pusiera en el tren de Des Moines a Fort Bragg, en Carolina del Norte, Walter vino a casa y disfrutamos de una cena estupenda de churrasco y maíz. Tomates frescos en rodajas.

Melón. La señora Gautier era nuestra cocinera y ama de llaves. Mi madre, por supuesto, había muerto de tuberculosis cuando yo no era más que un bebé. Pero la señora Gautier era una cocinera espléndida y con mucha inventiva. Católica, no obstante, pero sabía que la apreciábamos.

—Es triste lo de tu madre.

—Sí, bueno, pero yo no llegué a conocerla. Lo importante es conocerse, ¿no?

—Sí.

—Después de la cena, Walter nos obsequió con sus emocionantes versiones sobre su trabajo en el «gran periódico», como él lo llamaba. Era ayudante del editor de la sala metropolitana y alguna que otra vez cubría los deportes y los sucesos.

—¿A los Cubbies?*

—Vio a DiMaggio jugar con los White Sox.

—¿Williams?

—Le vio.

—Guau.

A papá le encantaba DiMaggio. No se podía decir ni una mala palabra sobre Joe DiMaggio, pero le gustaba más Teddy Williams. No supe por qué lo pensé en ese momento, pero siempre me sorprenderá que mi padre no se acercara a la casa de nuestra Norma y la cogiera y la llevara a escuchar en el porche los partidos de Teddy.

* Nombre con el que se conoce al equipo de béisbol de los Chicago Cubs. (*N. de la T.*)

—Así que fui a Corea, a las Termópilas, y asumí el deber común —dijo Philip, encendiendo otro cigarrillo—. Ése es el Mojave —dijo, haciendo señas a nuestra izquierda—. Ahí está. Es la Madre de Todos los Desiertos.

—Es increíble lo que crece en el desierto —dije—. Flores y cosas.

—Lluvia, lluvia es lo que se necesita. Octubre es una época lluviosa.

—Salí de Rhode Island el 29 de agosto.

Philip se quedó pensando y luego dijo:

—Bueno, estamos a 16 de octubre, así que eso hace cuarenta y nueve días fuera.

Asentí y miré afuera, al Mojave. En octubre no era el desierto que yo imaginaba que era. Flores.

—En octubre de 1951 volví a Estados Unidos y me destinaron a Petersburg, Virginia. Fort Lee. Escuela de intendencia, pero en realidad un lugar donde los que ya habían luchado estaban esperando la separación del ejército. Fue en Virginia cuando recibí la primera noticia del suceso de Chicago.

Philip encendió otro cigarrillo. Dio sus dos pequeñas caladas, sujetó el cigarrillo y luego lo apagó.

—¿Qué fue el suceso de Chicago? —pregunté.

—Estamos llegando a Kingman, Arizona —dijo, señalando recto hacia delante—. Ahora, todavía en la 40, bajamos a través de un buen pedazo de nuestro Mojave hasta Yucca, y, en nada de tiempo, cruzamos el Colorado y entramos en California.

—California, allá voy —dije, y los dos nos estuvimos riendo muy cómodos, como dos personas que se conocen desde hace mucho. Yo sentía eso.

—Walter no fue editor mucho tiempo. Su prosa concisa impresionó mucho a sus jefes del *Times Herald*, y, por supuesto, no se podía dejar pasar fácilmente el acceso que tenía este joven de color a las áreas de la ciudad y de la comunidad que no eran fáciles de conseguir para los otros miembros y redactores del periódico. En muy poco tiempo, mi hermano consiguió su propia sección y, en un año, firmaba sus artículos. Mi padre me había enviado varios artículos suyos a Corea. Walter tenía un sentido tan asombrosamente extraordinario de la gente y de los lugares con relación al momento sobre el que estaba escribiendo, que te hacía sentir prácticamente que te estaban haciendo confidencias, y que las palabras estaban escritas sólo para tus oídos.

»Y unos temas tan variados. Recuerdo uno, escucha: "Los blues se están poniendo rosados". Ése era el título de un artículo sobre Ra Tanner, que tocaba la guitarra de doce cuerdas y sólo escribía canciones sobre una muchacha llamada Rose. Luego estaba "Col y color", una mirada desde dentro a la cocina de Marie Bliss, que tuvo el restaurante negro de más éxito de todos los tiempos. Más tarde, la señora Bliss utilizó el título del artículo de Walter para su propio libro de cocina.

Una gran sonrisa se dibujó en la cara de Philip. Después de un segundo o dos su cara volvió a ser plana y los ojos parecían más pesados.

—¿Estás bien, Philip?

—Estoy bien, joven. Muchas gracias. También empezó una serie de historias sobre la heroína y la comunidad del jazz, si es que comunidad es la palabra. Trompetistas. Baterías.

—Papá pensaba que Errol Garner era un genio.

—Errol Garner tenía un sonido vibrante —dijo casi con rabia. Philip parecía enfadado y sus ojos se entrecerraron, frunciendo el ceño y concentrándose en la carretera—. A mí, personalmente, la distorsión intencionada del tono y el timbre del sonido en cualquier tipo de improvisación polifónica me deja frío, pero tengo que admitir una cierta frialdad hacia muchas cosas que no entiendo. Entonces mi padre me envió tres artículos de la serie jazz y heroína de Walter. Luego las cartas dejaron de llegar. De manera abrupta. Eso fue en Petersburg, 1951.

Un segundo más tarde, dije como un tonto, cuarenta años después de los hechos:

—Espero que no pasara nada malo.

Seguimos por la carretera en silencio. Vi un cactus alto, y detrás de él, asomándose, estaba mi preciosa hermana. Casi me dieron ganas de agitar la mano para saludarla, así de real parecía.

—Walter había estado demasiado… protegido. En muchos sentidos el mundo de mi padre era muy difícil de llevar a una realidad cosmopolita. No es que mi padre estuviera equivocado con su insistencia en el deber y el honor y las convicciones. Es que, para la mayoría de la gente, esas cosas son dificilísimas de incorporar a la vida diaria. Y Walter no pudo. Cayó en picado, primero en los ritmos propulsores, sincopados del jazz, y luego en sus narcóticos —heroína, pensé para mí mismo. Walter—. Me enteré de esto más tarde y creo que he reconstruido la secuencia de acontecimientos correctamente. Pero ¿quién sabe? Cuando me informaron de nuestra situación y regresé a casa, había terminado —terminado, pensé. Dios mío—. Volví a Ames y, en medio de mi caos, concluí esto: Walter, como he dicho, cayó en picado. No se tarda mucho con el caballo. Te promete euforia, pero te da angustia. Un horror. Sólo unos cuantos meses y la maravillosa columna firmada se esfumó. El propio trabajo se esfumó. Los amigos tuvieron que alejarse. Te lo digo yo, no tuvieron otra opción que alejarse de Walter, que en un abrir y cerrar de ojos se quedó solo. Corrió a casa. Se marchó de casa. Los días se hicieron años para mi padre. Su hijo tan extraordinario, su hijo con tanto talento, con el espíritu roto. Cuando vino a casa, le robó al padre. Se quedó perdido a la deriva. La señora Gautier me dijo más tarde que una vez llegó a amenazarla con violencia si ella no le daba dinero. Amenazaba a nuestra querida señora Gautier mientras mi padre, abrumado, rezaba en su estudio.

»Una noche, la señora Gautier ya había dejado su empleo con mi padre por miedo a Walter, huyó de Chicago otra vez. Vino a casa con esa misma esperanza de dejar su adicción en la ciudad y curarse. Pero, por supuesto, cuando llegó no era nada más que una bestia que rebuscaba dinero. Esta vez mi padre no se hacía ilusiones. Las oraciones le habían fortalecido. Se necesitaría una fuerza de voluntad casi sobrehumana, una determinación absoluta, para salvar a mi hermano de sí mismo.

Philip sonrió con amargura, una sonrisa que va hacia dentro y que es en realidad una arruga que te cruza la cara. Sacudió la cabeza y parecía mayor de sesenta años. Había visto la comisura de los labios hacia abajo en la cara de mi padre. No quería que siguiera hablando. Creí ver a una mujer tan delgada como un alambre, vieja, en harapos. Creí verla por detrás de un pequeño cañón por donde pasábamos. Cerré los ojos con fuerza.

—Al final, es todo una suposición. Una recopilación de los acontecimientos. Una creencia personal de los acontecimientos. Pero era necesario tenerlo claro, como he dicho, para mí mismo como hombre y como hijo y como hermano. Tenerlo tan claro como fuera posible. Aproximarme a la verdad tanto como me fuera posible. Así que recreé esa noche como creo que fue, para poder entenderlo.

Abrí los ojos y la bruja no estaba allí, y salimos del cañón de vuelta a un desierto llano. La cara de Philip era inexpresiva. Hubo un relámpago al oeste, y cinco o seis segundos después un trueno restalló sobre nosotros.

—No puedo estar seguro, claro —dijo Philip bajito—. Quizá ésa sea la cruz que tengo que llevar, pero yo diría que estoy personalmente satisfecho con la conclusión que he sacado. Mi padre se enfrentó a Walter en la rectoría. Yo creo que Walter iba a tratar de vender los cálices de la comunión, que eran auténticos y algunos tenían valor por ser antiguos y de plata. Walter no era ya Walter y estoy seguro de que mi padre lo entendía así. De algún modo, en la lucha por los cálices, Walter golpeó a mi padre. No un golpe terrible. Estoy absolutamente seguro de que no fue un golpe con la intención de herir, de matar a un hombre tan fuerte como mi padre. Así que, independientemente de las conclusiones de la policía, una explicación más razonable es que el golpe a mi padre desencadenó simplemente una afección preexistente, un coágulo, una debilidad del tejido del cráneo, algo, como digo, preexistente.

—Walter mató… —las palabras salieron y no pude tragármelas otra vez.

—No, no en esencia, la esencia es que Walter fue sólo un catalizador. Walter desencadenó la enfermedad. Fue la propia enfermedad, fuera lo que fuera, lo que se llevó a mi padre. Entonces Walter, a solas en la rectoría, con la habitación patas arriba, con los cálices desparramados, se dio cuenta de lo que había sucedido. Mi padre estaba allí tumbado, como en una pesadilla. Como si Walter hubiera despertado a un horror aún peor. Padre. Dios mío.

Philip agarró con fuerza el volante y tembló ligeramente. Buscó los cigarrillos, pero no podía sacarlos del paquete. Cogí el paquete, saqué un cigarrillo y lo encendí. Era el primer cigarrillo que probaba desde mi despertar. Sabía mal. Se lo pasé. Dio su pequeña calada y lo sujetó contra el volante.

—Walter corrió a la iglesia, tal como yo lo he recreado, agarró un cojín de uno de los bancos y se apresuró a subir de vuelta las escaleras de la rectoría. Encontraron el cojín puesto amorosamente debajo de la cabeza de mi padre. Eso es un hecho incontrovertible.

Dio una calada otra vez con intención.

—Un cojín —dijo con el humo.

Había empezado a caer la lluvia sobre nosotros. Una lluvia ligera y constante. Restallaron más truenos por encima de nosotros, pero no vimos las chispas de los rayos.

—Walter huyó de la iglesia, cruzando el campo abierto de Iowa hasta nuestra casa. Corrió al estudio de nuestro padre, rompió la cerradura del armario donde los Wolsey guardaban las escopetas. Urogallos y perdices. Faisanes también. Cargó la suya frenéticamente, apretó los dos cañones sobre sus ojos y se fue de este mundo con mi padre.

Hubo un relámpago. Esta vez sí que lo vi. Philip apagó el cigarrillo. Parecía avergonzado.

—Reflexiono, ¿sabes?

—Eso es tan duro.

—Duro es este desierto. Dura es esta cabeza de aquí —dijo, dándose golpecitos en el lado de la cabeza—: Esta vieja cabeza negra.

Continuamos la marcha. Salimos de la lluvia y dejamos los truenos detrás. Quince kilómetros después dije:

—Bethany mató a *Wiggy*, el perro del tío Conde. Agarró a esa cosita tan dulce y lo metió en el congelador.

Philip me miró.

—Eso es duro —dijo.

—No se lo había dicho nunca a nadie.

—Gracias por decírmelo.

64

No podía dormir. Me puse la ropa y bajé las escaleras. Crucé los cuartos pequeños hasta nuestra cocina. Mamá había dejado encendida la luz del horno. Cogí una cerveza del frigorífico y me la bebí de pie con la puerta abierta. Luego cogí otras dos cervezas más y me senté a la mesa de la cocina. Como ésta era la última noche antes de la boda de Bethany con Jeff Greene, mamá había querido que yo durmiera en mi antigua habitación.

—No sé, mamá —dije—. Tengo mi propio apartamento y todo eso.

—Bueno, será sólo por esta noche.

—Podría venir a primera hora de la mañana.

Pero mamá estaba realmente empeñada en que me quedara esa noche, y tengo que admitir que yo también quería. Iba a ser nuestra última noche, solos nosotros cuatro. Además, odiaba mi apartamento.

Me bebí las dos cervezas rápidamente y puse las tres latas en la basura. Eran las 3.40 de la mañana. Me preparé un vodka con naranja y me quedé bajo la luz tenue junto a la ventana de la pila, dando sorbos. El día de la boda de Bethany iba a amanecer húmedo y frío. Miré al otro lado a la ventana de Norma Mulvey. Había una luz que salía por detrás de la persiana veneciana, pero no pude ver ninguna sombra ni movimiento. Encendí un cigarrillo y me lo fumé entre los sorbos del vodka. Oí pasos en el hueco de nuestra escalera, así que vacié el combinado en la pila, enjuagué el vaso y lo llené de agua. Bethany entró en la cocina bostezando. Fue al frigorífico y empezó a hurgar buscando comida.

—Has madrugado —dijo.

—No podía dormir.

—Ya me imagino.

—Bueno, ¿estás nerviosa y esas cosas?

—Estoy muy feliz.

—Es un chico estupendo. Jeff es estupendo.

—No me gusta que las chicas tengamos que cambiarnos el apellido —dijo Bethany, retirándose del frigorífico con mayonesa, lechuga y un tomate.

—No sé —me encogí de hombros. Me estaba entrando el sueño.

—¿Quieres un poco? —me preguntó cuando cogía un cuchillo y un poco de pan.

—Estoy bien —dije—. Gracias.

—¿A ti te gustaría tener que dejar tu apellido?

—Supongo que no me importaría.

—Eso es porque no tienes que hacerlo.

—Quiero decir que, si tuviera que hacerlo, no me importaría.

Terminó de poner la mayonesa y la lechuga y el tomate sobre el pan, sal y pimienta, y lo apretó con otra rebanada de pan por encima.

—No me gusta tener que cambiarme el apellido. Puede que haga algo al respecto. Bethany Greene. Dímelo en alto, anda.

Era la mañana de su boda, así que lo dije.

—Bethany Greene.

—Otra vez.

—Bethany Greene.

Dio un pequeño mordisco al sándwich. La lechuga crujió en toda la habitación.

—No está mal, supongo.

—Es bonito.

—Supongo.

Comió un poco más y yo escuché el ruido de la lechuga.

—¿Está Norma mirando?

—No sé.

—Te observa. Lo sabes, ¿verdad, Garfio? —me encogí de hombros y me senté a la mesa—. Va a venir a la boda. La he invitado. ¿Vas a bailar con ella?

—Claro —dije.

—Tiene miedo, ¿sabes? Cree que la odias porque está en una silla de ruedas.

—Eso es…

—No me lo estoy inventando. Cree que ésa es la razón por la que nunca vas a verla y por la que no le escribiste. Cuando te hirieron, vino como ella hace, se acercó a la entrada de la casa y se quedó allí llorando. Lo había leído en el periódico. Cuando la oímos y salimos, dejó de llorar lo suficiente para decirnos que, pasara lo que pasara, tú seguirías siendo Smithy y que los cuerpos no importan.

—Va a llover mañana —dije, mirando por la ventana.

—Norma dijo que lo importante es lo que hay en tu espíritu. Pensé que eso era fabuloso. ¿Crees que he dejado de estar loca? —me estaban entrando ganas de hacer pis. Narragansett—. ¿Lo crees, Garfio?

—Venga, Bethany.

—Yo creo que he dejado de estarlo. De verdad que creo que ya no estoy loca. No tengo la sensación de que vaya a pasar algo malo. Hablo con los psiquiatras de Bradley más fácilmente, con mayor sinceridad. Hablo con Jeff. Me siento realmente segura. Tengo confianza en que todo va a ser estupendo. Creo que voy a ser una buena esposa y una buena madre.

—Creo que serás una magnífica esposa y madre.

Los ojos de mi hermana estaban muy abiertos y el azul de agua que tenían era tan claro que llegaba a ser gris. Yo no le había visto antes los ojos grises. También parecía más pequeña de lo que la había visto nunca. Un perro ladró en el jardín trasero de una de las casas por detrás de la nuestra. Un ladrido agudo.

—Pero estoy preocupada por ti, Garfio. No estoy preocupada de estar loca, de que vaya a estar loca. Ahora estoy preocupada por ti —me reí—. Lo digo en serio.

—No te preocupes por mí.

—¿Puedo decirte una cosa, Garfio? ¿Puedo?

—Claro.

—Creo que te estás convirtiendo en un cerdo asqueroso. También creo que te emborrachas mucho. Creo que estás borracho ahora mismo.

Miré por la ventana y me arrepentí de haber tirado mi vodka con naranja. Pensé para mis adentros que al día siguiente estaría acomodando a la gente en su boda, a las órdenes directas del padrino Dave Stone, y mi hermana acababa de llamarme cerdo asqueroso. Me levanté.

—Estoy cansado.

—Estás enfadado.

—No, no lo estoy.

—¿Ves?, no estoy preocupada por mí, estoy preocupada por ti.

Creí que sus ojos habían vuelto al azul claro, pero tal vez no. No obstante, sentí que había química. Tenía la sensación de que, en algún lugar, un científico loco estaba jugando con sus frascos y sus ampollas y que me había atado a una silla y yo no podía hacer nada.

—No te enfades.

—No estoy enfadado, ya te lo he dicho.

Dio otro mordisco al sándwich de lechuga y tomate y dijo mientras masticaba:

—Es que te quiero y creo que estás en una encrucijada importante de tu vida. Creo que quieres salir de ahí, conseguir un trabajo mejor, enamorarte. Pero no veo que te estés esforzando en ello. Veo que te estás inflando como un globo y bebiendo y realmente no tienes ningún amigo. Es triste.

—Sí que tengo amigos. Venga ya.

—Dime alguno.

—Venga ya.

No quería quedarme en la cocina y hablar de mí mismo, pero estábamos todos bajo el mismo techo, como nos quería tener mamá, y eso incluía las cocinas, o al menos así es como yo me lo imaginé. Encendí un cigarrillo.

—El ensayo fue bonito, ¿verdad? —dijo.

Habíamos hecho un ensayo de la ceremonia en la iglesia y luego habíamos ido al restaurante Asquino a cenar. Hubo brindis y un acordeonista, y *antipasti* y espaguetis con salchichas y pimientos.

—Salió estupendo.

—Tengo muchas ganas de verte con el esmoquin.

—Va a ser una boda estupenda.

—¿Qué piensas de ese tipo, Dave Stone, el padrino de Jeff? Sharon dice que es un cerdo.

Sharon Thibodeau era la dama de honor de Bethany. Era de Warwick, Rhode Island y, al igual que el resto de las chicas de la boda, era una amiga de la iglesia de la Gracia. A excepción de algunas poses suaves en el coro, mi hermana no había manifestado a sus amigas de la iglesia las horribles cosas que le exigía la voz. En el colegio ya era otra cosa. De todos modos, me gustaban más las chicas de la iglesia.

—No sé —dije.

—Siempre dices eso. No sé. No sé. Eso es de lo que estoy hablando. Ya es hora de que sepas. ¡Por Dios!

—Anda, déjame.

—Le contó a Sharon un chiste verde. Le contó un chiste sobre dos personas follando. Casi la hace llorar.

—Me…, me trae sin cuidado. Sólo le voy a ver una vez más. Sharon no va a volver a verle. ¿Cuál es el problema?

—Norma te quiere.

—¿Eh?

—Norma Mulvey. Esa persona maravillosa. Ese ser humano increíblemente admirable. Norma te quiere. Está sola. ¿Qué vas a hacer? ¿Vas a ser un cerdo? ¿Un gran cerdo borracho? ¿Qué? ¿Vas a querer a Norma?

—¿De qué estás hablando? No he visto a Norma…, ella no…, basta, basta ya.

—Le pedí que viniera a mi boda, pero ella no hizo más que llorar y dijo que la estropearía.

Me aparté de ella y miré por encima de la pila. Creí ver la persiana parpadear en la ventana de Norma. Bethany se acercó a la esquina de la mesa y me puso los brazos sobre los hombros y la barbilla por debajo de la oreja derecha.

—Te quiero, Garfio. Te quiero más que a nada en el mundo entero. Hasta cuando estoy loca pienso cosas buenas de ti y espero que te ocurran cosas buenas. ¿Te acuerdas de cómo solías ir a buscarme? ¿Te acuerdas de una vez que me encontraste debajo del depósito de agua y me dejaste montar en la bicicleta a la vuelta y tú ibas al lado corriendo? Eso es lo que me da miedo. Tengo miedo de que hayas dejado de correr y no quiero que dejes de hacerlo. Quiero que sigas siendo un corredor. Quiero que te acuerdes de correr.

La persiana de Norma se abrió y de repente ella estaba allí, sentada erguida, con un camisón de franela rojo. Bethany la saludó con la mano y le envió un beso y luego las dos estaban llorando y entonces cayó la lluvia.

65

Yo: Hola.

Norma: ¡Smithy! Te quiero.

Yo: Tuve que dejar el grupo de ciclistas. Me llevó un camionero cuyo hermano mató a su padre y luego se suicidó.

Norma: ¡¿Qué?!

Yo: Es el tipo de cosas que tengo que poner en una carta o contártelo, pero el teléfono es duro. Se llamaba Philip Wolsey. Dijo que le gustaba la forma en que pensabas.

Norma (con alegría): ¿Le hablaste de mí?

Yo: Bueno…, ya sabes…, le conté algunas cosas.

Norma: ¿Por qué tuviste que dejar el grupo de ciclistas?

Yo: Bueno…, no es que tuviera que dejarlo en realidad, pero pensé que sería mejor que lo hiciera.

Norma: ¿Por qué?

(Siempre me arrepentiré de no haberle dicho a mamá la verdad sobre papá cuando estaba en el hospital. ¿Quién piensa así a los cuarenta y tres años?)

Yo: Bueno…, había una chica… Chris…, quiero decir…

(Aquí viene una pausa que no es tranquila. Hay un cambio de viento que atraviesa el país y los cables forman un torbellino sobre la tierra y por debajo de ella.)

Yo: Estaba con unas amigas suyas y montaban en bici los fines de semana y esas cosas y corrían un día…

Norma: Es guapa, ¿verdad? ¿Alta? ¿Mona? No, tiene que ser más que mona, ¿muy guapa?

Yo: No sé…, era mona, supongo.

Norma: ¿Pelo?

Yo: Eh…

Norma: ¿Corto? ¿Largo? ¿Rizado?

Yo: Como recogido, ¿sabes?…, castaño.

Norma: ¿Castaño? Estupendo. El color castaño es maravilloso en el pelo. Y seguro que su piel estaba toda bronceada de estar fuera y hacer todo ese ejercicio. ¿Verdad? ¿Verdad?

Yo: Tenía la piel blanca.

Norma: ¿Blanca? ¿Por todas partes blanca?

Yo: Norma, estoy en Needles, California, y estaba…

Norma: ¿Tenía el cuello blanco?

Yo: ¿Has…?

Norma: ¿Eh? ¿Era blanco?

Yo: Sí.

Norma: Brazos.

Yo: Sí. Claro. También tenía blanco…

Norma: ¿Las tetas?

(Es como si los cables se tensaran. Es como si pudieran partirse. No hablamos durante un buen rato. De vez en cuando yo oía voces que se cruzaban, que corrían a otras ciudades. Me senté en el extremo de una cama y sostuve el teléfono con las dos manos. Era por la tarde, pero había cerrado muy bien la cortina y la habitación estaba negra. Me entraron escalofríos. Tiritaba.)

Norma (suavemente): ¿Has dicho algo?

Yo: Tengo escalofríos. Estoy enfermo. Tengo un buen catarro sin curar.

Norma: ¿Te has tomado algo?

Yo: Voy a comprar algo después.

Norma: ¿Dónde estás?

Yo: Estoy en el Ramada Inn, en Needles. California. El conductor del camión pagó la habitación y yo le voy a enviar el dinero. Se llama Philip Wolsey. Va de camino a Las Vegas. Comida para perro.

Norma: Aquí está Needles. Lo estoy mirando. Está en el límite con Arizona. ¿Hiciste el amor con Chris? ¿Ahora quieres a Chris?

(Pensé: «Por Dios, estoy tan enfermo que cuando toso la habitación se mueve», pero no se lo dije.)

Yo: Eso es bastante estúpido, Norma. No estoy enfadado ni nada, pero es bastante estúpido pensar eso. Tengo cuarenta y tres años.

Norma: Estaba…, estaba preocupada.

Yo: ¿Has averiguado algo sobre…?

Norma: Lo tengo justo aquí. Un segundo. Lo estoy abriendo. Lo había doblado. Ya está. Lo que hacen en Los Ángeles es que, cuando tienen que hacerse cargo por mucho tiempo de, ya sabes…, de los cuerpos, hasta que va alguien a recogerlos, es que los subcontratan a funerarias pequeñas que tienen sistemas de refrigeración que cumplen con las especificaciones del estado y de la ciudad. Hablé con una mujer de la oficina del juez de instrucción que me explicó que aunque la ciudad mantiene un cementerio común…, un cementerio especial para…, ya sabes…, para indigentes…, como papá les había escrito trataron de complacer a la familia lo mejor que pudieron. Bethany fue subcontratada a la funeraria Cheng Ho en Venice, California. Llamé a la funeraria y la señora que contestó al teléfono dijo que está casi en el agua, donde se juntan Winwood y el Pacífico. Hay una columnata antigua y Cheng Ho está justo detrás de la columnata.

Yo: Venice, California. Estoy en California ahora.

(Toso. Una tos profunda y dolorosa, pero que afloja mi pecho aunque sacuda la habitación.)

Norma: Ay, Smithy...

Yo: Voy a comprarme alguna cosa. Le debo a Philip Wolsey cincuenta dólares además de la habitación.

Norma: Yo hubiera podido mandar...

Yo: Ya lo sé, Norma.

Norma: Cómprate un jarabe. Te ayudará a dormir. No te enfades conmigo, Smithy. Ya sé que no tengo ningún derecho a decirte nada, pero no dejes de llamarme. Te quiero. No tienes que quererme. Pienso en ti, y...

Yo: Yo pienso en ti, Norma. Estoy enfermo.

Norma: Odio que estés enfermo. No te enfades conmigo, ¿vale?

Yo: No estoy enfadado.

Norma: Es que me asusté cuando pensé que Chris y tú habíais estado en la cama juntos.

(Mi hermana se sentó en una mesa pequeña al otro lado de la cama. Llevaba puesta su falda escocesa de cuadros verde botella y azul marino y una blusa blanca. Tenía catorce años y las mejillas de su preciosa cara estaban sonrosadas. Me miraba muy seria.)

Yo: Norma.

Norma: Sí, Smithy.

Yo: Chris y yo…

Norma: ¿Qué?

(Los ojos me ardían más que la verdad y Bethany había volado.)

Yo: Chris y yo no estuvimos nunca jamás en la cama. ¿Vale?

Norma: Vale.

(Apunté la dirección y el número de teléfono de la funeraria Cheng Ho y me entraron escalofríos al tener la sensación de que este viaje me había demostrado lo que siempre había sabido. Que era un idiota, un perro, un gato.)

66

La tía Paula y el tío Conde llegaron temprano y tío Conde traía dos cajas de donuts especiales. Tío Conde estaba estupendo.

—Eso fue una falsa alarma —comentó sobre el problema de corazón más reciente, el día del striptease—. Sí, eso no fue lo que se dice realmente un infarto. El médico lo llamó uno de mis episodios. Estoy bien. ¿Un donut con mermelada?

En el piso de arriba, Bethany y sus ayudantes se reían y hacían bromas y se embutían en sus trajes de boda, el vestido de novia de Bethany y los vestidos de las damas, que eran café con leche y les llegaban hasta los pies. Todas llevaban guantes y unas delicadas pamelas. Llevaban unos lazos apretados por debajo del pecho y Rebecca Coin estaba particularmente llenita y maravillosa. La madre de Norma se había acercado, pero había venido sola. En aquellos días siempre parecía estar un poco enfadada conmigo, pero puede que fuera sólo en mi imaginación.

—Estás guapísimo con el esmoquin —dijo Bea.

—Gracias —dije.

—Norma está un poco tonta. Quizá podrías convencerla para que viniera. Por Bethany. Pobre Bethany.

Va a estar bien. Lo presiento. Estoy muy contenta. Ve a buscar a Norma.

Dejé a Bea con papá y mamá en el salón y entré en la cocina. Saqué mi botella de vodka y me hice un combinado rápido. Luego me hice otro vodka con naranja rápido y fui a la casa de al lado y bajé por la rampa de entrada hasta la ventana de Norma.

—Eh, Norma —dije, dando golpecitos en la ventana.

Norma se asomó entre las persianas, luego las levantó y abrió la ventana. Me eché para atrás y me metí las manos en los bolsillos. Ella sólo me miraba. Estaba lloviznando.

—¿Qué? —dijo.

—Bea me ha dicho que viniera a buscarte.

—¿Bea te lo ha dicho?

—Ajá.

—Eh, si tú no quieres que vaya, ¡yo no voy a ir!

—¿Quién ha dicho que yo no quiero que vengas? Quiero que vengas.

—Muy bien, iré.

—Te espero en el porche.

—¿Por qué?

—Sólo es que…, bueno…

—¿Qué? ¿Vas a empujar? ¿Vas a empujar a una tullida? ¿Bea te dijo que no podía ir porque soy una tullida? —Norma cerró la ventana de un portazo. Me quedé bajo la lluvia. Ella abrió la ventana otra vez—. Muy bien, espérame en el porche.

Fui rodeando la casa hasta la parte de atrás. Bea y Norma tenían un porche largo con mosquiteras, comunicado con la entrada y luego con la propia casa por unas rampas. Encendí un cigarrillo y esperé. Tenía la sensación de que sería mejor que recordara las cosas tal como eran ese día. Esto incluía la disposición de los jardines y de las habitaciones y los porches. Luego salió Norma y la sensación se esfumó.

Qué pequeña y joven en su silla de ruedas. Se había maquillado los ojos y se había puesto un pintalabios cremoso rosa. Llevaba el pelo corto, y la forma en que estaba cortado hacía que su cuello pareciera más largo y elegante, supongo. Su vestido era rosa y satinado y sus zapatos blancos brillaban bajo el dobladillo. Me sorprendió lo impecable que iba. Encantadora, habría dicho si hubiera podido.

—Estás muy guapa, Norma —dije.

—Empuja —dijo ella. Me puse por detrás de ella y bajamos la rampa. Creí que había dicho algo.

—¿Qué? —dije.

—He dicho que estás muy guapo. He dicho que te quiero.

Empujé más rápido, desde la entrada de los Mulvey hasta la entrada de los Ide.

67

Tenía veintitrés dólares y unas cuantas monedas. En una tienda de comestibles de una gasolinera compré un jarabe para la tos, agua mineral, zumo de naranja y cuatro sopas de pollo instantáneas de esas a las que sólo hay que añadir agua caliente, y me lo llevé todo de vuelta al motel. Quería ducharme, pero no tenía energía. Me tomé tres aspirinas, dos cucharillas del jarabe para la tos y un vaso de agua enorme y di unos sorbos del caldo de pollo, aunque no tenía ni una pizca de hambre. Me metí en la cama y estaba demasiado enfermo y cansado para dormir. Eso pasa. Así que abrí *Suzanne of the Aspens* y leí un poco más acerca de su espantoso primer invierno en las montañas.

Una mañana se asomó desde su refugio y vio a dos indios cruzando por la nieve que acababa de caer. Un anciano y una anciana agarrándose firmemente uno a otro contra el frío. Naturalmente, siendo tan buena como era y todo eso, Suzanne los llamó y salió a ayudarlos, pero cuando la vieron echaron a correr. Fue un episodio que la confundió, pero yo me quedé dormido. Eso sería hacia las cinco de la tarde. Needles, California.

Ni siquiera me moví hasta las cinco de la mañana siguiente, cuando tuve que hacer pis. Me tomé más jarabe, aspirina y agua y me dormí otra vez hasta las once, cuando me llamaron de recepción para recordarme que la hora de dejar la habitación era las once y media. Me duché, volví a hacer las alforjas y bajé al vestíbulo. La llamada a Norma era lo único que Philip Wolsey no había pagado. Salí del motel con seis dólares y setenta y tres centavos. Tenía un poco de hambre y me sentía bastante bien.

Me sentí mejor una vez que me volvió el ritmo de la bicicleta y sus pedales. Me encontraba suelto y fluido cruzando los campos áridos. Seguí por carreteras adyacentes más pequeñas fuera de la 40. Llegué a Essex y luego a Amboy, donde pasé la noche del 18 de octubre debajo de un cactus, con la barriga llena de sopa instantánea de fideos y pollo y vitaminas para el estrés y *Suzanne of the Aspens* avanzando lentamente hacia la primavera.

Al día siguiente llegué a Ludlow temprano y gasté el dinero que me quedaba en perritos calientes y patatas fritas. Estas comidas no son la mejor idea, especialmente si estás pensando en energía y bienestar y salud y todo eso, pero la sensación que te da la comida es importante también, y los perritos calientes y las patatas fritas dan una sensación muy buena. Después de la comida, crucé por la punta de la base naval de Twenty-Nine Palms hasta la 247, luego a través del valle Lucerne hasta Victorville y la Ruta 15. A las afueras del valle Apple, monté la tienda debajo de un manzano.

No sé por qué, esa noche me embargaba un sentimiento de soledad y tristeza. Me acurruqué en el saco y una pequeña nube de lluvia se movió por el campo y me mojó, y pensé en los grandes espacios y en los espacios vacíos. Deseé que papá hubiera estado en la tienda conmigo para no tener miedo y luego deseé no tener miedo. Yo sólo conozco América y en realidad no mucho, pero sé que no es un buen lugar para deprimirse ni para estar solo y, por supuesto, no para estar asustado. Hay algo en mi país que no te deja estar nunca verdaderamente cómodo, realmente a gusto. Al menos para mí. Pensé en Tony Amaral, uno de los tipos del bar de East Providence. Era buen tipo, pero de vez en cuando se ponía muy tenso y decía: «¿Qué estás mirando?», o «¿de qué te ríes?» y sentías lo amenazante y lo peligroso que podía ser. A veces me siento así cuando pienso en mi país. Eso era realmente lo que sentía bajo el manzano. También me sentía hambriento.

Subí el latido de mi corazón a los hombros, pero no me respondía. Es algo que requiere concentración y yo me sentía tan desesperado que mi desesperación era lo único en lo que podía concentrarme. Un país enorme y yo. Puede que las bicicletas y los hombres no sean una buena idea, aunque la mayor parte del tiempo parece una buena combinación. Me acurruqué aún más en el saco, abrazándome a mí mismo contra mis sentimientos de desdicha. Lamentando estar solo, enfadado por haber gastado mi fortuna en perritos calientes. Me hacía ruidos el estómago y pasé los dedos por el espacio donde una vez reinaban veinticinco o treinta kilos de tripas. Estaba yendo hacia atrás, lo sabía, y el rumor de la brisa entre las ramas del manzano lo sabía también. Por la mañana vendrían Silverwood y Ontario y Pomona, y ese día más tarde, justo antes del anochecer, vendría Cheng Ho, en la columnata de Venice. Pero antes, esta difícil noche.

68

La boda de Bethany con Jeff Greene fue un exquisito ejemplo de lo que debería ser una boda. Nada salió mal. Dave Stone y los que le ayudaban a colocar a la gente mantuvieron el proceso fluido y la música de órgano que mi hermana había seleccionado era perfecta. *Love, Be in My Understanding*, fue, no lo digo por decir, mágica. Cuando llegó al altar del brazo de mi padre, creí que los Ide íbamos a explotar. Sharon Thibodeau y sus damas de honor estaban verdaderamente angelicales. Después de la ceremonia, en la escalinata de la iglesia Episcopal de la Gracia, Byron Lapont, de los Estudios Lapont de Barrington, hizo unas doscientas fotos. Bethany y Jeff. Bethany y Jeff y Dave y Sharon. Bethany y sus damas. Jeff y sus ayudantes. Papá y mamá y Bethany y Jeff y yo. Eran unas fotos maravillosas y las pusimos por todas partes y luego, más tarde, papá las divulgó y buscó pistas.

Salimos de la iglesia en caravana, con dos limusinas por delante, y cruzamos el George Washington hasta East Providence, cogiendo la salida de la avenida Taunton hasta el club de campo Agawam Hunt. Anunciaron la llegada de Bethany y Jeff y sus ayudantes al salón Hole In One y comimos de una enorme mesa de bufé que habían arreglado los de la *delicatessen* Shroeder y bailamos con los ritmos de Armando's Hideaway, un grupo de seis miembros liderados por Tony Chambroni, que no estaba nada mal.

Norma había llevado en coche a Bea. Salió por sí misma del coche y fue en la silla hasta las escaleras. Uno de los mozos del aparcamiento, un tipo negro y mayor, muy agradable, la ayudó a subir las escaleras y ella entró en Hole In One. Bethany corrió hacia ella y la abrazó y la hizo dar vueltas. Norma no estaba acomplejada ni nada por el estilo. No hacía falta más que observar la forma en que ella le sonreía a Bethany para entender la historia. Cuando vio que la estaba mirando, se colocó más erguida en la silla y puso una cara seria y dura. Había una hilera de espejos desde el suelo hasta el techo por detrás de la mesa del bufet donde los jugadores de golf podían revisar su *swing*. Me observé la nueva barriga, dura y redonda, y el culo y el esmoquin ceñido. Me desabroché el botón de la chaqueta y me tomé el quinto o sexto vaso de vino espumoso.

Tío Conde se coló en medio de Jeff y Dave y lanzó a propósito uno de sus típicos chistes:

—Esto son un par de judíos que, por error, se meten en San Patricio…

—Nosotros somos judíos —dijo Dave bruscamente.

Tío Conde miró a Dave y luego a Jeff.

—Vale, esto son un par de negratas que, por error, se meten en San Patricio…

Tío Conde terminó el chiste con risas de Jeff y miradas frías de Dave y divisó al padre Solving, que estaba solo junto a la mesa de los regalos. Tío Conde estaba a metro y medio de él cuando lanzó otro con regocijo:

—Esto son un par de judíos que, por error, se meten en San Patricio…

Como en la cena del ensayo, todos brindaron y yo pensé que era fantástico cómo a la gente se le podían ocurrir esos comentarios tan elocuentes y tan afectuosos deseando buena suerte y una vida feliz, hasta que Dave Stone hizo callar a la multitud con un silbido.

—Señoras y señores —dijo, como si fuera un tipo muy importante que estaba al mando—. Señoras y señores, atención, por favor. Como todos saben, la boda del fabulosamente guapo Jeff Greene y la maravillosamente bella Bethany Ide es el presagio de las cosas estupendas que les van a suceder a estas dos personas tan fantásticas. Así que antes de que se cambien para irse de luna de miel… —uuuuuuuhs y risas de la multitud—. Creo que es apropiado pedirle al hermano de Bethany y flamante cuñado de Jeff, Smithy Ide, que haga el último brindis.

Como en una película, el grupo de gente se apartó y me quedé de pie yo solo al lado de la mesa del bufet. Al principio me había olvidado de que estaba sujetando dos vasos de vino. Soy una persona que se aturulla cuando alguien me está mirando, así que para qué hablar de una habitación llena de gente, todos con esas sonrisas anchas y bobaliconas de las bodas. Coloqué uno de los vasos de vino sobre la mesa del bufet y sostuve el otro vaso con las dos manos.

—Deseo —dije—: Yo…, yo deseo un montón de felicidad y de cosas realmente buenas para mi hermana —pensé durante uno o dos segundos—. Ah, y para Jeff, por supuesto. Cosas muy, muy buenas.

Todo el mundo se rió de mi metedura de pata y su risa se convirtió en un aplauso y Jeff y Bethany se dieron un besito y entrechocaron sus vasos de vino. Papá y mamá se besaron también. Norma se había acercado a mí en su silla y me miraba fijamente. Ojalá hubiera entrechocado mi vaso con el de ella entonces y la hubiera besado también. Pero no lo hice. Me terminé el vino. Después me terminé el otro y luego bebí un poco más.

69

Cuando empezaron a darme unos rayos de sol naranja, ya llevaba pedaleando tres horas. Me encontraba demasiado inquieto como para dormir. El hecho de estar hambriento tenía probablemente mucho que ver con ello. Creo que este trozo de carretera hasta Los Ángeles fue el más amargo. La duda es terrible. No es que yo tuviera ninguna duda de mi propia estupidez para hacer lo que estaba haciendo. Estaba bastante seguro de que estaba en un mundo idiota propio. Pero haber llegado a una edad mediana sin tener ni idea de nada en absoluto… Traté de escuchar los ritmos de mi corazón, de moverlos mientras iba montado en la bicicleta, pero mi mente estaba pedaleando en otra dirección. Por fin, me centré en la propia carretera y seguí el vuelo de mi hermana sobre las montañas de San Gabriel.

Salí de la noche y seguí las carreteras adyacentes a las autopistas. Aquí viene otra cosa que encuentro inquietante de mi modo de mirar el mundo. Yo veo las comunidades amuralladas. Veo autopistas de aparcamiento. Veo una ciudad del oeste que se extiende de izquierda a derecha y no hacia arriba y me digo: «Esto no es Rhode Island». Como si aquí estuviera pasando algo muy normal que no entiendo. Necesitaba comida.

Estaba exhausto. Ya no podía ver más a mi hermana en el cielo. Mis dos neumáticos se reventaron exactamente al mismo tiempo.

Volví caminando hacia atrás unos cien metros tratando de descubrir qué podía haberme reventado los neumáticos, pero no pude encontrar nada. Seguí caminando hasta que llegué a una gasolinera. Había una mujer llenando un coche de gasolina.

—¿Trabaja aquí? —pregunté.

—¿Tengo pinta de trabajar aquí?

Terminó de llenar el depósito y entró en la gasolinera. La seguí, esperé a que ella pagara y luego le dije a un dependiente adolescente:

—¿Arregláis pinchazos de bicicleta?

—¿Pinchazos de bicicleta? Mmm.

Podía oler el café del mostrador más allá de los estantes con los bollos de desayuno.

—¿Hay algún lugar de bicicletas por aquí?

El chico sacó un trozo de papel y dibujó un mapa.

—Estamos aquí, ¿vale? Si va a la derecha en Forest, pasa el sitio de las vacas unos, eh…, unos diez o doce kilómetros, está la gasolinera Lippit Exxon y el encargado es un tipo que repara bicicletas y monopatines y esos chismes. ¿Vale?

—Gracias.

Cogí el trozo de papel. Ya me iba, pero el café y los donuts me hicieron mirar hacia ellos.

—¿Cuánto es el café y los bollos?

—Un dólar.

—¿Un dólar?

—Cada uno.

—¿Hay plátanos?

—Detrás de los aperitivos. Manzanas. Naranjas. De todo. ¿Qué quiere?

—No tengo nada de dinero. Fui tan tonto el otro día que me gasté todo el dinero en perritos calientes —el chico me miró como si fuera el vagabundo que debía de parecer—. Vengo en bicicleta desde Rhode Island. No soy un vagabundo ni nada de eso. Mira, te doy una tienda de campaña muy ligera con palos de fibra de vidrio con las estacas y la cremallera en perfectas condiciones por la que una doctora de Indiana pagó doscientos setenta dólares si me das unos donuts y plátanos y agua mineral y un par de manzanas, quizá.

Por un momento el chico no dijo nada. Observé su cara y luego observé sus mejillas llenas de granos.

—Déjeme ver la tienda —dijo.

70

Bethany y Jeff habían dado muchas vueltas sobre su viaje de novios. Bahamas, Bermuda, incluso Europa. Al final subieron en coche a North Conway, New Hampshire, al hotel Level Wind, donde harían caminatas y planes y se acostumbrarían a estar casados. Para mí había sido un alivio que eligieran quedarse en Nueva Inglaterra. Bethany era muy de Nueva Inglaterra, y en realidad Jeff también. Es una sensación de pertenencia a un lugar, aunque sea difícil aceptarlo.

Al final de la recepción se cambiaron los dos y se pusieron ropa normal y besaron y abrazaron a todo el mundo y salieron de la entrada principal del club de campo Agawam Hunt en el nuevo Fairlane de Jeff con unas latas atadas en la parte de atrás. Nunca había visto a papá tan atento con mamá como cuando miraban al coche salir a la avenida Taunton y desde ahí a la 195. La abrazaba fuerte con su musculoso brazo de lanzador mientras decía adiós con la mano del guante. Estaba llorando. A lágrima viva.

Entré otra vez en el club y me tomé un vodka con naranja en la barra y luego salí con papá y mamá, que estaban todavía allí.

—Van a estar estupendamente. Vamos, que me da una buena sensación —dije.

Papá dio un apretón a mamá.

—Pues claro —dijo él.

Los plátanos y los donuts empezaron a hacer efecto después de unos cuantos kilómetros de mi caminata a Lippit y hablé en voz alta con Norma y con papá y mamá y Bethany. Había una brisa cálida y olía un poco a salitre, y podía sentir la tristeza y supongo que la desesperación que salía de mí. La gente a la que uno quiere puede animarte y confundirte. Entenderlos no parece tan importante cuando están dentro de la cabeza. Por eso es por lo que el amor debería ser sencillo. Supongo que lo es. Simplemente no lo sé.

Era sorprendente lo nítida que Norma era para mí. Quiero decir la Norma física. Debo de haber tomado estas instantáneas en la cabeza, porque podía ver exactamente cómo estaba en mi porche la noche que fui a la fábrica Shad. Cómo su sonrisa era como algodón y lo dulce que se volvió su cara cuando hablaba de Bethany. Pero recuerdo su ira y la presión de sus bonitos dedos largos sobre las ruedas.

—Norma —dije y sonreí—. Eh, Norma —dije otra vez para mí mismo.

Un hispano aproximadamente de mi edad, bajito, duro, de cara inexpresiva, estaba trabajando en un coche en el lateral de la gasolinera Lippit Exxon.

—Un chico me ha dicho que podría arreglar mis neumáticos por aquí.

—Sí —dijo sin levantar la vista del motor.

—Tengo dos pinchazos —no dijo nada. Lanzó un gruñido mientras tiraba de la llave inglesa—. No tengo nada de dinero —levantó la vista hacia mí—. No soy ningún vagabundo ni nada de eso. Vengo de viaje desde Rhode Island y me he gastado todo el dinero en perritos calientes como un estúpido, pero tengo esta estupenda alforja y algunas cosas y se lo doy si me arregla los neumáticos.

Levantó la cabeza y puso la llave inglesa sobre una toalla grasienta que cubría el radiador del coche.

—¿Esa alforja?

—Sí.

—¿Qué cosas?

—Tengo un jersey de alpaca muy bonito y un par de playeras que no he usado nunca y…

—¿Número?

—Cuarenta y cuatro.

—¿Cuarenta y cuatro?

—Sí. Y unos pantalones y unos calcetines.

—Venga —dijo.

Le seguí al fondo de la gasolinera. Desenganchó las alforjas y me las dio; luego echó la bicicleta en un torno de banco largo, a la altura de la cintura. Mientras quitaba los neumáticos estropeados, miré alrededor de su tienda. Había monopatines que colgaban ordenados en una pared de contrachapado. Todos eran muy coloridos y a cuál más vistoso, con dibujos y aristas particularmente raros. Todos ellos decían LUIS en la parte de los dedos. La mayoría de las bicis eran usadas, pero les habían sacado brillo y estaban equipadas con ruedas nuevas.

—Me gusta su tienda —dije.

—A mí también me gusta —dijo sin entonación.

—¿Es usted Luis?

—No.

Fue hacia un armario de metal y sacó dos neumáticos de carreras nuevos, que estaban todavía metidos en las bolsas de plástico. Empezó con la rueda trasera.

—Rhode Island, ¿eh?

—Sí.

—¿Desde allí?

—Cogí algunos trenes en Nueva York y un camión un rato en Arizona.

—Rhode Island —dijo, moviendo la cabeza.

—Sí.

Cambió al aro delantero de mi estupenda bicicleta.

—Pero no es una isla de verdad, ¿no?

—No —dije.

—Esta bicicleta es buena. A los chicos de por aquí les gustan las bicicletas de montaña, pero si vas por las carreteras…, es buena, una buena bicicleta. Voy a ponerla un poco a punto.

—Gracias.

Infló las dos ruedas, luego enderezó la rueda delantera para alinearla con la trasera.

—¿Se va a la derecha?

—Un poco, quizá.

—Ya no.

—Gracias.

Puso una capa fina de una sustancia gelatinosa transparente.

—Teflón —dijo.

—Guau.

—Y grafito. Tienen de todo. Hay cosas para todo. ¿Sabe?, ahora ni siquiera se le pegará el polvo de la carretera —puso un poco de disolvente en cada mecanismo de frenos y sacó mi bicicleta del torno—. Como nueva. Mejor que nueva.

Le di la alforja. La abrió y sacó las cosas una por una y las dejó en el suelo, luego fue al armario de metal y rebuscó un momento. Sacó una alforja roja, sucia, que había sido remendada con lo que parecía un trozo viejo de unos vaqueros. Sacudió el polvo y me la dio.

—Sólo la alforja nueva. Quédese con los otros chismes. Tengo los pies pequeños —no sabía qué decir, así que me arrodillé y empecé a meter las cosas en mi nueva alforja vieja—. Luis era mi niño —me detuve y alcé la vista hacia él—. No un niño, ya sabe. Trece años. Un chico grande. Haciendo el tonto en la parte trasera de una camioneta, ya sabe, trece años. No iban rápido ni nada y eran buenos chicos y Luis se fue para atrás. Son las cabezas. No se pueden golpear las cabezas.

Se encogió de hombros y miró por encima de mi cabeza y encendió un cigarrillo. Yo le describiría como áspero y duro, pero cuando pensé que era tan mayor como yo estaba equivocado. O tal vez era por las bicis y los monopatines. Parecía joven, con la cara de duro y todo. Una ráfaga de viento seco sopló sobre nosotros y luego se paró.

—Mi hermana se llamaba Bethany —bajó la vista hacia mí y no parecía sorprendido—. Era una chica encantadora. Una mujer. Sólo que ella, no todo el tiempo ni nada, pero algunas veces oía una voz y entonces era horrible.

Faltaban los botones de la alforja vieja, así que la cerré y la sujeté a la bicicleta atándola con una cuerda de tender la ropa.

—Siento lo de Luis —dije antes de alejarme pedaleando.

—Yo también lo siento.

Asentí y le dejé caminando hacia el motor del coche. Miré en el mapa y calculé que estaba en algún sitio alrededor de Fontana. Bajaría hasta Valley Boulevard y, ochenta kilómetros más tarde, cogería el camino a Venice. Miré al hombre de la bicicleta y quería decir algo más sobre Luis y tal vez hacerle sentir mejor. Pero no lo hice. Supongo que te topas con la gente y todo consiste en cómo rebotan alejándose de ti.

Iba despacio en mi increíble bicicleta y sin pensar dije:

—Ahora me acuesto con calma. Y pido al Señor que cuide mi alma. Y si muero antes de despertar. Al Señor le pido mi alma llevar.

Y luego dije en voz alta:

—Lo he dicho por Luis.

470

72

Supimos esto:

El señor y la señora Greene subieron en coche hasta Boston y, bordeándolo, tomaron la autopista de peaje a Concord, New Hampshire. En Meredith atravesaron por el lago Winnipesaukee y cogieron la 16 durante el resto del camino hacia el norte, hasta North Conway. El clima era «glorioso» (palabras de Jeff). El hotel Level Wind estaba como colgado sobre un saliente de granito con vistas al lago Echo. Era una casa victoriana llena de cuadrados y puntas que una joven pareja había pintado de blanco y había convertido en un hotel. Era muy acogedor, y ésa era la razón por la que lo había elegido Bethany entre los muchos folletos que había pedido. Desde el porche de la parte delantera se podía ver el monte Washington, el pico más alto al este del Mississippi, una montaña que Jeff había escalado con los boy scouts. Los alrededores del hotel estaban llenos de senderos para explorar. La comida en particular era excelente. Jeff nos dijo que la señora Thatcher, que era la dueña junto con su marido, el señor Thatcher, cocinaba al estilo colonial tradicional de Nueva Inglaterra, pero añadiendo un toque especial de cocina europea moderna. Nos dijo que los dos disfrutaron mucho de la comida de la señora

Thatcher. Una noche comieron carne en conserva con patatas y repollo y zanahorias, todo ello hervido como se supone que debe ser, pero luego se lo sirvieron con una salsa al curry picante y una conserva refrescante de mango agridulce. Eso es lo que Jeff quería decir con un toque moderno. Para Jeff era importante contarnos esto, así que cuando se sentó a la mesa de nuestra cocina y nos dijo lo que sabía, le escuchamos atentamente porque sabíamos que era importante para él. Mamá tomó nota incluso de una receta que Jeff tenía en un pedazo de papel que había escrito la señora Thatcher. Voy a ponerla aquí por Jeff. Se llama:

CHULETAS DE CERDO Y BONIATOS
DE LA SEÑORA THATCHER

(4 raciones)
4 boniatos
Harina
$^1/_2$ taza de zumo de naranja
4 chuletas de cerdo
Zumo de limón
Cáscara de limón (rallada)
Mantequilla
Mostaza en grano (1 cucharilla)
$^1/_2$ taza de mermelada de grosella
Pimentón (1 cucharilla)

Calentar el horno a 180º.
Hervir los boniatos.
Rebozar las chuletas con la harina y dorar.

Colocar las chuletas y los boniatos en una bandeja de horno.

Cubrir con la salsa que se hace hirviendo el resto de los ingredientes.

Cocinar 15 minutos.

No lo comimos nunca, porque mamá nunca lo cocinó, pero es un recuerdo muy nítido y muy especial que Jeff tenía de su viaje de novios.

La tercera noche, después de cenar pescadilla con salsa de mayonesa y pepino, Jeff y Bethany se sentaron en el porche y estuvieron mirando el centellear de las primeras estrellas sobre la cordillera Presidential. Estaban agarrados de la mano y Jeff sentía una satisfacción que no había conocido antes. Se sentía tan feliz de estar en aquel porche con mi maravillosa hermana que, por primera vez en mucho tiempo, no estaba preocupado por la tienda de coches o por su futuro. Bethany tiritaba un poco, así que Jeff entró a coger algo para echárselo sobre los hombros. Cuando volvió a salir al porche, Bethany no estaba.

—Así, sin más —decía una y otra vez—, así, sin más.

Jeff la llamó, luego la buscó por el hotel y finalmente puso sobre aviso a los Thatcher de la posibilidad de que Bethany hubiera desaparecido. A la mañana siguiente llamaron a la policía, y alrededor del mediodía Jeff llamó a papá, que me llamó a Goddard.

—Diga.

—¿Smithy?

—¿Le ha ocurrido algo a Bethany?

—Ven a casa.

Papá había ido a la gasolinera Woody y había comprado un mapa de carreteras de Nueva Inglaterra. Cuando llegué del trabajo, lo tenía extendido sobre la mesa de la cocina.

—Tu madre está al lado del teléfono en el cuarto de estar.

Papá cogió un lápiz rojo e hizo un gran círculo alrededor de North Conway, New Hampshire. El círculo rojo también abarcaba zonas de Maine. Levantó la vista hacia mí, que estaba allí de pie vestido con el mono del uniforme.

—¿Estás pensando lo mismo que yo? —dijo.

—Estaba pensando en Bethany. ¿Qué pasó?

—Se marchó. La ha cogido otra vez. Jeff llamó alrededor de las doce del mediodía. Se marchó anoche.

—¿Desde aquí? —dije, señalando dentro del círculo de papá.

—Acércate a ver esto. Aquí está North Conway, East Conway, Kearsarge y el diminuto lago Echo, donde está el hotel Level Wind. Pero mira en Maine. Mira lo cerca que está Bridgton. Ése es el lago Highland. Es nuestro lago de verano.

—¿Crees que se ha ido a Bridgton, papá?

—No sé, pero es una pista.

Mamá nos hizo un paquete con el almuerzo y papá puso unas cuantas cosas en una maleta pequeña American Tourister. Decidimos que era mejor que mamá se quedara de guardia y estuviera cerca del teléfono. Después de parar en mi espantoso apartamento de Pawtucket para recoger algo de ropa, subimos en coche hasta el hotel Level Wind, turnándonos en las tareas de conduc-ción. Papá no era un tipo de hombre que sirviera para hablar de temas triviales, así que la mayor parte del tiem-po fuimos conduciendo en silencio, excepto durante un par de minutos antes de comer el almuerzo que nos ha-bía preparado mamá, cuando papá dijo:

—Uno se pregunta a sí mismo…, bueno, es natural, supongo, nos hacemos viejos y nos cuestionamos los pa-sos que hemos dado a lo largo del camino. Pero tu ma-dre y yo…, es tan difícil…, ¿qué hace uno? ¿Cómo…?, no sé. ¿Cómo sabe uno qué hacer? Tu hija, tu querida hija, perfecta, encantadora, y los años se van acumulan-do. Te voy a decir una cosa que he tenido que llegar a viejo para aprender, te voy a decir una cosa… Ha habido lluvia en el terreno de juego… Ha sido un lanzarse de cabeza a una segunda base enlodada. Juro por Dios que desearía no haber nacido nunca.

Yo iba de pasajero, así que le di la mitad de un sánd-wich de mortadela y queso y café del termo. Me comí la otra mitad y compartimos el café. Cogimos la 495 bor-deando Boston, luego la 93 hasta New Hampshire. Me cambié al asiento del conductor y compartimos otro de los sándwiches de mortadela y queso de mamá.

—No quería decir lo que he dicho de que desearía no haber nacido. Entonces no os hubiera tenido a vo-sotros. A ti y a Bethany.

—Ya lo sé, papá —dije. No me oyó. Volvió su cabe-za llorosa hacia el lateral.

73

En San Gabriel hacía calor. Yo estaba preparado para un final de octubre diferente, para un poco de frío, para un poco de humedad. Hacía calor, no corría el aire y el ambiente estaba cargado. Salí a la acera de Valley Boulevard y me quité el chándal, quedándome con una camiseta azul y unos pantalones cortos de correr holgados. Notaba los calcetines húmedos y me los quité también y aireé los pies, terminé el último plátano y el agua embotellada. Me senté en el bordillo entre dos coches y disfruté de la comida.

Cuando monté en la bici otra vez, seguí por Valley Boulevard hasta Mission Road y, como si fuera un milagro, llegué al amplio comienzo de Sunset Boulevard. Además, es increíble ser un hombre adulto haciendo el viaje de un chico o qué sé yo. Sólo sé que no hay forma humana de que Smithy Ide pudiera haber ido donde estaba yendo, a Venice, a la funeraria Cheng Ho, de ninguna otra manera. Los dos delgados neumáticos llevaron algo más que mi cuerpo menguante hasta Bethany. Llevaron lo que quiera que yo fuera. Nada nuevo ni viejo, sino simplemente yo. Sabía que podría verla y sabía que ella me dejaría hacerlo.

Al principio de mi marcha iba despacio y seguro y tranquilo. Me dije a mí mismo una y otra vez que no había prisa. Al haber empezado tan temprano, iba con adelanto e incluso con los dos pinchazos podía estar en Venice a las cuatro o las cinco. Pero empecé a acelerar el ritmo cuando Bethany me adelantó desde la parte de atrás de un bajo y elegante Mercedes Benz. Sonrió y se echó a reír y me llamó.

—¡Garfio está aquí! —grité, y apreté el paso con la bicicleta sobre la llanura lisa de Sunset en West Hollywood.

Me salté un semáforo en rojo, otro. Me movía con fluidez, alejándome de los restaurantes y los edificios de oficinas, pasé por delante de casas enormes y hoteles. A la entrada de Coldwater Canyon, oí chirriar frenos a mi paso. Iba volando. Bethany iba por delante y me sonreía y gritaba y brincaba vestida de novia de coche en coche.

—¡Garfio está aquí! —grité, con el aire seco dándome pellizcos en la cara peluda.

Pasé por esa última parte de Sunset como en los dibujos animados. Todavía me imagino una línea de fuego por detrás de mí. Kilómetros y kilómetros de velocidad y gritos. Y luego estaba de pie apoyado en una barandilla, en un parque largo, lleno de esbeltas palmeras, mirando al océano. No había visto nunca una playa tan ancha y tan vacía. Un hombre alto, vestido con traje y chaleco, apoyó el estómago primero contra la barandilla e hizo volar una cometa sobre la playa y sobre la autopista de debajo. La dirigía con ambas manos y se podía decir realmente que la estaba pilotando.

—¿Es eso Venice? —dije, señalando hacia abajo a la playa.

—¿Eso?

—Sí.

—No.

La cometa se elevó casi en línea recta, luego se detuvo y viró bruscamente a la izquierda. Era roja, pero estaba tan alta que no podía decir si llevaba un dibujo.

—¿Ve esa carretera de cemento en la playa?

Miré.

—Ajá.

—Tome esa carretera. Es para bicis. Corredores. Vaya a la izquierda y por ahí se llega a Venice.

En diez minutos iba andando con la bici por la carretera para bicicletas. Venía una brisa fresca del Pacífico. No me importaba. Me quité la camiseta y dejé que me diera el sol. No había caminado por una playa desde no sabía cuándo. Empecé a pedalear despacio.

Moví el corazón porque estaba asustado. Mirándolo ahora, era más que probable que tuviera miedo de un final porque un final significa normalmente un comienzo. Pero era un miedo real, así que pedaleé lentamente y moví el latido del corazón tanto como pude.

Nunca he estado en un sitio como el sitio al que llegué. Lo recuerdo y estoy bastante seguro de que la mayoría de lo que recuerdo era real. Por supuesto que tomaba mi visión de Bethany por lo que era. Llevaba el traje de béisbol de papá y caminaba un poco por delante de mí, señalando con dedos delicados a las bandas de música callejeras y a los malabaristas y los mimos y los bailarines y los oradores y los levantadores de pesas y las personas a las que un hombre rubio vestido con un traje de Superman les estaba dando masajes al aire libre. Detrás de una cancha de baloncesto encontré un servicio para caballeros. Me miré en el espejo. Necesitaba lavarme y recortarme la barba. Fui a mi bici y me llevé otra vez al servicio una toalla y las cosas de afeitarme. No sé qué tiene el agua, pero es tan agradable, eso es todo. Me arreglé, enrollé la cuchilla cuidadosamente en la toalla y volví a la bicicleta. O al lugar donde había estado la bicicleta.

—¡Eh! —grité—. ¡Eh! ¡Mi bici! —miré alrededor en todas las direcciones y fui corriendo hasta la carretera de bicicletas principal—. ¿Ha visto alguien mi bici?

Esperé como si alguien fuera a decir algo pero nadie dijo nada. Vi a una chica negra alta y delgada que estaba mirándome.

—Alguien…, alguien me ha robado la bici.

Me sonrió y supongo que yo le sonreí a ella.

—¿Quieres que te haga una coleta? ¿Con cuentas y cable?

—¿Una coleta?

—Gratis, porque alguien te ha robado la bici.

Alguien te roba la bici y te hacen una coleta. No lo cojo.

—Vale —dije.

—Siéntate.

Me senté en una silla de director baja que ella tenía puesta en la arena justo al lado de la carretera de bicis. Me cepilló el pelo hacia atrás.

—No…, no tengo mucho pelo.

Miré hacia abajo. En la arena tenía un cartel pintado a mano. Decía: CUENTAS PARA EL PELO DE SHABBA.

—¿Cuentas de qué color? —preguntó.

—¿Rojas? ¿Qué te parece?

—El rojo es bonito.

Shabba se puso a trabajar tarareando una cancioncilla y de vez en cuando pasaba alguien y le gritaba y se reía y ella gritaba también y se reía. En unos cuantos minutos tenía hecha una coletita con unas cuentas rojas. Sostuvo un espejo pequeño al lado para que pudiera mirarme.

—Es bonito —dije.

—Porque alguien te robó la bici. Pero hay mucha gente. La mayoría no roba.

—La mayoría de la gente es realmente agradable —dije.

—La mayoría de la gente es un encanto —dijo ella con una sonrisa maravillosa.

—¿Sabes dónde está la columnata?

Señaló.

—¿Ves el techo de tejas antiguo?

—Ajá.

—La columnata.

Me desplacé entre la multitud y crucé un pequeño puente, y luego me encontré delante de una calzada circular enfrente del antiguo edificio. Me volví a poner la camiseta. Olía a pollo en algún sitio y el pollo se estaba friendo. Y luego olía al océano Pacífico y las cosas que hay en él. Y luego crucé la calzada y fui por detrás de la columnata.

74

Durante unos cuantos años después del viaje de novios, siempre que necesitábamos algo que vendieran en la tienda de Jeff, íbamos hasta allí un sábado, le visitábamos y lo comprábamos. Después, un día Jeff nos dijo que no íbamos a herir sus sentimientos si queríamos comprar en algún otro sitio. Se le fue haciendo todo muy difícil a Jeff. Conoció a otra mujer. Sé que le resultaba muy difícil estando los Ide por allí, aunque íbamos a la tienda sólo porque nos preocupábamos por él. Así que Jeff Greene se evaporó de nuestras vidas y papá se convirtió en un detective de Bethany y mamá se sentó junto al teléfono y yo me convertí en una montaña. Gente separada por el dolor. Compartiendo lo que no se puede compartir. Pero en los primeros días que siguieron a su partida del hotel Level Wind, lo que se compartía era una esperanza.

Jeff estaba en el porche cuando paramos. Estaba sentado con un joven policía de Conway y estaba enfadado. Nos recibió en las escaleras.

—No os vais a creer lo que este tipo me está preguntando —dijo Jeff, apuntando con el pulgar en dirección al policía.

—Señor, sólo estaba…

—Me ha preguntado si habíamos estado peleando. ¡Dios!

—Señor, a menudo, en el ámbito doméstico...

—¡Doméstico! ¡Dios!

Papá pasó por delante de Jeff y se llevó al policía a un lado.

—Simplemente se marchó —siguió Jeff—, dijo «adiós y buen viaje» y se marchó. Lo estábamos pasando estupendamente. La comida..., quiero decir..., bueno, ella lo planeó. ¡Dios mío! ¡Dios!

—Es la voz. La encontraremos.

—Se marchó sin más.

—No es ella, Jeff. Sé que suena estúpido, pero no es Bethany. Es la voz.

—Los Thatcher tienen una habitación para tu padre y para ti.

—La encontraremos.

—No sé. Dios.

Puse nuestras cosas en la habitación. El policía le pasó toda la información a papá. Llevaba desaparecida veinticuatro horas. El club de montaña había hecho una búsqueda rigurosa por la ruta de White Horse, que está conectada al pequeño sendero que debía de haber cogido ella desde el porche. Se habían abierto en abanico y habían cubierto la ruta de enlace de Red Bridge, la cima de la cornisa de White Horse, el cruce del sendero de Bryce, la ruta de enlace del sendero de Bryce y la zona de aparcamiento del lago Echo. La policía iba a haber llevado el barco de rastreo al lago por la mañana, pero había un montón de personas por allí y ninguna había visto a nadie en el lago, ni siquiera habían oído ningún chapoteo ni nada, así que le aseguraron a papá que era sólo por precaución.

La mañana siguiente salimos en el coche y circulamos lentamente durante tres o cuatro horas, entrando y saliendo de North Conway y Conway y de las pequeñas carreteras empinadas alrededor de la ciudad. Por la tarde fuimos a través de Freyburg, sobre el viaducto de Moosepond y entramos en Bridgton, Maine, en el lago Highland, donde los Ide pasaron las vacaciones hasta el accidente de coche.

Los brotes nuevos salían tarde en Maine. Las hojas estaban sólo empezando a asomar. El lago parecía helado. Desatamos la cuerda que cruzaba desde el camino de tierra a la cabaña. La señal de PROHIBIDO EL PASO resonó en el suelo.

—Papá, no sé.

—Mira, podían haberla traído o algo. No se sabe. No lo sabemos.

Siempre veníamos en agosto. El amigo de papá la alquilaba de junio a agosto en bloques de dos semanas. Parecía triste y fría y solitaria al salir del invierno. Salimos del coche.

—¡Bethany! —llamó papá.

—¡Bethany! —llamé yo también.

—Cariño, soy yo. Soy Jeff.

Nos quedamos quietos y en silencio y escuchamos. Parecía que hacía mucho frío. Unas nubes grises cargadas pasaron sobre nosotros. Papá bajó caminando hasta el embarcadero. Jeff le siguió y yo fui rodeando la cabaña hasta la puerta lateral. Estaba abierta. Alguien había destrozado la cerradura del pestillo que estaba reforzada con un candado de combinación.

—¿Bethany?

Entré en la cocina y luego en el pequeño salón.

—Garfio está aquí —dije como un estúpido, y entré en el primer dormitorio, donde dormían papá y mamá. La cama estaba cubierta por un plástico transparente para que no cogiera humedad y no oliera a moho. Encendí un cigarrillo y miré en la habitación de las literas.

—¿Smithy?

—Aquí, papá. Alguien se ha cargado la cerradura.

—No hay nada en el embarcadero.

—Aquí tampoco hay nada.

Cerramos la puerta al salir. Jeff encontró un palo fuerte que apuntaló por debajo del pomo y recorrimos el camino al coche. Cuando oímos arrancar el motor, nos quedamos helados en el sitio. Daba fuertes acelerones que retumbaban en los bosques primaverales. En lo alto de las ramas nuevas graznaban los pájaros.

Corrimos en fila hasta el camino de tierra directamente detrás de la ranchera. Dio un tirón hacia delante. El conductor se encogía hacia abajo en el asiento y aceleraba más y más. Dimos un salto hasta él y dio otro tirón hacia delante otra vez. Nos movimos más rápido, dio un tirón más rápido y más largo. Al final Jeff y yo echamos a correr totalmente detrás de la ranchera de papá y nos vimos envueltos en la tormenta de piedras y polvo que lanzaban los neumáticos. El coche rugió subiendo la carretera del campamento, pasó por delante de la valla de cuerda y siguió hacia delante. Nos quedamos otra vez en fila, oyendo el coche de papá que atravesaba el frío.

—¿Era ella, hijo?

—¿Bethany? —preguntó Jeff—. ¿Mi Bethany? ¿Robando un maldito coche? ¡Dios! ¡No!

—¿Era ella?

—Creo que no, papá —dije.

Pero lo había oído, aunque fuera entre los acelerones, oí ese chirrido de voz que había oído toda mi vida. En el frío. Bajo las nubes amenazantes.

75

La funeraria Cheng Ho era una casa de estuco
blanca cuadrada de dos plantas con un tejado naranja. La
puerta principal daba a un aparcamiento que estaba vacío y cerrado con cadenas. Las luces del segundo piso estaban encendidas aunque todavía no había anochecido.
Pasé por encima de la cadena y fui andando hasta la
puerta principal. Había un cartel con una flecha pegada
con cinta adhesiva que decía OFICINA EN LA PARTE TRA-
SERA. Rodeé el edificio hasta la parte de atrás, donde la
rampa de entrada hacía una curva y donde estaban aparcados dos limusinas y un coche fúnebre blanco. Al otro
lado de un garaje abierto pude oír a la muchedumbre de
la carretera de bicis. Escuché un segundo y luego llamé a
la puerta de la oficina. Una voz se acercó al interfono.

—Hola.

—Hola —dije, y esperé.

—¿Sí?

—Eh, ah…, soy Smithy…, Smithson Ide y ustedes
tienen a mi hermana.

—Un momento, por favor.

Un señor chino de mediana edad que se estaba quedando calvo abrió la puerta y me dejó entrar.

—Lo siento mucho. El señor Ide. ¿Sí?

—Sí, soy Smithson Ide.

—Sí, sí. Tenemos el funeral de Linn a las seis y pensé que la familia habría llegado temprano. Lo siento. Soy Larry Ho. Sígame, por favor.

Larry Ho llevaba unos pantalones de traje azules, una camisa blanca y una corbata granate oscuro. Le seguí por un estrecho corredor hasta llegar a una oficina alegre, con mucha luz.

—Siéntese, por favor.

Se puso por detrás de su escritorio. Antes de sentarse cogió la chaqueta del traje azul, que colgaba detrás de la silla de su escritorio, y se la puso. Tenía una carpeta encima de la mesa.

—Recibimos una llamada diciendo que quizá vendría hoy —dijo, mientras abría la carpeta.

Me daban pinchazos en el estómago. Traté de calmarme.

—Mi hermano Al —dijo Larry—, mi socio, hizo la transferencia hace bastante tiempo. Creo que es algo muy bonito que haya hecho este viaje. A menudo…

—Alguien me ha robado la bici —dije. La estupidez nunca para.

—¿Su bici?

—Mire, no soy un vagabundo ni nada de eso. Es que he estado montando en bicicleta. Vamos, que…

—No juzgamos nunca a nadie —dijo, con una sonrisa seria que pude creer—. Con frecuencia la gente hace muchas suposiciones generales sobre Al y sobre mí. ¿Directores de una funeraria? Suposiciones morbosas. No podemos vivir nuestras vidas preocupándonos de lo que piensen los demás. Nuestro padre nos lo enseñó.

—¿Cheng Ho? —pregunté.

—Archie.

—Ah.

—Cheng Ho era nuestro abuelo. No juzgues y no serás juzgado. Un buen consejo.

—Sí, señor.

La sonrisa de Larry se esfumó y sus ojos se pusieron pensativos e incluso más serios. Se levantó y fue bordeando la esquina del escritorio. Frunció el ceño con los ojos fijos en mí.

—¿Me permite que le haga una observación?

—Claro.

—Tengo entendido que su hermana era una persona de la calle —no lo había oído nunca. Lo sabía y lo había soñado, pero no se lo había oído nunca decir a otro ser humano—. Que es una vida dura e implacable es algo evidente para usted, estoy seguro, pero el asunto del deterioro físico es a veces alarmante. Al ha trabajado arduamente en Bethany, pero debo decirle, señor Ide, que la vida de una persona de la calle es difícil.

Respiré profundamente. La oficina tenía un aroma floral agradable.

—Lo sé. Estoy muy agradecido de que usted y su hermano se hayan encargado de mi hermana.

—Lo que la impulsaba —dijo—, probablemente no lo sepamos nunca.

—Yo lo sé. Era una voz. Era una maldita voz que me habría gustado matar si no hubiera estado dentro de ella.

Hizo un gesto de aprobación con la cabeza.

—La hemos trasladado a un féretro de exposición. La habitación está fría, naturalmente. ¿Puedo añadir algo más?

—Claro.

—¿Ha pensado en la inhumación?

—¿Dónde voy a enterrarla?

—Sí.

—Voy a poner a Bethany con papá y mamá.

—Puedo sugerirle, entonces, incineración. Nosotros podríamos enviarle los restos a su funeraria.

—No sé. Quiero decir… la incineración.

—Bueno, me parecía que tenía que ofrecerle esa opción. Cada vez hay más gente que opta por el retorno de los seres queridos a los elementos.

—¿Puedo pensármelo?

—Por supuesto. Y ahora vamos abajo.

Seguí a Larry a un ascensor y bajamos un piso hasta el sótano. Se abría a otro corredor agradable similar al que había arriba. Fuimos hasta una pesada puerta de madera que estaba cerrada. Larry la abrió y encendió varias luces. La habitación estaba helada y se me puso la carne de gallina en los brazos y en las piernas. Había varias mesas de acero inoxidable sobre ruedas, largas y estrechas, colocadas en una ordenada hilera contra la pared del fondo. Enfrente de ellas, un conjunto de ocho criptas deslizantes para cuerpos, cerradas con llave. El techo de la habitación era nuevo, de planchas perforadas blancas. El suelo y las paredes que no eran de acero inoxidable eran también blancos. Sobre un carro, en un rincón de la habitación, se encontraba un féretro con la mitad superior levantada, así que para ver a mi hermana tenía que caminar hasta allí e ir alrededor de él. Había una silla plegable colocada al lado. Larry estaba detrás de mí y me puso la mano en el hombro.

—¿Cree que tendrá mucho frío? —dije que no sacudiendo la cabeza—. Entonces le dejaré. Simplemente con que descuelgue este teléfono de la pared, volveré con usted.

Asentí y entonces me quedé solo en la habitación.

Me quedé muy quieto. No podía oír nada. Después de un rato, pude oír la propia quietud. Caminé con piernas cansadas hasta la tapa del féretro levantada hacia arriba y me quedé parado otra vez, sin hacer ruido, mirando la madera y sus vetas. Me preguntaba si me habría acercado ya lo suficiente. Al otro lado de esta madera estaba mi hermana. Me había acercado hasta allí. ¿Era suficientemente cerca? Y esto es lo que verdaderamente entiendo ahora. Tienes que ir hasta el fondo. Es demasiado difícil hacerlo de cualquier otro modo. Fui alrededor hasta llegar a mi hermana.

Ni siquiera sus ojos. Ni siquiera los pocos mechones de pelo. Ni la curva de los labios ni los huesos de la barbilla. Nada se conectaba a mi memoria. Una cosa diminuta en la muerte y en la tristeza, que no era en absoluto Bethany, excepto, naturalmente, los pocos dientes que correspondían a la ficha dental que papá había enviado. ¿Es esto entonces todo lo que queda para siempre? ¿Dientes? ¿Cavidades y desesperación?

—Ay, Bethany —susurré, apartándole unos pocos mechones de pelo hacia la almohada, como había hecho con mamá en el hospital.

Larry y Al Ho la habían acostado con un bonito vestido de lunares azul que yo sabía que no podía haber sido de ella. Le habían puesto colorete y le habían colocado el poco pelo que tenía de forma que cayera sobre el espacio donde le faltaba parte de una oreja. Las cejas estaban pintadas. No la insultaron con una sonrisa. Mi hermana parecía aturdida.

Acerqué la cara a la de ella, luego puse mi mejilla contra la suya. Olía al jabón de lilas de mamá. Estuve llorando en su almohada y fue un llanto bueno y fue por mamá y papá, y también por Norma.

—Siento tanto no haber ido a verte nunca, Norma —dije en la almohada—. Podría pasar el resto de mi vida lamentándolo todo —pero no lamentaba que mamá no estuviera aquí. No lamentaba que papá no estuviera. Oí una voz. Una llamada suave.

—Smithy.

Pensé que soñaba la voz y mantuve la cara sobre la almohada de Bethany.

—Smithy Ide —dijo otra vez.

Me incorporé y miré por encima de la tapa a la puerta abierta.

Larry Ho había bajado a Norma a esta habitación. Estaba sentada erguida y sola bajo la luz del corredor. Por la habitación vacía noté que el suelo de cemento blanco brillaba como si estuviera mojado. Tenía el pelo corto otra vez. Sus ojos brillaban también, pero no eran duros como el suelo. Traté de decir su nombre, pero no pude.

Por fin dijo:

—Voy para allá, Smithy. Voy hacia ti.

Miré a Bethany otra vez y luego a Norma.

—No. Por favor, Norma.

Norma quitó las manos de las ruedas de su silla y las puso en su regazo. Luego dijo como un gran desafío:

—Me quedo. Me quedo justo aquí.

No estoy seguro de mi cara. De lo que hace, quiero decir. Algunas veces siento que la cruza una sonrisa, pero que en muchos sentidos no parece una sonrisa. La miré, luego me incliné sobre mi hermana.

—Te quiero, Bethany. Garfio estará siempre aquí.

Besé a la extraña con los dientes de mi hermana y cerré la tapa del féretro. Crucé lentamente la habitación hasta Norma con piernas temblorosas. No parecía sorprendida de que hubiera desaparecido tanto de mí, o de que llevara barba y unas cuentas colgándome de la cabeza. Fui por detrás de ella y la saqué de la habitación. Larry Ho estaba esperando en el corredor. Apagó las luces, cerró la puerta con llave y nos llevó de vuelta en el ascensor.

—La incineración está bien —dije.

—Sí —dijo.

—Puedo llamarle con la información.

—Sí.

Fui empujando a Norma hasta salir de la oficina y bajar por una rampa. Fui empujándola de vuelta a través de la calzada circular y la llevé por el camino de las bicis. Fui empujándola por delante de los malabaristas y los vendedores ambulantes y los esculturistas y los jugadores de baloncesto y los hombres orquesta. Fui empujándola rápido y luego iba corriendo. Por encima de la playa se elevaban las cometas y remontaban el vuelo unas al lado de otras, y Bethany también, sujeta a la tierra únicamente por un hilo, y se agachaba y bajaba en picado y por fin se soltó de nosotros, dejando la estela de la cuerda detrás. Dejé de correr y vi a mi hermana subir meciéndose en el viento al cielo despejado de la noche. Norma miraba hacia delante, pero lanzó la mano izquierda sobre su hombro derecho y me agarró fuerte de la muñeca. Bajé la vista a la parte de arriba de su cabeza.

—Te… quie… ro —dijo.

Me arrodillé sobre la carretera de bicis entre Venice y Santa Monica y ya no iba a lamentarme nunca más. Giré su cara hacia mí y le besé los labios.

—Yo… también… te… quiero —dije.

Y lo dije otra vez. Y la quise.

Agradecimientos

Doy las gracias a Peter Maloney, defensor del acto de la escritura. A Claudia Howard, que cree en los sueños. A Doug y Linda McLarty, que ya lo saben. A mis agentes y amigos Jeff Kleinman, Sylvie Rabineau, Jeff Sanford, Richard Fisher y Marilyn Szatmary. Al extraordinario editor y guía Ray Roberts. A todos mis nuevos amigos de Viking Penguin. Al maravilloso y generoso Stephen King. Y en especial a la gran actriz, confidente y esposa Kate Skinner McLarty, que infundió nueva vida y esperanza en mi camino.